笺墨记缘

——我的收藏三十年

方继孝/著

北京出版集团公司
文津出版社

图书在版编目（CIP）数据

笺墨记缘：我的收藏三十年 / 方继孝著. — 北京：文津出版社，2020.1

ISBN 978-7-80554-687-2

Ⅰ. ①笺… Ⅱ. ①方… Ⅲ. 随笔—作品集—中国—当代 Ⅳ. ①I267.1

中国版本图书馆CIP数据核字（2018）第096499号

策　　划　安　东　高立志
责任编辑　刘　娜
责任印制　陈冬梅

笺墨记缘
——我的收藏三十年
JIAN MO JI YUAN
方继孝　著

*

北京出版集团公司
文津出版社　出版
（北京北三环中路6号　邮政编码：100120）

网　址：www.bph.com.cn
北京出版集团公司总发行
新华书店经销
北京华联印刷有限公司印刷

*

880毫米×1230毫米　32开本　9.875印张　235千字
2020年1月第1版　2020年1月第1次印刷

ISBN 978-7-80554-687-2
定价：78.00元

自 序

这本书讲了25个故事，都是我亲身经历的故事。故事中讲了珍藏在双序斋的百多件近现代文化名人书札、书法、手稿和照片的来历和文献价值；还讲了与这些“笺墨”有缘的人和事。逝者如斯。书中的故事，远的距今30多年了，近的也就是这二三年发生的。故事发生的时间远近，决定了故事中的“笺墨”价格大相径庭。

书中提及的马良先生的书法，是老人家九十一岁高龄所书，然用笔苍老中亦存秀润之气，令人叹为观止。当其时，我仅用不足千元购藏，如今以一二十倍之价，也未必得之。近几年文人“笺墨”，越来越受藏家青睐，但凡有些名气的文人“笺墨”，动辄几千、几万；名气大者，如陈独秀、李大钊、朱自清、郁达夫、徐志摩、李叔同等的手迹，在拍场已高达几十万、上百万人民币了。而以寥寥数百元，搬回一只口袋，内装茅盾、巴金、王任叔、周立波等文学巨匠们的书札、文稿，以数千元购藏“文字改革”一批旧档，以二三十万元买回陈梦家先生旧存的几百通友朋书信的美事，已为天方夜谭了。

故事中谈及把藏品转让或卖物与余之友人、书估，有的至今还是很好的朋友，偶尔小聚。有的则已离开了这个世界。最令人唏嘘不已的是汪锡桂和许川二位先生，他们穷极一生，把自己最美好的时光和有限的金钱几乎全部用在了集藏古董书画上，最后许川先生因病英年早逝。而汪先生因宝藏被盗，又难以破案，悲恨交集，撒手人寰。除却这两个悲剧人物，故事中提及的书摊小贩，已然今非昔比。他们有的成为住别墅、开宝马的“款爷”；有的虽仍在倒腾旧书字画的圈子里“混”，但全然没有了二十几年前的“寒酸”气，“财大气粗”的架势，足以“令人生畏”。

每当夜晚，伏案敲字，书写这些人和事的时候，时光似在倒流，场景似在回放。书估、小贩虽着破衣烂衫，但面目朴实可爱，每当见到他们，总会得到心仪之物。至今他们那穷困但不猥琐、质朴而不失狡黠的音容笑貌，会常常浮现在我的眼前，挥之不去。昔日里的同好，兜里的银子不多，但却乐此不疲，每到周六、周日，大节小假，都会相会于古旧书市，结伴同逛旧书摊、古董店，一同参加拍卖会；共同品鉴书札、古籍、书画、文房；时不时的聚餐，品酒、饮茶的美妙时光，恍如昨日。

三十几年的集藏生涯，所经历的故事，何止本书之叙述。每逢好心情的时候，我总会把自己喜欢的“笺墨”陈列于室，但往往因“睹物思人”，兴味顿失，一种“物是人非”之感，油然而生，不禁想到“物是主人，人是客”的古训。

方继孝

癸巳年立冬后一日

于双序斋

目录

“买椟还珠”故事新篇

“买椟还珠”的故事出自《韩非子·外储说左上》：

> 楚人有卖其珠于郑者，为木兰之柜，熏以桂椒，缀以珠玉，饰以玫瑰，辑以羽翠，郑人买其椟而还其珠，此可谓善卖椟矣，未可谓善鬻珠也。

译成现代文，说的是，有一个在郑国卖明珠的楚国人，用木兰木做了个匣子（装明珠），用桂椒为它熏香，用珍珠玉石来点缀它，用玫瑰石来装饰它，用羽毛翡翠来衬托它，一个郑国人买了匣子却把明珠还了。这说明那个楚国人善于卖匣子，而不能说他善于卖明珠。

我现在所讲现代版“买椟还珠”的故事中的卖“珠”者，是20多年前我在月坛邮市结识的一位姓王的邮商，据说他有上百万流动资金，这在当时可是个不小的数字。我，则是那个买“珠”人。不同于那个“郑人”的是，我买了“椟”，白得了“珠”。

当时在月坛邮市练摊儿的人，个顶个的都是“人精”。这个小王没什么文化，据他说也就上了四年小学。和他接触多了，我也发现谈吐间除了邮票，其他的他一概不感兴趣，文化不高，但很仗义，我经常买他的邮品，出手也算大方，小钱上从不和他计较，因此，他对我的印象也不错。一次，去他的摊位看邮品，他拿出了一堆中国作协丢出来的旧信封，劝我买下，理由是既然你搞名人笺封，这些都是名人亲笔写的信封，而且经过实寄，不更加有意义吗。我一想，是呀，还省得追前跑后地请名人签了呢。于是上手，翻了起来，大概有七八十个，信封上有的签了名，有的只写了一个姓，里边都有信。从一个写有“谢”字的信封里抽出了一封信，原来是冰心先生自己填写的履历表。表的上方印有说明：

> 您的名字已选入正在编纂的《中国当代文艺家名人录》（中国文联出版公司出版）。这是一部向海内外发行的约三千五百万字的大书，为确保内容准确，恳望您即速回复我们提出的问题。

原来这是一批由作家亲笔填写的个人履历和创作经历的登记表，都是20世纪80年代初仍健在的文学界泰斗级人物，随便写上几个，冰心、巴金、臧克家、艾青、艾芜、沙汀、丁玲等；还有《上海的早晨》的作者周而复、《苦菜花》的作者冯德英、《铁道游击队》的作者刘知侠、《红日》的作者吴强、《红旗谱》的作者梁斌、《林海雪原》的作者曲波、《吕梁英雄传》的作者马烽和西戎、《李双双小传》的作者李准等。除了他们认真、详细填写的登记表，有的还有附信。翻了一过儿，心里有了底，就是价钱了。

我问，要多少钱。他回答说，按实寄封上的邮票定价，信封里的东西搭着走。说到这儿，有关集邮行儿里的事儿还要絮叨几句。

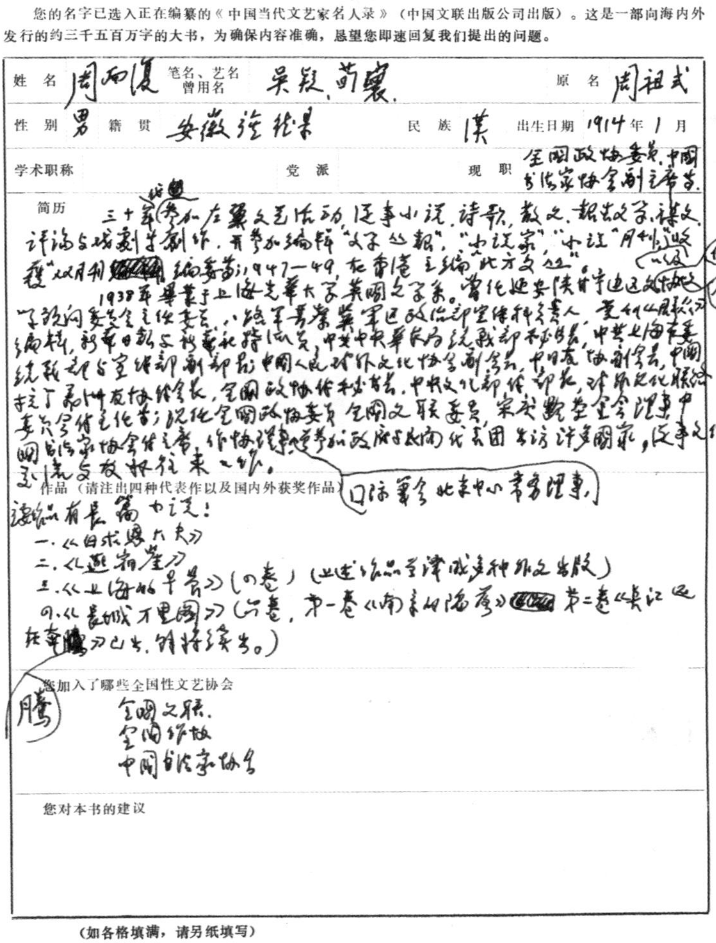

您的名字已选入正在编纂的《中国当代文艺家名人录》（中国文联出版公司出版）。这是一部向海内外发行的约三千五百万字的大书，为确保内容准确，恳望您即速回复我们提出的问题。

姓名	周而复	笔名、艺名 曾用名	吴疑、荀寰			原名	周祖式
性别	男	籍贯	安徽旌德	民族	汉	出生日期	1914年1月
学术职称		党派		现职	全国政协委员、中国书法家协会副主席。		

简历

三十年代参加左翼文艺活动，从事小说、诗歌、散文、报告文学、杂文、评论与戏剧等创作。曾参加编辑"文学丛报"、"小说家"、"小说"月刊、"[illegible]"、"[illegible]"双月刊编委等；1947—49，在香港主编"北方文丛"。1938年毕业于上海光华大学英国文学系。曾任延安陕甘宁边区文化协会[illegible]委员会主任委员、八路军晋察冀军区政治部宣传科负责人、[illegible]编辑、新华日报与新华社特派员、中共中央华东局统战部秘书长、中共上海市委统战部与宣传部副部长、中国人民对外文化协会副会长、中日友协副会长、中国拉丁美洲友协副会长、全国政协副秘书长、中央文化部副部长、对外文化联络委员会副主任委员，现任全国政协委员、全国文联委员、宋庆龄基金会理事、中国书法家协会副主席、作协理事、国际笔会北京中心常务理事，曾参加政府与人民代表团出访许多国家，从事文化交流与友好往来工作。

作品（请注出四种代表作以及国内外获奖作品）

主要作品有长篇小说：

一、《白求恩大夫》

二、《燕宿崖》

三、《上海的早晨》（四卷）（上述作品已译成多种外文出版）

四、《长城万里图》（六卷，第一卷《南京的陷落》第二卷《长江还在奔腾》已出，待续写。）

您加入了哪些全国性文艺协会

全国文联、

全国作协

中国书法家协会

您对本书的建议

（如各格填满，请另纸填写）

周而复填写的个人简介

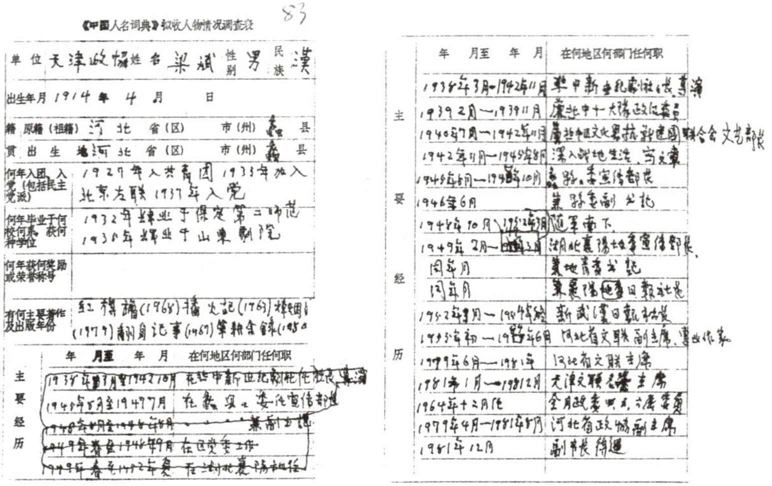

《中国人名词典》拟收人物情况调查表 83

单位	天津政協	姓名	梁斌	性别	男	民族	漢
出生年月	1914 年 4 月 日						
籍贯 原籍（祖籍）	河北 省（区） 市（州） 蠡 县						
籍贯 出生地	河北 省（区） 市（州） 蠡 县						
何年入团、入党（包括民主党派）	1927年入共青团 1933年加入北京左联 1937年入党						
何年毕业于何校何系、获何种学位	1932年毕业于保定第二师范 1930年毕业于山東劇院						
何年获何奖励或荣誉称号							
有何主要著作及出版年份	紅旗譜(1958)播火記(1963)烽烟圖(1979)翻身記事(1967)筆耕余錄(1980						

	年 月至 年 月	在何地区何部门任何职
主要经历	~~1934年3月至1942年10月~~	~~在冀中新世紀劇社社長、導演~~
	~~1945年8月至1947年7月~~	~~在蠡县县委宣传部长~~
	~~1946年6月至1946年[illegible]月~~	~~[illegible] 兼副书记~~
	~~1947年春至1948年9月~~	~~在区党委工作~~
	~~1949年春至1952年夏~~	~~在湖北襄陽地任~~

	年 月至 年 月	在何地区何部门任何职
主要经历	1934年3月—1942年11月	冀中新世紀劇社社長、導演
	1939年2月—1939年11月	冀北中十一大隊政治委員
	1940年7月—1942年11月	冀中區文化界抗戰建國聯合會 文艺部長
	1942年11月—1945年8月	深入敌地生活、写文章
	1945年8月—1946年10月	蠡縣縣委宣傳部長
	1946年6月	蠡縣縣委副书記
	1948年10月—1952年3月	隨軍南下
	1949年2月—[illegible]3月	湖北襄陽地委宣傳部長、
	同年月	兼地委秘書长
	同年月	兼襄陽地委日報社長
	1952年[illegible]月—1954年[illegible]	新武漢日報社長
	1955年初—1958年6月	河北省文联副主席、專业作家
	1979年6月—1981年	河北省文联主席
	1981年1月—1981年12月	天津文聯名誉主席
	1964年十二月任	全國政委四、五屆委員
	1979年4月—1981年8月	河北省政協副主席
	1981年12月	副市长待遇

梁斌填写的个人简介

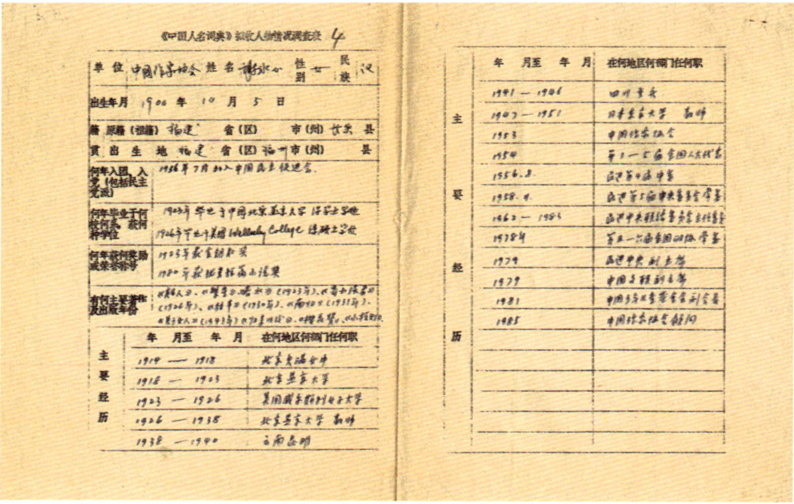

《中国人名词典》拟收人物情况调查表 4

单位	中国作家协会	姓名	谢冰心	性别	女	民族	汉
出生年月	1900 年 10 月 5 日						
籍贯 原籍（祖籍）	福建 省（区） 市（州） 长乐 县						
籍贯 出生地	福建 省（区） 福州 市（州） 县						
何年入团、入党（包括民主党派）	1956年7月加入中国民主促进会.						
何年毕业于何校何系、获何种学位	1923年毕业于中国北京燕京大学 得学士学位 1926年毕业于美国 Wellesley College 得硕士学位						
何年获何奖励或荣誉称号	1923年获金钥匙奖 1980年获[illegible]						
有何主要著作及出版年份	《繁星》、《春水》、《超人》（1923年）、《寄小读者》（1926年）、《往事》（1930年）、《南归》（1931年）、《关于女人》（1943年）[illegible]						

	年 月至 年 月	在何地区何部门任何职
主要经历	1914 — 1918	北京贝满女中
	1918 — 1923	北京燕京大学
	1923 — 1926	美国威尔斯利女子大学
	1926 — 1938	北京燕京大学 教师
	1938 — 1940	云南昆明
	1941 — 1946	四川重庆
	1947 — 1951	日本东京大学 教师
	1953	中国作家协会
	1954	第1—5届全国人大代表
	1956.8.	民进第四届中委
	1958.4.	民进第5届中央委员会常委
	1962 — 1985	民进中央联络委员会主任委员
	1978年	第五—六届全国政协常委
	1979	民进中央副主席
	1979	中国文联副主席
	1981	中国[illegible]副会长
	1985	中国作家协会顾问

冰心填写的个人简介

和我同时期玩邮票的都会记得，那时玩新邮的人不多，一是新邮贵，另一个原因，大多的集邮爱好者都有自己的专题，专题集邮的要求多，光是新邮可不成，我的一个邮友有一部“桥”的专题邮集，不仅收全了中国大陆发行的有关“桥”的各种邮品，还收集了中国台湾、香港、澳门地区以及世界各国发行的“桥”的邮品，包括邮票、各种封片。而一部好的邮集，最重要的是要有珍罕的邮品和实寄过的封片。因此，那时候贴有珍贵邮票、邮戳清楚、品相好的实寄封、邮资片的价格也并不便宜。我记得在月坛邮市买过一枚贴有两枚1962年发行的“梅兰芳舞台艺术”纪念邮票中的第一枚《梅兰芳像》4分邮票的实寄封，花了20元人民币，要知道，那时我第一月的工资只有50多元。

按理说，信封里的东西不算钱，够划算的了。可按当时的市场，那些旧信封里的登记表、信件，单独卖，还真的不好卖。因为当时到月坛邮市的人，大都是冲着邮品来的，没有人对这些旧信感兴趣。即使有要的，那些有些名气的人写的旧书信价格也非常低廉。这一点，精明的小王，心里早就有个“小九九”了。他清楚，按信封里的东西算钱，他算不过我，因为信封里的那些“人”，他几乎都不“认识”。就像那个“楚国人善于卖匣子，而不能说他善于卖明珠”。

可有一点他非常清楚，这批信件量大，信封上贴的邮票也好，按实寄封卖，一个一个点，会卖出个好价来。他的建议，自然我乐于接受，意见统一了，我们两个开始一个一个地数起来，数一个，定一个价，意见一致，记下来。总计八十多个信封，最高的单价8元（人民币），最低的2元（人民币），总共合出来是600多元（人民币），平均每枚信封6块多钱。

600多块钱，买回家近百件作家手迹，如果把那些信封卖掉，等于

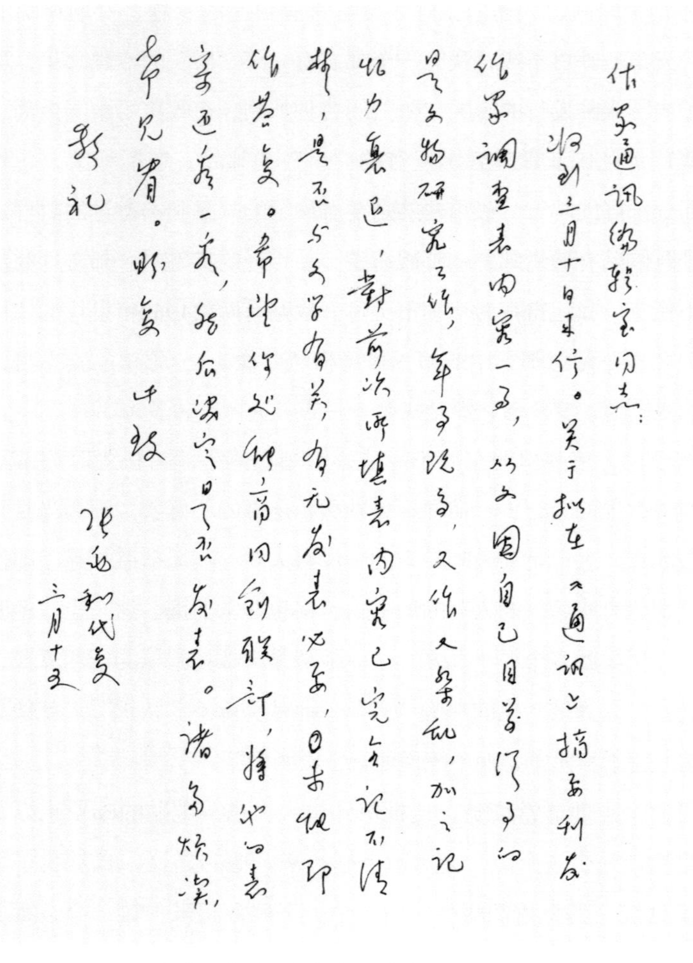
作家通讯编辑室同志：
收到三月十日来信。关于拟在《通讯》上摘要刊发
作家调查表内容一事，从文因自己目前所做的
是文物研究工作，年事既高，又作《文集》，加之记
忆力衰退，对前次所填表内容已完全记不清
楚，是否与文学有关，有无发表必要，自未便即
作答复。希望你们把前同创联订，将此内容
宽适应一点，能否决定目下不发表。诸多烦渎，
希见谅。此复并致
敬礼
张兆和代复
三月十六

张兆和代沈从文复信给作家通讯编辑室

是白捡了。可在那个年代，这几百块钱也不是小数了，买回家后，一直就没有敢和家里人说。钱，也是分了几次才和小王结清的。

一下子就收集到那么多著名作家的手迹，而且大多是自己非常崇拜的，激动了好多日子。从此以后，我到月坛邮市的次数开始多了起来，心里总期盼着再碰到一些名家书信一类的东西。半年多过去了，虽然也碰到过零星的几件小有名气的人写的信，大宗的再也没见过。

2009 年 12 月 28 日

“尿素”袋子里的“双序”

20世纪80年代，北京月坛里边有个邮市，是我常去的地方。在那里，我结识了许多至今仍活跃在集藏圈儿里的朋友。其中有个喜欢收藏实寄封片的朋友，姓李。他的家住离市区很远的石景山区。后来熟悉了，知道他在一家国有企业搞三产，而且是个小头目。他会开车，单位里有辆面包车，每次到邮市来，都是开着这辆车来。

一次，有一个在政协工作的邮友，拿来一些名人签名封，和我交换。正巧，这位李先生也在。他听说我前些时候买到一些作家的旧书信，就和我说，要买这些东西，有个叫潘家园的旧货市场，时不时地有人卖从出版社等单位扔出来的这些东西，不妨去看一看。当我告诉他不知道怎么走时，他说明天是星期天，是他必去潘家园旧货市场的日子，如果我没事儿，他用车接我一块过去。果真，第二天他来我家接我到了潘家园旧货市场。

谁承想，就在那天，我大胆出手，居然淘到了一批现代著名文学家的书信、文稿、出书合同等珍贵资料。

说起这件事儿，当时的场景至今历历在目，恍如昨日。那时的潘家园旧货市场，中间有条柏油路，路西都是地摊，坑坑洼洼的，下过雨，到处是积水；东边好一些，还用破烂木头、树杈子等搭建了一些费用高于地摊的“高档”摊位。如今依旧在京城贩卖旧书、古玩字画的所谓“大腕儿”，当年差不多都是这些高档摊位的“老板”。经过多年的苦心经营，混得好的，都在北京买了房子，有了车；在现在的潘家园旧货市场大楼里，有了自己的店铺。

那天，我在潘家园旧货市场，淘到的“第一桶金”，就是在一个用树杈子搭建的贩卖旧书的摊位上。那时在潘家园卖旧书、字画的摊位，一个连着一个，南腔北调的哪里人都有。我是第一次来到这个地方，真有些目不暇接的感觉。在李先生的引领下，我们一个一个摊位地翻看。李先生专注的目标是各类的邮品；我也关注那些东西，但更加专注的是实寄封，凡是实寄封里有信件的，我总要抽出来看看。

走到一个摆满旧书杂志的摊位时，我发现了“猎物”。木架子上散落着一些写寄给人民文学出版社的旧信封。摊主是个从河北农村来的小伙子，那时也就十七八岁，长得虎头虎脑的，有点少年老成的味道。他见我对这些旧信感兴趣，就从木架子底下提溜出一个上面印有“尿素”字样的脏兮兮的口袋说，这些信是和口袋里的东西一起收来的。我皱了皱眉头，怀着好奇的心理，把手伸进了口袋，抓出了一把“烂纸”。由于口袋装得瓷实，这些纸互相粘连着，都快成团儿了。我慢慢地将这些纸舒展开来，仔细地看起来，简直不敢相信自己的眼睛，我抓出的这一把“烂纸”原来是20世纪50年代，作家与人民文学出版社签订的出书合同。第一把看完，放在一边，又抓出了一把，全是发稿单，每份都用大头针别着，大头针都已经生锈了。打开了一份，居然是茅盾先生《鼓吹续集》的发稿单，别在最后的两页泛黄的纸，是茅盾先生用毛笔写的“后记”。这时，我有点沉不住气了，抬头看了看小摊主，他正在和临

茅盾与周扬与会期间交谈

摊儿的小贩聊天儿，根本不关心我看的东西，好像他的摊位上什么也没发生。看到他的这副样子，我心里踏实了许多。不能再看了，万一有别人也来看，就麻烦了，还是快刀斩乱麻，问个价吧。看来小摊主，的确不知道，这口袋里的东西究竟有多么珍贵，开价300元，我没敢还价，取出钱包，还真够，就给了他。接钱的时候，小摊主是一脸的不解，说："您真要了？"我说："怎么了，不想卖吗？"他马上回答："不是，我给您装起来。"说着，就把我从口袋里抓出来的又放回去，然后拎给了我。此时的我是如释重负，长出了一口气。就在这时，我发现小摊主诡秘地和临摊儿那个小贩做了个"鬼脸儿"。

生意做完了，我和这个小摊主聊了起来。他告诉我，他是河北承德人，在北京卖旧书一年多了，原来在菜户营那边摆地摊卖旧书杂志。最近经朋友介绍，在这儿租了个摊位。我问他，货源从哪儿来，他说从废品站里买。也是从小摊主的嘴里，我知道了北京有一拨人，专门“吃”废品站。也是从这天起，我和这位小摊主，成了好朋友。直到今天，他已经成为京城经营旧书的颇有成就的书商了，我们依然是朋友。

还是那位李先生送我回的家。我们两个都是“满载而归”，他买了一兜子旧信封和杂志的创刊号。上车的时候，他问我，尿素袋子里装的是什么。我告诉他之后，他翻看了一下，说：“这些破烂儿多少钱买的？”我说：“人家要300（元），我给了300（元）。”他说：“你怎么不砍价呢？要300（元），就给300！砍砍价，说不定200元，就拿下了呢！”我什么也没说。

正值暑期，天热极了。我家住在一个五层楼的顶层，没有电梯，屋里也没装空调。吭哧吭哧地到了家，夫人正在做饭，见我提溜进一个脏了吧唧的破口袋，忙说：“别往屋里拿！”我赶忙解释说：“不行，好几百块买来的，丢了咋办。”她见我执意往屋子里拿，就说：“快，放到阳台上去！”我连忙把这口袋“宝物”，放在了阳台的一个角落里。

吃完了午饭，我不顾夫人的反对，一头扎进阳台上，把口袋里的东西倒出来。一页一页地边翻检，边整理。我家的那个阳台也就三个平方米多点，蹲下一个人，也就没多大地儿了。房子是正房，时值正午，阳台外的骄阳，似火一样烤在我的身上。我脖子上搭了条毛巾，边干边擦汗。大概忙活了两个多小时，总算把尿素袋子里的东西，全部折腾了一过儿。我把尿素袋子和没有价值的废纸扔进垃圾桶，收拾干净了阳台，拿着几份“战利品”向夫人报捷。夫人是中学老师，自然知道这些东西的价值，看到东西还算整齐、干净，就同意我到居室的过道进行整理。第二道工序，是把这些“宝贝”舒展弄平，放进我用来放首日封、纪念

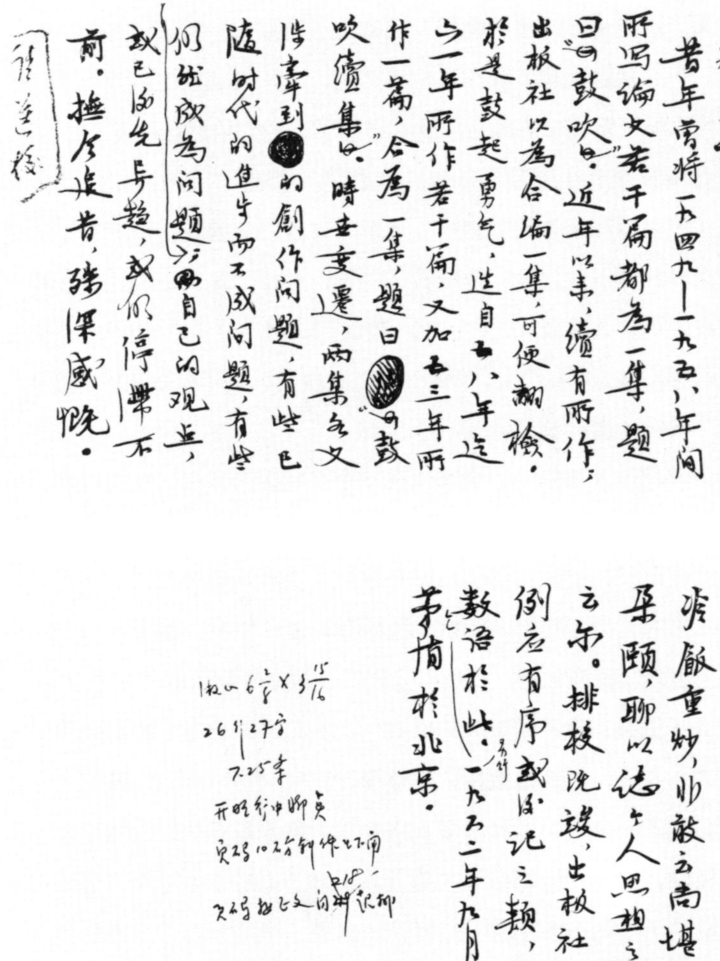
后记

昔年曾将一九四九—一九五八年间所写论文若干篇都为一集，题曰《鼓吹集》。近年以来，续有所作；出版社以为合编一集，可便翻检。于是鼓起勇气，选自五八年迄六一年所作若干篇，又加五三年所作一篇，合为一集，题曰《鼓吹续集》。时世变迁，两集各文涉笔到的创作问题，有些已随时代的进步而不成问题，有些仍然成为问题；而自己的观点，或已为先导，或仍停滞不前。抚今追昔，殊深感慨。冷饭重炒，非敢云尚堪一快朵颐，聊以志个人思想之过程云尔。排校既竣，出版社以为例应有序或后记之类，因书数语于此。一九六二年九月四日，茅盾于北京。

茅盾《鼓吹续集》后记手稿

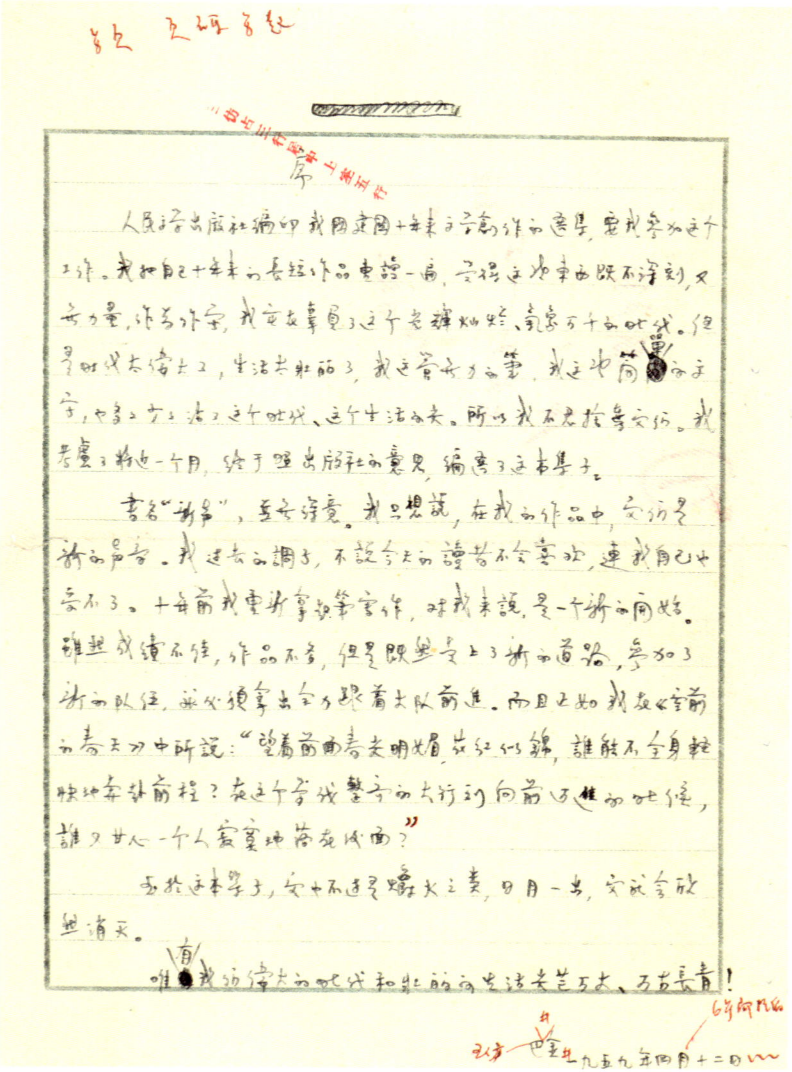
序

人民文学出版社编印我国建国十年来文学创作的选集，要我参加这个工作。我把自己十年来的长短作品重读一遍，觉得这些东西既不深刻，又无力量，作为作家，我完全辜负了这个光辉灿烂、气象万千的时代。但是时代太伟大了，生活太壮丽了，我这管无力的笔，我这些简单的文字，也多多少少沾了这个时代、这个生活的光。所以我不忍抛弃它们。我考虑了将近一个月，终于照出版社的意见，编选了这本集子。

书名"新声"，并无深意。我只想说，在我的作品中，它们是新的声音。我过去的调子，不说今天的读者不会喜欢，连我自己也受不了。十年前我重新拿起笔写作，对我来说，是一个新的开始。虽然成绩不佳，作品不多，但是既然走上了新的道路，参加了新的队伍，就必须拿出全力跟着大队前进。而且正如我在《空前的春天》中所说："望着前面春光明媚、花红似锦，谁能不全身轻快地奔赴前程？在这个万众整齐的大行列向前迈进的时候，谁又甘心一个人寂寞地落在后面？"

至于这本集子，它也不过是爝火之类，日月一出，它就会欣然消灭。

唯有我们伟大的时代和壮丽的生活光芒万丈，万古长青！

巴金 一九五九年四月十二日

巴金《新声集序》

封或实寄封片的册子里。

初战告捷，这次收获到茅盾的《鼓吹续集》后记，巴金《新声集序》，巴人、楼适夷等人的书信、手稿及合同书上百件，由此，为我收齐中国现代文学家手迹的计划开了一个很好的头！

从那天起，大概有七八年时间，只要在京，星期六或星期天总有一天是在潘家园旧货市场里度过的。从这一点上说，我算得上是潘家园旧货市场发展的见证人之一。在那里，我与许多练摊儿的旧书贩子（有几位如今已是京城著名的书商）成了生意上的朋友，也在那里结识了社会各界许多喜欢收藏的朋友。

“书估”“足下”的钱穆

“书估”者，售书人也。另有美名曰“书友”。《尧圃藏书题识》中两名并用，但有辨别。得意时呼以美名，爱之也；失意之时，则以恶名称之，贱之也。余对售书人，无尊之之意，亦无恨之之心，故而本篇通用“书估”者也。

“足下”者，称谓也。“足下”战国时已见，多用于称君主，后来才用于平辈。另有同类称谓“阁下”。古时作为尊称并用，但有区别。明陆容《菽园杂记》卷十三说：“古人称呼简质，如足下之称，率施于尊贵者。盖不能自达，因其足下执事之人以上达耳。后世遂定以天子称陛下，诸王称殿下，宰相称阁下。今平交相谓亦称阁下，闻人称足下则不喜矣。”本篇“书估”“足下”连用，非称谓也，乃实指“书估”之“足”也。

兜了半天圈子，绕了一大弯儿，其实，本篇要叙述的是十几年前，我在一个书估的脚下发现了一封钱穆先生写给商务印书馆的钢笔信的故事。

那天，我正在上班，呼机上显示了一个不熟悉的电话号码。我马上回电，原来是时常卖给我旧书的书估传呼的。我问他又踅摸到什么好东西了。书估告诉我，几天前他们从南城的一个回收站那里收到几公斤某出版社丢出来的书稿，北大的程先生和许川都看过了，他们都给不上价。如果我感兴趣，他和他的合伙人包租了一台小面包车，可到我的单位来接我，到他们的住地去看货。

那时，我的身体好，有精力，经常下班后到那些书估住地看东西，几天没东西看，心里还挺闹腾的。一听说有好东西自然很兴奋，当即同意下班同往。

下班后，我按照书估说的位置，找到了那台小面包车。这台小面包车，和当时北京的“面的”一样，只是颜色不同，“面的”是黄色的，这台车是白色的。车厢内的座位是对面各有一条像长条板凳样的座位。同我坐在车厢内的是“呼”我的书估。他的合伙人，另一个书估，坐在司机的旁边。我和书估分别坐在车厢内的“板凳”上，一些旧书杂志和一沓子文稿散乱在车厢的中间。车启动了，我和书估开始聊天。他先是恭维我，说当今的玩书圈儿里，我的眼力最好，人也义气，因此他愿意和我打交道。还说，今儿您看完那些东西，您给个价儿，即使您的价儿和前几个开的价一样，或低一点儿，也卖给您。

一般来说，书估搞来一批货，大都是让与他们熟悉的买主都看一遍，都开个价，行话叫先“探探路子”。对自己的货有了底，再出手。好的书估讲信誉，但不讲交情；不好的书估，既不讲信誉，也不讲交情。谁给的价高，就卖给谁，天经地义。因此书估说的话，我根本也不着耳朵听，随便翻弄那些车厢内散落的旧书。

车行进到去往书估住地的窄小石子马路了，开始颠簸起来。坐在凳子上，低首翻弄车厢的书，总往前蹿，我干脆蹲下来翻看。这时，我发现对面打着瞌睡的书估脚下，结结实实踩着一份用曲别针别住的文稿，最上边儿的是个发文单，仔细打量，原来是商务印书馆出来的东西，受文者栏有“钱穆”字样。我试图从书估的脚下抻出这份文稿，但没有成功。

那一年，我刚刚翻阅过一套叫《百年国士》的书，钱穆列在书中50名国士的第27位，在林语堂后、冯友兰前。那时，我集藏的文人手迹中，书中所列的50名国士中已有大半。缺少的，而且最不容易搞到的就是林语堂、赵元任、梁实秋、钱穆等在海外定居的几位。今天能看到有关钱穆的东西，我怎能罢休。

看到这里，读者会说，拍拍书估的腿，让他抬脚，取出来看看，不就得了吗。圈儿外的朋友有所不知，这一行素有“卖的没有买的精”的说法，原因是这些流动的书估，大都来自于穷僻的山区，没有上过几天学，都是在做中学。而那些买家往往是做学问的，当然也有特别懂的书商。这些书估进到一批货，往往不急着出手，而是要通知许多买家来看，一圈儿下来，书估对自己的货及价都弄明白了，才开始出手，自然谁出的价高就卖给谁。

既然东西被书估踩在脚下，说明书估并不清楚此物的价值。但是，你一拍他的腿，要看他脚下踩着的东西，你关注的东西，就被书估发现了，如果恰好这件东西，正是你渴求的，你越想买，书估就越不卖给你，不是干着急吗？最好的办法，就是你要绷得住劲儿，等到机会再出手。

我在这方面，是有过教训的。因此，今天看见书估脚下有关钱穆的东西，依然不露声色，继续翻弄那些旧书烂画一类的东西。

颠簸了几公里后，到了书估的住处。书估和坐在司机旁的另一书估，开始捡拾车厢内的东西，那一沓文稿连同曾被书估踩在脚下的文稿，也被收拾到一个尼龙口袋里。

到了书估的屋里，他们把那口袋顺手扔到一个破旧的沙发上，袋子里的东西顺势掉下来一些，落在了地上。我一瞥，掉下来的就有一沓文稿。我坐在另一只沙发上，趁着书估拿取书稿的工夫，我探身伸手捡起落在地下的那沓文稿，翻了翻，见被书估踩过的那份里边有一封钱穆的亲笔信和信封，心里有数了，就又把它扔回到原处。

两个书估提溜过来三四个纸袋子，放在我面前，我一袋子，一袋子的过了一过儿。这批东西整体价值不高，书估开头说的，某某、某某看过却给不上价的话，是虚张声势。我不太喜欢，也就没出价。看到书估很是扫兴，我看机会来了。就说，在车上翻看那些旧书等物，有的还有点儿用，别白跑一趟，买一点儿吧。书估说，车上的那些东西，是星期天在潘家园卖剩下的，你如果要就“一枪打”，便宜卖给你。我问价，书估开了个我意想不到的低价，我又还了个价，皆大欢喜。书估住地离我家很远，不可久留。提溜着那个装有钱穆先生信的尼龙口袋，出门打了个面的往家赶。

在车上，我找出那份与钱穆有关的文稿。文稿被别在一起共六页。第一页是商务印书馆编审出版部收发文的批审单，因被书估踩在脚下，脚印深深地印在了上边，后来经过装裱师的处理才弄掉。批审单第一栏受文者写：钱穆　香港九龙嘉林边道二十八号B地下。事由栏写：《先秦诸子系年》版权退还作者。发文日期栏写：1955年5月26日。拟办栏后附给钱穆的回信草稿：

钱穆先生：

五月四日来信已经收到。大著《先秦诸子系年》由先生在港

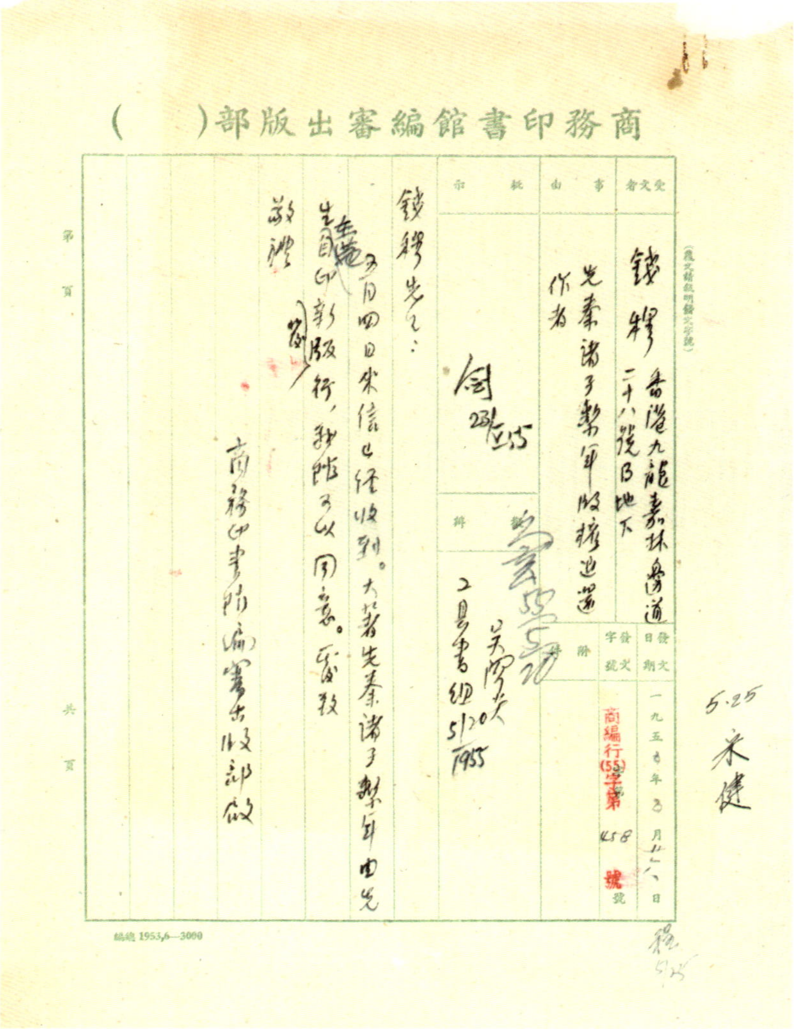
商務印書館編審出版部（　　）

受文者：錢穆　香港九龍嘉林邊道二十八號B地下

事由：先秦諸子繫年版權退還作者

發文日期：一九五五年五月廿六日

發文字號：商編行(55)字第458號

錢穆先生：

五月四日來信已經收到。大著先秦諸子繫年由先生自印新版發行，我館可以同意。此致

敬禮

商務印書館編審出版部啟

編總 1953,6—3000

商务印书馆编审出版部来函批审单

自印新版发行，我馆可以同意。覆致

敬礼

商务印书馆编审出版部　启

第二页是工具书组就钱穆来信写给社长的报告：

钱穆（宾四）所作在我馆出版，种数甚多：

《先秦诸子系年》（原列“大学丛书”）、《国学概论》、《论语要略》。此次来函要求收回第一种版权。

《先秦诸子系年》一书，过去曾拟重版，但以著者政治面目不明，所以未曾进行。是否可以退还，请批示。

此致

史经理转社长工具书组

1955年5月19日

时任商务印书馆的经理史久芸的批示意见：

《先秦诸子系年》是版税书，我的意见，可以同意钱穆在香港自印新版发行。

1954年，商务印书馆总管处迁京，实行公司合营。商务印书馆与高等教育出版社合并，武剑西任总经理兼总编辑，他的批示是：可予同意。

钱穆先生的信和信封是附在高等教育出版社收发文签收单和登记单

后边的，信之原文如下：

敬启者：

拙著《先秦诸子系年》一书，廿年前承贵馆承印出版。惟此书十年以来久经绝版，而鄙人对此稿亦迭有增订。兹拟在香港自印新版发行。特此函闻。敬希惠予同意并赐复为盼。

专此顺颂

公祺。

钱穆　启

五月四日

复示请写：香港九龙嘉林边道28号B地下　鄙人收。

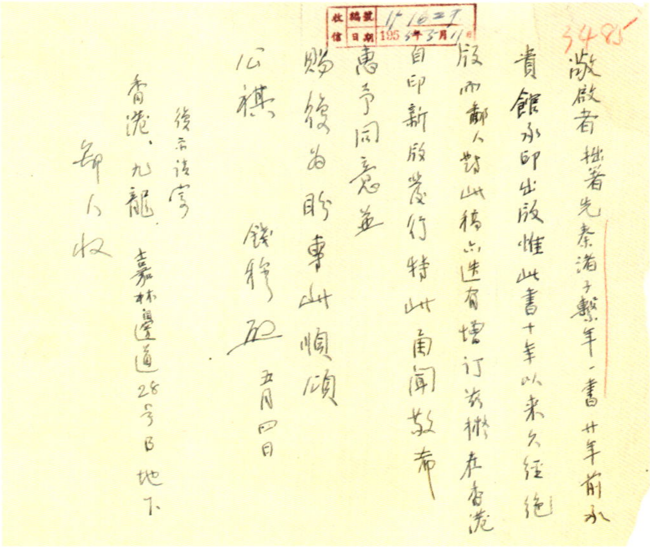
敬啟者 拙著先秦諸子繫年一書 廿年前承
貴館承印出版惟此書十年以來久經絕
版而鄙人對此稿亦迭有增訂茲擬在香港
自印新版發行特此函聞敬希
惠予同意並
賜覆為盼專此順頌
公祺
錢穆 啟
五月四日
覆示請寫
香港、九龍、嘉林邊道28號B地下
鄙人收

钱穆先生的钢笔信

信封

信封为空邮，贴香港一角邮票。收信地址为：上海河南路商务印书馆。此地址为原商馆地址。

从现在的奥运村（那时还是朝阳区的村庄）到西城区百万庄大街我家，大概行进了一个来小时。到了大院，我在院子里一个乒乓球案子上，把那口袋旧书倒出来，把有用的挑出来，剩下的就都丢在了楼道放杂物的木箱里。

叙述完买得钱穆先生手札的过程，再来说说，钱穆先生和他的《先秦诸子系年》一书。

钱穆（1895—1990），字宾四，江苏无锡人，中国现代历史学家，中国学术界尊之为“一代宗师”。更有学者谓其为中国最后一位士大夫、国学宗师。正如商务印书馆编审出版部工具书组就钱穆来信写给社长的报告中所说，“钱穆（宾四）所作在我馆出版，种数甚多”：1925年，《论语要略》（又名《孔子研究》，列入“国学小丛书”）；1930年，《墨子》（列入“万有文库”）和《王守仁》；1931年，《周公》、《国学概论》和《惠施公孙龙》；1935年，《先秦诸子系年》；1937年，《中国近三百年学术史》。即便是在抗日战争和解放战争等动荡不已的岁月，钱穆与商务印书馆的交往仍未中断。1940年，他最重要的著作之一《国史大纲》（当时被列为部定大学用书）由长沙商务印书馆印行。1945年11月，《政学私言》（列入“人人丛书”）由重庆商务印书馆出版。同年，钱穆在《东方杂志》上发表了《中国传统政治与五权宪法》《中国学术思想史之分期》《选举与考试》《神会与坛经》《学统与治统》《人治与法治》等文。可以说，钱穆前半生的几乎所有重要著作都是由商务印书馆出版的。1949年之后，由于各种原因，钱穆与20世纪50年代初从上海搬迁到北京的商务印书馆总部断了联系，但与由商务印书馆台湾分馆发展起来的台湾商务印书馆仍维持了非常密切的关系，在那里出版了一些著作。

《先秦诸子系年》一书可以说是钱穆的成名作，也是他着力最多的著作之一。钱穆一生著述甚丰，但其著作，包括那些最有影响的著作，大多是课堂讲义或演讲稿，如早年的《中国近三百年学术史》《国学概论》等，晚年的《中国史学名著》、《中国历代政治得失》、《文化学大义》、《中国历史精神》和《中国历史研究法》等，都是如此。《先秦诸子系年》一书不然。它经历了一个漫长的写作过程，作者为撰写此书下了很大功夫，考证也非常细致。

全书包括考辨专文四卷，计160余篇，通表四篇，附表三张。

前人考证诸子年世，多依据《史记》中的《六国年表》，然《六国年表》颇多缺失。钱穆通过研究得而复失的汲冢之《竹书纪年》，厘订其今传世本的错讹，然后以此来订正《史记》中的伪误和注释的抵牾，同时又遍考诸子之书，参证诸子之行谊及六国政事、年代、山川地理等，参伍以变，错综以验，定世排年，疏证细密。

本书原名《先秦诸子系年考辨》。《考辨》四卷与《通表》四篇一一相应，第一卷考订孔子行迹与相关人物，第二卷考墨子、子思、吴起等，并辨老子其人其书，第三卷考晋、楚、魏、齐列国诸子，第四卷考春申、平原二君和荀子，至韩非、吕不韦。作者依次将先秦学术思想发展分为“初萌”“酝酿”“磅礴”“归宿”四期。

全书自孔子至吕氏，各家排比联络，一以贯之，对先秦诸子的生平事迹、学术渊源、各家思想流变辙迹一一加以考定，持论有据，资料翔实。

2009 年 10 月 30 日

马良是谁

晨起，看见书柜旁悬挂的马良先生的书法立轴，想起了十几年前与它相遇的场景。

那是一个秋天的早晨，阳光普照。按照习惯，周六是我逛文化市场的日子。

多年以来，我去文化市场奉行的是适合自己习性的“三不主义”：一是不结伴；二是不限定场所；三是不限定时间。

不结伴的好处，在于互不干扰。因为每个人的喜好不同，想看的，想去的地方也会有所不同，独自行动，潇洒自如，何乐而不为呢？不结伴还有一个好处，碰到了好东西，可自行定夺、取舍，不受同伴的干扰和竞争。

说到这儿，我想起了几年前的一次买书经历。

一次，我在办公室接到一个书估的电话，说有一批民国书和一些书札，约我中午去看。恰巧我的一个同事在我这儿闲坐，他也喜欢藏书，听说有这等美事，非要和我同往。我横拦竖遮，他就是要去。无奈，去就去吧，我给他约法三章：一是看东西的时候，只看不评论；二是谈价格的时候，不要插嘴；三是我不要的东西，你才能要。他满口答应了。

到了书估的家，书估已把想出售的东西摆在一个八仙桌和一张单人床上了。我先把同事介绍给书估说，他不买书，是陪我来玩儿的。然后开始看东西。我边看，边把喜欢的放在一边。凡是我放在一边的，我的同事都翻看一遍，逢到我与他的眼光相对的时候，他不仅使眼色，表示赞许，还伸大拇指，示意我的眼力好。我瞥了瞥书估，书估也没闲着，我们的举动，尽收其眼底。

东西挑完了，谈价钱。书估开价，我还价，达到一致意见的，东西放在我身边；书估开价，我还的价，书估不能接受的，放在他的身边。结果是放在书估身边的书，有几册是我实在很喜欢的，就是书估要价太狠了些。

按以往，我此时痛快地把谈好价格的付了款，然后开聊，最终要把那些喜欢的书的价格杀下来，先易后难。这次，原本按老规矩准备进行“第二战役”了。没承想，我的同事说话了：“老板，你身边的那些书我都要，您开个价吧。”书估乐了，说：“方先生不是说您不玩书吗？呵，也玩呀。行，一口价呀，就按我刚才给您哥们儿开的价儿，要，您就付钱吧。”平时，我那个同事办事黏黏糊糊的，也不大方，这次可倒好，那叫一个干脆，没费话，成交了。结果是，我喜欢的，想要的，都被同事买了。自打这次以后，我发誓，就是小舅子想和我一起看书去，也不带他玩儿。

第二“不”就是不限定场所，随缘而行，往往会有意想不到的发现。尤其是收藏这个事儿，出其不意，机缘巧合，靠的就是缘分。您墨守成规，非得儿上哪儿，偏偏您没去的地儿，或许有个漏儿。我的习惯，是早晨起床前，想一想，今儿上哪儿心里觉得舒坦，就上哪儿。比如早晨起来，就有去琉璃厂的欲望，那就一准儿去那儿。这么多年下来，我得到了不少称心的物件，还都是随缘而来的。

这第三“不”就是不限定时间，不限定时间的好处，是有足够的精力，去逛，去寻，去谈。俗语说：“睡觉睡到自然醒，点钱点到手抽筋儿。”后半句舍去不谈，前半句是很有道理的。人的精力是有限的，而养精蓄锐，靠的是睡眠一定要足。听说有许多的爱书人，为了买到好书，早上四五点钟，带着手电筒到旧书市场寻觅。头天很累了，还要起大早，睡眠肯定不足，精神恍惚，哈欠连天，好书就在您的眼皮底下，您也没准儿看不见。何况，那些书估哪一个是喝汤水的？好书早就藏起来了，即使您发现了，钱花不到位，您也甭想拿走。好书、贵书还不是留给了那些“睡觉睡到自然醒”，精神抖擞，踌躇满志的买家吗？由此论，我多年来逛书市、古董店都是上午十点左右到。有些书估、小贩知道我的规律，一般会把我喜欢的留给我，有时在早起的爱书人挑剩下的旧书烂报里，也会捡个漏儿。

印证上述的观点，不难。开篇提到至今悬挂在我书房的马良先生的书法立轴，就是我严格按照“三不主义”的前提下得到的。

前阵子，去报国寺和琉璃厂多，有些日子没去潘家园旧货市场了。还真有点儿想那几位和我相熟的书估了。上午十点多钟，先走出胡同口，打上车，直接去往潘家园。

我去潘家园，不瞎转，直奔几个熟悉的书摊，轻易不翻弄摊上的东西。我先是听书估说他有什么，凡是我喜欢的，感兴趣的，而又被书估带到市场来的，就看东西，价格合适，掏钱取货。书估说的东西中有我喜欢，感兴趣的，可书估没带到市场，就约时间到书估的住地去看。

快中午一点了，几个书摊都走了一遍，也没有看到什么感兴趣的东西，于是准备打道回府。我开始溜达着往市场外走，快走到尽头的时候，迎面碰到一个没有摊位的流动书贩。他是安徽人，那时也就十七八岁，还是个孩子。他的父亲在潘家园旧货市场有个书摊儿，可这小子，不知为什么就是不和他的父亲合伙儿，单挑儿。每次碰到我，总是从他不离身的大书包里取出一些旧书和书画等物件，给我看。我要的就让他开个价，他开的价不管合适不合适，我都按他的价格付款，由此，他也很信任我，见了我就叫声“方叔”。好长时间没见面的缘故，这次碰到我，很亲热，寒暄了几句，他突然问我：“方叔，马良是谁？”

突如其来的发问，还真有点儿蒙，我随口应答：“不知道。”他说：“坏了，连您都不知道，刚才还不如卖给小蔡呢！”小蔡是当时活动在潘家园旧货市场的画商，据说学国画，留着长发，像个搞艺术的。我问他怎么了，他告诉我，前两天他收到了几张字画，其中有一张是马

马相伯与七君子合影

良的，问了几个人，都说不知道是谁，也就没出手。今儿一早，碰到小蔡，小蔡说要，问他要多少钱，他开价一千元，小蔡还价八百元，他没卖。我把他叫到一个僻静处，问他：“东西呢？”他说：“包里呢。”说着，他从书包里取出了四个卷得紧紧的纸轴，我逐一打开，有三幅是王冷斋先生的书法，一幅是马良先生的书法。马良先生书法钤印两方，一方：马良之印；一方：相伯长寿。

说实话，在打开马良先生的书法真迹的一刹那，我真的很激动。这是我第一次看到爱国老人、复旦大学创始人马相伯先生的手迹。此时的心情很矛盾，如果说明了真相，不仅注定今天我买不走马氏的书法，而且连再见一次的可能都不一定有了。

想到这里，我绷住了劲儿，平和地问他：“你的这几幅字，小蔡都要吗？”回答：“就要马良的这一张。”我说：“我要是都要呢？”答：“您就给两千五吧。”我说：“行。”他问：“您能告诉我马良是谁吗？”我说：“现在我也弄不清楚，字写得好，买回送人。”他没有再

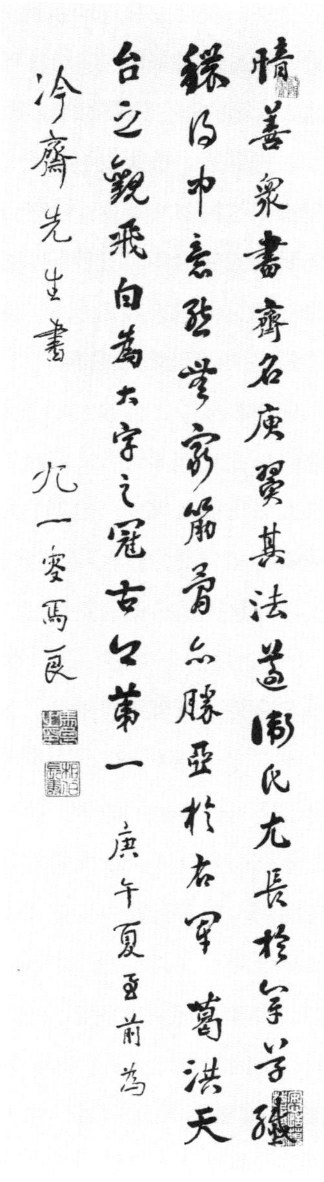

问什么。我马上数钱给了他。他满脸堆笑地接过钱，把字递给了我。此时，我长出了一口气。分手时，他告诉我，家里还有王冷斋写的扇面和他夫人画的画，如果我要，他下周带来。我说：“行。”

回到家，饭也没心情吃了，赶忙摊开马相伯先生的书法，仔细观赏起来。这幅书法落款“庚午夏至前为冷斋先生书，九一叟马良”。庚午年是公元1931年，是年9月18日，日本驻中国东北地区的关东军突然袭击沈阳，以武力侵占东北。9月18日，日本制造“柳条湖事件”，发动了侵略中国东北的战争。九一八事变时，马相伯已届九十一高龄。他深感国难深重，为救亡呼号奔走，发表《为日祸告国人书》，主张“立息内争，共御外侮”。他亲自挥毫作榜书、对联义卖，共得10万元，全部支援抗日义勇军。他先后发起组织江苏国难会、不忍人会、中国国难救济会和全国各界救国会等爱国救亡团体，被公认为救国领袖、爱国老人。此件正是马相伯先生九一八事变时所书。

“为冷斋先生书”之“冷斋”，即王冷斋先生。王冷斋，字若璧，笔名冷公，籍贯福建闽侯，著名爱国人士，诗人。他18岁入保定军官学校第二期，与李宗仁、秦德纯、白崇禧等国民党高级将领同学。毕业后参加了讨伐张勋的战争，后改武从政，在北洋政府工作，20世纪20年代在北京还办过《京津晚报》和远东通讯社，在报纸上公开披露政客的贿选活动，与著名的进步记者邵飘萍等一起被军阀通缉，被迫离开北平，流离天津、上海等地。1935年12月任北平市政府参事兼宣传室主任。1937年年初任河北省第三行政区督察专员兼宛平县长。卢沟桥事变期间，作为事变地区的行政长官，他置身危城，与敌周旋，在同日军谈判交涉中，坚持守土有责、寸土不让的高度民族气节和爱国精神。抗战胜利后，他以证人身份，在远东国际军事法庭审判日本战犯时出庭做证，历数日军罪行，为同胞伸张了正义。从上述王冷斋先生的经历看，得马相伯先生的书法应是他流离天津、上海等地，浪迹天涯之时。

一周过去了，按约定我准时到了潘家园。那个小伙子早已在上周会面的地方等我了。我们见面的第一句话，是他说的。他说："您知道马良是谁了吗？"我说："知道了。"他说："我也知道了。"

到了这份儿上，我心里明白，他肯定知道上周卖给我的马相伯书法亏了。我赶紧避开了这个话题，问他："东西带了吗？"他没吭声，蹲下来，从那个大书包里先是取出了一张报纸，然后掏出了十几个扇面和几张小尺幅的国画。扇面是花鸟画，都没款；国画是梅花，都落款为"胡"。后来听说，"胡"是王冷斋先生的夫人，是个出身显赫家庭的"公主"，琴棋书画都有很高的造诣。

我大致翻看了一过儿，对这些扇面和国画，我并不喜欢，念在上周买了他马相伯书法的分儿上，我还是决定买下来。于是，我便说："东西我都要了，开个价吧。"他说："您说吧。"我说："2000（元）吧。"实际上，他的这些东西，在潘家园根本卖不出这个价。他听完说："不行，今一早，小蔡找到我说，那张马良的书法他出4000（元）。别的不说了，这些扇面您给4000（元）吧。"对于他的这个不讲理的价，我完全可以不认账，走人的。我没这么做，我还价3000（元）。他同意了。

后来，我只留下了王冷斋夫人胡仲贤的两张梅花，其他的转让给了一个画商。不久，这些扇面陆续出现在拍场上，不过，都变成了有款的，而且名头都不小，当然是画商请人补的款。

2009 年 11 月 2 日

碎纸屑里找出的陈寅恪手稿

——陈氏一门三代手迹奇遇记

周越然先生的《书的回忆》中有一段话说："做官有幸运，就是连升；经商有幸运，就是赚钱。购古书者，也有幸运，就是：（一）我要什么书，马上买到什么书，并且价钱不大。（二）或者在冷摊上偶然拾得一种毫不相干的破书，归来审察，发现某名士的印记，某名士的批校。（三）又或者书贾拿了奇僻的古本来售，索价不高，故留之。后来细作考查，知是海内外孤本。" 周先生谈到的三个方面的幸运，我都经历过。别的不必说了，就拿2003年年末我偶得陈寅恪先生手迹的故事来说吧，那简直就是想要什么，就会有人送上门来。

那年岁末的一个下午，快到下班的时间了，我接到经营旧书的朋友杜先生的来电，他说带来一包手稿，已经到了我办公的楼下，请我下楼看看 ，如果我喜欢，可以卖给我，因他准备回老家过春节了。我马上下楼，钻进他的小轿车里，打开包书稿的旧报纸一看，原来是几年前与我擦肩而过的冯承钧先生所译《蒙古与教廷》手稿。

《蒙古与教廷》是冯承钧先生20世纪30年代所译，撰者是法国的伯希和先生。由于各种原因，这部译著，直到1990年才出版。冯承钧先生生于1887年，是我国近代著名的历史地理学家，通英、法、梵及蒙古文和比利时文，曾任北京大学等校教授，对历史地理学有深入研究，尤长于中西交通史和元史。壮岁即患风瘫症，1946年卒于北京。冯氏著译甚丰，主要有《中国南洋交通史》《马可·波罗行纪》《多桑蒙古史》《西突厥史料》《郑和下西洋考》《帖木尔帝国》《吐火罗语考》等，《蒙古与教廷》亦是他的重要译著。

陈师曾用过的竹刻水丞

冯先生所译的《蒙古与教廷》这部手稿，和我真是有缘分。还是20世纪90年代中，大概是1995年或1996年，我和几个倒腾旧书的朋友在一位赵姓书贩的家里小聚。赵先生听说我开始积攒名家手稿，告诉我说，他认识一个安徽籍的旧书贩，他的手里有一部冯承钧先生用毛笔书写的手稿，如果我感兴趣，可以叫他把书稿带过来谈谈。我说，好啊，价格合适，冯先生的手稿我肯定会留下的。当即，赵先生约那个书贩马上到他家来。也就是二十几分钟，那个安徽人背着一个大布袋子来到了赵家。寒暄之后，知道他姓刘，因身材高大，圈内人称他“大刘”。大刘带来的书稿正是冯先生所译的《蒙古与教廷》手稿。这部书稿共三册，非常完整，确为冯先生亲笔，于是开始谈价格。那个时候，名人书札、手稿的价位都不高，我依照当时旧书市场通行的手稿价格，给冯先生的这部手稿出了个价，每册1000元，三册3000元（人民币）。结果这个家伙脑袋摇了好几下，嫌太少。我让他开价，他“狮子大开口”，每册2000元，三册6000元（人民币），并说已经有人给过这个价了。还说少于他开出的价，就不谈了。我又提高了1000元，总共4000元，他依然不卖。老赵出来打圆场儿，我出价到三册5000元，可这小子就是不给面儿。我也恼了，告诉他，不卖算了。

这件事儿，我早就给忘了。谁曾想，事隔几年之后，这部书稿居然辗转到了杜先生的手里。书稿原样没动，价格却翻了个跟斗，杜先生一口价：人民币10000元，没商量。我没犹豫，上楼取钱，下楼付款，取货。为什么我会这么痛快地接受了小杜开出的万元价格呢？时过境迁，进入到21世纪以后，名家书札、手稿的价格已是今非昔比了。杜先生给我开的价，其实是个朋友价，假如书稿依然在安徽大刘的手里，现在他开出的价格绝对要比小杜的一万块高出很多。

除了冯先生所译《蒙古与教廷》手稿，杜先生还把随稿带来的几封书信、残稿等送给我。晚上，我整理那些书信、残稿时，有一页发旧并有水渍的文稿引起了我的注意，字迹很像陈寅恪先生的手迹。我小心地拿起这张陈旧泛黄的稿纸，轻轻地把它放在写字台上，并小心翼翼地用镇纸压住，然后一字一字地往下读：

> 冯先生译文正确（译文时有删节，但无害于大意），又间附注自己所发明者于原文后，甚有益于读者。惟外国字原文之有符号者，仍多未移写正确，将来付印时，似必须悉照原文一点一画皆不讹误方妥。又如伯君原文注五十七云：“此文（指《册府元龟》原文）不言王玄策的实在官名，而名之曰：道王友，颇奇（伯君原文自谓不解‘道王友’之语）。”殊不知“王友”乃唐时之实在官名，

并非朋友之泛称，如《旧唐书》卷四十四《职官志》云：‘王府官属：友一人，从五品下’之类，若一一悉为考订改正，则限于目力，想有所不能也。

再往下读，紧靠纸边有几个并不起眼的字：“寅恪谨注。六月七日。”

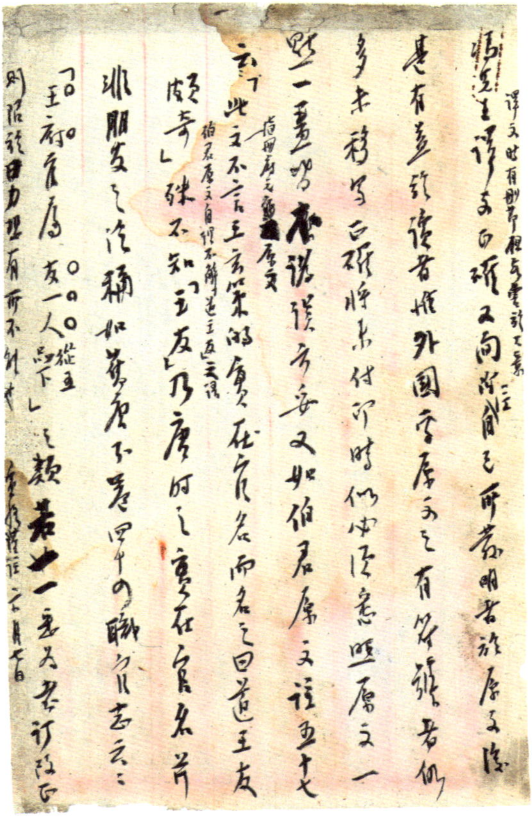

陈寅恪审读冯承钧《蒙古与教廷》手稿

果然不出所料，这页文稿确为寅恪先生亲笔所书！这真应了那句“踏破铁鞋无觅处，得来全不费工夫”的老话。陈寅恪先生写下的这段文字，是在伯希和的文章《六朝同唐代的几个艺术家》中，收入冯承钧译《西域南海史地考证译丛八编》，该文注五十七，写有，“此文不言王玄策的实在官名，而名之曰道王友，颇奇”云云。那时，陈寅恪先生是中华教育基金董事会编译委员会的委员。这个委员会的委员长是胡廷。由此推断，这页文稿是陈寅恪先生在审读《六朝同唐代的几个艺术家》时记下的。

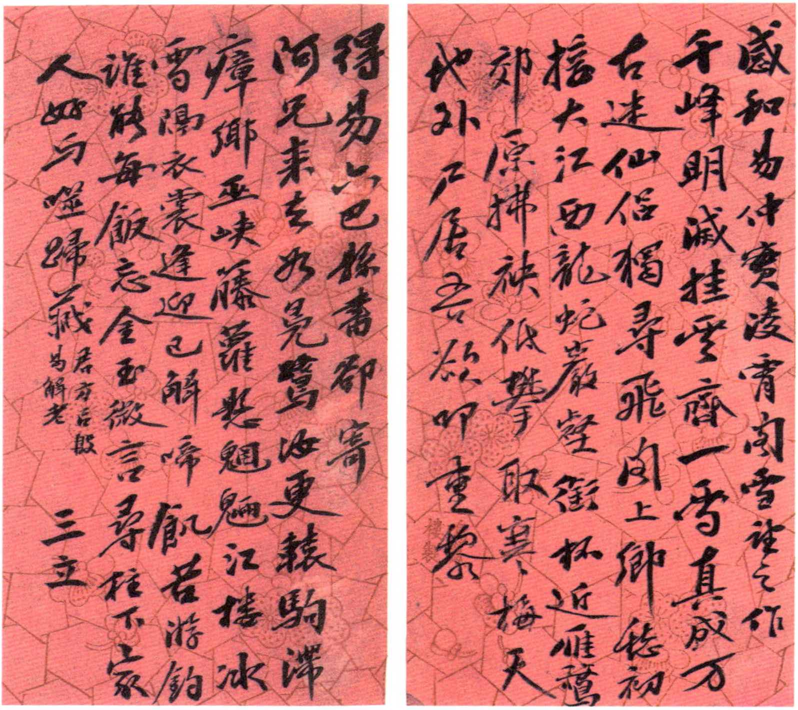

陈三立感和易仲实诗

陈寅恪先生是江西修水人，生于湖南长沙。祖父陈宝箴，道光辛亥举人。累官至湖南巡抚。在湘执行新政，并保荐杨锐、刘光第。“戊戌政变” 陈宝箴被“革职永不叙用”。父陈三立，字伯严，号散原。光绪丙辰进士，授吏部主事。日军据京时，忧愤不食而死。有《散原精舍诗》，为晚清宋诗派大家。母俞明诗，浙江山阴人，能读书习礼，晓之大义。兄陈衡恪民初大画家，曾执教于北京大学。夫人唐筼，字晓莹。广西灌阳人，台湾巡抚唐景崧的孙女。陈寅恪先生少时在南京家塾就读，在家庭环境的熏陶下，很小就能背诵十三经，广泛阅读经、史、哲学典籍。早年随兄衡恪东渡日本，后负笈海外前后14年，精通蒙古、藏、满、日、梵、英、法、德、巴利、突厥、西夏、拉丁、希腊等十几种语言，梵文和巴利文尤精。1925年归国，即与王国维、梁启超、赵元任等并列为清华大学研究院国学门导师。陈氏治学极其广泛，主要致力于魏晋南北朝隋唐史以及唐代文学与政治及社会关系方面的研究，除此文外对佛经翻译、校勘、解释，以及对音韵学、蒙古源流、中西交通史及中印文化交流等课题研究，均有重要发现。他留下的四部专著近百篇论文，千余多读书札记，绝大部分是不朽的传世之作。他不是一个单纯的考据家、资料家，而是一位识见卓绝的思想型的学问家。他的学术思想和方法，对我国学术文化的发展有重大的价值，是海内外学术界公认的最有见识的、最优秀的史学家之一。20世纪40年代初，相继出版了陈寅恪先生《隋唐制度渊源略论篇》和《唐代政治史述论稿》二书。这两部书都是博大精深之作，虽然篇幅不算太多，却把南北朝至唐代政治文化的关键指示出来。

陈寅恪先生的手迹，连同他的祖父陈宝箴、父亲陈三立和其兄陈衡恪，陈氏一门三代的手迹，都是我集藏中国近现代文化名人手迹的

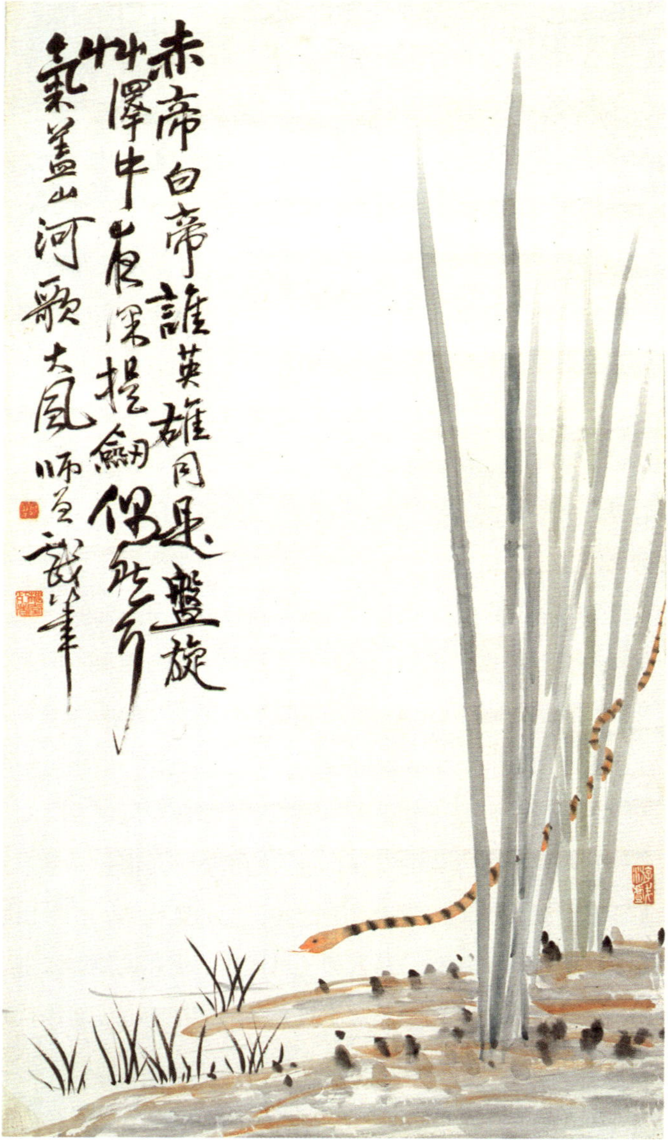

陈师曾绘《气盖山河歌大风》

重中之重。自20世纪90年代初，我就开始了陈寅恪及其乃祖、乃父和其兄衡恪（即陈师曾先生）手迹的寻觅活动。之后，我曾在一次拍卖会上见到过陈宝箴先生的手迹，但拿捏不准真赝，没敢举牌；陈三立先生的书札、对联我见过几件，但都“不开门儿”。后来在琉璃厂一个旧书铺里看到陈三立先生的一副尺幅很小的对联，价格不高，买下了。一个朋友到我家里玩儿，看了这副对联后，说“不好”。我的收藏习惯是，家藏的书画、信札及其杂项等，凡是圈内人不看好的，我也拿不准的，就一定会送人或转让。既然朋友不看好这副小对联，我也不是十分喜欢，于是我便把它送到一家拍卖公司卖掉了。据说竞拍到这副小对联的是上海的一个书商，他放出的口风是：经专家鉴定，这副对联是真迹。直到我准备写《旧墨三记》了，才在北京一家拍卖公司举办的古籍拍卖会上买到了陈三立先生的两页诗稿。说起我能竞拍到这两页诗稿，还真要感谢收藏大家和宏明先生。那天的拍卖会我和他挨着坐，我举牌的几通书札，和先生也都举牌参拍。对于那些书札，我并不十分在意，当价位到了一定的高度，我也就不举了。结果和先生一连气拍到了好几通。到了陈三立先生的诗稿开拍的时候，场上举牌者不下十几个，当然和先生亦为之一。一般拍卖会我很少去现场，大多是办委托。我这次来拍场，主要是为了请回陈三立先生的诗稿。开始拍的时候，我并没有上手，直到竞争者仅剩二个人的时候，我才始举第一牌。这剩下的二个人，其中的一个，就是和先生。他看我开始举牌，便问我：这个你要啊？我说，我有用。他不举了。和先生的实力，我是清楚的，他这是成全我。一件拍品，最后只剩下两个人时，也就是到了决战的时候了，这时拍品的价格也自然超出了物品的实际价格。最终我竞拍到了陈三立先生的两页诗稿，我把它收录到我的《旧墨三记》的开篇。

实际上陈氏一门三代的手迹，我得到的第一件正是陈寅恪先生的手迹。那是21世纪初，与人合编《二十世纪中国文化名人墨迹》一书的时候，我和一个经营书画的徐姓朋友聊天，他说家里藏有陈寅恪和吴宓两位大师的诗稿，并提出我可以拿书画和他交换。我并不怎么收藏书画，可家里也还是有几张不错的画。于是约好时间，我带上那位徐先生指名要的几张画，到他家进行交换。遗憾的是，他翻来找去仅找到了陈寅恪的诗稿，而吴宓先生的手迹则不知被他的夫人藏到哪里去了。虽然如此，我还是将带去的书画全部给了他。诗是陈寅恪先生执教于西南联大时，于1940年年初赴重庆，出席中央研究院评议会议之后所作，诗云：“自笑平生畏蜀游，无端乘兴到渝州。千年故垒英雄尽，万里长江日夜流。食蛤那知天下事，看花愁近最高楼。行都灯火春寒夕，一梦迷离更白头。”据说，陈氏与会时，见到了蒋介石，深觉其人不足为，有负厥职，故有此诗。 后来，我把这件诗稿收录到《二十世纪中国文化名人墨

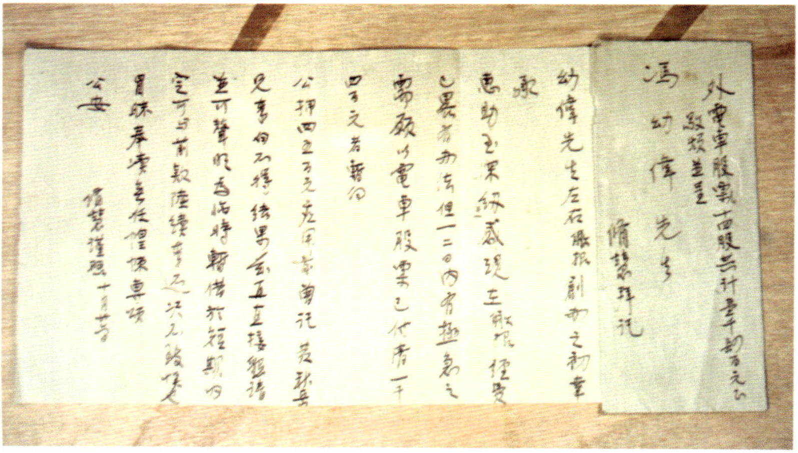

邵振青夫人汤修慧信

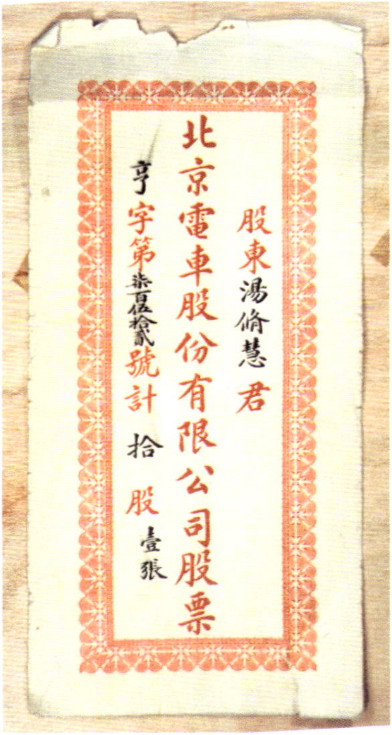

汤修慧股票封套

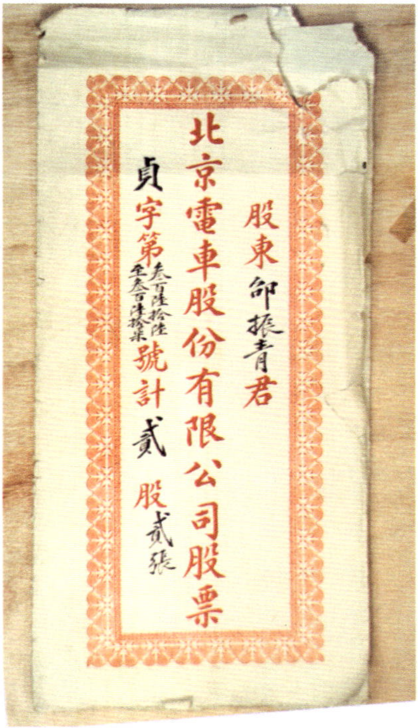

邵振青股票封套

迹》中。书出之后，沪上有个藏友提出拿一件我更加需要的藏品与我交换陈氏的诗稿，我同意了。我当时想，偌大的北京城，再找一件陈寅恪先生的手迹不应是件难事儿。谁曾想，之后的几年，尽管我费了不少心思，也没有再见到第二件陈寅恪先生的手迹。直到我得到了前文所述的陈寅恪先生在审读《六朝同唐代的几个艺术家》时记下的文稿，才了却了我的心愿。

我得到陈师曾先生的画作，是我与友人徐先生交换到陈寅恪先生的

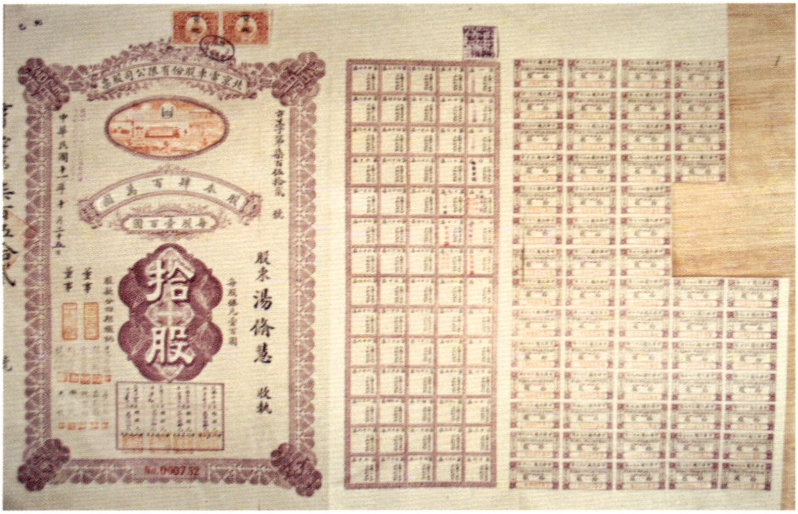

汤修慧股票

那件诗稿不久的事儿。那是陈师曾先生所绘的一幅国画，画幅不大，但却蕴含着汉高祖刘邦醉斩白蛇和刘邦创作的《大风歌》的故事。画面上的草泽之中有一条红蛇昂首向前，有所向披靡之势，笔简意饶，形态逼真，颇有意境，耐人寻味，显露出典型的陈氏的水墨画风格。画面配诗一首，曰：“赤帝白帝谁英雄，同是盘旋草泽中。夜深提剑偶然行，气盖山河歌大风。”虽然落款书“师曾戏笔”并钤有一“游戏”之印，但我们可从其题材的选择中看到他独特的笔墨趣味，与他对现实的思考，并对其所谓“文人画”更有了深切认识。

陈师曾先生画作的原藏者，是上海的一位姓郑的藏家。后来，这位郑先生迷上了集藏各个时期的股票证券。恰好我收藏一种民国时期周学熙先生在北京创办电车公司的股票，这些股票的主人原本是著名报人邵飘萍（本名邵振青）先生，后来他被张作霖杀害了。邵飘萍先生遇难后，他的夫人汤修慧女士继承夫志，决心恢复邵氏生前所办的《京报》，于是汤夫人委托黄濬（字秋岳）和冯耿光（字幼伟）先生将这些股票抵押给一家银行，以筹措重新启动报馆的资金。新中国成立后，这些股票从银行流落到民间旧书市场，被我买到了。一次，陕西的《收藏》杂志和我约稿，我便写了一篇介绍这些股票来龙去脉的文章，发表在这个杂志上。不久，我接到了一位读者的来信，就是上海的那位藏有陈师曾先生国画的郑先生。信中，他说想用一些书画和名人书札与我交换那些北京电车公司的股票。也是巧，接到信后没几天，因事出差赴沪，我和郑先生取得了联系，经过一番协商，我把家藏的北京电车公司的股票全部转给了郑先生。郑先生则把包括熊十力、马一浮、余绍宋、马公愚、陈铭枢等名家的十余件字画、书信转给了我。其他的都有钟泰先生的上款，唯独陈师曾先生的这件没有上款，可郑先生坚持说，这件确实是来自于钟泰先生的家里。

2010 年 3 月 29 日晚 6 时
完稿于北京复外大街十号

清华首任监督书札险失记

我痴迷名人书札集藏，曾有个把北京大学和清华大学自创立至民国的历任校长、知名教授的书札集全的宏伟计划。经过了长达30多年的努力，还真收集了不少，但究竟与预期的目标有多大距离，心里没底。于是，我利用春节长假对家中所存名家手迹，做了一次整理、归类。经查，北京大学的历任校长手迹，基本上都有了；知名教授的手迹也算齐全。清华大学初创时期的知名教授没有几个，进入民国至新中国成立初，基本上都有了，这要归功于陈梦家先生，家存的清华教授手札，大多来自于梦家、萝蕤夫妇旧存。清华大学清华学堂自1911年2月至1948年12月，共有过10位校长。如果把无校长名义但有校长地位、即通常所说的“第一把手”的领导人也都计算在内，“老清华”阶段（1948年以前）应该是15位，计有：周自齐（总办）、颜惠庆（代总办）、唐国安、周诒春、赵国材（代校长）、张煜全、严鹤龄（代校长）、金邦正、王文显（代校长）、曹云祥、温应星、罗家伦、吴南轩、翁文灏（代校长）、梅贻琦。而敝斋目前所存只有周自齐、罗家伦和梅贻琦三位先生的书札。不过，在清华的历任校长中，重要的也就是这三位了。周自齐是清华学堂的奠基人，而罗家伦是清华大学第一任校长，梅贻琦是任清华大学校长时间最长的一位。

关于北京大学前身京师大学堂自首任监督（校长）孙家鼐以来的历任校长和清华大学的罗家伦、梅贻琦两位校长，我曾在“旧墨记”书系中已有过专文。而清华首任监督（校长）周自齐的书札，是我在完成了《旧墨三记》之后所得，故未能收录到“旧墨记”书系中。

说起得到周自齐先生的书札的场景，至今仍历历在目。当初，我若稍有不慎，这通书札就会与我失之交臂。

我首次发现周自齐先生的书札，是在中国书店的一次拍卖会预展上。一批民国陈篆上款的书札待拍，写信人均为中华民国北京政府历届的高官显贵，如熊希龄、孙宝琦、郭则沄、曹汝霖、梁士诒，还有一位署名“自齐”。当时我在翻阅这组书札时，心里很清楚“自齐”就是曾任游美学务处总办，之后兼任清华学堂监督的周自齐。因那时，国内有几个集藏名人书札的后起之秀，也非常热衷于名校校长、教授手迹的收藏，如果大家都知道清华首任监督周自齐的手迹出现在此次拍卖会上了，那还不“杀”红了眼睛，价格哄抬得离了谱？按照我的脾气，有用的、喜欢的一定要坚持到底，志在必得。可这样的结果是凭空浪费很多银子。因此，要想把喜欢的、有用的收入囊中，不仅有眼力，还要有智慧，也就是必须要做到：知道了，也不说。

在这方面，我是有过很多教训的。别的就不说了，单说北京一家拍卖公司，几场拍卖会都有易顺鼎先生上款的书札上拍。一次，我去看预展，正在翻看易氏上款书札，一位与我半熟儿脸的亦藏亦商的中年男子，凑过来问我，署名“谦”字的书札作者是谁，我随口告诉他说是清末湖南籍学者“王先谦”。结果，到拍卖会开拍那天，我刚落座，有熟人过来问我：今天有王先谦的书札，您买吗？我问：谁说的，我怎么没看见？那个人说，都说是您看预展时说的。我顿时明白了。其实，我今儿个就是为了王先谦的书札而来。结果是，价格远远地超过了我预计的价格，拍卖师才落锤。

从中国书店那里拍东西，我基本上是办委托，不到现场。这次我委托中国书店要拍的几件，其中最主要的是陈篆上款书札，而这里边，我最需要的是熊希龄和周自齐两位的书札。到了陈篆上款书札开拍时，竞争激烈，根本没我加价的份儿，最终以超出我预计价位很多，被一位藏家所得。需要说明的是，对于周自齐先生的书札，我很需要，可我亦知收齐清华创建以来，尤其是早期的几位校长（监督）手迹，是太难做到的事情，也因此我早已把清华校长手迹锁定在 “清华学校”升格为“国立清华大学”的首任校长罗家伦以后。这也是我虽未拍到包括周自齐书札在内的这组书札，并不十分烦恼的原因。

事情过去很长时间了，我都忘记曾有过这么档子事儿了。一天沪上朋友来电话说，有个和我也熟悉的朋友近来喜欢收藏签名书和名人书信实寄封，听说我有许多，想拿一些书札和我交换，可又怕我反感，不予理睬，也就没有直接与我联系，让他转告。我说可以，反正那些签名书和实寄封一时也派不上用场，我让他先把欲拿来交换的书札拉出名单给我。很快我就收到了他寄来的书札名单，而这份名单赫然写着那一组民国陈篆上款的书札，只是缺少“自齐”的名字。

我当即与那位欲与我交换的藏家取得联系，本来这个人就是个“满天飞”的主儿，对集藏这件事看得很重，特别执着，接到我的电话，当即从东北来京，与我洽谈。那天他还真带来不少书札，有几通是当初我也参拍，但因拍场价格与物值悬殊，我放弃了的。因为是熟人，我带来的签名书和他提出的钱玄同、熊十力、沈钧儒、邓拓以及孔祥熙等十几个实寄封和林徽因的批注本、胡适送给陆小曼的签名书等，只要他喜欢的我都给了他。我要他的书札有限，最主要的是请他把在中国书店拍到的那一组民国陈篆上款的书札转给我。当他把那组书札展示给我的时候，我发现里边没有了熊希龄和署名“自齐”的书札。我问他怎么回事，他说，本来这组书札是与人合拍的，那个人只要熊希龄的书札，可一直没寄出，尚在家里存放。至于那个署名“自齐”的书札，还没有搞清楚是谁，估摸您也不会要，就没带过来。我说，既然交换，就要一组全的，拆开了，信息就不完整了。不要管书札作者是谁，也不管你和谁合伙，反正这一组我要全的，否则就不换了。之所以这么“强硬”，是因为我摆放在桌上的交换品，于他是极有吸引力的。最终谈妥，我让他把看上的我的东西全部带走，并再三叮嘱他回到家里迅即把欠我的书札快递过来。

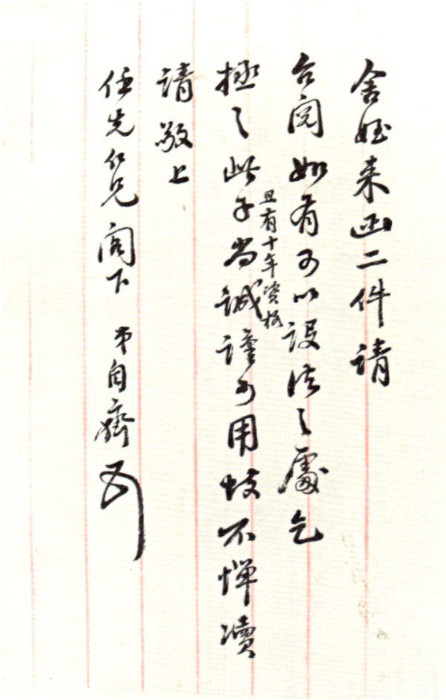

周自齐致陈篆（任先）书札

几天后，他的快递来了，里边装有熊希龄和“自齐”的书札。据他在电话里讲，他这样做，惹得他的那个朋友很不高兴，而且告诉他，刚开始并不知道“自齐”究竟是谁，经过查阅资料，已确认“自齐”就是周自齐，他是清华学堂首任监督，也就是清华的首任校长。原本最近是想让其寄熊希龄书札时就手儿把“自齐”书札也寄给他的，没想到让我捷足先登了。他强调说，其实已猜到我并不在意曹汝霖等的书札，看重的只是那件“自齐”的书札。

周自齐早在1923年9月就已经离世了，这封书札是我多年来首次见到的，而且没听说哪个藏家手里还有其手迹，可谓弥足珍贵。

关于周自齐先生，时人了解他的恐怕不多，故而有必要用些笔墨谈谈这位清华奠基人。

周自齐戎装像

周自齐，1868年出生于官绅世家。曾祖父周鸣銮，广东分巡雷琼兵备道；祖父周毓桂，任广东雷州府知府；父周镐秀，为广东候补巡检。他自幼聪颖好学，刻苦自励，勤奋攻读，天资非凡。1891年报考了广州同文馆（中国第一所外语学堂）学习外语，学业出众，颇有名气。两广总督张之洞对他十分欣赏，以翻译生的名义把他送到京师同文馆就读，后又到美国哥伦比亚大学留学。

周自齐1894年应京兆试，被录取为光绪甲午科顺天乡试副榜。1896年，户部侍郎张荫桓将其推荐给中国驻美国公使馆公使伍廷芳。同年，赴美作为驻美使馆学生参加锻炼。后随梁诚出使美国，历任驻美公使馆书记官、参赞、驻纽约旧金山领事等职，其间代理出使美、日、秘鲁等国使臣。在维护清政府利益的同时，做了许多于国于民有益的事情。

1898年，周自齐任驻美领事时，湘、鄂、粤三省绅商要求自建粤汉铁路，清廷迫于美方压力，拒绝了他们的要求，并委派伍廷芳与美国美华合兴公司签订了《粤汉铁路借款合同》，严重损害了中国的利益。后美国政府擅自推翻原合同，把粤汉铁路大量股票转卖给比利时垄断集团，将粤汉铁路的修筑权作为外国资本财团做交易的筹码。周自齐当即代梁士诒草拟了赎回粤汉铁路的奏章，并积极支持湘、粤、鄂三省民众的赎权运动，迫使清廷赎回粤汉铁路的修筑权和所有权。

1901年，周自齐赴古巴任代办，时古巴政府以中国没有与其订立税则条例为由，任意扣押中国商人的贸物，殴打中国商人，暴收关税。他到任伊始，即出面与古巴政府交涉，据理力争，最终拟定中古税则，维护了中国商人在古巴的合法权益。

1903年，周自齐调任美国旧金山总领事。旧金山发生强烈地震后，他带头募捐，赈济危难华侨，受到驻美华侨的赞颂。1904年，任驻美华盛顿公使馆一等秘书。12月，10万余旅美华侨联名上书清政府，要求废除业已到期的虐待华工条约。美国政府蛮横坚持续约，旨在继续虐待华工。周自齐严厉驳斥美国政府的行为，促使清政府与美国签订了禁止虐待华工的条约。

1908年，周自齐从美返国，1909年7月任游美学务处总办，1911年2月兼任清华学堂监督。周自齐在任游美学务处总办和清华学堂监督期间，主持考试选派直接留美学生三批共180人；主持筹建游美肄业馆（后改名为清华学堂），择定拥有30余公顷的清华园作为校址，聘请教员，招收学生460人。清华学堂于1911年4月29日正式开学，并取“水木清华”之意将学校命名为“清华学堂”，周自齐任清华学堂首任监督，直到1912年赴山东任职时方解任，为中国名校的创建做出了不可磨灭的贡献。

辛亥革命爆发，袁世凯在北京组阁，任命周自齐为财政次长。1912年，改任山东都督兼民政长，组织民团，设防山东。曾核拨250支枪帮助单县组织地方武装，以安定地方，防匪防盗。后山东警卫军吴攀桂部3个营进驻单县城山西会馆，其部扰民滋事，滥杀无辜，周自齐得知消息后迅速将其调离，对扰民士兵和军官加以严惩。1913年8月，周自齐应召回京，任中国银行总裁。熊希龄任总理后，周自齐任财政总长，后改任交通总长。其间首倡中国第一个植树节。

袁世凯为实现其称帝企图，积极拉拢周自齐。新约法颁布后，再度任命其为财政总长，后又兼任陆军总长。他成为袁世凯的心腹，与段祺瑞、冯国璋等并称“袁世凯十三太保”。1914年年底，周自齐在袁世凯秘密授权下，请宪法顾问古德诺为北京政府起草了一份备忘录，为中国推行帝制提供了理论依据。是年，周自齐支持“洪宪”帝制，恢复内阁，任财政总长、盐务署督办兼中国银行总裁。1915年，袁世凯拟委派周自齐赴日秘密签订《二十一条》，周自齐称病，闭门不出，并巧妙地通过美国记者端纳，把日本对华《二十一条》的消息向外界透露出去。1916年6月，袁世凯称帝企图破灭，内阁解散，周自齐辞去所有职务。他因参与筹备帝制活动被列为帝制祸首之一，避难日本。

1918年2月，冯国璋代署总统，取消对周自齐的通缉令，电函周自齐回国任职。1919年，回国后任币制局督办。其间捐巨资助建南开大学。1920年靳云鹏任内阁总理，周自齐被任命为财政总长。时北京政府财政混乱，为稳定大局，他与交通总长叶恭绰商议发行新公债，遭到其他官员的反对与弹劾。1921年靳云鹏不得不将其免职，派他以中国代表团顾问的身份赴美参加华盛顿会议。

1922年3月，直奉军阀混战，局势动荡，周自齐临危受命，署理国务总理兼教育总长，4月，捐大洋1000元资助编修《单县志》，并任督修。1922年6月2日，大总统徐世昌辞职，周自齐摄行大总统职务。6月11日，黎元洪复总统职，周自齐挂职财政整理委员会。因厌倦官场生涯，他决定退出政界，去美国游历。在美国对电影业产生浓厚的兴趣，决定回国发展电影事业。他回国后创办了中国第一个电影公司，定名为孔雀电影制片公司，计划经营、发行外国影片，并尝试拍摄中国电影，但此计划未得实施。因经年操劳，周自齐于1923年9月12日在北京病逝，享年55岁。

周自齐算得上是英年早逝，加上后人对他的经历、政绩研究不够，致使许多人不知道周自齐对清华的贡献。一些研究民国人物、事件的文章，是把周自齐作为民国时期的政治官僚来对待的，谈到他与清华的关系往往是一带而过。民国时期风云人物，浩如烟海。因此，现今的人们不记得周自齐这个人，是很正常的，不知道他曾经与清华的血脉关联，亦不足为奇。

最后谈谈周自齐先生和其他几位的书札内容和时代背景。先说受信人陈箓。

陈箓，福建闽侯人，字任先，出生于1877年，卒于1939年。他早年肄业福州马江船政学堂，后毕业于武昌自强学堂法文班，曾留校任教习。1904年赴法国留学巴黎大学。1907年获法学学士学位。回国后赏法科进士，授编修。历任修订法律馆纂修，法部主事，外务部郎中。入民国，历任外交部外政司司长，驻墨西哥公使，库仑（今蒙古人民共和国乌兰巴托）都护使兼办事大员，外交次长、代总长。1920年至1927年任驻法公使，其间曾两次任国联中国代表。1928年在沪为职业律师。1934

年任国民政府外交部顾问。抗日战争爆发，出任南京梁鸿志伪政权外交部部长，后被国民党军统特工刺杀于上海寓所。

结合陈箓的履历，周自齐写给陈氏的信应在1920年之前，陈箓时任外交部外政司司长时。可以佐证的是，曹汝霖、熊希龄、孙宝琦、郭则沄、梁士诒等中华民国北京政府历届的高官显贵等在致陈箓的信中所言亦为请托陈箓在出国的人事安排上考虑他们推荐的人选。这些信中不仅多次出现“贵部”、“大部”或“总持部务”等字眼，在梁士诒的信中还有“陆总长衔命赴欧，部中参随使节者不少，计时当数月后始能回国，执事总持部务……”云云。

2010 年 3 月 16 日

完稿于北京复外大街 10 号

胡适先生手迹背后的故事

胡适先生一生在哲学、文学、史学研究诸方面都有成就，并有一定的代表性，他是中国现代哲学史上颇有影响的思想家，是新文化运动中最有影响的人物之一。胡适先生还是继蔡元培、蒋梦麟二位先生之后，北京大学历任校长中最有影响的校长之一。尽管在抗战胜利之后的1946年被任命为北京大学校长，到1948年12月中旬，带着几册正在校勘的《水经注》稿本和他视为珍宝的十六回残本《甲戌本脂砚斋重评石头记》离京，任北京大学校长只有两年，但是，胡适先生对北大的贡献是不可估量的。

由于胡适先生在中国现代文化史上有着重要的地位和影响，因此，他的手迹成为多年以来名人手迹收藏家收藏的重点之一。笔者翻检近几年来中国大陆的几家主要拍卖公司的拍卖图录，胡适先生的手迹在拍场出现不多，但拍出价格都很高。具体来说，近两年来，胡适先生手迹出现在拍场，并拍出近乎“天价”的有二件：一是在中国嘉德公司2010年11月22日举行的《旧时明月——一个文人的翰墨因缘》拍卖会上，胡适先生的《录贯酸斋清江引》墨迹镜心，也就一平方尺的样子，估价18万至25万元（人民币），结果从15万元起拍，最终以123万元（人民币）

落锤；另外一件是2011年嘉德以529万元（人民币）拍出的胡适先生水墨洒金笺《行书四条屏》（127厘米×21厘米×4，每条2.4平尺）创下了胡适先生手迹拍卖的最高成交纪录。这件作品是胡适先生以自作诗《陶渊明同他的五柳》，送给中国著名版本目录学家顾廷龙先生的。1928年胡适先生游庐山，在探访陶渊明故里的途中读《庐山志》，见宋人周必大《庐山后录》中有前人题诗云："五字高吟酒一瓢，庐山千古想风标。至今门外青青柳，不为东风肯折腰。"胡适先生感喟油生，在《庐山游记》中写道："我读此诗，忽起一感想：陶渊明不肯折腰，为什么却爱那最会折腰的柳树？今日从温泉回来，戏用此意作一首诗：《陶渊明同他的五柳》。"

> 当年有个陶渊明，不惜性命只贪酒；骨硬不能深折腰，弃官归来空两手。瓮中无米琴无弦，老妻娇儿赤脚走。先生吟诗自嘲讽，笑指篱边五株柳：看他风里尽低昂，这样腰肢我无有。

有人评价说胡适先生的字和他的为人为文也十分相像，即深入浅出、明白如话。他的文笔清清爽爽，再深的学问也能表达得干净利落、晓畅通俗；而他的为人待友，也是和蔼可亲、平易近人。观其书法，举重若轻，条理分明，章法自然朴素，有一种平实、亲近的自然之风。此四屏书法，线条舒缓，笔墨厚重，结字随性开张，具有浓郁的书卷气，书法与书写内容相得益彰，具有极高的收藏价值。以我的体会，这个评价是恰如其分的。

关于胡适先生的书法小品《录贯酸斋清江引》墨迹镜心，自打面世就充满了传奇，在此不妨多用些笔墨。

《清江引》是元朝贯云石酸斋所作《惜别》四首之四："若还与他相见时，道个真传示：不是不修书，不是无才思，绕清江买不得天样纸。"上款"写给充和汉思"，下署"适之"，不写年月日，钤"胡适"白文仿汉印。在这帧书法小品的左下角，还有小小的两行字："黄裳留玩，充和转赠，一九八七年四月。"

胡适先生的这件作品，对我来说并不陌生。那是2000年5月，我和友人刚刚出版了一册名叫《二十世纪中国文化名人墨迹》的图集，寄送沪上友人W君不久，W君来电说复旦大学出版社正计划为一个叫潘亦孚的浙江商人，出一册《百年文人墨迹》的图集。那时国内以专门收藏文化名人手迹的人区区可数，我还真的第一次听说藏界有位潘先生。W君详细跟我介绍了潘先生的经历和他所藏的文化名人手迹，并特别强调，他是靠黄裳先生卖给他的藏品起家的，又买了一些谷苇先生旧藏，而后W君也陆续转让了一些……有了今天的规模。我问W君，黄裳先生都有哪些藏品转给潘先生了，W君大致说了说，我记得最清楚的一件就是胡适先生的《录贯酸斋清江引》墨迹镜心。

那时候我的收藏主攻方向是近现代文化名人手迹，而特别关注和青睐的是曾经在北大、清华任过教授的学人手迹。其时，胡适先生的手迹我已有了两件：一件是胡适先生写给时任商务印书馆总经理王云五先生的信；另一件是一册胡适先生旧藏并题字的《内阁文库图书第二部汉书目录》。关于这两件藏品的收藏经过，还是蛮有故事的。

胡适先生写给王云五先生的信是写在他自己的名片上的，是我在一批商务印书馆旧档中发现的。原本胡适先生留存大陆的书札就不多，写在名片上的信可谓凤毛麟角了，更显弥足珍贵。胡先生的名片简单朴素，仅有"胡适"二字，左下方印其时所居住址和电话：北平米粮库四号；电话：25110。

胡适先生是1930年11月底从上海至北平，住进米粮库四号的。这所房屋是一座宽敞的三层洋楼，有个很大的庭院，院里有树木花草和散步的广场，还有汽车房、浴室、锅炉、卫生间。那时罗尔纲长期住在他家，徐悲鸿、徐志摩、丁文江、汪原放也常住在他家里。那年，他担任北京大学文学院院长，并主持中华教育文化基金董事会的编译委员会。1930年12月17日是胡适虚岁四十的生日，北京大学的同人，曾在这里为他庆寿，他的学生魏建功撰文，好友钱玄同书丹，写了一篇别开生面的白话章回小说体的寿文《胡适之寿米粮库》，后来这篇寿文发表在1932年《国语周刊》第67期上。胡适先生离开大陆后，这所庭院又先后易主。2004年，北京晚报上曾有一则消息说，在北京旧城改造的过程中，保留了31处名人故居，不知是否包括胡适先生曾经居住过的这所庭院。

胡适先生写给王云五先生的名片"信"是把一个叫刘学璿的人介绍给王云五，因这个刘先生写了一本《新式速记》的书想请商务印书馆出版。刘学璿这个人，名不见经传，他1926年毕业于香港大学文科教育系，致力于速记术的研究达13年，才有了这部《新式速记》的书稿。王云五进商务印书馆即是胡先生介绍的。刘学璿想在商务印书馆出版自己的著作，应该是找对了人。胡先生也确实认真地帮忙，他让刘学璿拿上自己的名片去找王云五先生，并在名片上写了推荐信，他说：

> 刘学璿先生（两年前曾作赵元任兄的助理员）著有《新式速记》一书，他很自信，很想由贵馆出版！我劝他和先生接洽，倘蒙许他寄之审查，至感。适上　廿四、四、七。

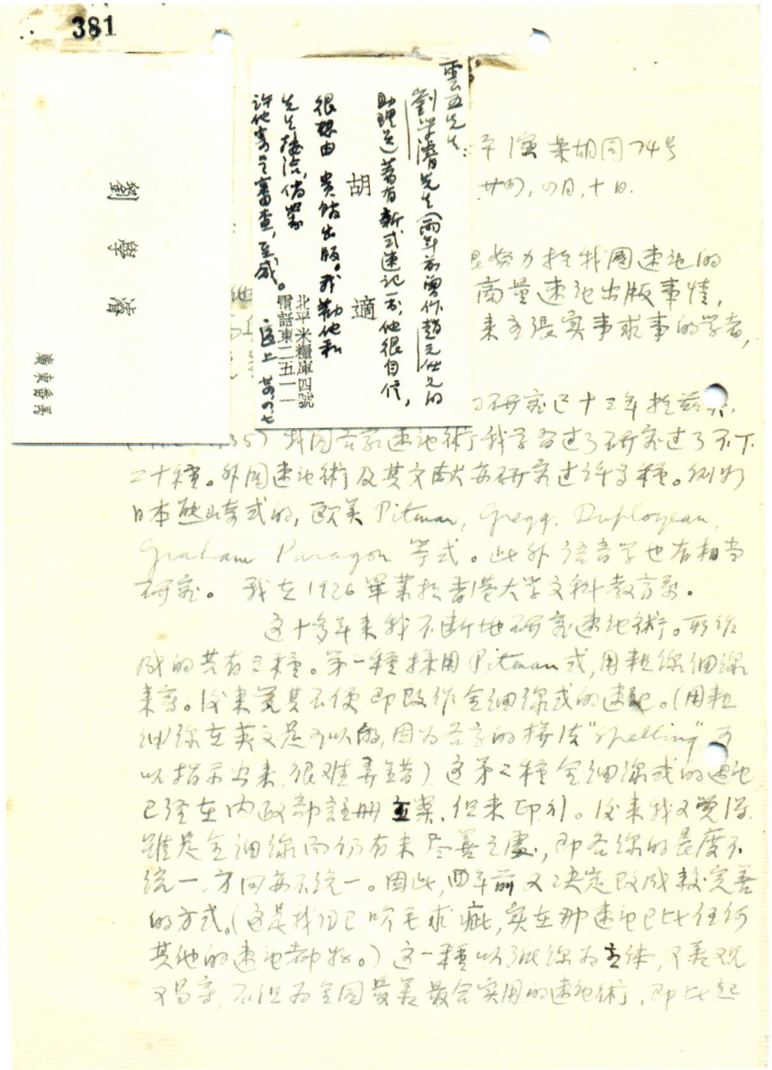
381

劉學濬

云五先生：刘学濬先生（两年前曾作赵元任先生的助理员）著有新式速记术，他很自信，很想由贵馆出版。我劝他和先生接洽，倘蒙许他寄书审查，至感。

适上 廿四，七

胡適
北平米糧庫四號
電話東二五一一

胡同74号
廿四，四月，十日.

努力于我国速记的
商量速记出版事情，
来是很实事求事的学者，
研究已十三年，
我国各家速记术我都看过了研究过了不下二十种。外国速记术及其文献亦研究过许多种。例如日本熊崎式的，欧美 Pitman, Gregg, Duployan, Graham Paragon 等式。此外语音学也有相当研究。我在1926毕业于香港大学文科教育系。

这十多年来我不断地研究速记术。所作成的共有三种。第一种采用 Pitman 式，用粗细线来写。后来觉其不便即改作全细线式的速记。（用粗细线在英文是可以的，因为每字的拼法“spelling”可以指示出来，很难弄错）这第二种全细线式的速记已经在内政部注册立案，但未印行。后来我又觉得虽是全细线而仍有未尽善之处，即各线的长度不统一，方向亦不统一。因此，四年前又决定改成较完善的方式。（这是我们已吹毛求疵，实在那速记已比任何其他的速记都好。）这一种以细线为主体，又美观又易写，不但为全国最美最合实用的速记术，即比起

胡适在名片上写给王云五的推介信

但结果如何呢？商务印书馆的审稿意见亦在鄙处，审稿人名顾复泉，他在意见中说：

> 刘君著作曾于上年九月寄来请为出版，经审查以其书甚有价值，惟因其历年教学结果未明，恐销路较差。余无多大问题。

王云五先生根据这个审查意见，写下了三个字：“婉却之。”胡适和王云五的私交是很深的，按理说，作为商务印书馆的经理答应出版一

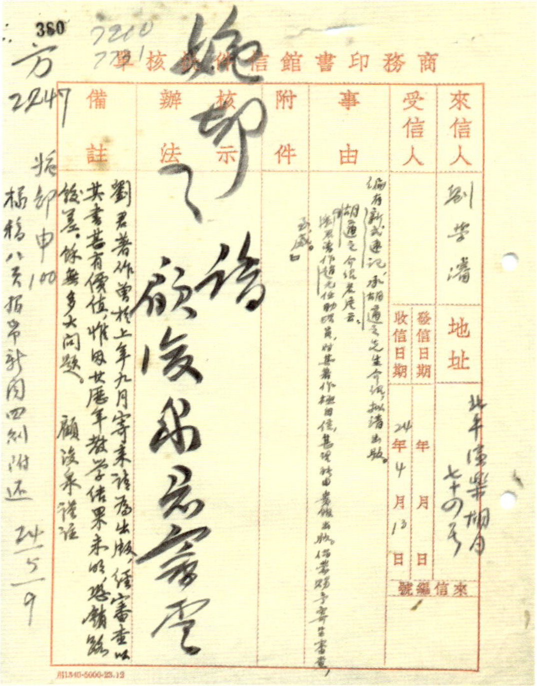
商務印書館信件核批單

來信人	受信人	事由	附件	核示	辦法	備註
劉雪濤				婉卻之		劉君著作曾於上年九月寄來請為出版，經審查以其書甚有價值，惟因其歷年教學結果未明，恐銷路較差。餘無多大問題。顧復泉謹註

地址
發信日期 年 月 日
收信日期 24年4月13日
來信編號

审稿意见

本书是没有问题的，但王云五不因私情，而更多地去考虑企业的利益这一点，是让人敬佩的。

至于胡适先生旧藏《内阁文库图书第二部汉书目录》，我得到的经过，也是蛮曲折的。大概是1997年秋的一个周六的上午，我正在潘家园文化市场淘书，一个很熟悉的经营旧书的朋友说，有一本胡适先生题签的日本书，问我要不要。我对签名书不感兴趣，又是日文书，就婉拒了。中午与几个朋友就近在潘家园一家餐馆就餐，大家都把斩获的藏品展示，其中一友得意地从书包里小心地取出一册大开本精装书来，说：这是胡适先生旧藏，还有胡先生的题记呢！我马上反应出这本书就是上午提到的胡适先生题签的日文书。

这册《内阁文库图书第二部汉书目录》，由日本内阁书记官室记录课编纂，大正三年（1914）十二月十五日印刷，同年十二月二十日发行，发行者大谷仁兵卫，印刷者井田耕治。发行所：帝国地方行政协会。扉页胡适先生的题记十分简要，但对此书的珍罕性和如何得此书的经历叙述极清楚：

> 内阁文库的书目一册。
>
> 此本流传甚少，虽狩野博士亦未得此本。我去参观时，托岩村成允先生再三求请，始得此册。
>
> 胡适　十六、五、七。

这是一册极为珍罕的书籍，书品相极佳，虽为日文书，但只是序言为日文，所有各编均为中文，除了扉页胡适先生的近五十字题记，并有“奉赠”两个毛笔书写的汉字并钤有一“内阁文库”之印，书中

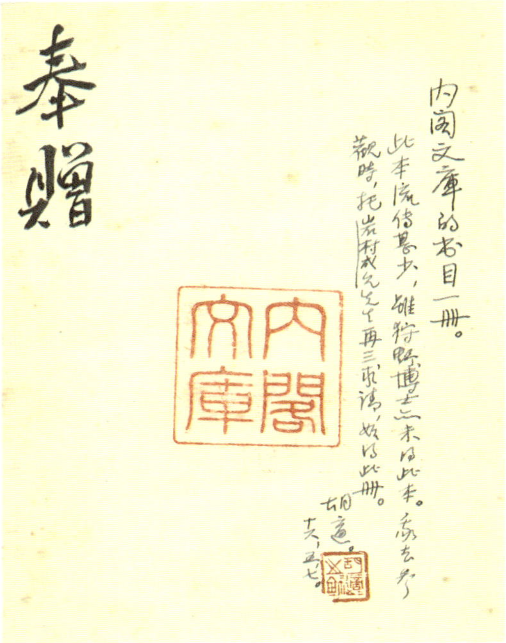

胡适先生题记

还有胡适先生批注多处。胡先生提到的狩野博士，名狩野直喜（1868—1947），是“京都支那学”的开创者，日本近代的大儒，还是20世纪初期敦煌文献研究这一新学术的创始人之一。与如此珍本失之交臂，当时我的心里烦透了，午餐都没吃好。

时过境迁，又是一个周六的上午，一位在潘家园做旧书生意的朋友，和我商量想拿一本胡适先生题签书，换他不久前卖给我的1944年由晋察冀新华书店出版的《毛泽东选集》5卷合订本，说有朋友找。我当即叫他拿书给我，原来就是几年前与我失之交臂的那本有胡适先生旧藏并有其题记的《内阁文库图书第二部汉书目录》。我当即同意交换。那册《毛泽东选集》是我替外地一书友买的，因为太忙，还没有寄出。我马上打电话与这个朋友商量，他同意了，但条件是一定再帮他买和这套同样版本的《毛泽东选集》。遗憾的是至今这个许诺也没能实现，据说1944年发行的《毛选》近年来已经大涨，去年中国书店拍出了一册，高达20多万元（人民币）。

在当时的收藏圈子里，我是以不收钢笔书札闻名的，又不喜欢签名书，自然对现有的两件胡适先生的钢笔手迹，不甚满意，一直在寻觅胡适先生的毛笔书札或书法。那时胡适先生的手迹线索很少，听到潘先生有藏胡适先生毛笔书法的消息，当即委托W君与潘先生商量可否把胡适先生的《录贯酸斋清江引》转让给我。过了几天，W君告诉我说，潘先生表示出了书之后可商量。

2001年6月，我收到了W君从上海寄来的潘先生编著的《百年文人墨迹》，这是潘先生委托W君送我的。随书，W君还寄给我一件某杂志介绍潘先生的文章，得知潘先生是从经营验钞机发的家。我认真翻看了几遍这册《百年文人墨迹》，书中收录了大约130多位文人手迹。其中有黄裳先生旧藏24件，依次为：张元济《与傅沅叔、蒋竹庄游天台宿峰顶》、李宣龚《园菊得花喜而作》、黄炎培《七十写怀·阴冻》、许寿裳《书鲁迅诗》、胡适《录贯酸斋清江引》、马叙伦《送茅盾应苏联讲艺诗》、张奚若《与黄裳书》、乔大壮《鹧鸪天词》、邓以蛰《赠黄裳诗》、容肇祖《书陆游诗》、周叔弢《录黄尧圃题宋本〈注东坡先生诗〉残卷诗》、容庚《书曹子建杂诗》、叶圣陶《书唐人七绝》、罗根泽《闻黄裳先生好义山诗录随师东以应》、唐圭璋《词》、魏建功《书黄公度〈杂感诗〉》、沈从文《赠黄裳诗》、张充和《录陶渊明〈归去来兮辞〉》、李广田《与黄裳书》、李一氓《甲子冬日沪宁旧友聚饮松鹤楼诗》、曹禺《为黄裳题词》、戈宝权《录自译普希金短诗一首》、金克木《书维摩诘所说经方便品》、汪曾祺《与黄裳书》。

这册文人墨迹图集中，还收录了W君转让给潘先生的几件文人手迹，我记得封面和封底所用为苏曼殊的画，画作不足一尺，日本纸，封面是《白马万里投荒图》：一匹白色骏马上面一位手持宝剑的壮士，前行在山巅石径上大雨来临之前，阴霾的天空中一行大雁向远方飞去……画中小楷书："伧公奉教曼殊。"这是苏曼殊为友人叶楚伧而作。画作中钤"邓实""秋枚宝爱"两方印鉴。由此可证曼殊画作，曾为邓秋枚先生所藏，再后来到了W君之手。而潘先生得此画作，是因为他买了几十封钱锺书的书札，此时的W君尚不晓得苏曼殊画作要比钱氏遗墨重要得多。除了曼殊画作这件宝物，W君尚为此册提供了笔者所藏，后来与W君互换的刘师培、傅斯年书札。

按照起初的约定，收到图集后，我当即打电话给W君，问书已出，潘先生是否可转让部分藏品。W君说，潘先生已同意部分出让，并让我开列名单。我开出的名单有：李叔同《归宗芝庵主结茅绝顶偈》，胡适《录贯酸斋清江引》《书赠于正先生》（两件的其中一件即可），钱玄同《与〈制言〉半月刊书》，陶行知《录荀子语》《说"自己"》（两件中一件即可），许地山《奉赠〈夕红楼诗集〉启》，冯友兰《七绝一首赠施蛰存》《一九四三年七绝一首》（其中之一即可），郁达夫《戏题秋风马背图》，王统照《烟霞洞诗》，梁实秋《书王荆公〈长干寺诗〉》，曹聚仁《山阴道中杂诗》，巴金《与长简书》，许杰《文论小令》，傅雷《论艺书信》，柯灵《人月圆·一九八〇年中秋寄台湾同胞》。

得到W君的消息是：带黄裳上款的，大多都让他买了。还有严复《书杜老白帝放船长律》、陈独秀《七言对联》、陶行知《说“自己”》、冯友兰《七绝一首赠施蛰存》、田汉《七绝》、俞平伯《牡丹亭杂咏赠艾德林》、梁实秋《书王荆公〈长干寺诗〉》、傅雷《论艺书信》等都归了W君。我开列的名单，只成交几件，计有：钱玄同《与〈制言半月刊书〉》、陶行知《录荀子语》、冯友兰《一九四三年七绝一首》、王统照《烟霞洞诗》、曹聚仁《山阴道中杂诗》、巴金《与长简书》、许杰《文论小令》。据W君说，潘先生说图录中的弘一大师的手迹和胡适先生的《录贯酸斋清江引》暂不转让。胡适《书赠于正先生》已被他人买去。现在回想，潘先生坚持不出胡适先生的《录贯酸斋清江引》，或许与他和黄裳先生的约定有关。过了几年，才得知这件胡适先生的《录贯酸斋清江引》辗转到董桥先生那里了。

关于胡适先生赠给张充和夫妇的《录贯酸斋清江引》怎么到了黄裳先生那里，我从W君那里听到的说法是，1987年张充和回国探亲时曾在上海和黄裳先生见过面，谈起胡适先生时，黄裳先生说他曾藏胡适先生墨迹，但“十年动乱”时销毁了。张先生当即答应黄裳先生，回美国后把胡适先生于1956年12月在美国柏克莱加州大学的张家寓所中所写的《录贯酸斋清江引》寄送给他。十年后的1998年，黄先生的夫人重病急需资金，无奈之中就把家中的一些文人手迹转让给了虽为商人也喜欢收藏书画古籍的潘亦孚先生，其中就有这件张充和赠送他的胡适先生手迹。我记得非常清楚，W君对我叙述这个过程的时候，特别强调了当时黄裳先生与潘是有“约法三章”的。其中一条是：不能往外卖，只能自己收藏。潘先生答应了黄裳先生之后，才成交的。结果是后来潘先生没有坚守当初的约定，黄先生闻知很是生气，曾写文章谈及此事，文中称其为“商人潘某”。此事既出，不断有文章或不解，或指责。笔者以为大可不必。这里或许有对收藏家误会之处，圈子外的人会以为收藏家都是有钱人，特别是像黄裳先生这样的老一辈收藏家。其实并不是所有的收藏家都很富有，有句话说得好，叫作“收藏家都背着一身的债”，意思是说，收藏家因为见到自己喜爱的物品不管手头有钱没钱都要尽量买下来，然后再去想法子还债。传统意义上的收藏家，大概多数是这样的。今非昔比，现今拿出上亿元去买艺术品的人真的有不少，但这些人不一定是传统上的收藏家。也因为这些个真有钱的人杀进了藏界，进入了拍场，真正视藏品为生命的，大都黯然而退了。既然把藏品视为生命，那么收藏家假如不是遇到非常的事情，一般不会卖自己的藏品。即使必须要卖，也是要反复斟酌，究竟卖掉哪些藏品，是件很纠结的事。我在前年就遇到了难事儿。儿子准备结婚，看好了房子，可家里实在拿不出太多的现金，为了不让孩子着急，我决定卖掉一些藏品。大概用了一周的时间，反复挑选欲卖的藏品，结果是把那些大件的文人书画作品卖掉了一些，而书札几乎一件也没出手。为什么呢？因为我最钟爱的藏品是文人书札。由此，我可以想象黄裳先生为什么卖掉了包括张充和转赠给他的胡适先生的《录贯酸斋清江引》的一些书法作品，因为他是一位古籍善本专家，他更加喜欢的是所藏的古籍善本。基于此，我认为对黄裳先生的选择应该理解。

话题转回来。这些年除了以上列举的两件影响很大的胡适先生书法作品之外，还有零星的胡适先生手迹出现，多为书札。2011年中国嘉德春拍有一通胡适先生致张宗祥书札，内谈为单不庵编纂遗著之事。估价为3万至5万元（人民币），成交价：74750元（人民币），纵观以往拍场拍出的胡适先生书札，价位也居高的了。2011年拍出的胡适先生手迹，还有中国书店秋季拍卖的一件胡适先生写给沈性仁的明信片，寥寥数语也拍出了2万多元（人民币）。

由于历史的原因，胡适先生留存大陆民间的手迹原本鲜见，再加上藏家因喜爱不轻易出手，影响了胡适先生手迹在市场上的“流通”，市场鲜见，自然价格越来越高。也因为此，我改变了只收藏文人以毛笔书写的手迹的习惯，本文提到的那两件胡适先生的钢笔手迹，已列为敝寓重要的藏品了。

2012 年 3 月 10 日完稿

于北京城南双序斋

“延津剑合”的《我的前半生》

“延津剑合”的故事说的是，晋时有个大臣叫张华，字茂先，善识天文，能辨古物。一天，看见天上斗牛分野之间，宝气烛天，他明白豫章丰城县中当有奇物出现。张华有个朋友雷焕，也是博物之人，于是张华选他做了丰城县令，托他到那个地方寻访发光动天的宝物，并吩咐他说：“光中带有杀气，此必宝剑无疑。”雷焕到了县间，看那宝气是在县狱中，寻到尽头，果然掘出一对宝剑来，雄曰“纯钩”，雌曰“湛卢”。雷焕自佩其一，其一献与张华，各自保藏。后来，张华带了此剑行到延平津口，那剑忽从剑鞘中跃出，到了水边，化成一龙。水中也钻出一条龙来，凑成一对，飞舞升天而去。张华一时惊异，明晓宝剑通神，只是水中出来与自己的宝剑凑成一对的不知何物，于是遣人到雷焕处问。雷焕回说：“先曾渡延平津口，失手落于水中。”方知两剑分而复合，以此变化而去。由此可见因缘是天定。

这个故事，凌濛初《二刻拍案惊奇》中亦有演义，卷三：权学士权认远乡姑，白孺人白嫁亲生女。是章开篇词云：“世间奇物缘多巧，不怕风波颠倒。遮没一时开了，到底还完好。丰城剑气冲天表，雷焕张华分宝。他日偶然得到，津底双龙袅。”至今人们说因缘凑巧、因缘会合，多用“延津剑合”。

家藏的爱新觉罗·溥仪自传《我的前半生》多个版本，就有“延津剑合”的经历。

敝斋现存《我的前半生》各版本，按照年份分别是：《我的前半生》油印本，上中下三册（1958年）；《我的前半生》大字号、十六开本，以“未定稿”的形式，上中下三册（1959年）；1960年1月，《我的前半生》由群众出版社正式出版（第一版）“灰皮本”（被作者修改、剪贴了的）；1962年3月，溥仪亲笔修改的“溥仪修正本”《我的前半生》上中下三卷，十六开大字本；李文达与溥仪三易其稿，九改九校中被溥仪保存下来的1963年9月2日的修改本。

以上各个时期的《我的前半生》版本，是我历经十多年收集到的。

20世纪90年代初，我首次得到《我的前半生》溥仪亲笔修正本的上卷和下卷，这也是我第一次见到中国最后一个皇帝的亲笔手迹。遗憾的是缺少了中编。此次还得到溥仪亲笔修改并保存下来的1963年9月2日的修订本。

第二次发现的是溥仪亲笔修正本的中卷和1958年春《我的前半生》油印本的第一册和第二册，凑齐了《我

1958年油印本第一册封面

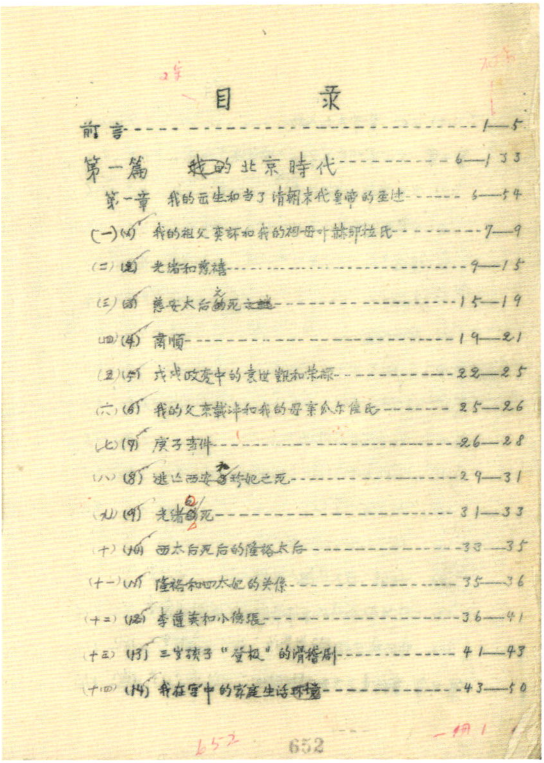

目录

前言----1—5

第一篇 我的北京時代----6—133

第一章 我的出生和当了清朝末代皇帝的经过----6—54

(一)(1) 我的祖父奕譞和我的祖母叶赫那拉氏----7—9

(二)(2) 光绪和慈禧----9—15

(三)(3) 慈安太后之死----15—19

(四)(4) 肃顺----19—21

(五)(5) 戊戌政变中的袁世凯和荣禄----22—25

(六)(6) 我的父亲载沣和我的母亲瓜尔佳氏----25—26

(七)(7) 庚子事件----26—28

(八)(8) 逃亡西安和珍妃之死----29—31

(九)(9) 光绪之死----31—33

(十)(10) 西太后死后的隆裕太后----33—35

(十一)(11) 隆裕和四太妃的关係----35—36

(十二)(12) 李莲英和小德张----36—41

(十三)(13) 三岁孩子"登极"的滑稽剧----41—43

(十四)(14) 我在宫中的家庭生活环境----43—50

652

1958年油印本第一册目录

的前半生》溥仪亲笔修正本。这和我第一次的发现相差了8年。遗憾的是，最珍贵的《我的前半生》母本——1958年春《我的前半生》油印本，缺少了第三册。

一年以后，我又有了第三次发现。发现了1958年春《我的前半生》油印本第三册和一册被作者修改、剪贴了的1960年《我的前半生》"灰皮本"，以及溥仪为《我的前半生》亲笔书写的一册素材资料。

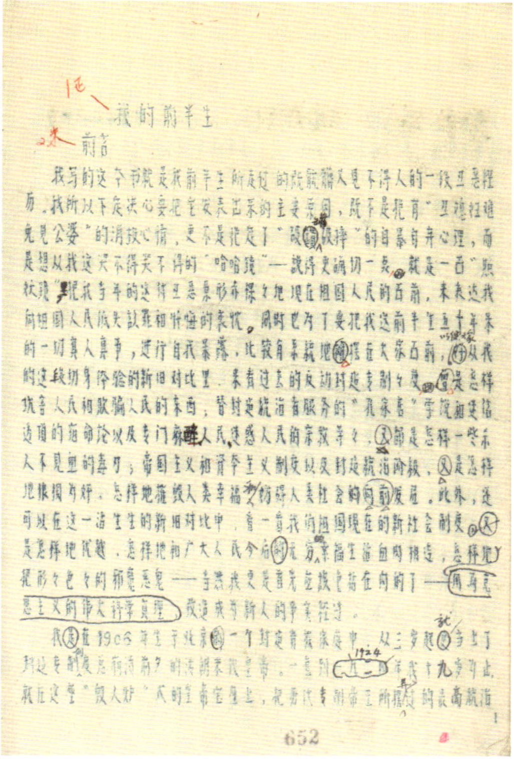

我的前半生

前言

我写的这个书就是我前半生所走过的既肮脏又见不得人的一段丑恶经历。我所以下决心要把它发表出来的主要原因，既不是抱有"丑媳妇难免见公婆"的消极心情，更不是抱定了"破罐破摔"的自暴自弃心理，而是想从我这哭不得笑不得的"哈哈镜"——说得更确切一点，就是一面"照妖镜"，把我青年的这种丑恶原形赤裸裸地现在祖国人民的面前，来表达我向祖国人民低头认罪和忏悔的衷忱。同时也为了要把我这前半生五十年来的一切真人真事，进行自我暴露，比较有系统地摆在大家面前，从我的这段切身体验的新旧对比里，来看过去的反动封建专制制度是怎样坑害人民和欺骗人民的东西；替封建统治者服务的"孔家店"学说和迷信透顶的宿命论以及专门麻醉人民迷惑人民的宗教等等，又都是怎样一些杀人不见血的毒刀；帝国主义和资本主义制度以及封建统治阶级，又是怎样地狼狈为奸，怎样地摧毁人类幸福和妨碍人类社会的向前发展。此外，还可以在这一活生生的新旧对比中，看一看我们祖国现在的新社会制度，又是怎样地优越，怎样地和广大人民今后的无穷幸福生活血肉相连，怎样地把形形色色的妖魔恶鬼——当然我更是首先应该包括在内的了——用马克思主义的伟大科学真理，改造成为新人的事实经过。

我是在1906年生于北京的一个封建贵族家庭中，从三岁起就当上了封建专制度最后的清朝末代皇帝。一直到一九二四年我十九岁为止，就在这个"寡人好"式的皇帝宝座上，把持着专制帝王所拥有的最高统治

1

652

1958年油印本第一册首页

第四次，是我在前两年买回的一批吕振羽先生的旧书籍中发现了1959年秋，根据1958年《我的前半生》油印本印制的大字号、十六开本，以"未定稿"的形式的《我的前半生》上中下三册。

前前后后，经历了差不多十三四年，终于凑齐了流散的《我的前半生》的几种珍贵版本（确切说是稿本）。尤其是1958年的油印本，据有关资料说，一共才印了60册；1959年的十六开大字本总共印了400册。

已经过去了50个年头，现在存世多少？恐怕不多。而溥仪亲自修正的自存本无疑是世间仅有的“孤本”了。由此来说，“延津剑合”的这一组《我的前半生》稿本，显得弥足珍贵了。

为了弄明白《我的前半生》出炉的前前后后所经历的故事，我查阅了许多相关资料。现在我就以我家所存的几种稿本，进行一下梳理。

据《我的前半生》一书的简介，这本书是爱新觉罗·溥仪的自传。作者从自己的家庭背景写起，回顾了他在入宫做了皇帝、遭遇辛亥革命、清帝退位、民国成立、北洋军阀混战、出宫、客寓天津、做伪满洲国皇帝、逃亡，直至解放后接受改造，成为普通公民的全部历史。他的写作既是个人的历史书写，也由于他的特殊历史地位，全方位地再现了20世纪上半期中国社会所发生的历史变迁。在中国乃至世界历史的册页上，他是从“真龙天子”被改造成为普通公民的唯一例子。他有着跌宕起伏的传奇经历和脱胎换骨的新生。因此，其作品世所瞩目，畅销不衰。

2007年群众出版社出版的“全本”《我的前半生》的再版说明说：“爱新觉罗·溥仪撰写《我的前半生》的起始时间，据他自己说，从1957年下半年开始着手准备，用了一年多的时间，完成了20万字的初稿，并由中国人民解放军沈阳军区战犯管理所（即原抚顺战犯管理所）油印成册。”

按照有关资料包括溥仪和他的弟弟溥杰的说法，实际上，《我的前半生》是由溥仪在抚顺战犯管理所整理的认罪书而来。1954年，抚顺战犯管理所开展战犯大坦白、大检举运动，要求战犯们拿起笔，通过梳理历史、总结过去，来反省自己的罪责。特级战犯杜聿明最先给自己的反省材料起了个题目《我的罪恶的前半生》，大家一看这个题目很贴切很

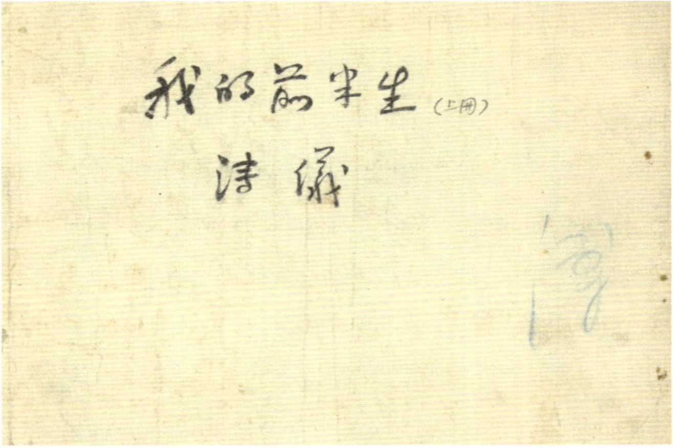

1962年正式发行本清样溥仪自题书名

实用，便纷纷效仿。从1954年到1957年，在溥杰和一些伪满大臣的帮助下，溥仪45万字的自传体认罪书《我的前半生》初稿写成。

据溥杰的回忆："大哥口述，由我执笔，从家世、出身到他三岁登基，一直写到一九五七年，其中也插进一些我的经历，总共写了四十五万字。这份材料，只能说是一份自传性的自我检查，不像是书。[①]"1958年春，油印本《我的前半生》共60册，报送到公安部并分送到全国政协、统战部等机关。次年秋，油印本《我的前半生》呈报到公安部并分送中央各有关部门后，迅速引起公安部、统战部和全国政协的高度重视。统战部部长徐冰当即批示："印四百份大字本，分送中央领导同志。"于是，《我的前半生》用大字号、十六开本，以"未定

①溥杰：《我与〈我的前半生〉》，载《人民日报》1984年12月15日。

稿”的形式，迅速印出400册，分送毛泽东、周恩来等中央首长和各方面负责人。

之后，包括毛泽东在内的中央高层对《我的前半生》的阅读意见，很快传下来：毛泽东通读了此书，他对溥仪能够彻底认罪、愿意重新做人给予充分肯定的同时，又指出书中检讨的部分太多，同时提出，“不能把溥仪改造过程中的表现提得太高”。在接见阿尔巴尼亚来宾时，毛泽东还把这部“未定稿”《我的前半生》送给了他们，并说这本书还没有正式出版，因为溥仪“把自己说得太坏了”。

1960年1月26日上午11时30分至下午3时，周恩来专门接见了溥仪及其家人，他对溥仪说：“你写的那份《我的前半生》还不错。”

毛泽东、周恩来及各位中央领导的意见，迅速传达到公安部。国务院副秘书长齐燕铭拍板决定：《我的前半生》“未定稿”是由公安部上报中央、全国政协并分送统战部等各部委办的，该书的正式出版也交由公安部所属的群众出版社办理。这样，1960年1月，《我的前半生》第一版由群众出版社正式出版，灰色封面，三十二开本，分上下册，共印5000套，规定“内部发行”，限当时的17级以上干部阅读。这就是俗称的“灰皮本”。

经过公安部和群众出版社再三考量，帮助溥仪整理修改书稿的任务，落到了群众出版社编辑室主任李文达的肩上。公安部认为，国家把一个皇帝、战犯改造成新人，是一个了不起的成就，溥仪特赦之后引起世界各国媒体的广泛关注就是证明。此书如加以适当整理，把史实搞准，把我们的战犯改造工作介绍得翔实和准确一些，是很有出版价值也很有政治意义的。但把溥仪的“认罪书”改写成一本书，靠溥仪个人的能力根本无法完成，必须另想办法。于是，指定李文达以“灰皮本”

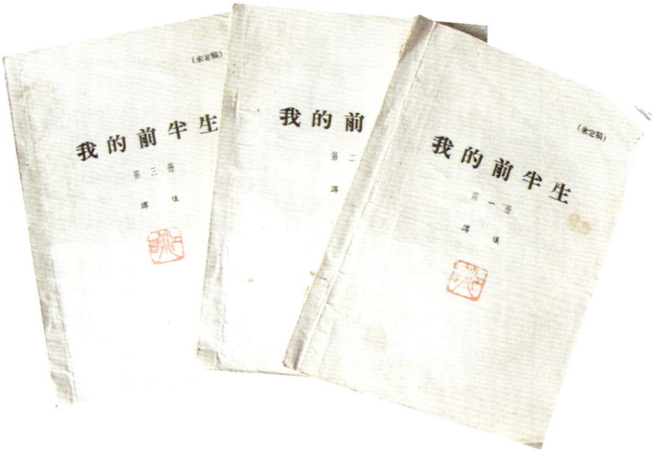

吕振羽、江明夫妇旧藏1959年《我的前半生》
大字号、十六开本“未定稿”上中下三册

的《我的前半生》为蓝本进行修改，或者增写删除。1960年4月初，李文达住进香山饭店104号房间。上午，溥仪在香山植物园参加劳动，下午，他就赶到香山饭店与李文达逐章逐节地商量该书的修改问题。其工作方式是，由李文达根据修改需要提出问题，溥仪作答，李做记录。

1962年6月，凝聚了李文达、溥仪和群众出版社多位助手整整3年心血的修改本《我的前半生》，共计50万字，分成上中下三卷，印成十六开大字本，分送各方面征求意见。在送审名单中有这样一些名字：康生、陈毅、陆定一、罗瑞卿、周扬、郭沫若、老舍、刘大年、申伯纯……还有文化部、统战部、最高人民法院、最高人民检察院……

1962年11月27日下午3时至6时，在全国政协礼堂，由政协文史资料委员会出面，邀请各方名流专家对修改本《我的前半生》提修改意见，到会的大都是著名历史学家和一流的专家学者，其中有翦伯赞、杨东莼、黎澍、刘大年、翁独健、侯外庐、何干之、李侃、申伯纯，以及李文达、溥仪等。

在广泛征求意见的基础上，李文达与溥仪三易其稿，九改九校，历经整整4年寒暑，终于在1964年3月，先后在北京和香港公开出版发行《我的前半生》。不久，该书的英、德、日译本也由外文出版社对外发行。

以上述所引资料为线索进行梳理，《我的前半生》有如下几个稿本：

1. 1958年春，油印本《我的前半生》共60册，报送到公安部并分送到全国政协、统战部等领导机构。

2. 1959年秋，油印本《我的前半生》呈报到公安部并分送中央各有关部门后，迅速引起公安部、统战部和全国政协的高度重视。统战部部长徐冰批示："印四百份大字本，分送中央领导同志。"于是，《我的前半生》用大字号、十六开本，以"未定稿"的形式，迅速印出400册，分送毛泽东、周恩来等中央首长和各方面负责人。

3. 1960年1月，《我的前半生》第一版由群众出版社正式出版，灰色封面，三十二开本，分上下册，共印5000套，规定"内部发行"，限当时的17级以上干部阅读。这就是俗称的"灰皮本"。

4. 1962年6月，凝聚了李文达、溥仪和群众出版社多位助手整整3年心血的修改本《我的前半生》，共计50万字，分成上中下三卷，印成十六开大字本，分送各方面征求意见。

5. 在广泛征求意见的基础上，李文达与溥仪历经4年寒暑、三易其稿、九改九校的《我的前半生》在1964年3月于北京和香港公开出版发行。

写此文时，我把家藏的《我的前半生》所有版本（稿本）摆在案头，一一对照。1958年油印本《我的前半生》（三册）和1959年的大字号、十六开本《我的前半生》（未定稿，上中下三册）都在；1960年1月，

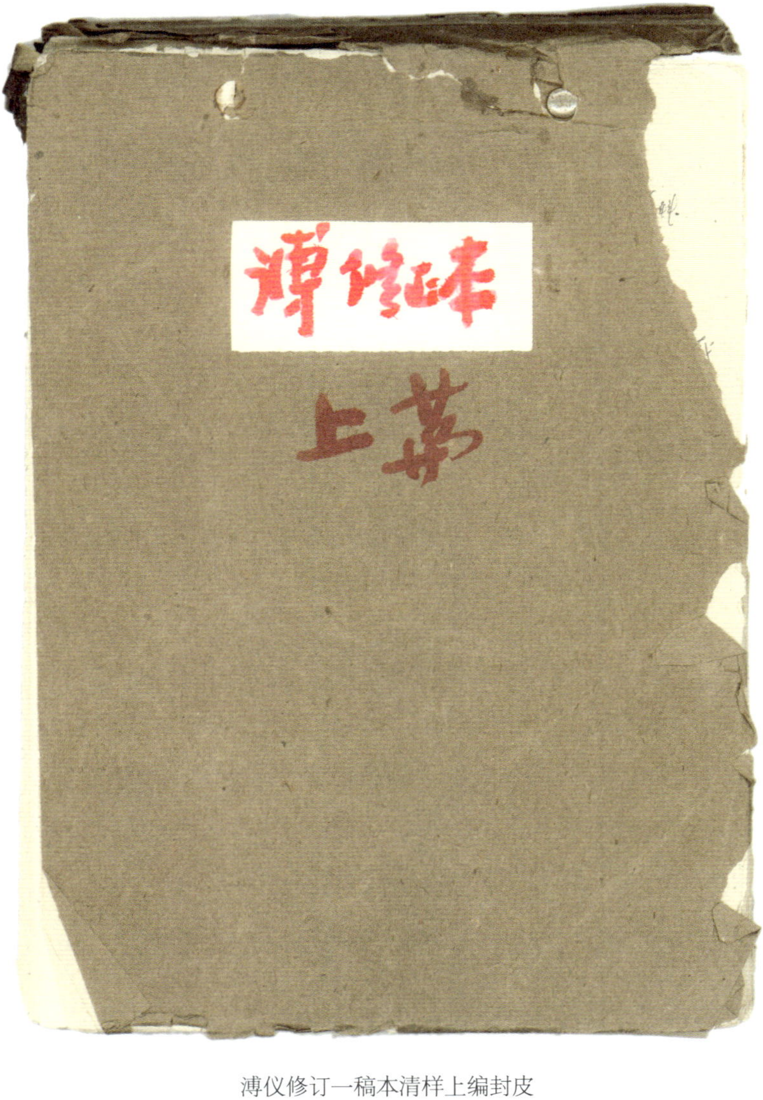

溥仪修订一稿本清样上编封皮

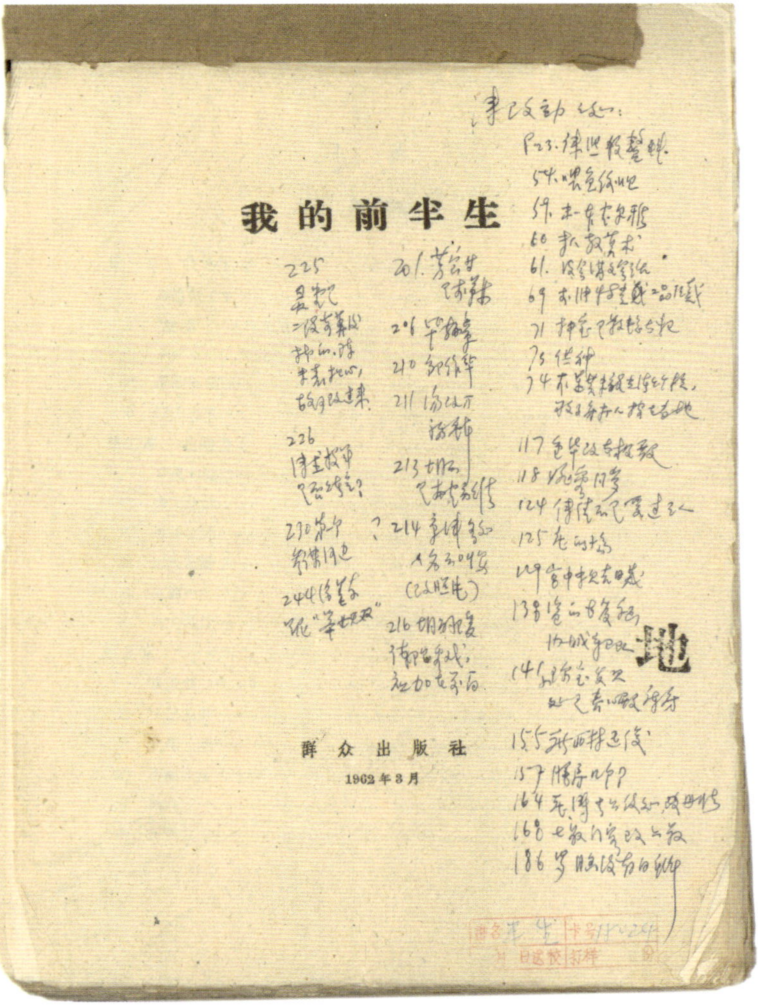

溥仪修订一稿本清样上编首页

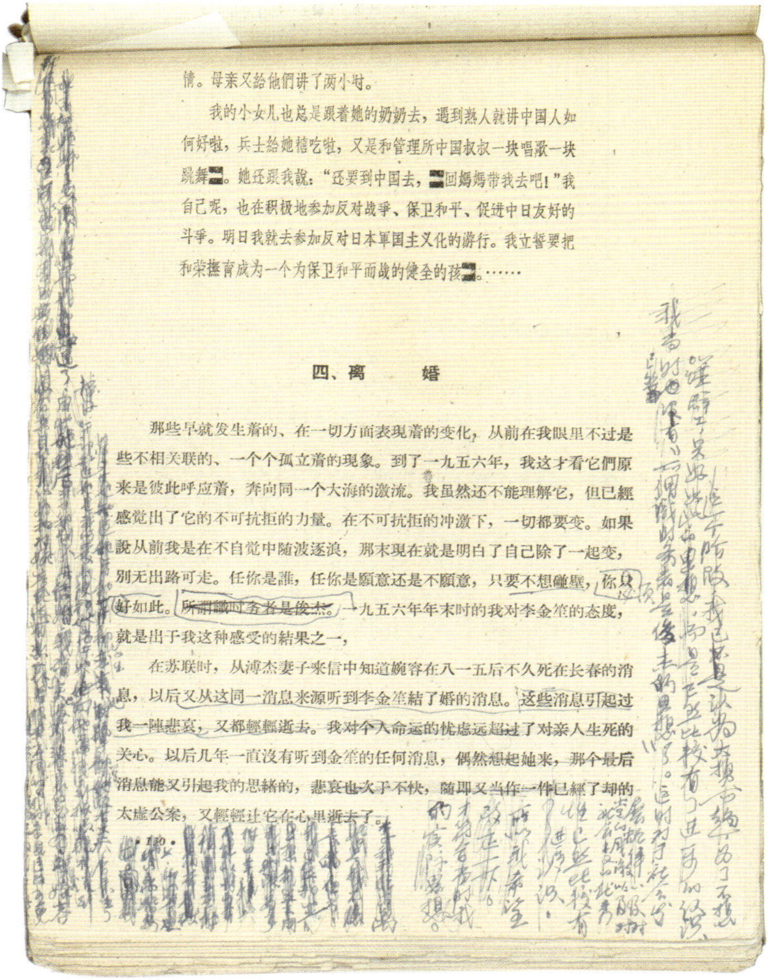

情。母亲又給他們讲了两小时。

我的小女儿也总是跟着她的奶奶去，遇到熟人就讲中国人如何好啦，兵士給她糖吃啦，又是和管理所中国叔叔一块唱歌一块跳舞[redacted]。她还跟我說："还要到中国去，[redacted]回媽媽带我去吧！"我自己呢，也在积极地参加反对战爭、保卫和平、促进中日友好的斗爭。明日我就去参加反对日本軍国主义化的游行。我立誓要把和荣撫育成为一个为保卫和平而战的健全的孩[redacted]。……

四、离　　婚

那些早就发生着的、在一切方面表現着的变化，从前在我眼里不过是些不相关联的、一个个孤立着的現象。到了一九五六年，我这才看它們原来是彼此呼应着，奔向同一个大海的激流。我虽然还不能理解它，但已經感觉出了它的不可抗拒的力量。在不可抗拒的冲激下，一切都要变。如果說从前我是在不自觉中随波逐浪，那末現在就是明白了自己除了一起变，别无出路可走。任你是誰，任你是願意还是不願意，只要不想碰壁，你只好如此。所謂識时务者是俊杰。一九五六年年末时的我对李金笙的态度，就是出于我这种感受的結果之一，

在苏联时，从溥杰妻子来信中知道婉容在八一五后不久死在长春的消息，以后又从这同一消息来源听到李金笙結了婚的消息。这些消息引起过我一陣悲哀，又都輕輕逝去。我对个人命运的忧虑远超过了对亲人生死的关心。以后几年一直沒有听到金笙的任何消息，偶然想起她来，那个最后消息能又引起我的思緒的，悲哀也次于不快，随即又当作一件已經了却的太虛公案，又輕輕让它在心里逝去了。

·130·

溥仪亲笔添加的有关婉容的内容，后又被删掉了

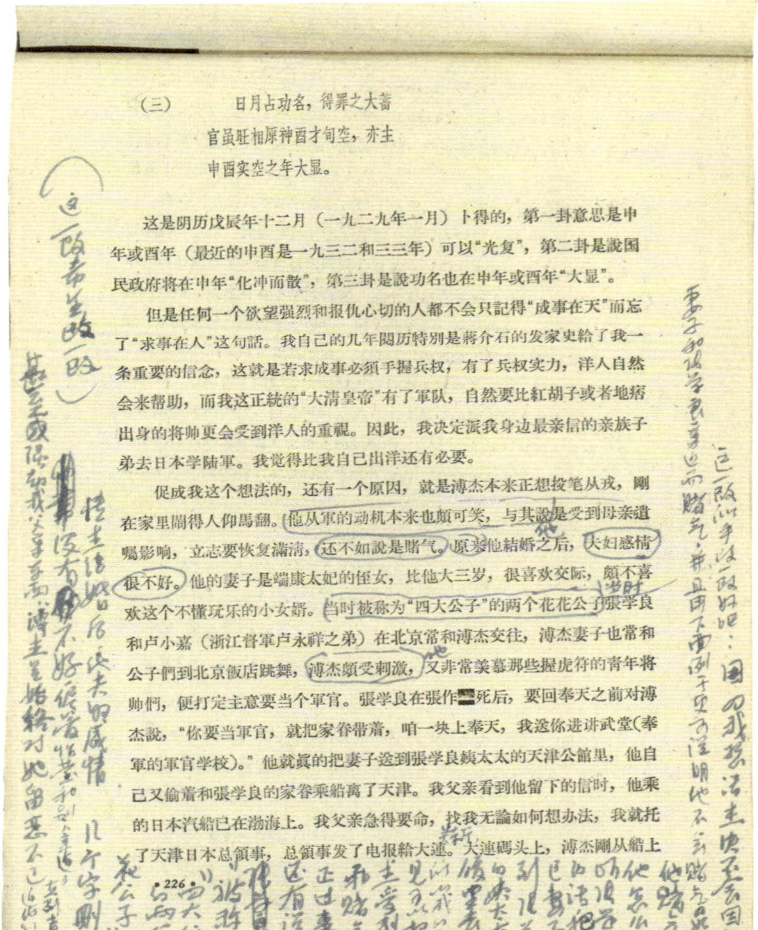

（三）　日月占功名，得罪之大蓄

官虽旺相原神酉才旬空，亦主

申酉实空之年大显。

这是阴历戊辰年十二月（一九二九年一月）卜得的，第一卦意思是申年或酉年（最近的申酉是一九三二和三三年）可以“光复”，第二卦是說国民政府将在申年“化冲而散”，第三卦是說功名也在申年或酉年“大显”。

但是任何一个欲望强烈和报仇心切的人都不会只記得“成事在天”而忘了“求事在人”这句話。我自己的几年閱历特别是蔣介石的发家史給了我一条重要的信念，这就是若求成事必須手握兵权，有了兵权实力，洋人自然会来帮助，而我这正統的“大清皇帝”有了軍队，自然要比紅胡子或者地痞出身的将帅更会受到洋人的重視。因此，我决定派我身边最亲信的亲族子弟去日本学陆軍。我觉得比我自己出洋还有必要。

促成我这个想法的，还有一个原因，就是溥杰本来正想投笔从戎，剛在家里鬧得人仰馬翻。他从軍的动机本来也頗可笑，与其說是受到母亲遺囑影响，立志要恢复滿清，还不如說是賭气。原来他結婚之后，夫妇感情很不好。他的妻子是端康太妃的侄女，比他大三岁，很喜欢交际，頗不喜欢这个不懂玩乐的小女婿。当时被称为“四大公子”的两个花花公子張学良和卢小嘉（浙江督軍卢永祥之弟）在北京常和溥杰交往，溥杰妻子也常和公子們到北京飯店跳舞，溥杰頗受刺激，又非常羡慕那些握虎符的青年将帅們，便打定主意要当个軍官。張学良在張作[redacted]死后，要回奉天之前对溥杰說，“你要当軍官，就把家眷帶着，咱一块上奉天，我送你进讲武堂（奉軍的軍官学校）。”他就眞的把妻子送到張学良姨太太的天津公館里，他自己又偷着和張学良的家眷乘船离了天津。我父亲看到他留下的信时，他乘的日本汽船已在渤海上。我父亲急得要命，找我无論如何想办法，我就托了天津日本总領事，总領事发了电报給大連。大連碼头上，溥杰剛从船上

·226·

溥仪亲笔修改处之一

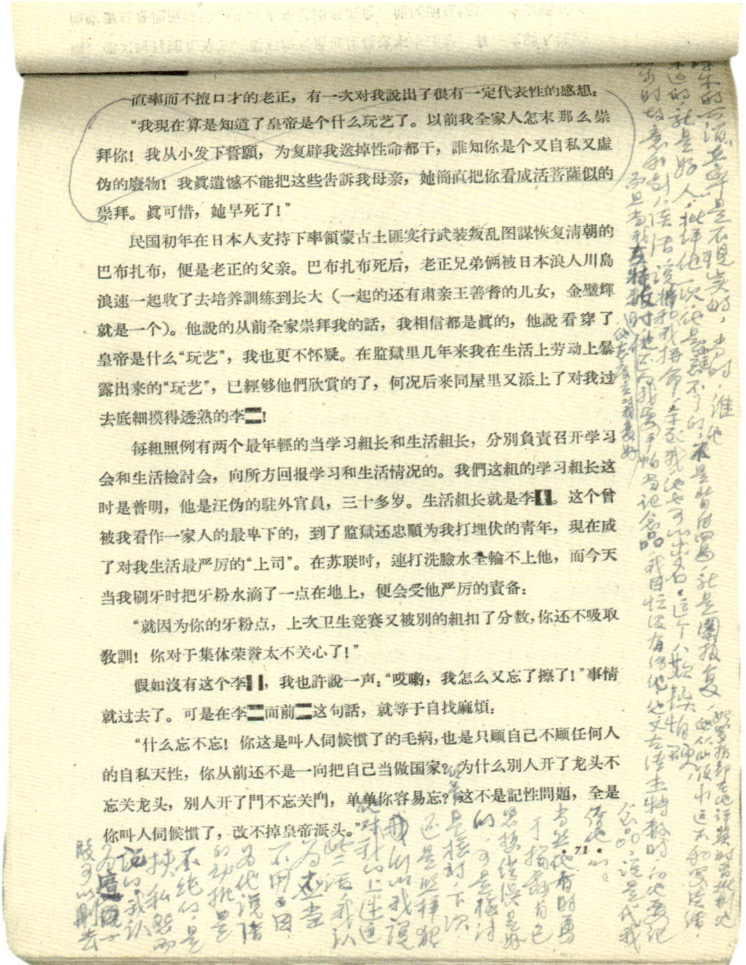
直率而不擅口才的老正，有一次对我說出了很有一定代表性的感想：

"我現在算是知道了皇帝是个什么玩艺了。以前我全家人怎末那么崇拜你！我从小发下誓愿，为复辟我送掉性命都干，誰知你是个又自私又虛伪的廢物！我眞遺憾不能把这些告訴我母亲，她簡直把你看成活菩薩似的崇拜。眞可惜，她早死了！"

民国初年在日本人支持下率領蒙古土匪实行武装叛乱图謀恢复清朝的巴布扎布，便是老正的父亲。巴布扎布死后，老正兄弟倆被日本浪人川島浪速一起收了去培养訓练到长大（一起的还有肃亲王善耆的儿女，金璧輝就是一个）。他說的从前全家崇拜我的話，我相信都是眞的，他說看穿了皇帝是什么"玩艺"，我也更不怀疑。在監獄里几年来我在生活上劳动上暴露出来的"玩艺"，已經够他們欣賞的了，何况后来同屋里又添上了对我过去底細摸得透熟的李[redacted]！

每組照例有两个最年輕的当学习組长和生活組长，分别負責召开学习会和生活檢討会，向所方回报学习和生活情况的。我們这組的学习組长这时是晋明，他是汪伪的駐外官員，三十多岁。生活組长就是李[redacted]。这个曾被我看作一家人的最卑下的，到了監獄还忠順为我打埋伏的青年，現在成了对我生活最严厉的"上司"。在苏联时，連打洗臉水都輪不上他，而今天当我刷牙时把牙粉水滴了一点在地上，便会受他严厉的責备：

"就因为你的牙粉点，上次卫生竞赛又被别的組扣了分数，你还不吸取教訓！你对于集体荣誉太不关心了！"

假如沒有这个李[redacted]，我也許說一声："哎喲，我怎么又忘了擦了！"事情就过去了。可是在李[redacted]面前[redacted]这句話，就等于自找麻煩：

"什么忘不忘！你这是叫人伺候慣了的毛病，也是只顾自己不顾任何人的自私天性，你从前还不是一向把自己当做国家？为什么别人开了龙头不忘关龙头，别人开了門不忘关門，单单你容易忘？这不是記性問題，全是你叫人伺候慣了，改不掉皇帝派头。"

·71·

溥仪亲笔修改处之二

《我的前半生》的“灰皮本”的作者剪贴修改本也在。

除了以上三种版本，家中尚有溥仪亲笔修正的、1962年3月群众出版社印制的《我的前半生》上中下三卷，十六开大字本，和1963年9月2日，溥仪保存和修改过的《我的前半生》上下册（清样）。

按照2007“全本”《我的前半生》再版说明的说法，他们还有1962年6月“另起炉灶”的“一稿本”和1962年10月印出的“二稿本”。那么1962年3月的大字本应前于“一稿本”；1963年9月2日的修改本应是李文达与溥仪三易其稿，九改九校中的一种。

“全本”《我的前半生》再版说明说：“2004年，群众出版社在整理《我的前半生》档案材料时，意外地发现了一稿本和二稿本。为了将《我的前半生》完整地奉献给广大读者，我们对所有版本进行了认真的研究、论证，决定编辑出版《我的前半生》（全本）。”

按照此说法，他们“意外地发现了一稿本和二稿本”正是我缺少的。那么，“全本”《我的前半生》再版说明所云“我们对所有版本进行了认真的研究、论证”，是否含有敝斋所藏这几个版本呢？假若不包括，仅凭1964年3月先后在北京和香港公开出版发行之前，《我的前半生》的一稿本和二稿本，就说“将《我的前半生》完整地奉献给广大读者”显然有些武断了。如果我有的，他们那里也都有，那么也就解开了窝在我心中十几年的一个猜想：我的这些个“稿本”，没准儿真的是溥仪先生的旧藏呢！

2009 年 11 月 15 日初稿

2010 年 1 月 6 日修改

于北京复外大街 10 号

附记1：

中国出版史罕见现象——“溥著溥批”的《我的前半生》

《博览群书》2010年第3期刊出了拙文《“延津剑合”的〈我的前半生〉》后，即接到陈品高主编的电话，他说群众出版社来电询问我的电话，已把我的办公室电话提供给了他们。因工作关系，时常出差在外，办公室的电话形同虚设，以致几个月过去了，群众出版社没能和我联系上。直到2011年年初，群众出版社通过另外的关系得到了我的手机号码才约我和他们见了面。

这次和我会面的是群众出版社负责1964年3月第一版之后的《我的前半生》再版和2007年“全本”《我的前半生》和2011年“灰皮本”《我的前半生》出版任务的编辑室主任白云生和群众出版社资深编辑孟向荣。孟先生曾经担任《我的前半生》再版的责任编辑和“全本”《我的前半生》和“灰皮本”《我的前半生》的责任编辑，在群众出版社是公认的《我的前半生》研究专家。

会面的地点在群众出版社会议室，会谈带有官方色彩。白云生主任代表社方表达了群众出版社与我合作出版溥仪先生亲笔修订的《我的前半生》的意见。孟先生则向我表示了想看我在《“延津剑合”的〈我的前半生〉》提到的各种版本。按照孟氏的说法，他在群众出版社工作了近四十年，只见过拙文提及的家存的1959年秋，根据1958年《我的前半生》油印本印制的大字号、十六开本，“未定稿”形式的《我的前半生》上中下三册。而爱新觉罗·溥仪从1957年下半年开始着手准备，用了一年多时间，完成了初稿，并由中国人民解放军沈阳军区战犯管理所（即原抚顺战犯管理所）油印成册本，孟先生和他的同事们都没有见过。至于“溥修本”的存在，就连听说都没有过。

短暂的会面，我和群众出版社初步达成整理出版“溥著溥批”本（即家藏的“溥修本”）的意向。同时答应我会安排时间请孟向荣先生到我家看所藏版本及溥仪先生亲笔修订过的《我的前半生》（溥修本）。

现在可以这样说，我当初之所以写《“延津剑合”的〈我的前半生〉》并在《博览群书》上发表，其目的就是为了引起有关方面的关注，最终得到出版单位的支持，把溥仪在《我的前半生》亲笔批校的珍贵史料公之于世，从而揭示出一个鲜为人知的特殊问题：作为署名作者，溥仪在《我的前半生》成书过程中，究竟有过什么建议？究竟写了些什么内容？哪些建议被作为《我的前半生》创作主体之一的群众出版社采纳或没被采纳……总之，通过“溥修本”的面世，可以使读者清楚地知道溥仪在群众出版社成为《我的前半生》创作主体之一以后，作为原创者的溥仪又做了些什么。

2011年3月11日，我约白云生、孟向荣来我家，同来的还有担任“全本”《我的前半生》装帧设计的美编郝大勇先生。当我向他们展示出家藏的《我的前半生》各种稿本时，孟先生面对那册油印本连说：“见到了，见到了。”

这册油印本，1958年春由战犯自刻蜡版，油印了60本，送公安部领导传阅并报毛泽东、刘少奇、周恩来等中央领导同志参阅。在中央领导表示油印本“写得还不错”的情况下，公安部因势利导，要求群众出版社完成这部既有教育意义又有史料价值的《我的前半生》的编印工作。1960年1月，一部灰色封面的、45万字的油印本被排印成铅活字本的《我的前半生》（俗称“灰皮本”）以“政法系统内部发行”的传播方式问世了。之后几年，按照中央有关领导的指示，群众出版社又安排李文达等有关编辑与溥仪一起，在“灰皮本”的基础上进行修改加工以至“另起炉灶”，终于在1963年3月，将后来震撼世界的《我的前半生》付梓。也就是说假设没有溥仪原创，战犯自刻蜡版的《我的前半生》油印本，也就不会出现至今仍畅销不衰的《我的前半生》。由于历史原因，这册溥仪堪称“母本”的油印版的《我的前半生》存世已经寥寥无几了。

当我把“溥修本”摆在白云生、孟向荣和郝大勇面前的时候，他们看到封面上的“溥修本”三个字就已经很是惊诧了。孟先生在翻阅了“溥修本”和公开发行本溥仪批校的清样后说，此前他只是在贾英华所著《末代皇帝的后半生》中得到溥仪在“另起炉灶”二稿本书稿的“天地”间，“留下了近百处、数千字改动的墨迹”的信息。但因为未见到过原始文献，不知“墨迹”在校样上还是样本上，仅领略了书中部分征引。而这次看到了溥仪在校样上的亲笔批校和在自己批校处的删削，由此可以得出溥仪在群众出版社成为《我的前半生》创作主体之一以后，在所有书稿上，都应留下了亲笔审改的痕迹，只是限于当时的政治气候，没有被完全采纳吸收而已。

接着，孟先生介绍了有关溥仪参与修订《我的前半生》的一些情节。他说：1962年3月之后，《我的前半生》第一个送审大字本溥仪认真批校百余处，即现存方家的“溥修本”（按：群众出版社称“一稿本”）；1964年3月先后于北京和香港公开出版发行的《我的前半生》书稿清样，溥仪也进行了亲笔修改（按：即现存我家，封面为溥仪亲笔题签《我的前半生》清样“修改本”）。据天津人民出版社1996年6月版《爱新觉罗·溥仪日记》记载，溥仪在大字本到小字本的进阶过程中，从1963年1月16日到1963年6月12日曾19次来群众出版社参与审改《我的前半生》。这年8月22日，他根据全国政协有关领导的指示，又到群众出版社联系，要求取回三份《我的前半生》付印前的清样。这年的9月4日，溥仪第一次见到了这部书稿的清样。这部有多处溥仪亲笔批校的清样，则是溥仪从群众出版社取回的三份清样中的一份，另有一份政协的申伯纯先生批注后由溥仪带回群众出版社。

阅览完上述《我的前半生》各种稿本之后，孟先生首先“发问”说：方先生算得上名人手迹鉴藏家，这些稿本在贵府存放经年，难道真的没有研究过它的出处吗？溥仪的字迹您没有进行过研究吗？我当即明白，孟先生是冲着我的《“延津剑合”的〈我的前半生〉》结尾的一段话来的。我笑着回答他说：其实我早就知道这些稿本过去的主人是谁，咱们就心照不宣了。至于“溥修本”是否为溥仪亲笔，更是明摆着的事，十几年前，我曾从“溥修本”中取出一个溥仪写的便条，送给了一个朋友，结果出现在中国书店的拍卖会上，居然卖了四千多人民币。之后，北京一家博物馆的朋友曾代表单位做我的工作，让我将这些稿本捐赠给他们，理由是溥仪是北京人，说什么也要把他的手迹留在北京。特别是《博览群书》上发表了《“延津剑合”的〈我的前半生〉》后，国内有几家与溥仪有着千丝万缕的关系的博物馆来电征集“溥修本”，而且价格不菲。孟先生接我的话茬说，溥仪的手迹，群众出版社也有一些，如他抄录的《我的前半生》第一章“我的家世”第一节“醇贤亲王的一生”的开篇，有一千字，是作为封面用的，2007年群众出版社出版的“全本”封面用的即是。遗憾的是社内没有溥仪亲笔批校“溥修本”这样重要的文献。

我和老孟的谈话结束后，白先生代表群众出版社和我探讨了关于出版“溥修本”（按：群众出版社称“溥著溥批”本）涉及的诸如版权、版税以及有关法律关系等具体问题。

在他们三位即将离开我家的时候，我把敝寓所存的一册以溥仪经历和改造为主线，按照故事片的样式写成的电影剧本稿本取出让几位过目。全稿在群众出版社的专用稿纸上手写而成，总共205页，每页300字，约6万多字。孟先生看了剧本之后，肯定地说这是李文达先生的手笔，因为他见过李文达先生的笔迹。据孟先生回忆，他曾听老同志提起过这部电影剧本，如果不是之后的“文化大革命”，可能早就面世了。他们三位一致认为，如果当年这部剧本写完并获公安部领导的批准刊出面世，也许就不会有香港李翰祥先生导演的电影《末代皇帝》和之后有关演绎溥仪改造一类的影视作品了。

因我和群众出版社有了默契，一个多月后，2011年5月30日下午，群众出版社正式约我到地址在中国公安大学西院的社址签订出版“溥修本”的合同。群众出版社的代表仍是白云生主任和孟先生，为慎重起见，我就合同涉及的有关法律问题，及其署名、印数、宣传等一系列问题提出了自己的想法。在得到了群众出版社令我满意的回答后，我以书稿持有者、整理者的身份在合同上签名、钤印。

合同签订了，我开始了“溥修本”（按：稿本封皮所署）的整理工作。说实在话，这部珍贵的“溥修本”在敝宅存放经年，这次才算是认真研读。也是在这次的整理过程中，我深深地品味到溥仪对《我的前半生》极其重视；仔细读溥仪在书中的批校文字，他是抱着对历史真相的负责态度写下的。也是因为溥仪先生有了这样的一种态度，因而他在审读书稿时，是逐字逐句地，反复认真地研读，在他批校文字的字里行间，不仅有对标点、符号的改正；地点、时间、人名的更正，更有对史实讹误的纠正。像书稿中错把万福麟写成汤玉麟，把时任山东省主席韩德勤，误认为是前任山东省主席韩复榘，“涛贝勒”写成“溥贝勒”等等，他都认真更改过来。对于有的事情书稿有牵强附会之处，溥仪会强调改正，并把自己的想法写在书稿的空白处，如书中有一段写因溥杰第一任妻子常和时称“四大公子”之中的两个花花公子张学良和卢小嘉（皖系军阀卢永祥之子）到北京饭店跳舞，溥杰颇受刺激的描写，溥仪认为描写不准确，他写道：

这一段似乎改一改好吧！因为我想溥杰决不会因他的妻子和张学良亲近而赌气，并且用下面例子更可说明他不会赌气。如果他赌气，他怎么又听张学良的话，把自己妻子送到张学良的姨太太公馆中去呢？所以我的意见可以把溥杰受刺激和赌气改正过来。还有说被称为“四大公子的两个花花公子”几个字删去。

为说明溥杰与第一任妻子离婚的原因，他又补充说：

溥杰结婚后夫妇感情没有不好，尽管作萱和别人亲近，甚至强劫我父亲东西，溥杰并始终对他留恋不已，直到吉冈强迫他们离婚。

在一段描写战犯中有一个在民国初年在日本人支持下率领蒙古土匪实行武装叛乱，图谋恢复清朝的巴布扎布的儿子正德尔（被称为“老正”），他有一次与溥仪谈话：

直率而不擅口才的老正，有一次对我说出了很有一定代表性的感想：我现在算是知道了皇帝是个什么玩意了。以前我们全家人怎么那么崇拜你！我从小发下誓愿，为复辟我送掉性命都干，谁知你是个又自私又虚伪的废物！我真遗憾不能把这些告诉我母亲，她简直把你看成活菩萨似的崇拜。真可惜，她早死了！

溥仪对此段的描写，很不认可，他认为应当删去。他的看法是：

正德尔的所谓直率是不现实的，当时谁和他亲近的就是好人，批评他一次，他是永远忘不了的，不是背后骂，就是图报复，如罗振邦在他评奖时曾批评他，他从此便永远不和罗谈话。他在散步时故意和别人谈话，说将和我拼命，杀死我，他也可以出名。这个人欺软怕硬，而且当我在特赦时他态度立即对我变好，他还向我要手帕当纪念品，我因忙没有给他。他又在溥杰特赦时，向他要纪念品，说是代我给他的。当然他有时勇于揭露自己思想错误是好的，可是检讨尽管检讨，下次还是照样犯。所以我说他对我的上述这些话，我认为应当不用。因为他说话的动机是不纯的，是挟私怨而说的，我认为这一段可以删去。

对于有些不合实际的内容，溥仪更是建议改写。如“我记得在我揭发关东军这批战犯罪行后，审判长问我：你还要说什么？”溥仪在这段话的旁边写上两个大大的“注意”！并写下说明的文字：

有一次是检察长问我，而不是审判长问我。因为在当时审判长除在开庭时正式对证人问话外，并没有向证人作随时的个人的谈话。这样写对法庭审判长问我话的记录不符合。我想改写为“开庭前检察长曾问我……”

有些虽然是事实，但溥仪认为没必要做刺激他人的事情，也提出删掉的建议，如描写他的七叔载涛在溥仪退位后在称谓上的变化一段，溥仪就认为可以删去：

这固然是事实，但是这也不是非揭露不可的事。为了团结这个老人，可能在工作上发挥些积极作用，避免不必要对他的刺激，我认为可以删去这几句话。

对于书中对某些人物的描绘和细节的描写，溥仪也认真对待，该补充的补充，不确切的给予更改，如书稿说太监的品级最高的是“二品”，溥仪在“二”的上边加了“一”横，变成了“三品”，并加以说明：

李莲英、张谦和是特别赏戴二品顶戴的。

书稿中说胡嗣瑗是“南书房行走”，溥仪则纠正说：

胡嗣瑗不是“南书房行走”。

书稿中描述罗振玉说：“罗振玉到宫里来的时候，五十出头不多，中等个儿，戴一副金丝近视眼镜（当我的面就摘下不戴），下巴上有一绺黄白山羊胡子，”溥仪在这句话的后面添上了：

脑袋后面垂着一个白色的辫子。

像这样的添加、删除，全书稿中有很多处，限于篇幅到此为止。

20世纪60年代，溥仪这样的身份是不可能独自完成这样一部影响巨大的自传作品并得到出版的，尽管如此，溥仪并没有因群众出版社的参与，乃至成为创作的主体而放弃对《我的前半生》创作的参与权。溥仪在《我的前半生》书稿留下的近百处、数千字的增添、说明和建议删去的文字，究竟被采纳、吸收了多少呢？我曾利用几个休息日用“溥修本”和1964年3月先后于北京和香港公开出版发行的《我的前半生》书稿清样上溥仪亲笔修改处，与1964年3月第一版的《我的前半生》进行了对照，总体上讲作为《我的前半生》的创作主体之一的群众出版社，还是很尊重著者溥仪的建议的，而且有很多内容是按照溥仪的意见作了增删或调整。

“溥著溥校”《我的前半生》即将与读者见面了。在“灰皮本”《我的前半生》出版说明最后说：“近年来有学者呼唤绝版的‘灰皮本’归来，谓其‘质实’。如今《我的前半生》（灰皮本）正式出版，与我社1964年出版的‘定本’和2007年出版的‘全本’可谓‘三珠合璧’！……”而今，“溥著溥修”《我的前半生》即出，可谓“四珠合璧”！对于“了解或研究溥仪及《我的前半生》的基本文献，可以增强不同读者群的阅读兴趣，拓展他们的思考空间，对历史类、传记类图书的繁荣发展大有裨益”。

2012年6月26日星期二上午

（雨过后）完稿于南城双序斋

周有光“驱车”追旧档

说这个故事之前，我要先向读者朋友介绍一位对我的收藏事业帮助最大的朋友，现在仍在从事旧书生意的王先生。

王先生腿有残疾，外出办事，提货都开“残摩”（现在是开着小轿车）。王先生是山东泰安人，豪爽豁达，好交朋友。我和他的相识，要追溯到20世纪90年代初。一次到他租住的南城小院看他弟弟收购的一批曲艺家的手迹，这批东西索价不高，我就买下了。刚要出门，王先生回来了，见我要走，非要我留下一起到小院附近的一个小餐馆吃饭。从此我与他相识，而且成了好朋友。

我曾经听他讲过他的身世。他是个苦孩子，儿时患病没钱医治，落下了残疾。学也没上几天，十几岁就离开家乡闯荡世界。他曾经在北京永定门火车站讨过饭，是一个警察帮助他，先是在车站卖报纸、地图，之后卖一些算命的书。一个偶然机会，他到废品站找朋友玩儿，发现回收站工人的宿舍里堆满了旧书、字画、瓷瓶、瓦罐一类的旧货。这些物件是工人们在废品分类过程中挑出来的。

王先生没有文化，但聪颖过人。他马上意识到，商机来了，该转运了！于是他开始从回收站里买东西。王先生是个有里儿有面儿的人，

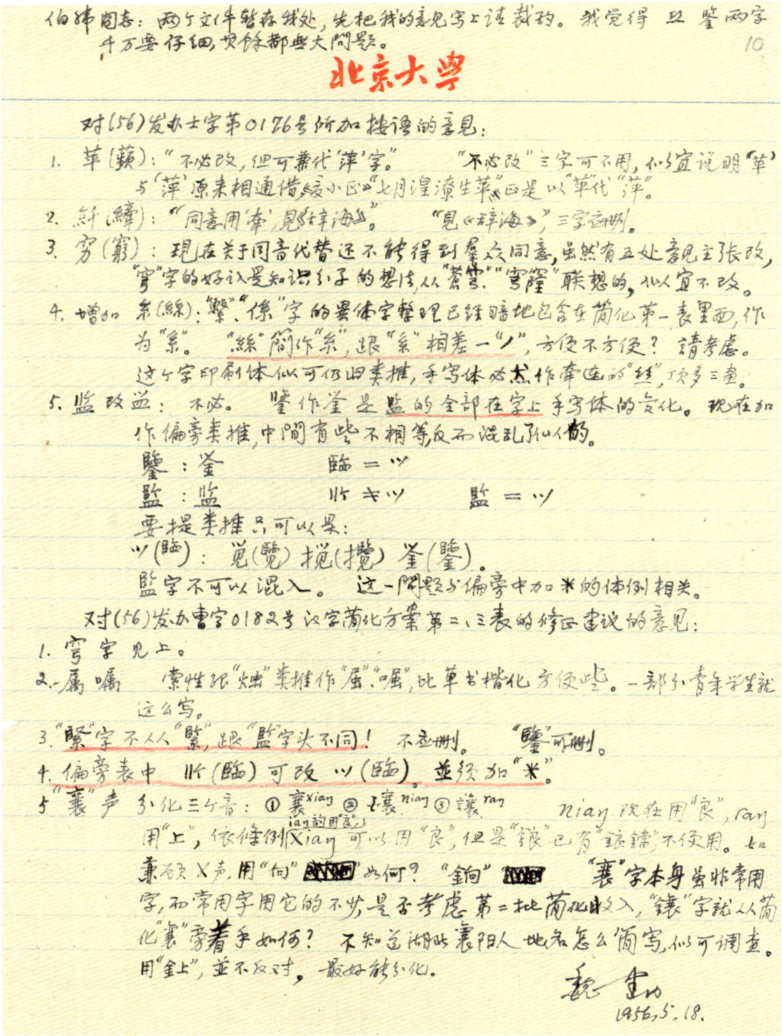

伯韩阅否：两个文件暂存我处，先把我的意见写上请裁酌。我觉得 㐅 鉴两字千万要仔细，其余都无大问题。 10

北京大學

对(56)发办士字第0176号所加按语的意见：

1. 苹(蘋)："不必改，但可兼代'萍'字。" "不必改"三字可不用，似宜说明'苹'与'萍'原来相通借，《夏小正》"七月湟潦生苹"正是以"苹"代"萍"。

2. 纤(縴)："同意用'牵'，见《辞海》"。 "见《辞海》"三字应删。

3. 穷(窮)：现在关于同音代替还不能得到群众同意，虽然有五处意见主张改，"穷"字的好认是知识分子的想法，从"穷尽""穷窿"联想的，似宜不改。

4. 增加 系(緜)："繫""係"字的异体字整理已经暗地包含在简化第一表里面，作为"系"。"緜"简作"糸"，跟"系"相差一"丿"，方便不方便？请考虑。这个字印刷体似可仍旧类推，手写体必太作牵连的"丝"，顶多三画。

5. 监改盐：不必。鉴作㐅是监的全部在字上手写体的变化。现在加作偏旁类推，中间有些不相等反而混乱了似的。

鑒：㐅　　　臨＝㐅

監：监　　　𠂉キ㐅　　　監＝㐅

要提类推只可以是：

㐅(臨)：览(覽) 揽(攬) 㐅(鑒)。

监字不可以混入。这一问题与偏旁中加※的体例相关。

对(56)发办书字0182号汉字简化方案第二、三表的修正建议的意见：

1. 穷字见上。

2. 属 嘱 索性跟"烛"类推作"属""嘱"，比草书楷化方便些。一部分青年学生就这么写。

3. "緊"字不从"緊"，跟"監"字头不同！不应删。"鑒"可删。

4. 偏旁表中 𠂉(臨)可改 㐅(臨)，并须加"※"。

5 "襄"声分化三个音：① 襄 xiang ② 壤 niang ③ 讓 rang niang 改在用"良"，rang 用"上"，依條例 xiang (iang的用"良") 可以用"良"，但是"鑲"已有"鑲鑄"不便用。如兼顾X声，用"向"如何？"銄" "襄"字本身虽非常用字，而常用字用它的不少，是否考虑第二批简化收入，"鑲"字就从简化"襄"旁着手如何？不知道湖北襄阳人地名怎么简写，似可调查。用"金上"，并不反对，最好能分化。

魏建功

1956,5.18.

魏建功文稿

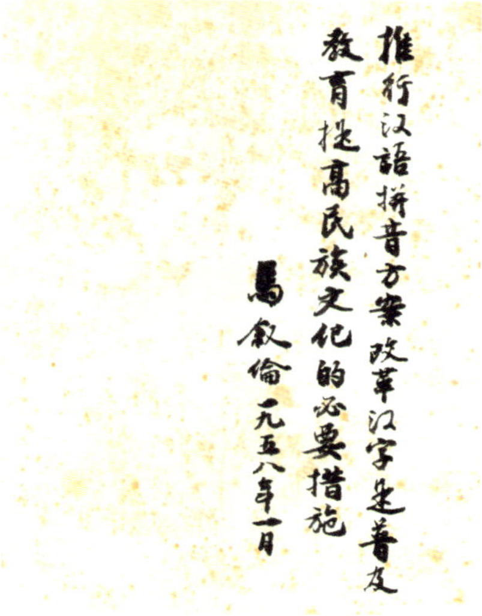
推行汉語拼音方案改革汉字是普及教育提高民族文化的必要措施
馬叙倫 一九五八年一月

马叙伦为《文字改革》月刊题词

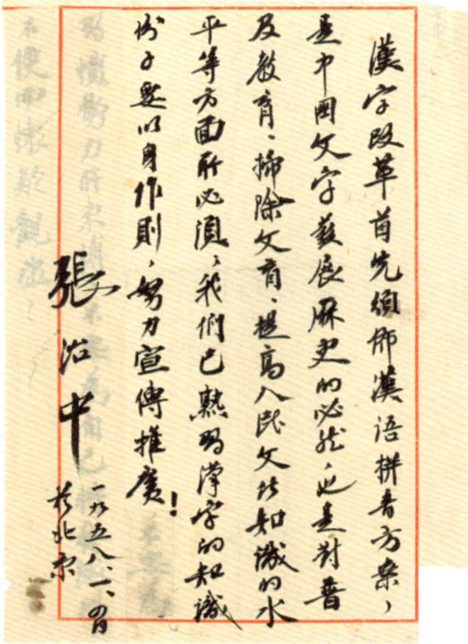
漢字改革首先頒佈漢語拼音方案，是中國文字發展歷史的必然，也是對普及教育、掃除文盲、提高人民文化知識的水平等方面所必須，我們已熟習漢字的知識份子要以身作則，努力宣傳推廣！
張治中 一九五八、一、月 於北京

张治中为《文字改革》月刊题词

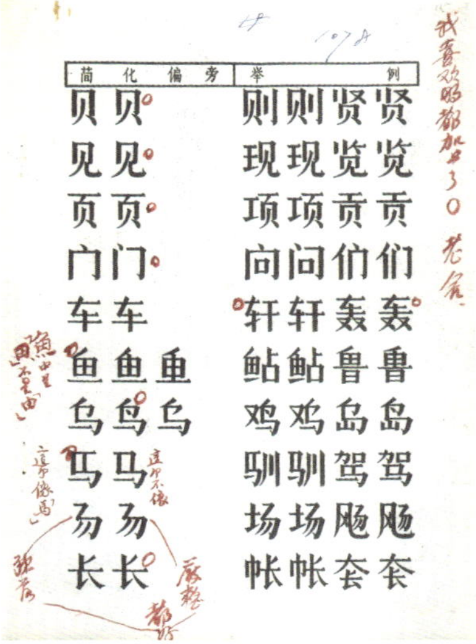

简化偏旁	举			例
贝 贝	则	则	贤	贤
见 见	现	现	览	览
页 页	项	项	贡	贡
门 门	向	问	们	们
车 车	轩	轩	轰	轰
鱼 鱼 鱼	鲇	鲇	鲁	鲁
乌 乌 乌	鸡	鸡	岛	岛
马 马	驯	驯	驾	驾
汤 汤	场	场	飏	飏
长 长	帐	帐	套	套

老舍对《简化偏旁》方案的审读意见

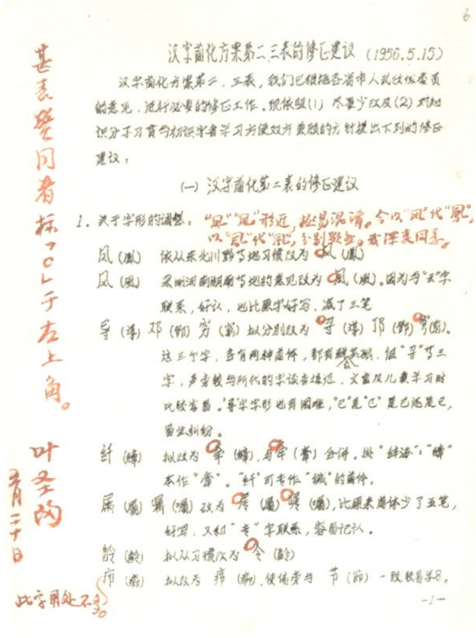
汉字简化方案第二三表的修正建议（1956.5.15）

(一) 汉字简化第二表的修正建议

此字用处不多

叶圣陶对《汉字简化方案第二、三表》的修正建议

人也大气，每次到回收站，总是要带些吃的喝的，打点那里的人。先是从工人手中买，后来和废品站的老板混熟了，自己在废品中挑。不管是新书旧书、线装书都论斤买。那时，为了迎接亚运会，北京城区到处拆迁，大到各部委机关院校拆迁重建，小到居民住宅的危旧房改造。部委院校多年存放的旧档资料，破旧四合院内老北京家里残留下的旧物古董，都在这个过程中流落到了北京各个废品回收站。

王先生在买卖这些旧书杂志、书画古董的过程中，练就了一双慧眼，结交了各路朋友。北京四九城的各个回收站里的老板、伙计都是他的好友，挑出来的好东西，都给他留着。那时候，手机（那时叫“大哥大”）还不普及，为了信息畅通，他先是和朋友借了个大哥大，没过多久人家要回去了，我便把我的“大哥大”给他使用，直到后来手机已经很普及，价格也便宜了，他买了一个才主动还给了我。由于消息灵通，他的货源特别充足，京城藏界的行家里手，都是他的客户。现在京城里著名书画藏家都从他的手里买过名贵字画；当今京城几个知名的画商，都是靠王先生和他的亲友们，起的家，发的财。

王先生的生意越做越红火，他忙不过来了，于是他的哥哥、弟弟、大舅子、小舅子、小姨子以及八竿子打不着的亲戚，从山东、安徽、河南等地会聚到北京投奔王先生，在王先生的率领下，开始了一场轰轰烈烈的“文物抢救运动”。我这样来给王先生和他的子弟兵们定位，是有根据的，许多极其珍贵的文物，被有些部委机关、文化机构作为废纸卖掉之后，在即将被送到纸浆厂之前，被王先生们从回收站买走，卖给了收藏家，才得以保存下来。从这个角度说，王先生是功不可没的。

王先生和他的亲友团，在北京的废品回收站里究竟抢救出多少文物，没有人统计过，他自己恐怕也记不得了。不过，他带着我从京北大熊猫环岛附近的一个废品回收站的老板手里，买回的一批中国文字改革委员会废弃旧档案的过程，虽然过去了十几年，至今我依然记忆犹新。

那一年的某天，是个星期天。我接到了王先生的电话，他在电话里告诉我说，刚听说有一批中国文字改革委员会废弃的旧档案，被收废品的卖到了京北大熊猫环岛一个回收站了，他马上去想买回来。并说，知道我喜欢这类资料，如果我要，他可以带我同去。按照他们行里的规矩，如此重要的信息是不能说给下家（买家）的，更不能带着下家见货主的。王先生这样做，可想对我的信任程度。我同意和他同去。那时，我住在宣武区广安门附近，王先生租住的房子也在那一带。不大一会儿，他驾着“残摩”到了我家，我把家里的钱凑了凑带在身上，他用残摩带上我直奔京北。

这是我平生第一次到废品回收站。这个回收站非常大，里边都是院落，一排砖房，一个小院，就是一个收购站。有的收购站专门收纸类的废品；有的专收金属类的；有的啥都收。我们去的这家专收纸类。院内成垛的旧书烂报，几个工人在分类打包，不时地扔出一书本杂志出来。我和王先生到了老板的屋里，扑面而来的是一群发出嗡嗡声响的硕大的苍蝇。老板是河南人，五大三粗，说话嗓门儿很大，见到王先生很高兴，说：“你这小子，闻着味就来了。看吧，那几袋子都是那批货。”我顺着老板的眼神儿一扫，果然在后窗下面有几个鼓鼓囊囊的尼龙袋子。王先生随即把我介绍给老板说，这是方先生，教书的，他懂，我请他来帮忙掌个眼。

我们俩蹲下来开始翻看，顺序是，王先生看完一摞儿，交给我。我看完放在一边，等到一口袋都看完了，再还原到口袋里去。两个口袋里的东西挨个看了一遍，我心里有数了。王先生看得比我快，见到他熟

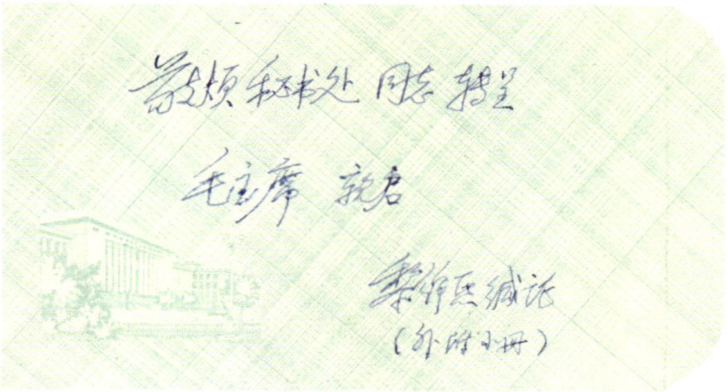
敬烦秘书处同志转呈
毛主席 亲启
黎锦熙缄托
（外附小册）

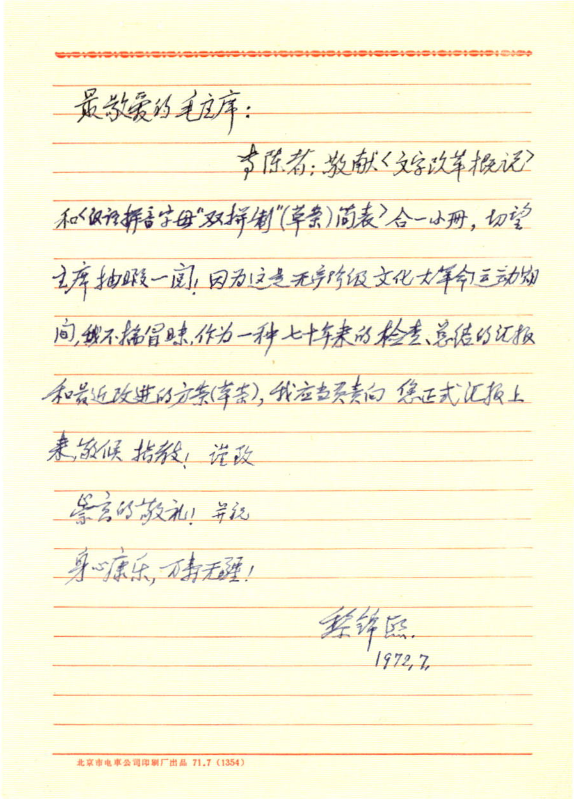
最敬爱的毛主席：

专陈者：敬献《文字改革概说》和《汉语拼音字母"双拼制"(草案)简表》合一小册，切望主席抽暇一阅！因为这是无产阶级文化大革命运动期间，我不揣冒昧，作为一种七十年来的检查、总结的汇报和最近改进的方案(草案)，我应当负责向 您正式汇报上来，敬候 指教！谨致

崇高的敬礼！并祝

身心康乐，万寿无疆！

黎锦熙

1972，7，

北京市电车公司印刷厂出品 71.7（1354）

黎锦熙致毛主席信

周有光《十月革命和文字改革》手稿首页

悉的，就马上指给我看。我记得他最先发现的是赵朴初先生的一封毛笔信，递给我时还冲我一笑。

整理完了，该谈价了。王先生不仅精明，而且口才极好，加上他久在江湖积累的各种为人处世的经验，几分钟就敲定了价格。按规矩，我应该在原价的基础上，最低也要按百分之十给王先生提成的，因王先生坚决不要，我也没有坚持。这件事，我一直挂在心上，在后来的交往中，我对王先生一直极为尊重，只要他有需要我帮忙的事情，我总会竭力而为。

这些中国文字改革委员会的旧档案，汇集了1954年10月，周恩来总理提议设立“中国文字改革委员会”，作为国务院直属机构，直至1975年以来的文件资料。包括1954年11月20日，国务院任命吴玉章为中国文字改革委员会主任，胡愈之为副主任；吴玉章、胡愈之、韦悫、丁西林、叶恭绰为常务委员，并进行成立中国文字改革委员会的筹备工作文件。1954年12月23日，中国文字改革委员会正式成立并举行第一次全体会议。会议最后通过了修正后的《汉字简化方案（初稿）》和《一九五五年工作计划大纲（草案）》。为了总结新中国成立以来的文字改革工作，研究文字改革的方针，促进文字改革工作的全面发展，教育部和文改会于1955年10月15日至23日，联合召开了全国文字改革会议，并一致通过《汉字简化方案修正草案》和《第一批异体字整理表草案》。以及各界人士对《汉字简化方案》修正建议；《部分偏旁简化形式征求意见》各界知名人士的修改意见及其有关文字改革方面的文稿、

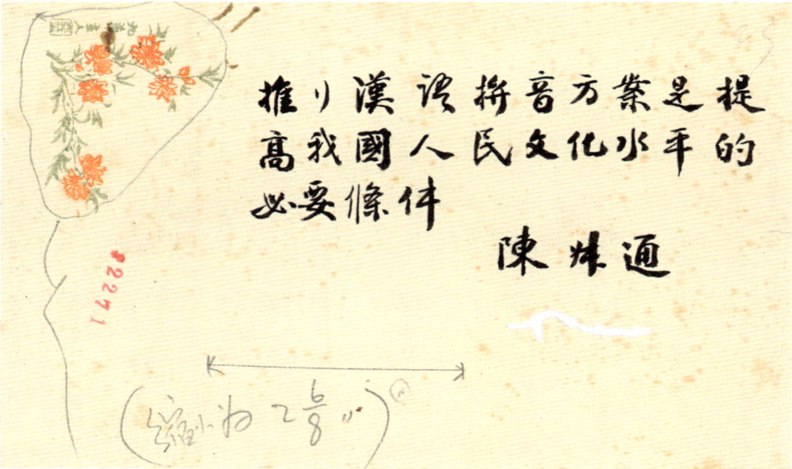

陈叔通题词

书信，等等。这些社会各界知名人士，有的就是文字、音韵学方面的专家学者，他们对于汉字的简化提出的意见和建议，得到了中央文字改革委员会的高度重视并被采纳。

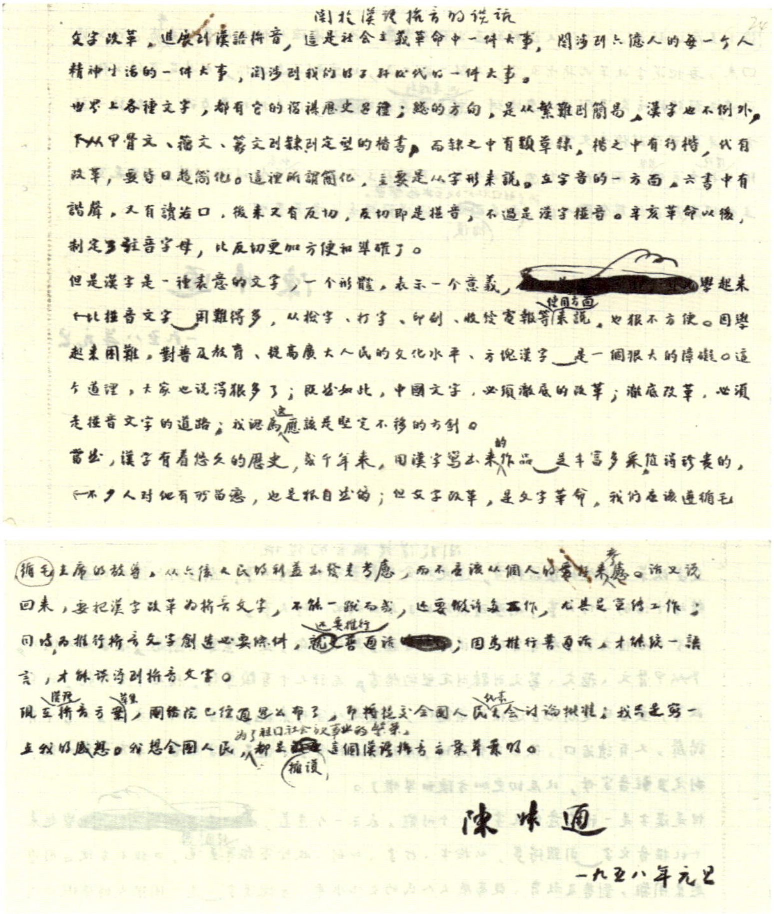

關於漢語拼音的說話

文字改革，進展到漢語拼音，這是社會主義革命中一件大事，關涉到六億人的每一个人精神生活的一件大事，關涉到我們的子孫後代的一件大事。

世界上各種文字，都有它的悠久歷史过程；總的方向，是從繁難到簡易，漢字也不例外。從甲骨文、籀文、篆文到隸到定型的楷書，而隸之中有類草隸，楷之中有行楷，代有改革，要皆日趨簡化。這裡所謂簡化，主要是從字形來說。在字音的一方面，六書中有諧聲，又有讀若口，後來又有反切，反切即是拼音，不過是漢字拼音。辛亥革命以後，制定注音字母，比反切更加方便和準確了。

但是漢字是一種表意的文字，一个形體，表示一个意義，[redacted]學起來比拼音文字困難得多，從檢字、打字、印刷、收發電報等使用方面來說，也很不方便。因學起來困難，對普及教育、提高廣大人民的文化水平、方便漢字是一個很大的障礙。這个道理，大家也說得很多了；既然如此，中國文字，必須徹底的改革；徹底改革，必須走拼音文字的道路；我認為這應該是堅定不移的方針。

當然，漢字有着悠久的歷史，幾千年來，用漢字寫出來的作品是豐富多采值得珍貴的，不少人对他有所留戀，也是很自然的；但文字改革，是文字革命，我們應該遵循毛主席的教導，從六億人民的利益出發來考慮，而不應該從個人的愛好來考慮。話又說回來，要把漢字改革為拼音文字，不能一蹴而就，还要做許多工作，尤其是宣傳工作；同时為推行拼音文字創造必要條件，还要推行普通話[redacted]；因為推行普通話，才能統一語言，才能談得到拼音文字。

現在拼音方案草案，國務院已經通過公布了，即將提交全國人民代表大会討論批准；我只是寫一点我的感想。我想全國人民，為了祖国社会主义事业的繁榮，都要擁護這個漢語拼音方案草案吧。

陳叔通

一九五八年元旦

《周有光文》陈叔通文稿

这些珍贵的档案资料，为我们后人研究新中国汉字简化的历史过程提供了重要的线索和依据。如果单纯地从经济价值方面考虑，几年前，应中央电视台朋友的邀请，我曾带着这批文字改革资料的其中四十几份各界知名人士对《汉字简化方案》的修改意见，参加了刚刚开始试播的《鉴宝》（第一期）活动，当时对这份资料的估价为八万七千五百元。

直到今天，我也没有弄清楚，当初“文改会”的人为什么把这些珍贵的档案，作为废品卖给收废品的小贩。后来听说旧档案刚刚卖出一部分，有人恰巧碰到自1955年10月，直到退休，一直在中国文字改革委员会工作的著名的语言文字学家周有光先生。周有光先生闻讯立即赶到，怒斥这些卖档案的人无知。还有的文章说，周有光先生当即骑上自行车去追赶那个收破烂的小贩。

至今仍然健在的周有光先生，是1955年10月，中共中央决定召开全国文字改革会议之后，周恩来总理亲自点名留下来从事文字改革工作的。邀请精通中、英、法、日四国语言的周有光参加中共中央组织召开的全国文字改革会议也是周总理提出的。会后，中国文字改革委员会副主任胡愈之对周有光说：“你不要回去了，你留在文改会工作吧。”周有光笑了笑，说：“我不行，我业余搞文字研究，是外行。”胡愈之说：“这是一项新的工作，大家都是外行。”不久，周有光接到通知从上海调往北京。从此，周有光先生再也没有离开过中国文字改革委员会。周有光先生深知这些记录着新中国文字改革历史档案的分量，以致那时已经八十高龄的他，才有了上述的举动。

2009 年 10 月 4 日

破碎的官窑瓷，难圆的旧日景

每次到卖旧书的店铺或者倒腾旧书烂画的小贩家中看货的时候，我总要在翻看完感兴趣的书刊杂志后，让他们把最近收上来的古董字画拿给我看，看到中意的，就买下来。

一次，一个与我极为熟悉的安徽籍书贩，约我到他在朝阳区边缘租住的民房去看他刚收上来的一批旧书。

最早的时候，这个书贩在潘家园旧货市场贩卖旧书，也卖古董字画。他的进货渠道广，时不时地总会搞到一些奇货，因此他的摊人气很旺。我有许多名人书札，就是在他那里买的。后来他把老家种地的老婆、弟弟和正在读书的孩子也弄到北京，和他一起经营旧书。再后来，他不练摊儿了，潘家园的旧书摊老板换成了他的老婆；到废品收购挑选旧书的任务交给了初中刚毕业的儿子。交通工具也有了变化，小三轮车给了老婆，添置了一辆电动自行车，专门到市里收货。

我曾问过他：北京的市区这么大，你怎么知道哪里有货呢？他告诉我，经过多年的经营，与各区县从事旧书买卖的亲友老乡都有联系。过去人手缺，顾不过来，现在好了，老婆孩子都来了，可以常到他们的收购点走走，多抓点货。

果然，从那时候起，这位安徽籍的旧书贩发给我的信息多起来了。这次他上的货，是他的一个远房侄子从朝阳门内的一个老住户家里买来的。他的侄子一家在市里的大杂院里，租了一间老住户自己搭建的小房子，干的就是收废品的活。据他侄子说，这次收来的旧书杂物出自一个老北京人的家，据说这家“在旗”，什么“旗”，他没记住。反正卖给他东西的老太太说，大清时他们的老祖宗经常出入紫禁城。

对于他学说他侄子的话，我压根儿没往耳朵里进。只是让他把东西取出来给我看。他带我进到里屋，东西还真不少，光帽镜就有三个，一个没有底座，另外两个镜框、底座都是硬木的。两把没有靠背的老椅子

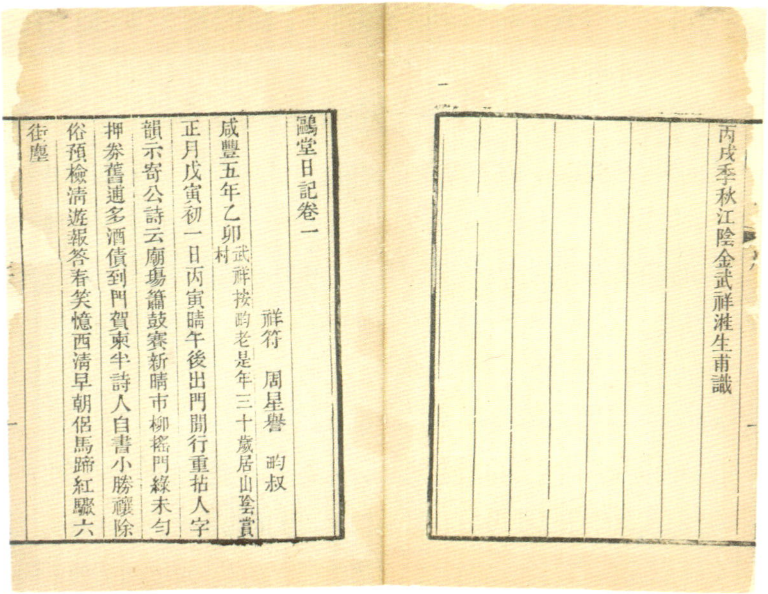
丙戌季秋江陰金武祥溎生甫識

鷗堂日記卷一

祥符 周星譽 畇叔

咸豐五年乙卯 武祥按畇老是年三十歲居山陰賞村

正月戊寅初一日丙寅晴午後出門閒行重拈人字

韻示寄公詩云廟墸簫鼓賽新晴市柳搖門綠未匀

押券舊逋多酒債到門賀柬半詩人自書小勝禳除

俗預檢清遊報答春笑憶西清早朝侶馬蹄紅驟六

街塵

《鸥堂日记》首页

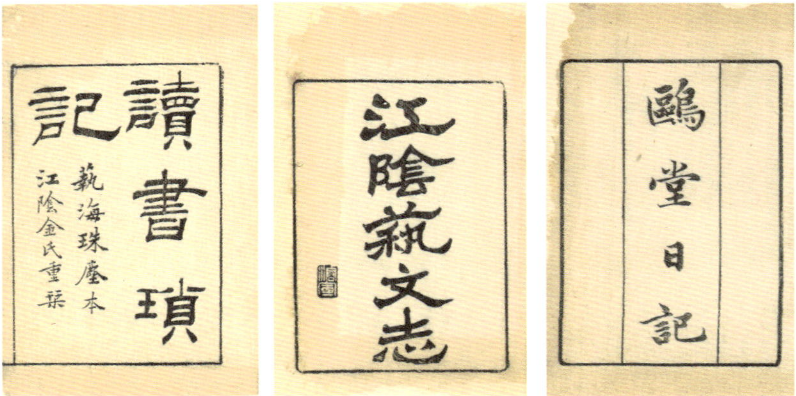

江阴金武祥辑《鸥堂日记》《江阴艺文志》《读书琐记》

和几个破烂瓷器堆放在墙角儿。我问他："书呢？"他从床底下抻出来两个尼龙袋子，就手解开口袋绳，倒了一地。老尘土也随之飘浮蔓延，呛得我们俩都咳嗽起来。

所有的新旧书籍全都混在一起。经过一个多小时的挑选，我选定了一些线装书，书都被耗子咬过或虫蛀过。我比较喜欢的是（清）江阴金武祥辑《粟香室丛书》中的几种八册，计有：《鸥堂日记》、《鸥堂剩稿》、《东鸥草堂词二卷》、《水云楼剩稿》、《玉尘集》、《鹗亭诗话》和《读书琐记》及金氏编《江阴艺文志》。

我在中国书店的一次拍卖会的预展上翻阅过《粟香室丛书》，是光绪十四年至十六年，金武祥于广州、梧州所刻，共四十四种，皆江阴先哲遗著及自著书，秘抄之本多为缪氏所赠。至今对有关的篇目和内容有很深的印象，如陈性的《玉纪》、李兆洛的《端溪砚坑记》及周继煦在《勇庐闲诘评语》中的《说烟》《说壶》《说碟盖匙》等都是我感兴趣的。正巧赶上出差，没能参加拍卖会，这套书不知道被谁买走了。今日有缘碰上，自然要购归了。

还有毛笔抄写的一册《金石杂记》，扼要记录下自唐以来书画名家的名号简历。如，“唐四家”：欧阳询、颜真卿、柳公权、褚遂良；“宋四家”：苏轼、黄庭坚、米芾、蔡襄；元四家：黄公望、王蒙、倪瓒、吴镇；“明四家”：沈周、文徵明、唐寅、仇英；“清四家”：翁方纲、刘墉、成亲王永理、铁保；以及“画中九友”：董其昌、邵弥、李流芳、王时敏、王鉴、程嘉燧、杨文聪、卞文瑜、张学曾；以及“扬州八怪”“海内八家”“金陵八家”“西泠十子”“江南七子”“四王吴恽”“四大画家”“金石五家”等，抄写了厚厚的一册。

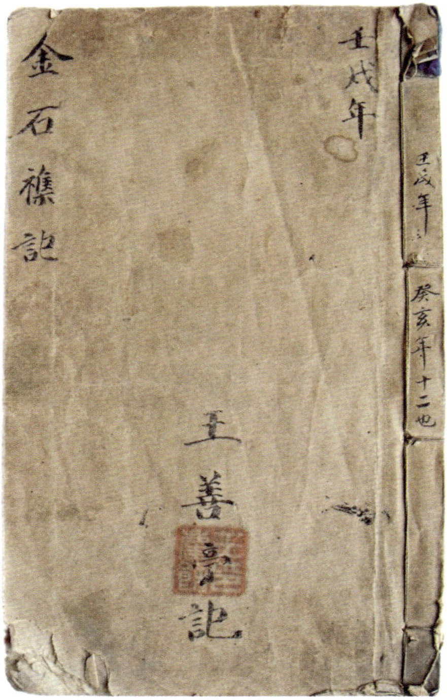

《金石杂记》封面

另有一册《观海楼集联蓝本》。每页书有两联，共二十六开，五十二联。第一开共四联：

其一　披云炼琼液，坐月观宝书

其二　开帘见新月，倚树听流泉

其三　看竹云垂地，穿花露滴衣

其四　鸦归万家树，鹤宿千年松

可见原物的主人是个旧学功底很深、有品位的读书人。

书看过了，价钱也谈妥了。我开始看堆放在墙角儿的老椅子和残缺的瓷器。几个瓷瓶是晚清民窑，都有残，随口问价，这堆破东西，他的期望值很高。原本残缺的物件我就不喜欢，也就没多废话。不知何故，两把椅子的后背从椅子面上齐根儿被锯掉了，椅子上面放着一个脏兮兮的小罐儿，引起了我的注意。

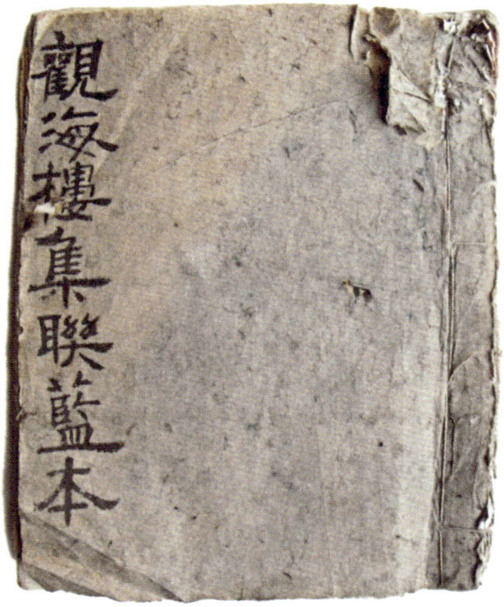

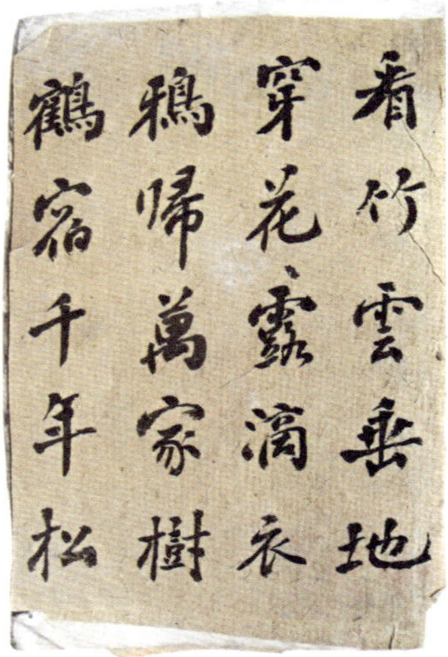

《观海楼集联蓝本》书影

大清乾隆年制款印泥盒

这是一件残破的瓷质扁圆形印泥盒。盒盖破碎为四片，用十二枚铜锔子修补聚合，器体回首龙处用六枚铜锔子修补聚合。盒内还残存有用过的朱砂印泥。子母口，圈足。盒盖面及器壁为白地祥云纹，盖面正中一条五爪金彩团龙，器壁两条金彩五爪行龙飞腾于云海之间追逐一颗火珠。巨角低额，呈现一种凶猛彪悍，是典型的乾隆朝官器。传说龙珠亦称夜明珠，可避水火。故有二龙戏珠或群龙戏珠的图案，表示吉祥安泰之意。底足内施白釉，以红彩书“大清乾隆年制”楷字款。此印泥盒虽为残破修补之器，但当年风采依稀可见。

他见我对这个残破的印泥盒感兴趣，便说：“如果您喜欢，三百元您拿走。”我没吭声，掏钱付款，然后小心翼翼地用报纸包裹后把它放进书包里。

这些物件儿到我家已经二十多年了。《粟香室丛书》之八种修补后，是我时常翻看的书籍之一；那件残破的印泥盒，我一直摆放在书桌上。

2009 年 10 月 24 日

床垫下的“曲艺家们”

到了20世纪90年代，月坛邮市没有那么火了，况且我第一次到潘家园旧货市场就买了一口袋的作家书信、文稿，从此，我的休息日基本上是在那里度过的。我是喜欢交朋友的人，而且是三教九流，只要投脾气，就可以成为朋友。我最先认识的人中除了一位王先生和一位杜先生，其次就是王先生的弟弟和小舅子，他们都在潘家园旧货市场卖旧书字画。

一次，在潘家园王先生弟弟的摊儿上，发现了一封著名相声演员侯宝林先生在“文革”期间写的证明信。王开价50元，我买下了。他告诉我，还有类似的资料没带到这儿来，想要，等下次带来再说。我看了看侯宝林先生写的证明材料，很感兴趣，于是就问他，能否与他一起到他的住处看看那些东西，而且告诉他，我的兜里还有钱，看好了可以当时付款。那会儿，也快正午了，他答应了。我叫了个“面的”（那时北京的出租车大都是小面包车，可载人，也可拉货，很是方便。）拉上他一起回到他在南城凉水河边的住处。他的住处是个独门独院，和他的哥哥（另文有专门介绍）同住在这个小院里。离他们的住处不远的地方有个规模很大的废品回收站，后来才知道，他们的货源大多来自这个地方，许多经营旧书的外地人都聚集在北京各个废品回收站的周围。

进到院落，院内还算整齐。进到他的房间，屋里只有一个小单人床，其余都是杂七杂八的旧书期刊书画等物。他把被褥从床上挪到地上的一堆书上，床上只剩下一个稻草编制的草垫子了，他掀开了草垫子，只见床板上有序地铺放了一些旧卷宗，他归拢了一下说："您看吧，都在这儿呢。"

这次的收获不小，那些中国广播说唱团的旧卷宗里，许多老艺人"文革"期间所写的"检讨"、证明都在里边。其中有大鼓女艺人赵玉明、孙书筠合写的《关于龙洁萍的情况》和侯宝林、郭全宝等写的证明材料等。因为量大，没有按件算，假如每件按50元算，我还真掏不起那么多的钱。需要说明的是，这些大师们不仅艺术上有着极高的造诣，而且品德高尚。他们所写的所谓"交代""证明"材料的一个共同特点，就是把事情的来龙去脉说得一清二楚，但决不上纲上线，乱扣帽子。此外，虽然是证明，或是交代，都是文笔幽默诙谐，并不乏味。比如侯宝林先生亲笔写下的一份关于旧中国北京（曲艺）同业公会的交代材料：

关于外调的同志叫我交代北京（曲艺）同业公会情况：

北京这个同业公会，当时具体的名称叫什么？我根本没往心里记过。我只是一个概念（对同业公会），凡是干这行的，吃这碗饭，特别是在台上有点颜色的人，你不入也不行。我对公会没有好感，我过去说过，公会抓官差，交会费，演义务（不给钱白演）。当然我过去的认识和说法远不能说明公会的反动本质。同时这种说法，也就有为自己参加了这样反动组织开脱罪责之嫌。

首先交代我的罪行，我参加了这个组织，参加过公会举办的

毛主席语录

国家的统一，人民的团结，国内各民族的团结，这是我们的事业必定要胜利的基本保证。

— 关于扈洁萍的情况 —

在1943年，我和她在天桥小茶馆里一起唱过。当时她只有十三四岁。她叫花桂云。她的三姐花艳云当时是很风流的。她培养扈洁萍学过京戏。后来因戏装太贵，培养不起，就不唱了。1945年或46年时，知道她当过舞女。具体多长时间不知道。关于“吉普女郎”我们没听说她有这样的外号。我们对这个名称的理解是，当时的舞女、歌女，被美国人玩弄的，或坐过美国人吉普车的，被称为“吉普女郎”。

1948年，扈洁萍曾在庑王府井凤凰厅曲艺社和孙书筠一起唱过。当时她与后台管事人兼伴奏员白凤霖接触较多。

解放后1954年参加说唱团工作一直到56年。每天下午扈洁萍和其他演员到香炉营五条11号白凤鸣（说唱团队长）家上班，由白凤岩（反动教徒）上课学新梅花大鼓。白凤岩思想很反动，经常向演员传教。扈洁萍跟白凤岩进过天主教堂，是否入教，不知道。

1956年扈洁萍曾坚决与爱人冯达庄离婚。冯达庄很迁就她才没离了。据说是扈洁萍的母亲、三姐从中挑拨，给她的影响很坏。

赵玉明

1969.3.27. 孙书筠

孙书筠章

北京市电车公司印刷厂出品 68.8

赵玉明、孙书筠合写的证明材料

"讲习班"或叫什么训练班。参加过公会组织的"劳军""义演"都是反革命的行为。

我还参加过大约在1946年或1947年公会举办的"纪念祖师爷"的活动。在崇文门外一个什么庙里，我去过，具体地址不记得了。只有这一次，后来就没有这样活动了，或者我不在北京不知道了。

当然这一套封建迷信的玩艺（意）在彼时已竟（经）不能统治人们的精神了。我当时看到在那个庙里的西北角落（最偏蔽的角落），半间小房里有个泥像，究竟那个"祖师爷"叫什么名字，我都不知道，我也没烧香磕头，这一套封建迷信的东西还是以前的旧公会搞的。当初办公会都是以几个老人所谓"老前辈"。到了国民党时期就不同了。以前是刘宝全、白云鹏担任名义，王文瑞、霍连仲做点具体工作，拿个车钱。

在国民党反动派统治时期的公会，是由张达三、曹宝禄、全国华、连阔如、常连安、侯一尘等把持大权，几乎都是历史反革命，起码是个国民党员。都是勾结国民党反动派作恶多端的人。

北京公会可能是在1945年日本投降后，国民党刚来不久，他们就勾结上了，也就是旧公会的一班人踢开了王文瑞、霍连仲、白云鹏等老人，他们已摇身一变，成立或改组北京的公会。

我记得1945年九月底我从天津回到北京上海游艺社演出时，"新"公会已经成立好了。不久公会召集开什么会或扩大理事会，或布置"讲习班"（或叫什么训练班），或是布置"劳军"。其实大权在以上几个人手里，我只是听会而已，当时讲了些什么？实在是记不起来了，是否当时还有顾荣甫、尹福来等人也参加了，请找他们两个人也可以了解一些当时公会的情况。

还有一份侯先生在1969年7月1日写的关于证实大特务张景贤的材料：

1947年—1948年底，我在北京西单游艺社演出时，他是一个观众，他和前台的人员，包括“东”“理”以及职工等究竟有什么关系我不了解，他有时也到后台串串坐坐，大家都称他“张四爷”，经赵四和于少章介绍我也称他“张四爷”。跑江湖的艺人对于这种事，是司空见惯的，凡是这样的人，必是有权有势的人，起码也是个地头蛇。

几个月后的某一天，前台电工赵文仲（赵四）对我说：“张四爷叫咱们今天晚上到他家去打牌。”我说：“哪呀？”赵说：“就在商场后门宽街，散场以后咱俩一块儿去。”当晚我和赵文仲去张四家打了一夜牌。

又过了几个月，我在西单游艺社接到一封匿名信，信的大意：“叫我准备相当于现在的人民币几千元，某日下午六点送到东来顺饭馆二楼大厅，有人来取，否则以手枪对待。”当时我非常害怕，我跟会计吕少元说了，吕说：“嗐，你别理他那一套。”我又跟于少章（后台管事的）说了，于说：“张四爷在前边，我把他请来，问他有什么办法。”于是他到前台把张请来，张看完信说：“没关系，到时候我跟你去。”到了东来顺二楼大厅，找了一张桌座（坐）下，叫了酒菜。当时我的精神非常紧张，唯恐突然发生什么意外。总是偷偷的（地）看着周围。吃了一顿饭也没有发生什么事

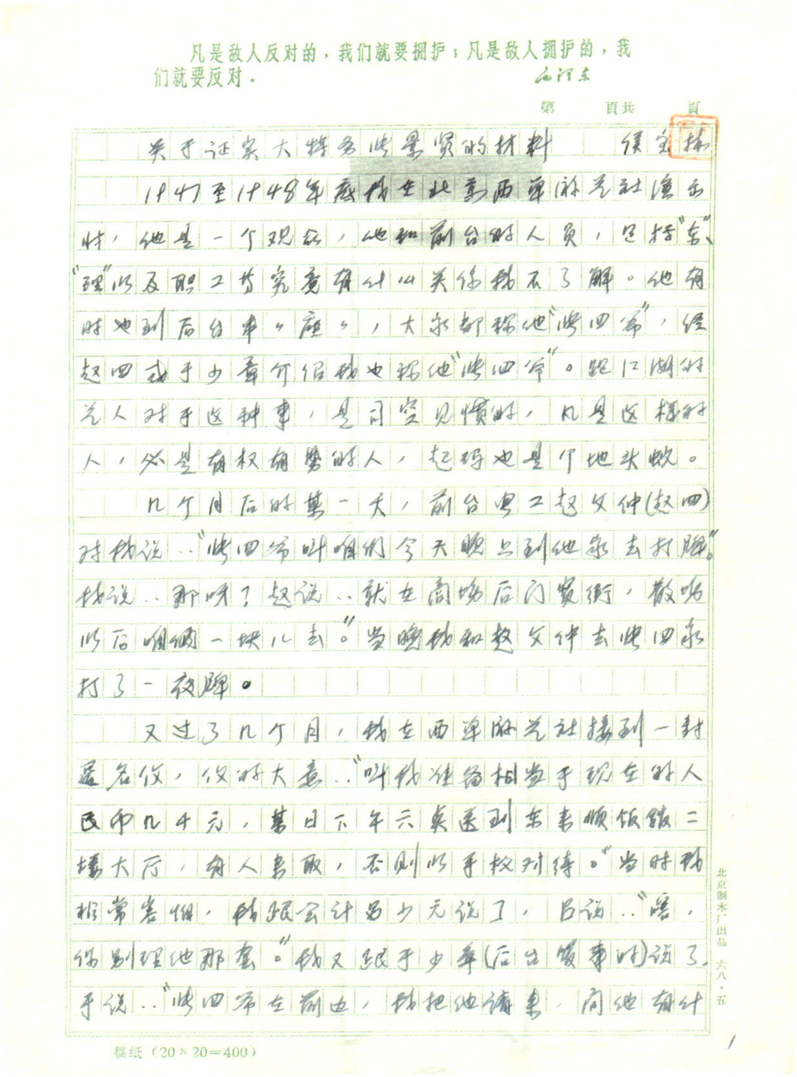

凡是敌人反对的，我们就要拥护；凡是敌人拥护的，我们就要反对。　毛泽东

第　页共　页

关于证实大特务张景贤的材料　侯宝林

1947至1948年底我在北京西单启明茶社演出时，他是一个观众，他和前台的人员，包括"东"、"理"以及职工方面究竟有什么关系我不了解。他有时也到后台串串座座，大家都称他"张四爷"，经赵四或于少章介绍我也称他"张四爷"。跑江湖的艺人对于这种事，是司空见惯的，凡是这样的人，必是有权有势的人，起码也是个地头蛇。

几个月后的某一天，前台男工赵文仲（赵四）对我说："张四爷叫咱们今天晚上到他家去打牌。"我说："那呀？"赵说："就在商场后门宝街，散场以后咱俩一块儿去。"当晚我和赵文仲去张四家打了一夜牌。

又过了几个月，我在西单启明茶社接到一封匿名信，信的大意："叫我准备相当于现在的人民币几千元，某日下午六点送到东来顺饭馆二楼大厅，有人来取，否则以手枪对待。"当时我非常害怕，我跟会计马少元说了，马说："嗐，你别理他那套。"我又跟于少章（后台管事的）说了，于说："张四爷在前边，我把他请来，问他有什

北京制本厂出品　六八·五

稿纸（20×20=400）

1

侯宝林《关于证实大特务张景贤的材料》

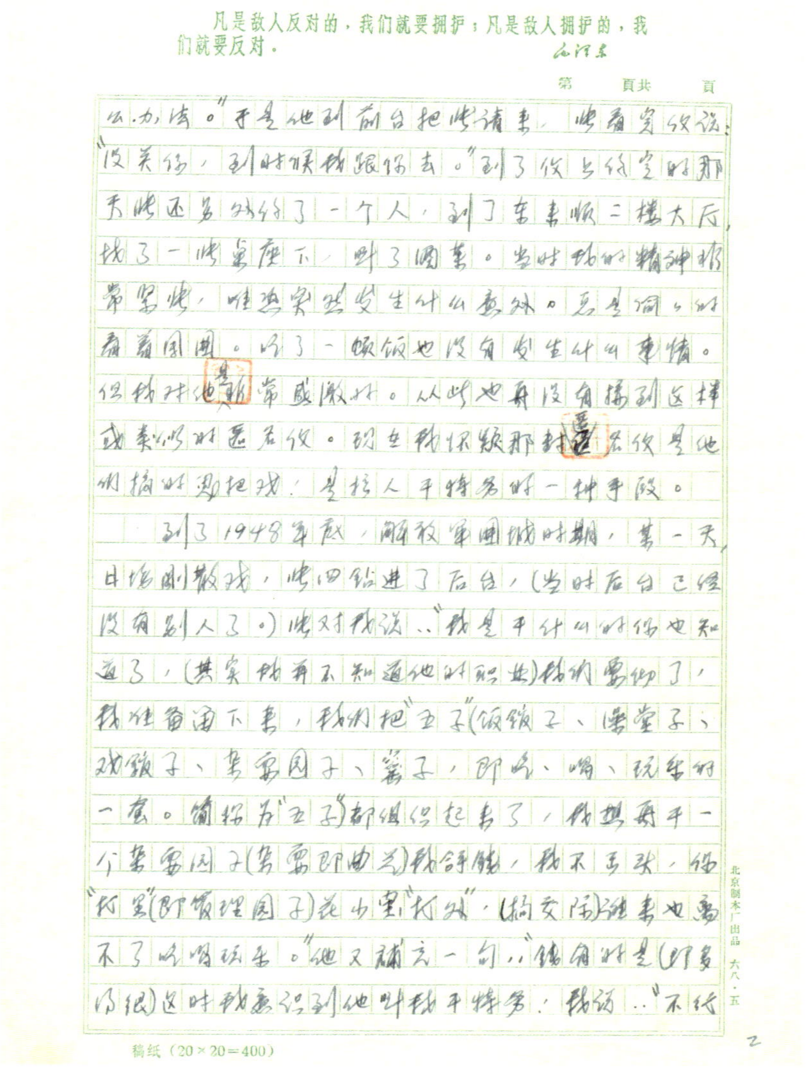

凡是敌人反对的，我们就要拥护；凡是敌人拥护的，我们就要反对。

毛泽东

第　　頁共　　頁

么办法。"于是他到前台把张请来，张看完信说："没关系，到时候我跟你去。"到了约与结定的那天张还另外约了一个人，到了东来顺二楼大厅找了一张桌座下，叫了酒菜。当时我的精神非常紧张，唯恐突然发生什么意外。可是偷偷的看着周围。吃了一顿饭也没有发生什么事情。但我对他非常感激的。从此也再没有提到这样或类似的恐吓信。现在我怀疑那封恐吓信是他们搞的鬼把戏！是拉人干特务的一种手段。

到了1948年底，解放军围城时期，某一天，日场刚散戏，张回头进了后台，(当时后台已经没有别人了。)张对我说："我是干什么的你也知道了，(其实我并不知道他的职业)你们要倒了，我准备留下来，我们把"五子"(饭馆子、澡堂子、戏馆子、杂耍园子、窑子，即吃、喝、玩乐的一套。简称为"五子")都组织起来了，你想再开一个杂耍园子(杂耍即曲艺)我给钱，我不要账，你"打里"(即管理园子)花些钱"打点"(搞交际)谁来也离不了吃喝玩乐。"他又补充一句："钱有的是(即多得很)这时我意识到他是干特务，我说："不行

北京制本厂出品　六八·五

2

稿纸（20×20＝400）

侯宝林《关于证实大特务张景贤的材料》

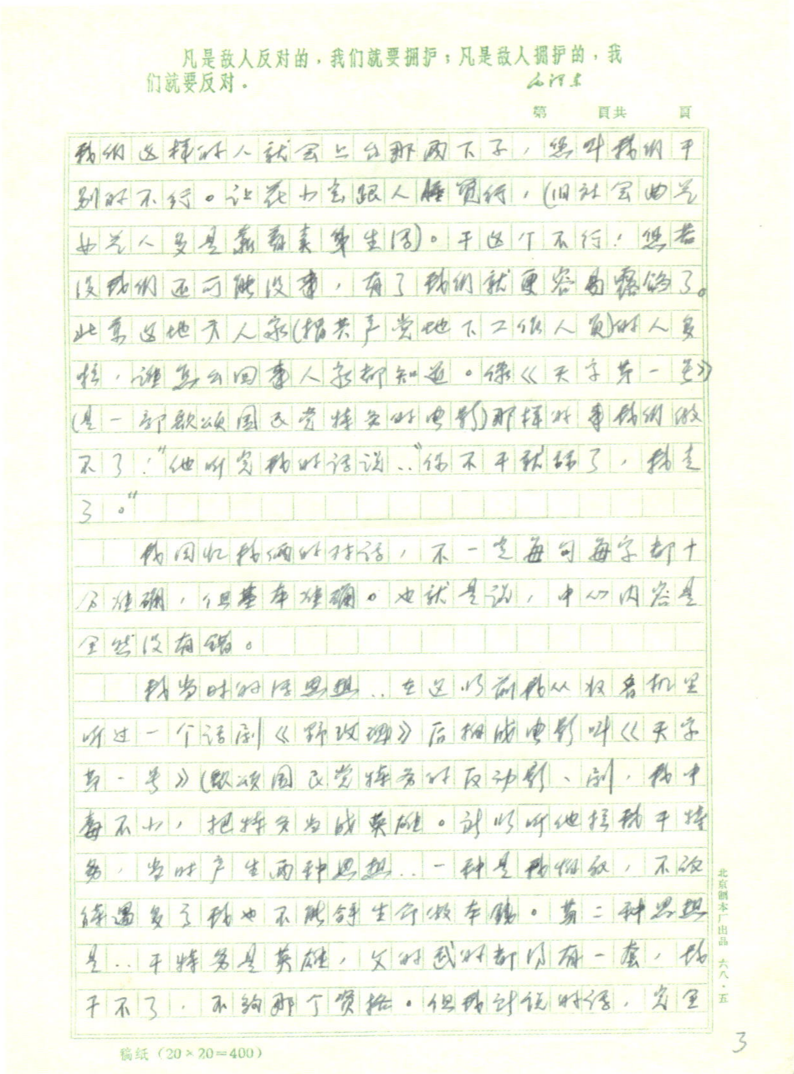

凡是敌人反对的，我们就要拥护；凡是敌人拥护的，我们就要反对。
毛泽东

第　　页共　　页

我们这样的人就会上台那两下子，总叫我们干别的不行。让我们去跟人睡觉行，（旧社会曲艺女艺人多是靠卖身生活）。干这个不行！总若没我们还可能没事，有了我们就更容易露馅了。此事这地方人家（指共产党地下工作人员）的人多精，谁为什么回事人家都知道。像《天字第一号》（是一部歌颂国民党特务的电影）那样的事我们做不了！”他对我们的话说：“你不干就算了，我走了。”

我回忆我俩的对话，不一定每句每字都十分准确，但基本准确。也就是说，中心内容是全然没有错。

我当时的思想：在这以前我从收音机里听过一个话剧《野玫瑰》后拍成电影叫《天字第一号》（歌颂国民党特务的反动影、剧，放毒不小，把特务当成英雄。所以听他找我干特务，当时产生两种思想：一种是我怕死，不敢缠遇多了我也不能舍生命做本钱。第二种思想是：干特务是英雄，文的武的都得有一套，我干不了，不够那个资格。但我讨论的时候，完全

北京剧本厂出品　六八·五

稿纸（20×20=400）

3

侯宝林《关于证实大特务张景贤的材料》

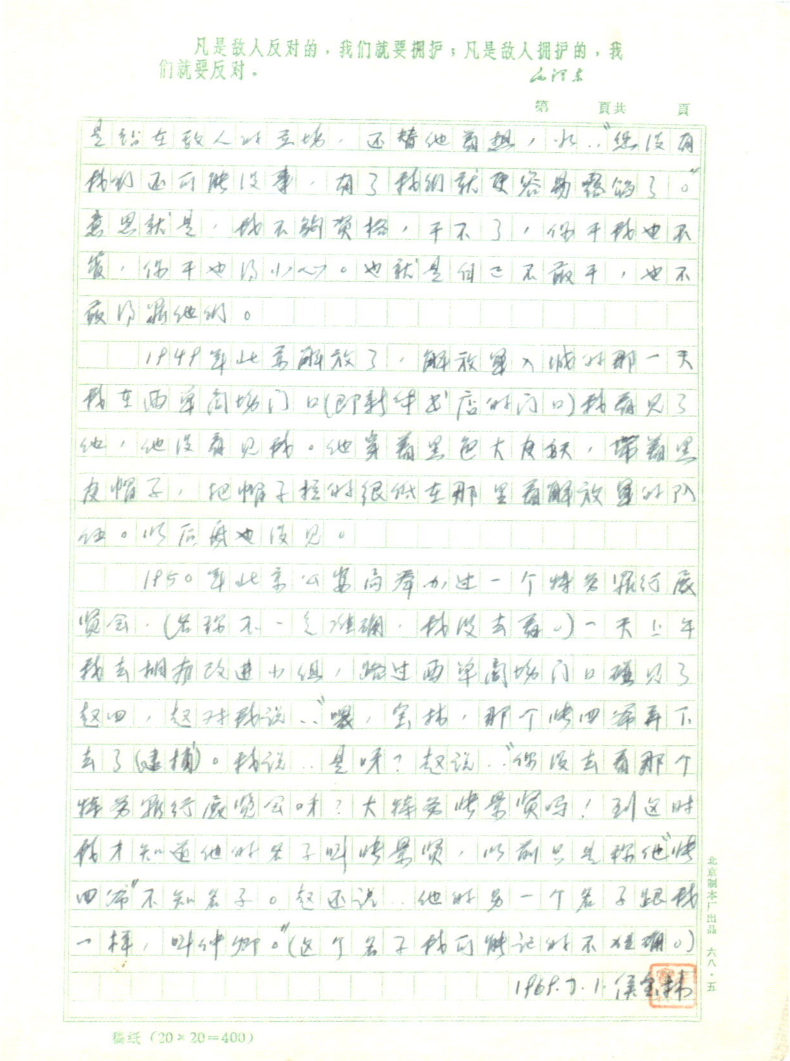

凡是敌人反对的，我们就要拥护；凡是敌人拥护的，我们就要反对。
毛泽东

第　　页共　　页

是站在敌人的立场，还替他着想，说："他没有我们还可能没事，有了我们就更容易露馅了。"意思就是，我不够资格，干不了，你干我也不管，你干也得小心。也就是自己不敢干，也不敢得罪他们。

1948年北京解放了，解放军入城的那一天我在西单商场门口(即新华书店的门口)我看见了他，他没看见我。他穿着黑色大皮袄，带着黑皮帽子，把帽子拉的很低在那里看解放军的队伍。以后再也没见。

1950年北京公安局举办过一个特务罪行展览会(名称不一定准确，我没去看。)一天上午我去相声改进小组，路过西单商场门口碰见了赵四，赵对我说："嗳，宝林，那个张四爷弄下去了(逮捕)。"我说："是吗？"赵说："你没去看那个特务罪行展览会吗？大特务张景贤呀！"到这时我才知道他的名子叫张景贤，以前只是称他"张四爷"不知名子。赵还说："他的另一个名子跟我一样，叫仲卿。"(这个名子我可能记的不准确。)

1968.7.1 侯宝林

北京制本厂出品 六八·五

稿纸（20×20=400）

侯宝林《关于证实大特务张景贤的材料》

情。但我对他是非常感激的。从此也再没接到这样或类似的匿名信。现在我怀疑那封匿名信是他们搞的鬼把戏！是拉人干特务的一种手段。

到了1948年底，解放军围城的时期，某一天，日场刚散戏，张四钻进了后台（当时后台已经没有别人了）。张对我说："我是干什么的你也知道了，（其实我并不知道他的职业）我们要彻（撤）了，我准备留下来，我们把'五子'（饭馆子、澡堂子、戏馆子、杂耍园子、窑子，即吃、喝、玩乐的一套。简称为'五子'）都组织起来了，我想再干一个杂耍园子（杂耍即曲艺），我拿钱，我不出头，你'打里'（即管理园子）花小宝'打外'（搞交际），谁来也离不了吃喝玩乐。"他又补充一句："钱有的是（即多得很）。"这时我意识到他叫我干特务！我说："不行，我们这样的人，就会上台那两下子，您叫我们干别的不行。让花小宝跟人睡觉行（旧社会曲艺女艺人多是靠着卖身生活），干这个不行！您若没我们还可能没事，有了我们就更容易露馅了。北京这地方人家（指共产党地下工作人员）的人多啦，谁怎么回事人家都知道。像《天字第一号》（是一部歌颂国民党特务的电影）那样的事我们做不了。"

我回忆我俩的对话，不一定每句每字都十分准确，但基本正确。也就是说，中心内容是全然没有错。

我当时的活思想：在这以前我从收音机里听过一个话剧《野玫瑰》后拍成电影叫《天字第一号》（歌颂国民党特务的反动影、剧），我中毒不小，把特务当成英雄。所以听他拉我干特务，当时产生两种思想：一种是我怕死，不论待遇多高我也不能拿生命做本钱。第二种思想是：干特务是英雄，文的武的都得有一套，我干不了，不够那个资格。但我所说的话，完全是站在敌人的立场，还替他着想，如“您没我们还可能没事，有了我们就更容易露馅了”。意思就是，我不够资格，干不了，你干我也不管，你干也得小心。也就是自己不敢干，也不敢得罪他们。

1949年北京解放了，解放军入城的那一天我在西单商场门口（即新华书店的门口）我看见了他，他没看见我。他穿着黑色大皮袄，带着黑皮帽子，把帽子拉的（得）很低在那里看解放军的队伍。以后再也没见。

1950年北京公安局举办过一个特务罪行展览会（名称不一定准确，我没去看。）一天上午我去相声改进小组，路过西单商场门口碰见了赵四，赵对我说：“喂，宝林，那个张四爷弄下去了（逮捕）。”我说：是呀？赵说：“你没去看那个特务罪行展览会呀？”大特务张景贤吗！到这时我才知道他的名子（字）叫张景贤，以前只是称他“张四爷”不知名字。赵还说：“他的另一个名字跟我一样，叫仲卿。”（这个名字我可能记得不准确。）

1969年1月18日，著名相声演员郭全宝写过关于演唱《吹大气》的证明：

1969年1月16日下午，外调的让我证明我几时在北京演出过《吹大气》这一唱词小段儿。我知道这是个传统小快板，经自己反复回忆我于59年的前半年和马季等人去包钢时唱过快板《金门宴》。另一次是59年和60年录音了两段快板《师徒争》《打走

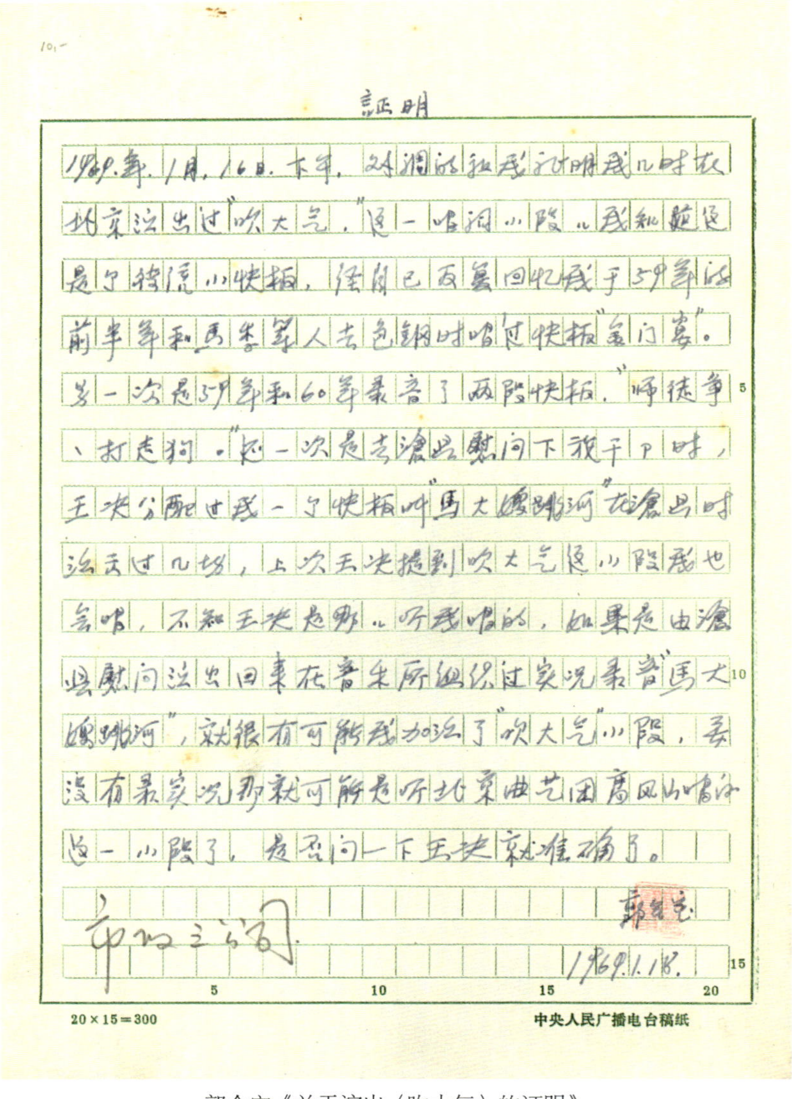

证明

1969年1月16日下午，外调的找我了解我几时在北京演出过"吹大气"这一唱词小段儿。我和赵述是个搭说小快板，经自己反复回忆我于59年以前半年和马季等人去包钢时唱过快板"金门宴"。另一次是59年和60年录音了两段快板"师徒争、打老狗"。还一次是去沧县慰问下放干部时，王决分配过我一个快板叫"马大嫂跳河"在沧县出时演过几场，上次王决提到吹大气这小段我也会唱，不知王决是哪儿听我唱的，如果是由沧县慰问演出回来在音乐所组织过实况录音"马大嫂跳河"，就很有可能我加演了"吹大气"小段，要没有录实况那就可能是听北京曲艺团高凤山唱的这一小段了，是否问一下王决就准确了。

郭全宝

1969.1.18.

20×15=300　　中央人民广播电台稿纸

郭全宝《关于演出〈吹大气〉的证明》

狗》。还一次是去沧县慰问下放干部时，王决分配过我一个快板叫《马大嫂跳河》在沧县时演出过几场，上次王决提到《吹大气》这小段我也会唱，不知王决是哪儿听我唱的，如果是由沧县慰问演出回来在音乐厅组织过实况录音《马大嫂跳河》，就很有可能我加演了《吹大气》小段，要没有录实况那就可能是听北京曲艺团高凤山唱的这一小段了，是否问一下王决就准确了。

实事求是，知道多少说多少，关系到自己的不躲闪，牵扯到别人的，不给扣帽子、不打棍子、不上纲上线。这也从另一个侧面反映出老艺人的艺德人品。

2009年12月26日

京剧艺术家的等级与工资差距

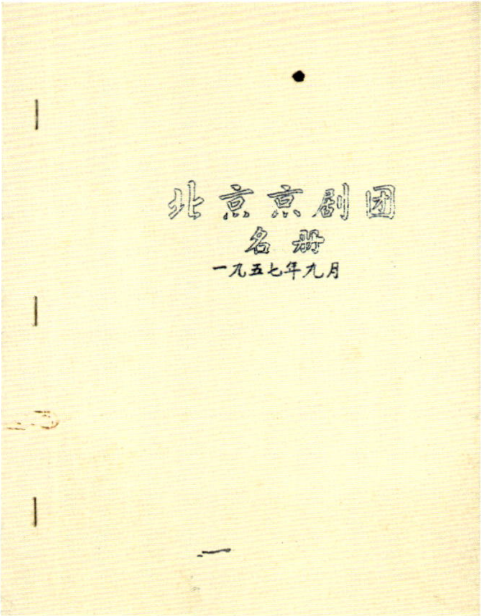

1957年9月《北京京剧团名册》

在整理旧存北京市京剧公会（后改名为北京市京剧工作者联合会）的资料时，发现了一份1954年京剧界演职员的等级名单和一份1957年《北京京剧团名册》。等级名册分等级、行当、姓名、性别、年龄、政治面目和住址；《北京京剧团名册》有姓名、性别、年岁、籍贯、现住址和备考。翻阅一过儿，觉得对于京剧爱好者了解和戏剧专家研究新中国成立初，京剧界演职员的社会地位、等级、工资，以及名伶故居所在地的历史、变迁、掌故等，都会有相当的文献价值。特抄录于兹：

等级	行当	姓名	性别	年龄	政治面貌	住址
一等	旦	梅兰芳	男		群众	（待查）
一等	旦	程砚秋	男		群众	（待查）
一等	旦	于连泉	男		群众	（待查）
一等	旦	张君秋	男	34	群众	宣武区兵马司后街6号
一等	旦	吴素秋	女	32	群众	西单区石报房三条14号
一等	旦	赵燕侠	女	27	群众	西单区东中街60号
一等	旦	尚小云	男	58	群众	前门区翟家口豆腐巷7号
一等	旦	荀慧生	男	54	群众	宣外山西街7号
一等	生	马连良	男	56	群众	西单报子街乙74号
一等	生	谭富英	男	50	群众	前外大外廊营1号
一等	生	杨宝森	男	45	群众	前门区麻线胡同甲6号
一等	生	奚啸伯	男	44	群众	东四九条43号
一等	武生	李万春	男	43	群众	宣武区大吉巷41号
一等	武生	孙毓堃	男	53	群众	教场5条16号
一等	小生	姜妙香	男	69	群众	永光寺东街2号
一等	净	裘盛戎	男	41	群众	西河沿123号
一等	净	郝寿臣	男		（待查）	
一等	净	侯喜瑞	男	65	群众	崇文区手帕胡同
一等	丑	马福禄	男	57	群众	棉花8条1号
一等	老旦	李多奎	男	59	群众	鞭子巷头条27号
一等	老旦	孙甫亭	男	57	群众	潘家河沿甲50号
一等	音乐	杨宝忠	男	56	群众	宣武区米市胡同63号（琴）
一等	音乐	杭子和	男	66	群众	官菜园上街11号（鼓）

一等	音乐	徐兰沅	男		群众	宣外永光寺中街二号（琴）
一等	音乐	李慕良	男	38	群众	报子街乙38号（琴）
一等	音乐	王少卿	男	52	群众	大马神庙28号（琴）
一等	音乐	裴世长	男	42	群众	前外米家胡同9号（鼓）
一等	音乐	谭世秀	男	33	群众	梁家园8号（鼓）
二等	旦	梅葆玖	男	21	群众	护国寺街甲6号
二等	旦	罗惠兰	女	22	群众	范子平胡同15号
二等	旦	徐东来	女	22	群众	前门区椿树上头条26号
二等	旦	南铁生	男	51	群众	大鹁鸽市乙2号
二等	旦	赵荣琛	男	37	群众	朝内竹竿巷贵人观4号
二等	旦	毛世来	男	36	群众	前门区大马神庙16号
二等	旦	宋德珠	男	39	群众	宣外大街157号
二等	旦	李世济	女		（待查）	
二等	生	陈少霖	男	44	群众	前门区棉花头条11号
二等	生	徐东明	女	39	群众	前门区椿树上头条26号
二等	生	梁益鸣	男	37	群众	宣武区先农坛根56号
二等	生	贯盛习	男	42	群众	宣武区荫德里3号
二等	生	管绍华	男	54	群众	东四区宽街小苏州胡同5号
二等	生	于世文	男	30	群众	前门区西河沿139号
二等	生	马盛龙	男	41	群众	韩家潭55号
二等	生	刘文魁	男	53	群众	西四区地外毡子坊9号
二等	武生	黄元庆	男	33	群众	北太常寺街8号
二等	武生	傅德威	男	36	群众	前门区小马神庙17号
二等	武生	杨盛春	男	42	群众	棉花7条11号

二等	武生	姜铁林	男	34	群众	丞相胡同32号
二等	武生	李元春	男	26	群众	北京客栈
二等	武生	谭元寿	男	28	群众	大外廊营1号
二等	小生	姚玉刚	男	31	群众	天桥南大街平民住宅17号
二等	小生	李德彬	男	36	群众	前门区棉花上二条4号
二等	小生	储金鹏	男	34	群众	西单区回回营9号
二等	小生	茹富华	男	30	群众	响鼓庙9号
二等	小生	尚富霞	男	50	群众	前门区椿树胡同2号
二等	净	张洪祥	男	37	群众	前外大街蒋家胡同108号
二等	净	周和桐	男	37	群众	南长街老爷庙14号
二等	净	刘连荣	男	57	群众	大吉巷17号
二等	净	朱玉良	男	57	群众	北京市京剧三团
二等	丑	慈少泉	男	39	群众	北柳巷2号
二等	丑	李盛芳	男	39	群众	老墙根13号
二等	丑	钮荣亮	男	37	群众	宣武区南横街60号
二等	丑	杨元才	男	24	群众	西单大栅栏25号
二等	丑	李四广	男	53	群众	宣武区兵马司中街4号
二等	丑	贾多才	男	60	群众	宣外上斜街3号
二等	老旦	何盛清	男	46	群众	北长街25号
二等	音乐	李德山	男	41	群众	内务部街27号
二等	音乐	孟广亨	男	45	群众	西单小六部口甲6号
二等	音乐	耿少峰	男	49	群众	永光寺西街17号
二等	音乐	张似云	男	35	群众	东单区南河沿5号
二等	音乐	何顺信	男	28	群众	崇文门外边子巷3条20号

二等	音乐	黄元麟	男	28	群众	崇外南河漕7号
二等	音乐	高文静	男	42	群众	棉花上二条2号（月琴）
二等	音乐	汪本贞	男	40	群众	辟才胡同58号
二等	音乐	张继五	男	59	群众	西河沿221号后门（鼓）
二等	音乐	郑德海	男	47	群众	北京京剧四团前外鹞儿胡同（鼓）
二等	音乐	赵东升	男	21	群众	宣武区大川路1巷5号
三等	旦	虞俊芳	女	19	群众	前门区三眼井9号
三等	旦	张曼君	女	33	群众	西单区灯草店3号
三等	旦	张贯珠	女	33	群众	赵锥子胡同36号
三等	旦	马艳芬	女	34	群众	西内大四条32号
三等	旦	张玉英	女	29	群众	北新桥罗车坑37号
三等	旦	李丹林	男	35	群众	西单区丰盛胡同37号
三等	旦	谢虹雯	女	25	群众	前门区麻线胡同甲6号
三等	旦	张龙华	女	25	群众	前外后孙公园3号
三等	旦	李砚秀	女	36	群众	宣外大潭子胡同2号
三等	旦	李韵秋	女	21	群众	北京客栈
三等	旦	陆蕊芬	女	25	群众	冰窖场24号
三等	旦	林毓华	女	28	群众	前门区大外廊营6号
三等	旦	张丽娟	女	20	群众	朝外城乡客栈
三等	旦	许翰英	男	31	群众	宣外东椿树胡同甲4号
三等	旦	陈金彪	男	31	群众	宣外粉房琉璃街响鼓庙9号
三等	旦	小兰芬	女	46	群众	西单区大酱坊胡同5号旁门
三等	老旦	朱　嫱	女	32	群众	黄土岗甲9号
三等	生	刘盛通	男	44	群众	宣武区骡马市大街131号

三等	生	马长礼	男	25	群众	王皮胡同47号
三等	生	王少亭	男	50	群众	内一演乐胡同7号
三等	生	安舒元	男	51	群众	前门区小富藏胡同34号后门
三等	生	郭和咏	男	36	群众	西单府佑街后达里17号
三等	生	张荣善	男	27	群众	和外桐梓胡同9号
三等	生	童祥苓	男	21	群众	西单大栅栏24号
三等	生	李金生	男	31	群众	前门草场3条5号
三等	生	王益禄	男	37	群众	天桥西市场西街2号
三等	生	马崇仁	男	33	群众	豹子街77号
三等	武生	米玉文	男	26	群众	宣武区米市胡同34号
三等	武生	张宝华	男	22	群众	天桥公平市场57号
三等	武生	江世升	男	36	群众	前门区中芦草园23号
三等	武生	赵和春	男	31	群众	前门区石头胡同后河3号
三等	武生	齐和昌	男	33	群众	崇文区抽粉厂39号
三等	武生	徐元珊	男	30	群众	永光寺中街2号
三等	武生	毛庆来	男	47	群众	前外大马神庙15号
三等	武生	李小春	男	14	群众	宣外大吉巷41号
三等	武生	李庆春	男	24	群众	同上
三等	武生	钮准华	男	26	群众	宣武区南横街66号
三等	武生	袁世湧	男	36	群众	前外云居寺17号
三等	小生	刘雪涛	男	33	群众	前门区魏荣胡同32号
三等	小生	关韵华	男	25	群众	前门区椿树上头条26号
三等	小生	闵兆华	男	28	群众	上海（现随团住）
三等	净	王永昌	男	37	群众	前门区四川营8号

三等	净	肖英翔	男	37	群众	西四横水车胡同甲2
三等	净	罗荣贵	男	30	群众	宣武区9间房2号
三等	丑	詹世甫	男	37	群众	西操场17号
三等	丑	朱斌仙	男	44	群众	宣武区芝麻街1号
三等	丑	阎韵喜	男	24	群众	前门区笤帚胡同29号
三等	丑	汪鸣辰	男	26	群众	宗帽胡同2条11号
三等	丑	华世丽	男	38	群众	豆腐巷7号
三等	音乐	王福生	男	29	群众	和外永安路壬字38号
三等	音乐	赵贵元	男	53	群众	南横街141号（胡琴）
三等	音乐	杜永发	男	29		菜市口兵马司后街29号

以上名单只限于当时在京工作的，比如在上海的周信芳，天津的杜近芳等就不在其中。

那时候，等级与工资有紧密联系，但只是个参考，不是完全挂钩的。仅以1957年北京京剧团的部分著名京剧演员的等级和工资为例。马连良先生等级是一等须生，工资是1020元；同为一等须生的谭富英先生是900元；张君秋先生是一等旦角，工资是870元；裘盛戎先生是一等净角，工资是840元。这几位都是唱主角的，工资自然最高。而唱配角的虽为一等，但工资与唱主角的相差很多，如老旦行中的李多奎先生是一等老旦，工资是282元；马福禄先生是继萧长华先生、郝寿臣先生等先生之后的丑行名角，工资是282元。二等、三等也同样，唱主角的和配角的工资差别很大。生行中的二等，陈少霖先生的工资是288元；黄元庆先生是210元；谭元寿先生是198元；马盛龙先生是156元；茹富华先生是150元；净角二等周和桐先生的工资是174元；张洪祥先生是150元；丑角二等李四广先生的工资是151.8元；慈少泉先生是150元；钮

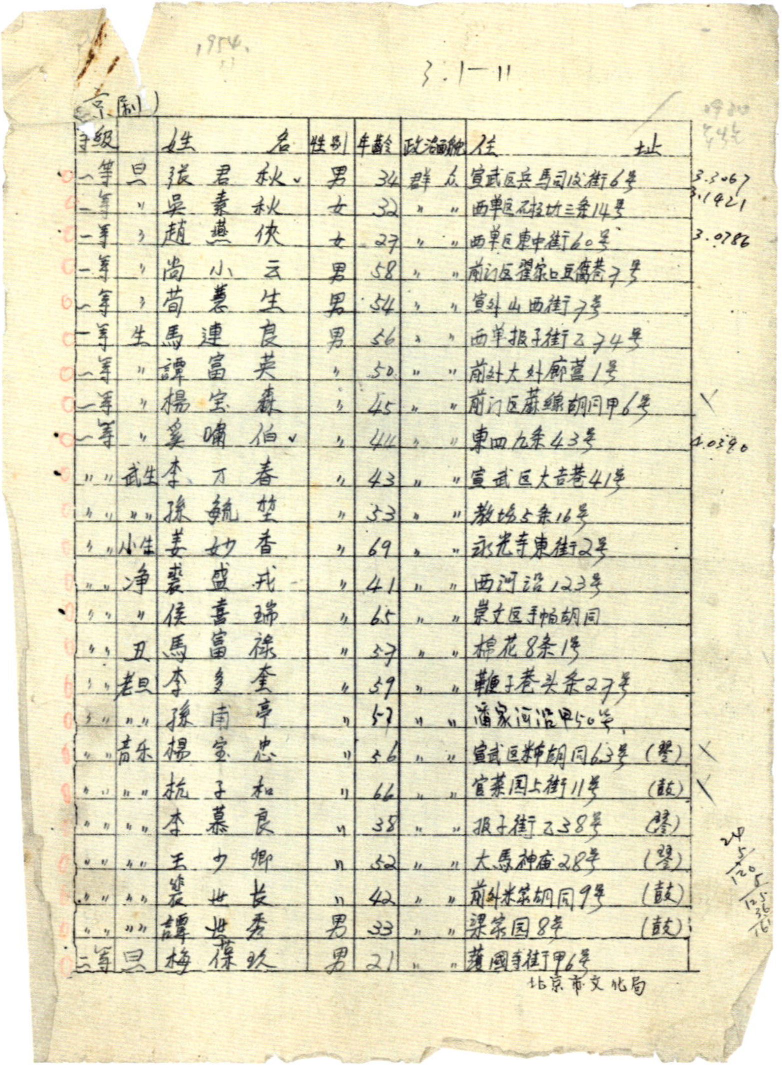

1954
3.1—11

京剧）

等级		姓名	性别	年龄	政治面貌	住址	
一等	旦	張君秋	男	34	群众	宣武区兵馬司後街6号	3.3067
一等	〃	吳素秋	女	32	〃〃	西单区石拉坊三条14号	3.1421
一等	〃	趙燕俠	女	27	〃〃	西单区東中街60号	3.0786
一等	〃	尚小云	男	58	〃〃	前门区翟家口豆腐巷7号	
一等	〃	荀慧生	男	54	〃〃	宣外山西街7号	
一等	生	馬連良	男	56	〃〃	西单报子街乙74号	
一等	〃	譚富英	〃	50	〃〃	前外大外廊营1号	
一等	〃	楊宝森	〃	45	〃〃	前门区蔴線胡同甲6号	
一等	〃	奚嘯伯	〃	44	〃〃	東四九条43号	4.0390
〃〃	武生	李万春	〃	43	〃〃	宣武区大吉巷41号	
〃〃	〃〃	孫毓堃	〃	53	〃〃	教场5条16号	
〃〃	小生	姜妙香	〃	69	〃〃	永光寺東街2号	
〃〃	净	裘盛戎	〃	41	〃〃	西河沿123号	
〃〃	〃	侯喜瑞	〃	65	〃〃	崇文区手帕胡同	
〃〃	丑	馬富祿	〃	57	〃〃	棉花8条1号	
〃〃	老旦	李多奎	〃	59	〃〃	鞭子巷头条27号	
〃〃	〃〃	孫甫亭	〃	57	〃〃	潘家河沿甲50号	
〃〃	音乐	楊宝忠	〃	56	〃〃	宣武区粉房胡同63号（琴）	
〃〃	〃〃	杭子和	〃	66	〃〃	官菜园上街11号（鼓）	
〃〃	〃〃	李慕良	〃	38	〃〃	报子街乙38号（琴）	
〃〃	〃〃	王少卿	〃	52	〃〃	大馬神庙28号（琴）	
〃〃	〃〃	裴世長	〃	42	〃〃	前外米市胡同9号（鼓）	
〃〃	〃〃	譚世秀	男	33	〃〃	梁家园8号（鼓）	
二等	旦	梅葆玖	男	21	〃〃	護國寺街甲6号	

北京市文化局

1957年北京市文化局评定京剧界等级表

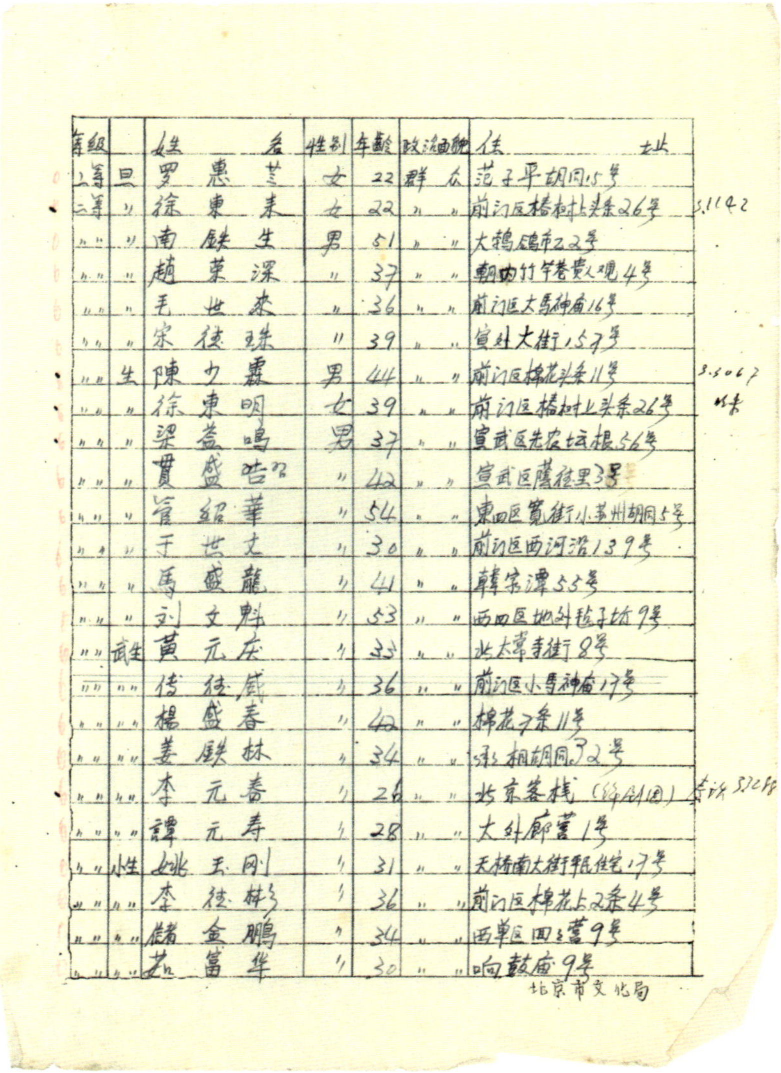

等级		姓名	性别	年龄	政治面貌	住址	
二等	旦	罗惠兰	女	22	群众	范子平胡同15号	
二等	〃	徐东来	女	22	〃 〃	前门区椿树上头条26号	3.1142
〃 〃	〃	南铁生	男	51	〃 〃	大鹌鹑市22号	
〃 〃	〃	赵荣深	〃	37	〃 〃	朝内竹竿巷贵人观4号	
〃 〃	〃	毛世来	〃	36	〃 〃	前门区大马神庙16号	
〃 〃	〃	宋德珠	〃	39	〃 〃	宣外大街157号	
〃 〃	生	陈少霖	男	44	〃 〃	前门区棉花头条11号	3.3067
〃 〃	〃	徐东明	女	39	〃 〃	前门区椿树上头条26号	[illegible]
〃 〃	〃	梁益鸣	男	37	〃 〃	宣武区先农坛根56号	
〃 〃	〃	贯盛吉 习	〃	42	〃 〃	宣武区藤柱里3号	
〃 〃	〃	管绍华	〃	54	〃 〃	东四区宽街小苏州胡同5号	
〃 〃	〃	于世文	〃	30	〃 〃	前门区西河沿139号	
〃 〃	〃	马盛龙	〃	41	〃 〃	韩家潭55号	
〃 〃	〃	刘文魁	〃	53	〃 〃	西四区地外毡子坊9号	
〃 〃	武生	黄元庆	〃	33	〃 〃	北太常寺街8号	
〃 〃	〃 〃	傅德威	〃	36	〃 〃	前门区小马神庙17号	
〃 〃	〃 〃	杨盛春	〃	42	〃 〃	棉花7条11号	
〃 〃	〃 〃	姜铁林	〃	34	〃 〃	[illegible]相胡同32号	
〃 〃	〃 〃	李元春	〃	26	〃 〃	北京客栈（[illegible]剧团）	[illegible]
〃 〃	〃 〃	谭元寿	〃	28	〃 〃	大外廊营1号	
〃 〃	小生	姚玉刚	〃	31	〃 〃	天桥南大街平民住宅17号	
〃 〃	〃 〃	李德彬	〃	36	〃 〃	前门区棉花上2条4号	
〃 〃	〃 〃	储金鹏	〃	34	〃 〃	西单区四[illegible]营9号	
〃 〃	〃 〃	茹富华	〃	30	〃 〃	响鼓庙9号	

北京市文化局

1954年北京市文化局评定京剧界等级表

荣亮先生是120元。这里大概还有个资历也就是工龄问题，仍以丑行的几位为例，李四广先生54岁；慈少泉先生40岁；钮荣亮先生32岁。三等同行当之间差距较小些，生行中的马长礼先生时年26岁，工资135元；郭和咏先生时年36岁，工资120元；马崇仁先生时年34岁，工资105元；三等旦角马艳芬时年39岁，工资70元；朱嫱时年33岁，工资48元。音乐的等级差距也很大，一等琴师李慕良先生的工资是258元；一等司鼓谭世秀先生工资是126元；音乐二等的何顺信先生的工资是162元；汪本贞先生的工资是120元；耿少峰先生的工资105元；张似云先生的工资105元；高文静先生的工资是78元。

从上面抄录的等级的划分以及相对应的工资待遇，不难看出那时的等级评定还是基本公正的，工资的差距也是基本合理的。台柱子、名角儿、名琴师的等级高，工资也高。那个时候的艺人，打小练功，熬了几十年才可能出人头地，成为了“角儿”。“四大名旦”是1927年北京的《顺天时报》举办京剧旦角名伶评选，读者投票选举的结果，梅兰芳先生以演《太真外传》；尚小云以演《摩登伽女》；程砚秋以演《红拂传》；荀慧生以演《丹青引》，荣获“四大名旦”之誉。“四小名旦”李世芳、张君秋、宋德珠、毛世来是1936年秋，北京大、中学校爱好京剧者及广大观众倡议进行京剧童伶选举，《立言报》主持民众投票选举产生的，李世芳得票最高约万张，当选“童伶主席”。李世芳工青衣、花衫，因扮相酷似梅兰芳，1935年在演出《霸王别姬》后，被观众誉为“小梅兰芳”。1936年梅兰芳先生到京，看过李世芳的演出，决定收其为徒。后世芳以梅派传人挑班唱戏。可惜的是，1947年1月世芳由沪演出返京，因飞机失事而遇难，年仅26岁。选举产生出来的还有生部冠军王金璐，亚军叶盛长；旦角冠军毛世来，亚军宋德珠；净角冠军裘盛

106

姓名	性别	年岁	籍貫	現住址	备攷
馬連良	男	57	北京	西单区报子街乙74号。	1.020.00
譚富英	〃	50	〃	前门区大外廊营1号。	900.00
張君秋	〃	36	〃	宣武区兵馬司后街6号。	810.00
裘盛戎	〃	42	〃	前门区西河沿123号。	840.00
陳少霖	〃	45	〃	〃，棉花头条11号	288.00
馬盛龍	〃	42	〃	〃，韓家潭55号	156.00
馬長礼	〃	26	〃	〃，王皮胡同47号	135.00
郭和詠	〃	36	√〃	西单区后达里17号	120.00
馬崇仁	〃	34	〃	〃，报子街乙74号	105.00
朱金琴	〃	36	〃	宣武区宣外大街184号	99.00
高宝賢	〃	28	〃	崇文区李家坊2号	66.00
周少安	〃	45	〃	前门区延寿寺街15号	63.00
周荣宝	〃	24	〃	〃，樱桃上二条6号	48.00
徐承章	〃	25	〃	宣武区太平街5号	46.80
陳喜良	〃	24	〃	前门区西河沿124号	46.80
崔永寿	〃	29	〃	〃，杨茅胡同1号	42.00
王少玉	〃	30	〃	〃 兴胜寺3号	39.60
迟金声	〃	35	√〃	〃 虎坊桥大街110号	66.00
李庆才	〃	45	〃	宣武区，[illegible]1号	57.00
周和桐	〃	38	√〃	西单区，[illegible]14号	174.00

1954年北京市文化局评定京剧界等级代表

戎，亚军赵德钰；丑角冠军詹世甫，亚军殷金振。

拿那时的剧界名人和现今的所谓艺界“红人”对比，无论才艺、人品、修养都不可同日而语。我喜欢京剧，这几年节假日总要看几场当今走红的腕儿们的演出。每次报幕人介绍他们的时候，总会点缀一些诸如享受国务院津贴，国家一级演员，得过什么大奖一类的。听者淡然，受者是否汗颜不得而知。

等级名册中的各位艺人的住址，大都集中在北京南城的宣南（包括现在的崇文与宣武的接壤处）一带，少有住西城或东城的。这还要从清初的徽班进京说起。

清乾隆五十五年（1790），逢乾隆八旬寿诞，京师盛典。闽督伍拉纳受命承办皇会，命其子选带以高朗亭领衔的“三庆徽班”进京祝贺。演毕，该班未返安徽安庆，驻留京城献艺，落脚于京城正阳门外粮食店街“梨园馆”，亦定居于宣南陕西巷、韩家潭、石头胡同等处。继三庆徽班落脚京城后（班址位于韩家潭胡同内），又有四喜、启秀、霓翠、春台、和春、三和、嵩祝、金钰、大景和等班进京，亦在大栅栏一带演出，其中以三庆、四喜、和春、春台四家名声最盛，故有“四大徽班”之称。“四喜班”于嘉庆初来京，徽戏、昆曲兼演，尤以昆曲为著，故有“新排一曲桃花扇，到处哄传四喜班”之语。该班位于宣南陕西巷内。“和春班”于嘉庆八年（1803）落脚于宣南李铁拐斜街。该班以武戏见长。“四大徽班”的演出剧目及其表演风格，各有所长，故有“三庆的轴子、四喜的曲子、和春的把子、春台的孩子”之誉。

自“四大徽班”进京到京剧诞生，最终成为“国粹”，200多年的京剧史，都与宣南结下了不解之缘。自三庆班落脚宣南韩家潭以后，众多的班社与演员都在宣南地区定居下来，那时曾流传“人不辞路，虎不辞山，唱戏的离不开韩家潭”的谚语。在宣南地区产生了程长庚、谭鑫培、杨小楼、梅兰芳、马连良等一代又一代的京剧艺术大师。

2010年1月1日

政协文化俱乐部的作家会员

关于全国政协文化俱乐部的故事，最近几年许多书刊披露了不少。而我的记忆里，是少年时期常听到玩伴儿说起陪同长辈到政协文化俱乐部吃喝玩的事儿。那时候，凡是可以到这一类俱乐部里买到市面上根本见不到的消费品的家庭是令人们非常羡慕的。

前些日子与某兄闲聊，他提到小时候陪祖父到政协文化俱乐部参加活动的时候，曾经遇到过许多文化界知名人士。我随便问他，那个时候，什么样身份和背景的人可以成为俱乐部的会员呢，他也说不清。

时过不久，我到琉璃厂买完书后，到一个熟悉的旧书店闲坐。因为熟悉，一边聊天，随手翻阅他摆放在桌面上的旧书杂稿。竟然翻出了一份中国作协提供给统战部文化处的参加政协文化俱乐部的公函、电话咨询记录、作家名单等资料。店主见我喜欢，非让我拿走。

参阅这组参加政协文化俱乐部的作家名单及其作协办公室写给统战部文化处的公函底稿和作协办公室与中央统战部文化处通电话的记录和作协根据统战部文化处的要求，制定的分类标准等材料，对于当时的政协文化俱乐部的服务功能、范围以及等级不同的不同待遇诸方面的情况有了初步的了解。以下按资料顺序分别抄录如下：

作协办公室写给统战部文化处的公函

统战部文化处：

根据你们所提的标准，现将我会会员中可以参加政协文化俱乐部活动的人员名单送上，供参考。部队系统的作家，这里未报，请和总政文艺处联系。

此致

敬礼

作协办公室6月9日发出

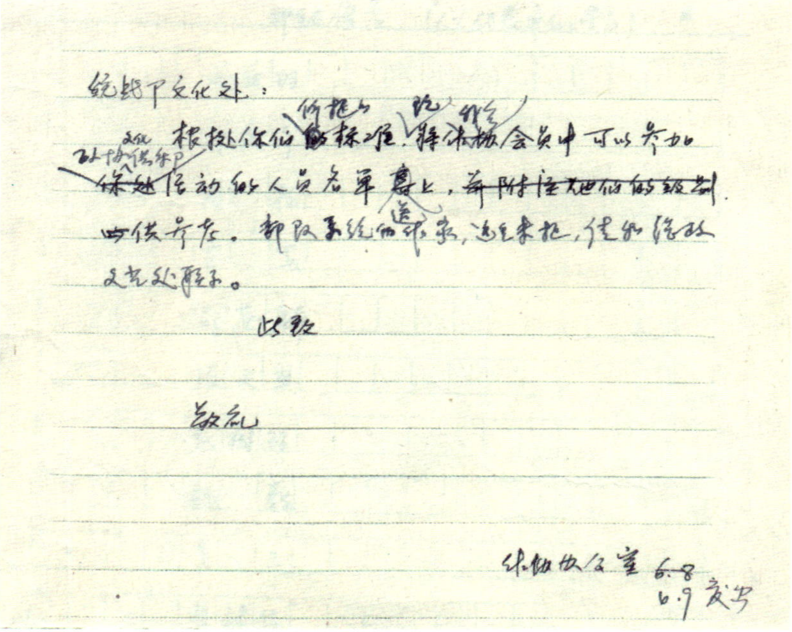

统战部文化处：

根据你们所提的标准，现将我会会员中可以参加政协文化俱乐部活动的人员名单送上，供参考。部队系统的作家，这里未报，请和总政文艺处联系。

此致

敬礼

作协办公室 6.8

6.9发出

作协办公室写给统战部文化处的公函

作协办公室与中央统战部文化处通电话的记录

中央统战部文化处电话：66，6661转李勉同志

（询问的内容：）范围？文艺级和行政级？行政级多少（可参加）？作协行政级12级以上。

（政协李勉答：）政协（文化俱乐部）拟开展活动，比以前范围有所扩大，请文学艺（术）家同志参加。

活动范围：吃、玩、购物（文化娱乐）。主要是生活优待。吃10次；买10次。

分甲、乙、丙三种证件。

甲：人大代表党员同志（国务院副部长。非党员已发过，如曹禺、李伯钊、舒绣文）

乙：文艺一、二级文艺工作者（民主党派中央委员）

丙：文艺三级文艺工作者及有名望青年编剧、作家，出名的老作家（各民主党派中常委）

要报送名单，统一平衡以后发证。

作协根据统战部的要求，制定的分类标准。

根据统战部文化处的要求，我们考虑按下列标准分为甲、乙、丙三种：

甲种供应：人大代表中的党员

乙种供应：行政10级以上

文艺1、2级

高教1、2级

研究1、2级

编辑1级

翻译1、2级

丙种供应：行政11级

文艺3级

高教3、4级

研究3级

编辑2、3级

翻译3级

个别人特别照顾。作协理事包括此项内。

甲级供应（人大代表中的党员）

刘白羽

许广平

周　扬

艾　芜

邵荃麟

张天翼

赵树理

魏　巍

萧　三

曹靖华

周立波

刘思慕

高士其

曹　禺

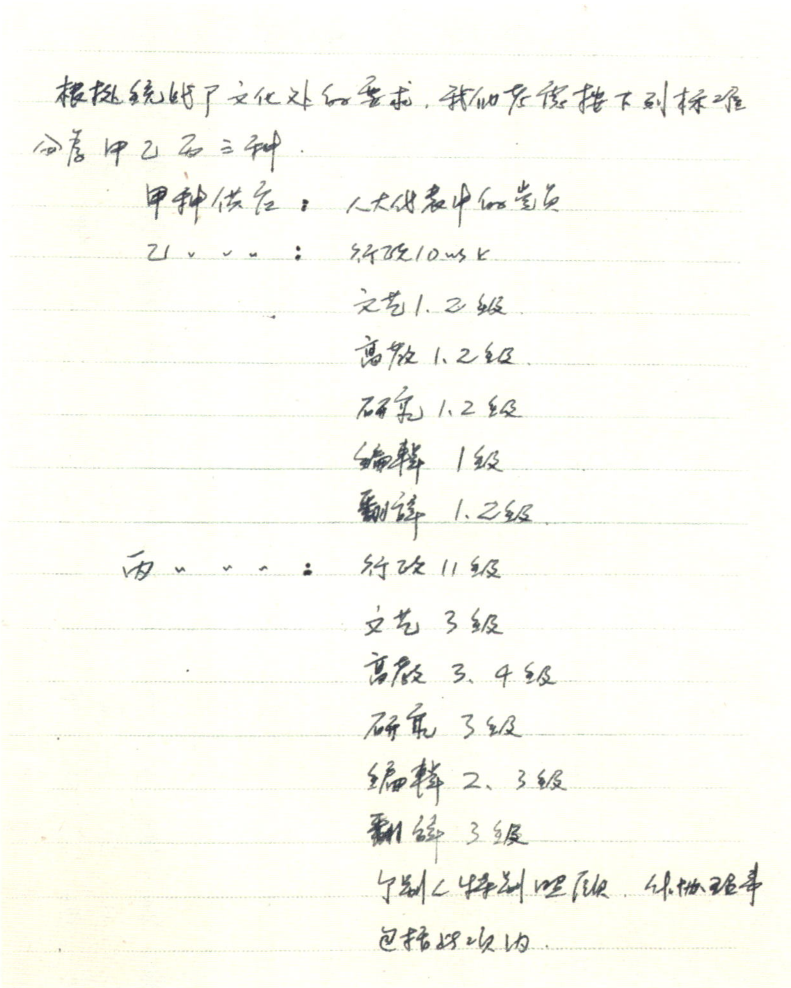

根据统战部文化处的要求，我们考虑按下列标准分为甲乙丙三种。

甲种代表：人大代表中的党员

乙〃〃：行政10以上

文艺1、2级

高教1、2级

研究1、2级

编辑 1级

翻译 1、2级

丙〃〃：行政11级

文艺3级

高教3、4级

研究3级

编辑2、3级

翻译3级

个别人特别照顾，作协理事包括此项内。

作协提交的名单和标准

乙级供应

严文井　行10

张光年　行9

陈白尘　行10

阮章竞　行10

郭小川　行10

刘芝明　行7（文联）

王玉堂　行10

阿英　　行8（文联）

张季纯　行9

苏一平　行10（剧协）

袁水拍　行10

熊　复　行7

王　力　行9

姜椿芳　行8

甘永柏　行8

林默涵

周而复　行9

林　林　行10

楼适夷　文2

韦君宜　行10

张　沛　行9

蔡　仪　研2

余冠英　研2

孙楷第　研2

钱锺书　研1

卞之琳　研2

李健吾　研2

罗大冈　研2

潘家洵　研2

戈宝权　行10

胡仲持　行10

王任叔　文2

杨　晦　高教1

吴组缃　高教2

林　庚　高教2

魏建功　高教1

冯　至　高教1

尚　钺　高教2

夏康农　高教2（划去）

黄药眠　高教2（划去）

成　荫　文2（影协）

崔　嵬　文2（影协）

张　庚　文1（剧协）

马少波　文2（剧协）

廖沫沙　行8

张恨水　无级

丙级供应

侯金镜　行11

陈冰夷　行11

邢　野　行11

华　山　行11

董秋斯　行11

杨宪益　翻3

李　季　行11

李　超　行11（剧协）

贺敬之　文3（剧协）

李之华　文3（剧协）

林　山　行11（文联）

朱　丹　文3

袁文殊　文3（影协）

黄　钢　文3（影协）

曹葆华　翻3

张毕来　编3

陈　原　编3

朱子奇　行11

吴伯萧　编3

陈笑雨　行11

田　流　行11

左　林　行11

王淑明　研3

毛　星　研3

陈翔鹤　编3

缪朗山　研3

罗念生　研3

杨　绛　研3

贾　芝　研3

常任侠　高教3

章廷谦　高教4

王　瑶　高教3

陈占元　高教3

盛澄华　高教3

何家槐　研3

何　洛　高教3

王佐良　高教3

伊　明　文3（影协）

葛　琴　文3（影协）

欧阳凡海　文3

张铁弦　图书馆业务3　薪金230元

雷　加　行11

黄树则　相当行11

冯雪峰　文4

孙伏园　行12

徐调孚　编4

叶君健　编4

骆宾基　？

汪静之　无级

汝　龙　无级

芳　信　无级

吴运铎

李希凡　（作协理事）

杨　沫　（作协理事）

浏览了这组资料，我想读者会发现：作协提供给中央统战部文化处的作家名单，怎么有许多著名的作家的名字没有出现呢？起初，我也纳闷儿，猜想这可能是1957年“反右”以后作协拟出的名单，否则怎么没有丁玲、胡风，以及俞平伯等作家、学者的名字呢。带着疑问，我又把这组资料的每页都仔细地看了一遍，突然发现首页上方左上角曲别针别着的 “送统战部名单”的小纸条的上部是折叠的，连忙取下打开。小纸条的上部赫然写有“1962”4个阿拉伯数字。我豁然开朗，怪不得呢，冯雪峰怎么会是文艺4级呢？黄药眠怎么从名单上被划掉了呢。

其他的问题，就算解决了。我想做些补充的是有关“文革”前中国行政级别的划分情况，这对于青年读者是陌生的。

为了能给读者一个清晰明了的印象，我们先来看一看1956年国务院明文规定军地级别对应关系：

（1）行政1—3级是党和国家领导人，十大元帅（国家级正职）；

（2）行政4级是十大将军，国家级副职；

（3）行政5—7级涵盖大军区、部、省、兵团、司级的正副职，对应上将、中将军衔。（大军区司令的行政级别相当于5级，军职大概是

7、8级。）

（4）行政8—10级为少将正、副军级，正厅，正地级。

（5）行政11—13级为正、副师级，副厅，副地，正处，正县级，对应军衔为大校、上校。

（6）行政14—16级为正、副团级，副处，副县级，对应军衔中校、少校。

（7）行政17—18级为正、副营级，正科级，对应大尉军衔。

（8）行政19—20级为正、副连级，副科级，对应上尉军衔。

（9）行政21—24级为正、副排级，科员，办事员，对应中尉、少尉、准尉军衔。

1965年我军取消军衔制，当时正部长级为行政4级，与大军区正职平级。正省级是行政5级，与正兵团级平级。正军级定为行政7级。

党政机关实行职务等级工资制，把干部分为30个行政级；企业工人分为8个（个别工种为7个）技术等级，专业人员，如工程技术人员、教师、医务工作者、文艺工作者也都相应有了自己的等级系列。且各系列之间可以互相换算，如文艺1级相当于行政8级；高教8级相当于行政17级等。与此同时，依据各地的自然条件、物价和生活费用水平、交通以及工资状况，并适当照顾重点发展地区和生活条件艰苦地区，将全国分为11类工资区。工资区类别越高，工资标准越高。规定以1类地区为基准，每高1类，工资标准增加3%，如北京属6类地区、上海属8类地区、西宁属11类地区。定级标准采用一职数级、等级线上下交叉的做法，依据职务，参考德才和资历进行评定。大致为正部3—5级；副部5—8级；正局8—10级；副局9—12级，等等。

级别高低决定当时的生活福利待遇，定多少级拿多少工资。20世纪60年代，地师级以上单位配备轿车。正军职以上干部配专车、司机、秘书。那个时候，红旗、上海刚生产出来时，只有国家领导人乘坐，在大街上，只要看到红旗轿车，不用问，里边坐着的一定是个大人物。60年代以后，红旗轿车逐步在省军、地师流行。“文革”后期，有县团级单位配备上海的，但红旗在地师级单位少见，坐红旗轿车至少是5级以上。元帅是行政3级，享受政治局委员待遇；大将是行政4级，享受副总理待遇；上将是行政5级，享受国务院秘书长待遇；（大将以上可以算作党和国家领导人）中将行政6级，享受部长待遇；少将行政7级，享受部长级医疗待遇。中将以上就是高级将领，可以配备警卫秘书和保健医生、厨师、勤务员。“文革”以前，行政级别在工作和生活中是被经常运用的。中央文件传达到县团级，不只指县团职以上干部，而是17级以上干部都要去听。

我国干部级别是1955后制定的。新中国成立之初，供给制与工资制并存。刚进城的各级党政机关工作人员一般享受供给制，而旧有人员，包括工人、店员、技术人员、教师、职员等，则享受工资制，全国工资等级没有统一体系，并行的工资标准多达数百种。供给制是革命战争年代形成的一种分配制度，新中国成立后沿用至1952年。供给制主要分几部分：1.伙食，按职务分为大、中、小灶；2.生活用品，由公家发给，除级别很高的干部外，基本平等；3.津贴费，极少量。当时部队师以上干部为小灶，团营为中灶，连以下为大灶；地方上则较复杂，且各地区有差别，大体是：县以上干部和重伤员为小灶，科、区级干部及轻伤员、产妇等为中灶；一般干部和勤杂人员为大灶。伙食费分为粮食、副食、燃料三项；大灶一般每人每日供应油0.02斤、盐0.0125斤、肉0.04斤、菜1斤、煤1.25斤或木柴2斤；中灶按大灶的2.5倍计算，小灶按大灶的3.7倍计算。供给制中对生活用品规定很细，各地参照中央人民政府政务院《一九五零年度暂行供给制标准》，依据实际情况施行，如华东一些地区就规定：每年每人单衣2套，棉衣1套，袜子2双，单、棉帽各1顶，棉鞋1双；大衣3年1件；蚊帐5年1顶；毛巾每年2条；肥皂每月1块；每月理发2次，另有牙刷、牙粉等若干。津贴一般工作人员每月约3万元（约合3元）。供给制还实行各种补助，如沿江一些地区当时实行的补助有：元旦、国庆、春节每人增发猪肉1斤为过节费；保健费分4级，甲级每月肉5斤；乙级4斤；丙级3斤；丁级2斤。这些实物均按市价折款连同津贴一起发放。除此还另发生育费、保育费、妇女卫生费、保姆费、学杂费、医疗保健费、丧葬费和老人优待费等。

自1955年我国干部级别制定后，在1961—1964年间，对个别定级时偏低的干部做过一次调整（涨一级），以后一直未变。我记得那时行政13级以上是为高干，也就是部队里的正副师级（对应军衔为大校），地方的正副厅长，正副地委专员。

党外人士担任重要职务的不仅与党内一视同仁，而且有的被高评。宋庆龄被评为行政1级，工资为579.5元，而毛刘周朱等领袖则评为行政2级，工资404.8元。正部级均在3、4级上下，副部级可评到5级。著名侨领陈嘉庚即被评为3级。广大党外人士对共产党的胸怀普遍赞赏，并欣然领受。需要说明的是，1、2级是为党和国家主要领导人设立的。1级工资700余元，3级工资400余元，10级工资200余元，17级工资97元。军队干部比地方同级别干部的工资高拿一级。如17级地方工资97元，部队是114元。主席只拿3级工资，促使了一批如政治局常委、军委副主席、老帅们也拿3级工资。

当时除了制定干部级别外，对于教育界、文化艺术界也相应制定了级别。高等院校的大学教授在此之前，都是有级别的，但同样重视此次评级。著名教授陈寅恪、梁思成、陈岱孙、翦伯赞、冯友兰、王力、季羡林、林徽因、郭绍虞、钟敬文等被评为1级。全国当时共评出1级教授56名，评审极为严格。冰心、张天翼等一批作家，都被评为文艺1级。当时的知识界文化界，也都愿意“收名定价”于此次定级，如梅兰芳，被评为文艺1级，甘愿只拿336元。关肃霜评级时，自请评为文艺2级，工资从800元直降到280元。当时还有一个特殊规定，即党员比非党员同级要少拿一定比例的工资，这在知识界十分突出，这个比例是，工资200元以上者少拿2%；100—200元者，少拿1%。如6类地区2级教授工资为287.5元，党员教授则拿281.7元；高教8级的讲师为106元，党员则拿104.9元。一位党员老教授对笔者说：“当年那是很光荣的事。”还有的文化界人士，做的是文化事，级别是行政级别，如作家丁玲时任中宣部文艺处处长是行政7级；孙犁是行政9级，职务只是天津日报的副刊编辑。

工厂企业也定了技术级别和工人级别。比较起来当时国家最高领导人（工资400元）与普通工人（40—60元）的工资水平相比，差距在十倍以内。级别与能力贡献不相符合的也有，如作家姚雪垠，原为上海大夏大学教授，后调入河南省文联，只被评为文艺8级（相当于讲师）。

在经历了“大跃进”、自然灾害之后，20世纪60年代初开始，中国国民经济进入了调整和恢复时期。在那个物资匮乏的年代，尤其是经过“三反”、“五反”和“反右”运动，名字还能够在这份名单上出现，其意义也就不仅仅是享受到一些物质上的特殊待遇，人们更加看重的是政治上的身份。

2009 年 11 月 11 日

荣宝斋的“画家之家”和书画大师们

接近年根儿，整理多年胡乱买来却无暇翻阅的旧书和报纸杂志。这些旧书和杂志都是我在旧书摊上发现的，觉得有点意思的就买了，可带回家来又觉得没有什么用，也就随手放在书柜的底层闲置起来。这次整理，许多被闲置多年的旧书、杂志，我都让楼下的小贩拿去了。仅留下当年买时就喜欢的，而且花了不少钱的几十种。多年积累下的“文革”时期的各种杂志、小报这次也大都处理掉了。不过，“文革”期间，有些文艺单位“造反”组织的编辑的刊物，因里边有不少插图丑化的是文艺界的名家，颇有漫画味道，有的还是名家所画，我很喜欢，这次整理，也留下了。其中《新美术》五册合订本，我早已忘记在什么地方买的了。第一期有一则《改刊告读者》的启示，得知这个刊物是1967年11月20日，根据广大读者的要求，将原来的《美术战报》文字版改为《新美术》杂志出版，是中央直属文艺系统美术口革命大联合刊物。

在这册合订本中，夹着一册1967年10月人民美术出版社门市部燎原兵团和红小兵战斗兵团联合编印的《把黑诗画揪出示众》的折页册子。连封底、封面总共十二面。但却集中了那个时期的造反派们惯用的大批判语言，批判的对象是“文革”前常在荣宝斋“画家之家”作画写字的

《把黑诗画揪出示众》的封面

书画名家。

在这个小册子中被“揪出示众”的书画家都被扣上“反动权威”、“右派”以及“牛鬼蛇神”的帽子，如齐白石、傅抱石、溥雪斋、陈半丁、李可染、李苦禅、王雪涛、黄胄、张正宇以及邓拓和人民美术出版社的邵宇、荣宝斋经理侯恺等，都是美术界赫赫有名的大家，现在他们的书画大都属于“第一板块”，被点名批判的所谓“黑画”堪称他们的代表作，有的近几年在拍卖会上出现，卖出的是价值连城的天价。

按照这个小册子的顺序，首先被批判的是造反派给定性为“裴多菲俱乐部”的“画家之家”。大标题是《彻底砸烂裴多菲俱乐部——“画家之家”》。批判词的调子定得很高，说这个“画家之家”是“右派分子向党进攻的活动场所”；“牛鬼蛇神”将“‘画家之家’作为反党基地，写黑诗、画黑画，恶毒向党进攻，为复辟资本主义大做舆论准备”。

实际上，“画家之家”是1957年在琉璃厂荣宝斋设立的一个专供书画家写字画画的场所。荣宝斋经理侯恺先生兼任负责人，侯先生同时兼任中国美协会员工作部副部长。1959年，在东城荣宝斋三楼，开设了一个陈设豪华古雅的“画家之家”，“置办了精雕细刻的家具，以及琴桌棋桌、书画台等，并设有舒适的房间作为招待所”。其目的是让画家有个休息相聚的地方，以加强美协同书画家的联系。这个“画家之家”的经费不要国家一分钱，都由画家作画来解决，按照当时美协负责人邵宇先生的话说，“这叫‘雁过拔毛’。凡外地画家来京开会、参观、游玩，如手头缺钱，可以到荣宝斋‘画家之家’挥两笔，作价付款”，由荣宝斋作价收购，可谓一举两得。当时的外地书画家管这个“画家之家”叫作“和平银行”（东城荣宝斋原系“和平画店”）。自“画家之

彻底砸烂裴多菲俱乐部——“画家之家”

三反分子邵宇、侯恺等在荣宝斋苦心经营的“画家之家”，是一个典型的裴多菲俱乐部。一九五七年，在南城荣宝斋设立了一个雕梁画栋，满院花草的“画家之家”。为了更有利于网罗牛鬼蛇神，旧美协的黑头目们，把荣宝斋经理、三反分子侯恺提升为旧美协会员工作部副主任。于是这个“画家之家”热闹起来了，成了右派分子向党进攻的活动场所。

一九五九年，邵宇伙同侯恺在东城荣宝斋三楼，又搞起了陈设豪华古雅的“画家之家”，置办了精雕细刻的家俱，以及琴桌棋桌、书画台等，并设有舒适的房间作为招待所。邵宇借口团结画家，让画家有个休息相聚的地方，加强同书画家的联系，实为网罗牛鬼蛇神，再一次提供反党的基地。一切活动经费，都由画家作画来解决，邵宇说：“这叫‘雁过拔毛’”。凡外地画家来京开会、参观、游玩，如手头缺钱，可到荣宝斋“画家之家”挥两笔，作价付款，要钱方便，因此外地的画家管它叫做“和平银行”（东城荣宝斋原系“和平画店”）。邵宇为了祝贺“画家之家”的成立，亲自挥笔画了第一张画。

几年来，有不少反党集团分子、反动“权威”、右派及各路牛鬼蛇神如邓拓、黄胄、李苦禅、陈半丁、郭味渠、王雪涛、傅抱石、程十发、张正宇、溥雪斋、许德麟、郭凤惠等来“画家之家”作画写字，其中有的还是恶霸地主、军阀的秘书、清末王孙、资本家、一贯道头子……。三反分子邓拓，反革命黑画家黄胄更是座上客，经常出入“画家之家”。我国在遭受自然灾害而发生暂时困难时期，这些牛鬼蛇神，蠢然而动利用“画家之家”这个场所，写黑诗、画黑画，恶毒地向党进攻。如邓拓在三年时间里，就在“画家之家”写了二十多首反党黑诗。这些牛鬼蛇神将“画家之家”作为反党的基地，向党放出了大批毒箭，为复辟资本主义大作舆论准备。无产阶级革命派的战友们：让我们高举无产阶级革命批判大旗，把荣宝斋的黑诗黑画揪出示众，把反动“权威”和他们的黑诗黑画彻底批垮、批倒、批臭，叫它永世不得翻身。

《把黑诗画揪出示众》之图文

家”设立以来，许多著名的书画家都曾来此作画写字。特别是我国遭受自然灾害而发生暂时困难的时期，许多书画家，为了不使自己和家人饿肚子，时常来这里作画写字，许多书画名家留存在世的代表作品有的就是在“画家之家”创作的。

批完了“画家之家”，依次遭到造反派攻击批判的是邓拓、邵宇、张正宇、齐白石和他的两个弟子李可染、李苦禅。

批判邓拓的大标题是《反党老手邓拓的黑对联、黑词》以下分列四条“罪状”：

一是1961年7月31日，邓拓来到荣宝斋的“画家之家”，写下了一阕《忆江南》：“毛锥动、彩云生，绿水青山若有情。展望高潮奔日夜，文章常助百家鸣。”造反派把邓拓的这阕词与他不久前写的《专治“健忘症”》一文联系起来。说邓拓在发表这篇“黑文”之后的第六天就写下了“黑词”，是“他利令智昏地认为，自从三月间《燕山夜话》破门而出，他‘毛锥’一动，大量的反党毒箭射了出来，他‘日夜’奔忙，是‘展望’到了资本主义复辟‘高潮’的到来，并希望他的反党黑文能唤起社会上牛鬼蛇神的共鸣”。

二是邓拓给荣宝斋题的“疆场无敌手，艺苑发奇光”对联。造反派愣是牵强附会地批判说通过这副对联“可以看出荣宝斋这个臭名远扬的裴多菲俱乐部，是受到邓拓之流的何等欣赏”。紧接着荒诞地批判到“荣宝斋在旧中宣部、旧文化部、旧北京市委的直接控制下，一面用木版水印大搞复古，一面为牛鬼蛇神提供了最方便的放毒条件。在这个领域里，为‘中国的赫鲁晓夫’复辟资本主义制造舆论准备方面，可说‘无敌手’。这一切，在邓拓眼里，荣宝斋这个在‘艺苑’中的‘三家村’小分店，确‘发’了修正主义的‘奇光’，是不足为怪的，但这仅

看看"画家之家"贩卖的什么货色

一张"反党大合唱"的黑画

这是一九六四年在荣宝斋"春节笔会"时，牛鬼蛇神合作的一张"反党大合唱"的黑画，画面题词："虾已烹，酒已开，迎春人来不来"。"钟灵烹虾，苦禅装酒，味菓搬罐"。话不多，但很清楚，他们得意忘形，错误的估计了形势，感觉反革命气候对他们很有利，一切都准备就绪，就看什么时候动手了。一九六二年反革命分子邓拓说："大地很快就要解冻了"。他的干将杨述马上宣称"残冬将尽，大地回春"。杨述的《望春》就是梦想反革命复辟的到来。看！在这张黑画里流露出裴多菲俱乐部"画家之家"一股杀气腾腾的景象，是何等猖狂。

猫翁张正宇

二流堂干将张正宇，是"画家之家"的座上客，在牛鬼蛇神中，是属于风雨无阻，来的最勤的一类，而且每来必画，每画必然是千丑百怪，恶眉凶目的猫，并自称"猫翁"。通过这些猫的造型，可以看出这是反动权威张正宇，对社会主义社会的极端仇视的立场表白。

小册子中的插图

是一面。另一面，这副黑对联同时是寓意双关的邓拓自己的写照。1959年邓拓这个反革命分子犯了严重罪行，由新闻战线上被罢了官，由于他的反动的阶级立场出发，他是不甘心的。他狂妄地自吹在新闻界中‘无敌手’。而接着转向文艺方面，像嗡嗡叫的苍蝇一样，叫喊要发‘奇光’。而《燕山夜话》《三家村札记》的反革命‘奇光’是发出来了，从而引导邓拓的反革命面目的彻底暴露和彻底灭亡。”

三是邓拓为黄胄的画作《绣脯红》上的题的词：

北国平原秋旖旎，好鸟田间栖止，靛颏生来美脯红，更若人喜欢。

不绣鸳鸯偏绣你，仿佛运涛并倚，一缕情丝系春兰，心事终无二。

造反派说黄胄等画家是“利用给歌颂王明路线的黑小说《红旗谱》做插图的机会，进行反党活动”。而“黄胄秉承邓拓的旨意，别有用心地一画再画《绣脯红》（即《春兰》），露骨地对被罢了官的右倾机会主义分子表示‘一缕情丝’，对他们发誓‘心事终无二’。完全暴露了他们的反革命嘴脸”。

四是1961年秋邓拓在“公开挂出‘三家村’黑牌子的前后，来到裴多菲俱乐部——荣宝斋的‘画家之家’，在一幅由牛鬼蛇神‘画家’董寿平、许德麟画的《竹石图》上题了下面这首黑诗，一并送给了荣宝斋党内走资本主义道路的当权派侯恺。”诗为：

老竹参天处，立根乱石间，倘来风雨急，亦不畏艰难。

批判者说邓拓“把广大工农兵革命群众比作是‘乱石’”，“把他与一小撮反革命修正主义分子比作是立在‘乱石’间的‘参天老竹’”，是在“明目张胆的给社会上的牛鬼蛇神打气，叫喊如遇到什么‘风雨之急’的时候（要灭亡的时候），要‘不畏艰难’的顶住”，“这首黑诗道出了反革命分子邓拓的险恶用心，是一首反革命的政治宣言书，是一篇煽动资本主义复辟的檄文”。

第二个遭到批判的是人民美术出版社的邵宇。题目很是吓人，叫作：《撕开“政治速写家”邵宇的画皮》。被批判的是邵宇的两幅画，一幅叫作《拥抱吧，千百万人，把这个吻献给全世界》。批判词是这样说的：“画一东方女人和西方女人拥抱接吻，赤裸裸地鼓吹资产阶级人性论和调和论，是形象地宣扬所谓‘和平、自由、博爱’的黑标本。邵宇宣扬为了‘和平与友谊’可以去和世界上一切阶级的人拥抱接吻；可以和帝国主义、修正主义和一切反动派接吻，企图麻痹全世界人民革命斗争意志的恶毒用心，这种反革命修正主义丑恶嘴脸，必须予以彻底批判、批臭！”

以下被批判的是齐白石和他的两个弟子李可染和李苦禅。齐白石先生被批判的两幅画一是1952年画的《不倒翁》，罪名是“咬牙切齿地恶毒攻击我们党的干部”；另一幅是《人骂我我也骂人》，画面上一个老爷子盘腿怒目呈骂街状，批判者说“画面上这个凶眉恶目的老头子，很明显，这是美术界最大的反动权威，齐白石自己的写照”。据批判者说，这张所谓的“名画”是新中国成立前“出笼的”，但1962年被邵宇选中推荐给荣宝斋用木版水印大量出版。可笑的是，这张齐白石先生新中国成立前画的画，被造反派愣是给扣上“这是配合‘三家村’的

《海瑞罢官》《海瑞骂皇帝》的指桑骂槐的反革命手法，发挥一小撮反革命修正主义分子的反革命‘骂’的精神，是一株借古讽今的反革命大毒草”。

如果说齐白石先生被批判是无辜的，那么他的弟子李可染的著名作品《贾岛夜吟》和李苦禅的《芭蕉白鸡》挨批，就更加没有道理了。

李可染的《贾岛夜吟》是1962年春所作。画面上的贾岛为苦思状，李可染题了贾岛“两句三年得，一吟双泪流”的名句。批判者居然把这幅艺术作品与邓拓在《燕山夜话》里介绍中唐代诗人贾岛的“创作态度”时，谈到的“磨箭试刃”和“苦吟”联系到了一起，说李可染画这幅画的目的是与邓拓的“黑文”积极配合。

李苦禅的《芭蕉白鸡》上题了一首诗，“人道我落后，和处亦自然，等到百年后，或可留人间”，落款是“苦人”。批判者生拉硬拽地上纲上线说，李苦禅“一贯坚持自己的资产阶级世界观、艺术观，大画所谓的‘有益无害’的花鸟画”。这幅画上的芭蕉白鸡，“说明他忠实地继承了腐朽的士大夫阶级文人画的衣钵”。诗中表达了“对党、对革命群众对他的反动言行的监督和批判，采取恶狠狠的抵制和抗拒的态度”。至于落款“苦人”二字，与“他的资产阶级生活相对照，正是他反党心声的自白”。

“猫翁”张正宇被造反派拿出示众的自然是他画的各种形态的猫。不过批判词的确太过于牵强附会。这则“奇文”很短，照录于下：

> 二流堂干将张正宇，是“画家之家”的座上客，在牛鬼蛇神中，是属于风雨无阻，来得最勤的一类，而且每来必画，每画必是千丑百怪，恶眉凶目的猫，并自称“猫翁”。通过这些猫的造型，

可以看出这是反动权威张正宇，对社会主义社会的极端仇视的立场表白。

几十年过去了，“文革”已经成为了历史。而“文革”语言，也早已与时代的脚步渐行渐远。年轻一代，尤其是“80后”“90后”，对于那些逻辑混乱、语言极端的“文革”语言或许会感到荒谬、荒唐、荒诞，但对于经历过“文革”的人，读到以上文字，会想起那不堪回首而又充满激情的红色年代。

2009 年 12 月 30 日

张伯驹与“《马思远》事件”

张伯驹先生是个大收藏家，这是人们都知道的。张伯驹先生还是一个造诣极深的戏剧家，甚至他被打成“右派”都是因为戏剧方面的言论惹的祸，这些就鲜为人知了。

先简要回顾张伯驹先生的收藏。陆机《平复帖》是张伯驹用四万大洋从溥心畬的手里买的。展子虔的《游春图》是张伯驹把公学胡同的一所宅院（据说是李莲英旧居）卖给了辅仁（大学），再用美元换成二百二十两黄金，又让妻子潘素变卖一件首饰，凑成二百四十两黄金，从玉池山秀老板那里弄来的。范仲淹手书《道服赞》是张伯驹用一百一十两黄金购来的。还有《三希堂帖》、李白《上阳台帖》、唐寅的《蜀官妓图》，当时袁世凯的庶务司长郭世五愿以二十万大洋卖给他。他一时搞不到这么多的钱，只好先付六万大洋的订金，忍痛把《三希堂帖》退给郭家。张伯驹后来曾经讲过他斥巨资购买这些文物的动机：“不知情者，谓我搜罗唐宋精品，不惜一掷千金，魄力过人。其实，我是历尽辛苦，也不能尽如人意。因为黄金易得，国宝无二。我买它们不是为了钱，是怕它们流入外国。唐代韩幹的《照夜白图》，就是溥心畬在1936年卖给了外国人。当时我在上海，想办法阻止都来不及。

七七事变以后，日本人搜刮中国文物就更厉害了。所以我从30岁到60岁，一直收藏字画名迹。目的也一直明确，那就是我在自己的书画录里写下的一句话——予所收藏，不必终予身，为予有，但使永存吾土，世传有绪。” 如果说，当初张伯驹夫妇购买这些文物倾尽所能，几乎散尽家财，而使这些国宝未能流入外国；而抗战爆发后，张伯驹为使这些国之重器不被日本强盗掠夺，把所有的字画一一缝入衣被，全部携往西安。一路的担惊受怕，日夜的寝食不安。怕土匪抢，怕日本人来，怕意外的闪失，怕自己的疏忽，时刻地小心，整日地守在家中。为了保护这些文物珍品，可谓不顾身家性命了。新中国成立后，张伯驹把他倾家荡产、不顾身家性命保护下来的珍贵字画捐给了国家。

关于张伯驹先生与国剧——京剧的渊源和他最终因为京剧事业被划为“右派”的始末，要从他历史上和戏剧界的关系和他在1950年后发起成立京剧基本艺术研究社说起。

一

张伯驹在京剧界的名气，不亚于在收藏界。他平生浸润于传统文化，书画鉴藏、诗词、戏曲和书法样样精通。

张伯驹的青年时代，京剧正从成熟走向鼎盛，谭鑫培、杨小楼、余叔岩、梅兰芳等京剧名角，可谓家喻户晓。文人票戏，更是极为风雅的事情，溥侗、袁克文等莫不热衷此道，张伯驹也长期痴迷京剧，是著名的票友。张伯驹先生爱好京戏，最初最崇拜余叔岩，曾跟余叔岩学过戏，与老艺人钱宝森、王福山、迟景荣等都有几十年的交情。杨小楼、于连泉（筱翠花）都曾为他唱过堂会。

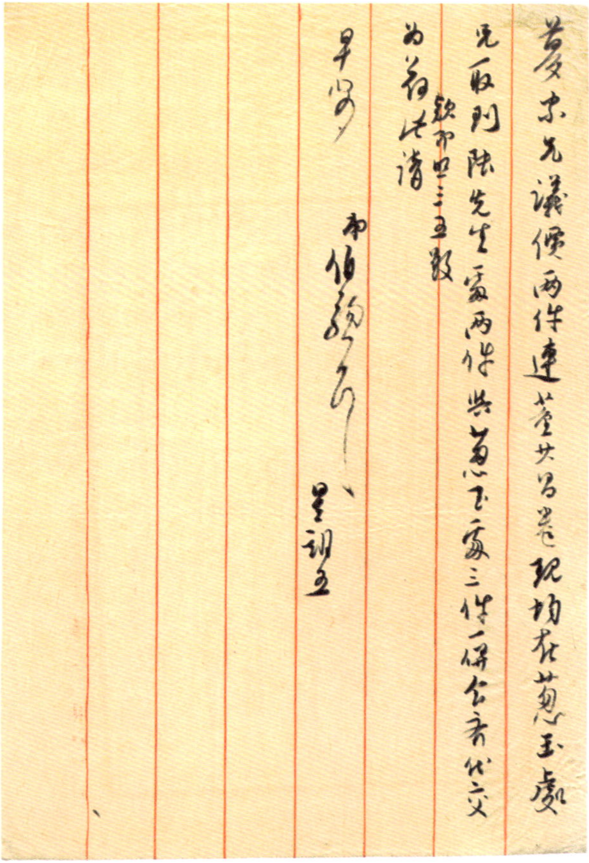

20世纪40年代张伯驹致陈梦家书札

余叔岩是京剧史上里程碑式的人物之一，以醇厚的韵味和典雅的风格享誉当时。1928年，张伯驹与余叔岩相识，此后交往频繁，除京剧之外，他们在文物、书画、金石、收藏等方面也有共同爱好，成为相互欣赏、情趣相投的朋友。那时候艺人很保守，余叔岩平生只收孟小冬、李少春等几个徒弟，且只教孟小冬三出半、李少春两出戏。但在与张伯驹十多年的交往中，他传授张整出的戏就有四五十部。后来张伯驹成为余派艺术传承的重要人物，李少春等人都曾向他学艺。张伯驹还与余叔岩合作，编写了一部《近代剧韵》，总结京剧发展实践，系统介绍京剧十三韵（俗名十三辙），介绍阴阳平上去入的念法、运用。这本书曾以《乱弹音韵辑要》之名刊于《戏剧丛刊》，风行一时，后又由张伯驹加以增补，更名为《京剧音韵》再版。张伯驹先生就与个人所学及演之戏，在其《红毹纪梦诗注》第三部有较翔实之记录：

> 归来已是晓钟敲，似负香衾事早朝。
>
> 文武乱昆皆不挡，未传犹有太平桥。
>
> 余三十一岁从余叔岩学戏，每日晚饭后去其家。叔岩饭后吸烟过瘾，宾客满座，十二时后始说戏，常至深夜三时始归家。次晨九时，钱宝森来打把子。如此者十年，叔岩戏文武昆乱传余者独多。记有《奇冤报》《战樊城》《长亭》《定军山》《阳平关》《托兆碰碑》《空城计》《群英会》《战宛城》《黄金台》《武家坡》《汾河湾》《二进宫》《洪洋洞》《卖马当锏》《断臂说书》《捉放宿店》《战太平》《凤鸣关》《天水关》《南阳关》《御碑亭》《桑园寄子》《游龙戏凤》《审头刺汤》《审潘洪》《珠痕记》《鱼肠剑》《法场换子》《上天台》《天雷报》《连营寨》《珠帘寨》《摘缨会》《盗宗卷》《伐东吴》《四郎探母》《青石山》《失印救火》《打渔杀家》《打棍出箱》，《八蜡庙》之褚彪、《回荆州》之鲁肃、《失街亭》之王平，《别母乱箭》《弹词》等。其他未排身段、零段之唱不计。犹有《太平桥》一剧，为叔岩

向谭老所学者未传，叔岩曰：“过桥一场，一足登椅，一足登桌，敌将一枪刺前胸，须两手持枪硬僵尸摔下，饰敌将者、检场者皆须外行，否则易出危险。”故彼不主张余演此戏，是以不传也。

张伯驹先生与京剧界的关系，可圈可点的还有两件事不能不提。一件是为推动京剧艺术的发展，张伯驹召集银行界同人筹五万元基金，约同梅兰芳、余叔岩等人，于1931年创立“北平国剧协会”。另一件是1937年，农历丁丑年正月张伯驹先生40岁生日时，为了庆寿并为河南旱灾筹集捐款在北京东四隆福寺街福全馆举办的堂会。

开场：《回营打围》（郭春山）、《临江会》（程继仙）、《女起解》（魏莲芳）、《鱼肠剑》（王凤卿）、《英雄会》（杨小楼、钱宝森）、《丑荣归》（于连泉、王福山）。

大轴：《空城计》，张伯驹出演主角诸葛亮，余叔岩饰王平、杨小楼饰马谡、王凤卿饰赵云、程继先饰马岱、陈香云饰司马懿、钱宝森饰张郃，萧长华、马富禄饰二老军均为配角。这场演出惊动了全国，很多戏迷专程从南京、上海赶来，成一时盛事。就此演出，各大报刊都登出消息、剧照，誉之为“此曲只应天上有，人间能得几回闻”。演出后不久，日本全面侵华，北平沦陷，杨小楼、余叔岩等拒绝再登台演出，随后相继撒手人寰。那次演出拍摄的电影，成为艺坛绝唱，是靠“角儿”传承的中国戏曲的重要史料，可惜1958年被当成废品付之一炬。

二

张伯驹发起成立“北京京剧基本艺术研究社”和“北方昆曲剧

院”，并担任领导成员，是在1956年，大约就在他捐献《平复帖》等国宝前后。

我手头有一份1957年9月戏剧界整风联合办公室的《关于张伯驹的材料》。共分六个部分：

第一部分：张的“京剧基本艺术研究社”

第二部分：张在戏剧艺人中的活动

第三部分：张制造的《马思远》事件

第四部分：张在“国画”“书法”“韵文”等社团的活动

第五部分：张和章、罗等右派分子及一些民主党派上层人物的关系

第六部分：张的历史简况

本篇仅抄录部分《关于张伯驹创办的“京剧基本艺术研究社”》：

1951年张伯驹办了京剧基本艺术研究社（以下简称“研究社”），张曾说，“在政治上有李济深支持，在经济上也不成问题”，并说“我卖掉房子，每月拿120元来维持研究社”。

……

研究社初成立时，以李济深为主任委员，后改为载涛，张任副主委，实际上由他操纵一切。赞助委员有楚溪春、杜冰坡、周鲸文、章伯钧、罗隆基、黄绍竑、杨啸天（即杨虎）、张钫（曾为国民党河南军队总司令，现为全国政协委员）等，社初立时，李济深与其秘书李乙尊曾到社讲话，对社鼓励。

张伯驹书画

……

李济深曾为研究社捐过款计1000元，捐款的还有黄绍竑等。

研究社为业余组织，但在组织章程内，又列有编辑、审查、出版等，近似政府机构（何海生揭发）。

研究社计划出版的刊物叫《戏剧、音乐丛刊》（1952年11月9日研究社社务会议记录）。此外，还附设一个剧团名“研习剧团”，团长楚溪春，剧团成员多系票友，成分复杂，业务水平太低，后因演出站不住（观众叫倒好），又采纳了王颉竹、朱慕家的意见，认为：“既系研究性质，就无须附设剧团，以后如要演出，可与市文艺处合作。”故不久，即将剧团登记证撤销（研究社会议记录，张伯驹交代）。

为什么要办剧社呢？张曾说过，“研究基本艺术，就是讽刺政府的戏曲工作连基本艺术都不懂”，“昆曲是京戏的前身典范，这都是基本艺术，我们要办‘社’来保存、研究、传习”；并说：“政府不重视昆曲，我们这里有。”“所以我们要研究基本艺术，要组织演出，向演员们示范。老的东西都丢了，不是丢了，在我们这里呢！”

起先张的口号是：“戏曲研究院（京剧院尚未成立前）是改造演员的地方，我这个地方（指研究社）是改造票友的地方。”

当时，研究社广泛招收学员，顾赞臣、包丹庭、钱宝森、王福山传习。张伯驹曾说过：“我们要挖掘出这四位老艺人的看家戏来，组织演出……在这以后，研究社积极排《象山城》（即《铁冠图》）。研究社发动全社力量，赶排出《象山城》《祥梅寺》《柴市节》《天雷报》等，首场演出，张自取主角，演“压轴”戏。据说，演出的效果并不好，演出时“倒彩”不绝，有的观众吼叫“退票”。为此，张伯驹在社里曾召开检讨会，认为“自己声音本来低（按：张外号叫蚊子老生），演出时，调门又定得太低了，加以现在的观众：1. 爱看洋味戏，不懂传统艺术；2. 爱看男女关系戏（如《柳荫记》等）；3. 爱看乱打戏（如《雁荡山》），因之，不是我们演不好，而是观众不懂戏了”。还说：“现在听戏的人都换了（按：指观众成分已改变，由工人、农民、士兵等代替了士大夫和有闲阶级），现在应该培养观众，让观众懂戏，所以还应该继续演出。”“以后，主要由老艺人演出。”……

这份资料，洋洋万言，是根据与张伯驹相熟的老艺人“揭发”整理的，自然有很多是老艺人怕事，运动中他们为了保护自己杜撰出来的。按照前一节所谈的，张伯驹先生太喜爱京剧艺术了，因此张伯驹先生搞这个“研究社”的最可能的动机，是他痴迷京剧使然。如果非要往政治上说，作为一个热爱祖国传统文化的爱国民主人士，组织老演员挖掘一些传统剧目，以便传承下去，也是无可厚非的事情。何况，文化部已经发出了关于“全面挖掘、分批整理”传统戏曲剧目的号召了。

张伯驹先生认为中国戏曲的精粹在于表演技法和技巧，而这些东西只存在于具体作品中，不能提炼和独立。因此，他召集老艺人，重排一些包含高超绝技的传统剧目。在此期间，张伯驹先生重点筹划了三出戏的挖掘整理，即《宁武关》《祥梅寺》《马思远》（又名《海慧寺》）。据专家介绍，《宁武关》里有声泪俱下的哭腔，有繁重的武功，有唱念做打的妥帖安排，不具备相当技术水准的演员，过不了这

《宁武关》；《祥梅寺》则是京剧打基础的丑行戏，其中舞蹈性的动作很是漂亮；《马思远》根据清朝实事改编，是一个通奸杀夫并造成冤案的故事，艺人筱翠花（于连泉）在剧中的表演出神入化，深得好评。

从这个层面上来说，无疑，张伯驹先生选择的标准是纯艺术的，选的都是技术含金量高、能充分展示京剧之美的剧目。他没有政治意识，没有考虑《宁武关》《祥梅寺》的反面角色分别是李自成和黄巢。

不过问题先出在《马思远》上。关于"《马思远》事件"的来龙去脉，1957年9月戏剧界整风联合办公室的《关于张伯驹的材料》的第三部分有系统的说明，限于篇幅，我把它梳理如下：

京剧《马思远》，20世纪50年代初，是文化部明令禁止的26个剧目当中的一个。周扬、钱俊瑞建议戏曲界把禁戏拿出来演演的讲话传出以后，擅演此戏的筱翠花兴奋得彻夜无眠。在张伯驹的支持筹划下，决定重新搬演《马思远》。演出的主持单位，就是他领导的京剧基本艺术研究社。5月8日晚上，在十分热闹的筱翠花收徒的仪式上，发布了拟于12日上演《马思远》的消息。

5月9日，在这出戏排练基本就绪的时候，京剧基本艺术研究社突然接到文化局电示："'马'剧因涉及法令问题，不能公演。"张伯驹很不服气，当天下午，给文化部钱、刘两部长写了信，信中以"筱翠花演出热情很高，天天在京剧联合会排戏，如不准演，将打击艺人情绪"，一面让演员继续排练，一面找有关部门交涉，据理力争。5月12日张伯驹带着王福山等人，在和平宾馆举行记者招待会。他掏出了事先写好的一篇文章交给记者，请报社发表，以图获得舆论的声援。在会上，缺乏政治性思维的他，还居然提了一个政治性问题："在大鸣大放期间，出现了鸣放与法令的矛盾。是鸣放服从法令？还是法令服从鸣放？" 最终，文化部艺术局决定将《马思远》的公开演出改为内部试演，张伯驹很不乐意，继续跟有关部门较劲，多方争取公演。他说："既然开放剧目，《马思远》却不能演，第二次全国戏曲剧目工作会议等于没开。"《马思远》禁禁演演的一番周折，便形成了所谓的"《马思远》事件"。事件的中心人物是张伯驹。这时候"反右"开始，张伯驹被划为右派分子，而主要的"罪证"之一，是他一手制造了"《马思远》事件"。

三

1958年1月14日，北京文化局整理的《张伯驹的材料》，亦在敝寓，抄录如下：

姓名：张伯驹，性别：男，年龄：60岁，河南项城人，家庭出身：官僚资产阶级，个人成分：大资本家，政治面目：民盟盟员。

一、简历：

张伯驹父张正芳，曾任河南督军。1918年张毕业于"中央陆军混成旅模范团骑兵科"（团长袁世凯），先后在曹锟、刘振华等部下做过参议、咨议等职，先后在北京、上海、南京盐业银行任经理等职。

1942年日寇侵入华北后，张去西安与国民党军政要人孙连仲等合股经营"秦陇公司"，张自任经理。同一时期张还担任过"正报"社国剧、国学副刊编辑。

日本投降后张回北京，在伪十一战区任参议、伪河北省政府顾问及保定绥靖公署设计委员会委员等职。

1946年任故宫博物院专门委员、燕京大学中国艺术史名誉导师等职，解放后任公私合营银行联合董事会董事，1955年任北京市政协委员。

二、主要历史问题：

1. 张过去与北洋军阀、国民党军政要人孙连仲等来往密切，解放后与反革命分子张东荪交往很密，并与右派头子章伯钧、罗隆基、张云川等相互勾结，与李济深关系也较密切，李曾为张活动过全国政协委员，未成。

2. 张平日为人狂妄自大，目无党和政府，企图以自己搞的一套代替政府所举办的传统文化艺术事业，篡夺党在文化艺术界的领导权。张在艺人中一向以“大爷”自居，挑拨艺人与政府的关系，企图让艺人脱离党的领导，并以市政协委员身份四处活动，企图与党分庭抗礼。

三、主要右派言行：

1. 组织禁戏《马思远》演出，破坏政府法令，造成剧目混乱，政府制止演出后，张便给文化部钱、刘副部长写信“将军”，并招待记者，给报社写文章，攻击文化部、文化局，说：“禁戏禁错了。”“马思远”对内演出后，他对于连泉（艺人筱翠花）说：“我们胜利了”。

2. 与杜冰坡一起盗窃别人名义，联名上书毛主席，攻击戏改政策说：“文化部是‘欺骗愚盲’‘蒙蔽领袖’。”1950年前，曾活动当中国戏曲研究院及故宫博物院副院长未成，遂发起成立京剧基本艺术研究社，棋艺研究社，书法、韵文等研究会。张曾拟成立

“文艺社团联谊会”或“民族文艺研究会”。张自己担任主要负责人篡夺党的领导权，并把持国画研究会，反对党的政策。1953年曾演出反动内容的《祥梅寺》，招待西藏贡嘎活佛，并在其他地方演出反动内容的《宁武关》《象山城》等戏。

3. 与右派头子章伯钧、罗隆基、张云川等关系很密切，参与国画界右派分子徐燕荪等组织的反党集团核心小组，张等六人在荣宝斋共同组织“放火会”来向党进攻。在美协座谈会上发言攻击文化部领导说：“敦煌画的题款，每个字都看成宝贝，他们却不知道杜牧之《张好好诗》是宝贝，我叫他们看看。”

4. 用请客联欢等手段，拉拢中国京剧院、中国戏校、北京戏曲编导委员会55名老艺人，以演老戏为名，从中挑拨，企图搞垮戏曲事业，并和右派分子李万春勾结，在京剧一团开过七次会，成立“演出委员会”。

5. 散布流言蜚语，攻击党和政府的戏改政策，说：“戏改还是‘一塌糊涂’，是‘混蛋’，戏改干部不懂戏剧艺术。”并说：“现在观众爱看的戏是（1）洋派戏；（2）乱打乱跳戏；（3）男女关系戏。”又说：“政府不照顾钱宝森，是不懂钱的艺术。”对邓散木说：“天下哪有真的事，你看有史以来，哪个朝哪个代有真正的政绩，还不是成则为王，败则为寇。”

四、运动中的表现：

1957年8月底9月初，先后召集四次代表大会对张伯驹进行批判，9月、10月又连续召开小会，张最初很傲慢，高踞而坐，不肯低头认罪，经过群众一件件揭发其反党活动事实后，张无可抵赖，不得不吞吞吐吐承认一些事实，表面上低头认罪投降，但交代不彻底。

五、处理意见：

建议撤销北京市政协委员、“京剧基本艺术研究社”（现该社已自动报散）、“韵文学会”、“棋艺研究社”、“书法研究社”等群众组织的领导职务，保留其会员资格。

北京市文化局

另有一份《张伯驹情况》与上份略有不同：

张伯驹父张正芳曾任军阀时期河南省督军（也有传说系张的伯父）与窃国大盗袁世凯为姑表兄弟。

张本人很富裕，北京有房产，曾任伪盐业银行董事长，喜欢书画与京剧，结交名艺人甚多，抗战开始张搬至西安居住，与孙连仲来往甚密，日投降后孙连仲偕张同乘飞机回北京，并与傅作义、熊斌等国民党军政人员相交深厚。张母病逝，傅、孙等人都去张宅吊唁。

解放后张与右派分子张云川、张东荪等人也来往甚密。

1. 大鸣大放时期，组织禁戏《马思远》演出，企图造成剧目混乱，张用两面手法积极鼓动筱翠花演出《马思远》，一面告诉筱翠花说，“连文化局已联系好了一切没问题”；另一方面向政府说，“筱翠花演出很热情”。

2. 煽动老艺人对政府不满，然后拉拢为友，投靠他的周围，计有侯喜瑞、赵桐珊（即芙蓉草）、李洪春、王福山、王颉竹均发表了很多牢骚（谈话内容现了解与证实中），张在某次会议上提出要把京剧界二三流老艺人吸收到他领导的“基本研究社”中去，并在其社中成立演出委员会，选李万春、赵桐珊等五人为委员（总负责系张、李二人）。

3. 积极组织带有反动内容的剧目演出，三个月前张和“北昆”部分人员在清华大学演出《宁武关》晚会。张也动员了李万春演出此剧。1954年张与王福山招待少数民族晚会上，曾演出《祥梅寺》（杀和尚）一剧（据说达赖也观剧了）。

4. 张曾经常以请客方式拉拢老艺人、名演员，作其社的顾问或委员，老艺人多被拉进去，王福山还给了固定工资。钱宝森、徐兰沅、徐慧如等均是北京市编导委员会委员，政府给了补贴，张对那些人说：“是我给你们要下来的待遇，你们在编委会拿钱，可到研究社来上班。”（钱宝森对此事很有意见）张为了与政府对抗，采取了各种手段，编委会有老艺人讲座，而张每周也在北海举行座谈一次，前时期张去青岛，还请李万春代为主持。

这份材料中提到的几位老艺人和几个剧目，现今的读者已经很生疏了，有必要做些简要介绍。老艺人主要介绍钱宝森、王福山，包丹庭和顾赞臣也略作介绍。

钱宝森（1893—1963），京剧武净演员。北京人。12岁开始练功，13岁拜姚增禄为师，后又随父钱金福学艺，为其父跟包，经耳濡目染不停学习，终得乃父真传。其父息影舞台后，抵缺搭入永胜社，陪杨小楼、余叔岩等演出，达到能与其父乱真程度。1949年后搭程砚秋班演出。后任青年京剧团顾问，兼北京戏研所工作。曾为总政京剧团、中国戏校实验京剧团、青年京剧团说戏、把场。1959年出版《京剧表演艺术杂谈》一书，将钱派身段谱公之于世，1962年再版。其功底扎实，戏路广且精。擅演剧目有《火判》《嫁妹》《山门》《芦花荡》《铁笼山》《御果园》《战宛城》等。主要弟子茹富兰、茹元俊、茹绍荃、叶盛兰、于世文、艾世菊、邹慧兰、张伯驹等均曾受其指点。

钱宝森的父亲钱金福（1862—1937），是京剧武净演员，满族，北京人。幼入全福昆曲科班、四箴堂科班，从于双寿、崇富贵学戏，工武净。1883年带艺入三庆班，后又入春台、小长庆、玉成等班。1904年选为内廷供奉。1911年入同庆班，与谭鑫培同台合作，为谭配演，极受谭倚重。晚年从事教学工作。表演艺术自成一家。梅兰芳、杨小楼、余叔岩、王瑶卿等均得其教益。后期傍杨小楼、余叔岩等演出，增色极多。钱金福功底深厚扎实，功架稳练，尤其擅长“把子功”，自成一派。身段、台步有许多独到之处，把子功堪称一绝，舞台形象十分漂亮。对脸谱有深入的研究，构画能体现人物性格。虽嗓音条件不善唱，但白口刚劲有力，武净戏极出色，架子花脸戏亦其所长。擅演剧目有《祥梅寺》《醉打山门》《芦花荡》《火判》《取洛阳》《嫁妹》《铁笼山》《金沙滩》《庆阳图》《瓦口关》《定军山》《长坂坡》《战宛城》《琼林宴》《青石山》《珠帘寨》《失街亭》《落马湖》《单刀会》等。《芦花荡》《嫁妹》《山门》《祥梅寺》《庆阳图》《取洛阳》《瓦口关》等戏是他的代表作。他在扮演《定军山》中的夏侯渊、《琼林宴》中的煞神、《青石山》中的周仓、《长坂坡》中的张飞、《战宛城》中的典韦等角色时，有许多创造，演出非常精彩。弟子有李永利、刘砚亭、钱双莲等，而最能继承其衣钵的是其子钱宝森。

王福山（1896—1960），北京人。王福山是王长林的次子，幼时先学武旦，后改武丑，随父学戏。开始在各班唱前场，借台练功。王福山很多戏得其父亲传，王长林逝世后，王福山继承父业，在余叔岩、杨小楼班里演戏。他曾为余叔岩《问樵闹府》扮演樵夫，为杨小楼的《宁武关》扮演马童、《英雄会》扮演杨香武、《战宛城》扮演胡车、《连环套》《霸王庄》扮演朱光祖，均有乃父风范。他的表演规矩大方，宗其父，会戏颇多。京剧界的《安天会》，武丑和武生都演。在北京最早演《安天会》的是坐科时期的王福山，王福山是王长林的次子，文武丑兼能，后来在杨余班中顶替王长林。叶盛章是王福山的弟子，也能演《安天会》，王叶都是以武丑来演《安天会》的。

和张伯驹先生一样，顾赞臣先生是京剧票友。关于京剧票友，张伯驹在《红毹纪梦诗注》第二部“所观票友戏”中有如下阐述：

> 八旗子弟气轩昂，歌唱从军号票房。
>
> 大小金川争战地，不教征戍尽思乡。
>
> 非伶人演戏者称票友，其聚集排演处称票房。其始在乾隆征大小金川时，戍军多满洲人，万里征戍，自当有思乡之心，乃命八旗子弟从军歌唱曲艺，以慰军心，每人发给执照，执照即称为票。后凡非伶人演戏者，不论昆乱曲艺，即沿称为票友矣。如清亲贵滢贝勒之子溥伒、恭王奕訢之孙溥僡，皆善唱牌子曲，有由来矣。

在《红毹纪梦诗注》第二部“所观票友戏”中，张伯驹先生对票友顾赞臣有很高的评价：

> 京票群称此老人，丰神和蔼亦堪亲。
>
> 同台曾演空城计，谭派今余顾赞臣。
>
> 北京谭派票友无多，顾赞臣其一也。人甚和蔼，于小经厂剧场

曾由其演《空城计》，余为饰王平。

老生名票顾赞臣是位文武昆乱不挡的全才老生，他教了不少内行的演员。

包丹庭先生亦为票友下海。1950年后，包丹庭身体欠佳。他与张伯驹到天津义演，张演《问樵闹府》，包演《探庄》，刚演到一半包先生感到体力不支，后半出由童寿苓代演。但在1954年秋，包丹庭仍与顾赞臣在中国京剧院剧场作观摩演出《清风亭》，反串老旦。事后因患感冒一病不起，于冬日与顾赞臣老二位同在一周内相继去世。叶盛兰的《探庄射灯》《镇澶州》受之于包丹庭。

最后谈谈曾被禁演的《宁武关》《祥梅寺》。

《宁武关》取材于明《铁冠图》传奇。故事梗概是：明将定西伯周遇吉镇守岱州，与闯王之子李洪基酣战数日，周遇吉计擒李洪基。闯王围城索子，周将李洪基杀死。闯王继而攻破城池。周遇吉突围至宁武关探母，其母赵氏责令遇吉出战，周乃别母迎敌。赵氏令媳、孙自杀后，放火自焚。周遇吉则被闯王部下诈引至山谷乱箭猛射，自刎身亡。

京朝派的习惯，一般将《宁武关》分作两出。其一为《对刀步战》（又名《战岱州》或《闪电光》）注重武打，是京剧名家尚和玉的得意之作；其二为《别母乱箭》（又名《一门忠烈》或《满门忠烈》）曾经是谭鑫培中年时期在京师的看家好戏。谭演此剧纯系吹腔，与昆班的脚本尽同，十分讲究念唱做表。光绪二十一年（1895）八月，老谭第一次来沪隶大新街桂仙茶园。维时上海戏园仅四家：天福、天仙、丹桂、桂仙。桂仙茶园为甬（宁波）人应桂馨所创。老谭到上海演戏半月，凡三出：《空城计》、《洪羊洞》和《别母乱箭》。

《宁武关》尚有南北两派之分。不仅如此，《宁武关》还有昆曲和皮黄两种演出版本。前几年，上海昆剧团假座逸夫舞台演出过此剧，虽说绝响了舞台好多年，但由于演出的水准和理念都平平，故而在行家和观众中间没有引起多大的反响。可惜的是京剧《宁武关》几乎已成了“广陵散”。

《祥梅寺》一剧是京剧传统剧目，是王长林、钱金福之代表作。丑、净表演皆有绝活，已濒临失传。后经张伯驹及王长林、钱金福之传人王福山、钱宝森抢救性排练，得以传承。该剧取材于《残唐五代史演义》。唐朝末年黄巢造反，要杀人八百万，阎王为此大造“生死簿”，白天干不完，夜里加班干，由于灯油不足，命令两个小鬼往祥梅寺偷取佛前的灯油，两小鬼不幸被祥梅寺的和尚了空抓住。了空问明缘由，并见小鬼携带的“生死簿”第一人即自己，惊恐万状，遂将小鬼放掉。翌日，黄巢屯兵于祥梅寺，了空见黄巢泣声求饶，黄巢慷慨允诺，并嘱咐他在起兵时小心躲藏。了空和尚为保命藏身苦思竭虑，最终选择了寺门前空地上的枯树洞内。黄巢起兵之日，要开刀杀人祭旗，因找不到可杀的人，便将枯树代替，猛地一刀砍去，枯树断成两节，了空和尚最终在劫难逃。这个故事不仅仅渲染宿命论，它还向世人展示一个道理：在生死面前，你越惧怕死亡，灾难也许就越会降临在你头上；你越蔑视死亡，也许越会平安无恙。

四

张伯驹是戴上了右派的帽子，他本人还无所谓，夫人潘素很着急，多次去文化部询问：是不是搞错了？他刚捐了那么多文物，怎么会反对国家呢？ 被打成右派后，张伯驹的生活陷入困顿。1969年到1972年，张伯驹是北京城的“黑户”，没户口，没粮票，没布票，靠亲友接济度日，与当年豪门巨富的生活有天壤之别。著名学者、鉴赏专家王世襄多次去看望，却发现他“不怨天，不尤人，坦然自若，依然故我”。除年龄增长外，心情神态与居住豪宅时“并无差异”。著名画家、“一代鬼才”黄永玉曾对此大表钦佩，赞曰：“富不骄，贫能安，临危不惧，见辱不愤……真大忍人也！”

张伯驹被打成右派后，陈毅打来电话安慰。过了一段时间，他又通过朋友，安排张伯驹、潘素到吉林工作。张伯驹出任吉林博物馆副馆长，得以发挥专长，过了几年舒心的日子。

1963年张伯驹（时任吉林省博物馆第一副馆长）与梁小鸾（时任吉林省京剧院副院长）表演《游龙戏凤》演出剧照

张伯驹于1980年与丁至云演出《打渔杀家》剧照

但“文化大革命”开始后，张伯驹又被打成“现行反革命”，关了八个月，被宣布“按人民内部矛盾处理”，勒令退职，发配吉林舒兰插队落户。但舒兰不愿意接收两个没有劳动能力的老人，于是张伯驹夫妻只好无奈地回了北京。他们成了北京的“黑户”，没有户口，也没有工作，只好靠变卖家中残存家当度日。但张伯驹并不在乎，他上香山，爬鬼见愁；游西安访古人遗迹，吟诗填词，自得其乐。数年后，陈毅去世，张伯驹含泪写了一副挽联：“仗剑从云作干城，忠心不易，军声在淮海，遗爱在江南，万庶尽衔哀。回望大好山河，永离赤县。挥戈挽日接尊俎，豪气犹存，无愧于平生，有功于天下，九泉应含笑。伫看重新世界，遍树红旗。”追悼会上，这副长联引起了毛泽东的注意，陈毅夫人张茜正处极度悲伤中，但还不忘帮助老朋友，趁机介绍张伯驹的困境。不久，张伯驹被聘为中央文史馆的馆员，潘素被聘为中国画院的画师，上了北京户口。

张伯驹晚年工作照

2009年11月20日

与王世襄先生交往二三事

我是在昆明出差的时候得知王世襄老人逝世的消息的。那天是2009年11月30日。头天的晚上，也许是高原反应，我头疼、眼胀，难以入眠，还想了很多回京需要抓紧去做的事情。其中的一件，就是一定到医院去看看我非常敬重的王世襄老人。谁曾想第二天，我便接到了马思猛兄的电话，他告诉我王世襄老人已于11月28日逝世了。知道了王老离世的消息后，我的心情非常沉重，两年前到老人府上拜望和后来与老人电话中闲谈的情景，再现在我的眼前。

一

早在十几年前，我就有了到王老府上拜望的念头。起因是在我收藏的著名学者陈梦家先生的旧书文稿中，有一册通讯录中记有王世襄先生的单位和家里的电话号码。那个时候，我正在作陈梦家先生往来书信的整理和研究，许多事情搞不明白，也查不到资料，由陈梦家先生生前所用的通讯录记下的王世襄先生的电话，再想到王世襄先生满怀深情写下的《怀念梦家》的文章，我想，探究梦家先生的生活情趣及其社会交往方面的情况或许请教王世襄先生便可清楚了，但苦于无人引见。

之后，我在研究陈梦家先生的书信中，发现许多信中谈到陈梦家先生购买明清家具的过程，在他的夫人赵萝蕤保存下来的家用账上也有购买古家具和古董的开支明细。2003年秋，王世襄先生编著的《明式家具珍赏》出版，我当即买回一册。据王世襄先生说《明式家具珍赏》图录中有三十八幅，是承蒙赵萝蕤先生允许用陈梦家先生旧藏拍成的。于是，我以梦家先生信中所记购置古旧家具为线索，与王世襄先生所编《明式家具珍赏》所选陈氏旧藏对照，几乎都有呼应。不过，因梦家先生信中所述家具名称多为俗名，非《明式家具珍赏》所注，因此与王世襄先生晤面请教的念头愈加强烈。

又是几年过去了，依然没有得到与王老晤面请教合适的机会。而最终实现在王世襄先生的家里，像聊家常似的无拘无束地与王老交流，亲耳听他讲述他和陈梦家的交往逸闻趣事，则是2007年5月11日的事了。

这要归功于我的好友马思猛先生。

《明清家具珍赏》中选用的陈梦家旧藏明黄花梨大灯挂椅

《明清家具珍赏》书中选用的陈梦家旧藏明黄花梨透空后背架格

马思猛先生是著名学者马衡先生嫡孙，著名戏剧家马彦祥先生长子。马王两家是世交，思猛兄的祖父马衡和王世襄先生的父亲王继是南洋公学同学，交谊深厚；马衡先生曾受聘任故宫顾问，协助院中的外事工作。马衡先生是看着王世襄长大的。1945年8月，日军投降，文物清理损失委员会成立，王世襄参加了“清损会”平津地区办公室的工作，并任助理代表，即是马衡和梁思成两位先生推荐的，当时，世襄先生正是风华正茂的20多岁小青年，精力充沛，又对文物有浓厚兴趣，所以全身心地投入到清理文物上。在短短三年多的时间里，他与同人一起干了六档子在中国近代文物史上可圈可点的大事，为国家追回数千件珍贵的文物。

王世襄先生在故宫博物院工作时，颇得马衡院长的赏识和提携。1946年7月10日，王世襄被任命为故宫博物院古物馆科长。

据马思猛先生说，马衡、马彦祥父子去世以后，马王两家也就断了往来。马王两家再次来往，是缘于马思猛先生所著《金石梦故宫情——我心中的爷爷马衡》一书。据马思猛说，书写成后，想找一位曾经与马衡先生交往甚密的人写个序，思来想去，只有王世襄先生健在了。于是他贸然给王老打了电话，王老闻说很高兴，但因眼睛不好，写序没有接受，不过答应题写书名。

马思猛兄知道我有拜访王世襄先生的念头。这次奉王世襄先生之约到王老寓所去取书名，便叫上了我。

上午10时，我和思猛兄在东岳庙牌楼前聚齐，步行到达王老寓所，门是虚掩上的，轻轻地敲门后，随着老人响亮的“请进”声，我们应声而进。王老时已93岁高龄，但精神矍铄，举止言谈，很难让人把他和93岁高龄联系到一起。

“手迹都是你收藏的吗？”

刚一落座，王老即把已题好的书名交给了思猛兄。思猛兄顺势将我介绍给王老，并呈上了我的拙著《旧墨记》，还特意翻到《马衡〈附识〉谈“易案”》一文，讲述给王老听。王老随即问我：书上的手迹都是你收藏的吗？我说：“是。”出人意料的是，他的下一句问话，居然直接提到了陈梦家先生。他说，前几年他在《中华读书报》上看过一篇文章，说潘家园曾有一批陈梦家的书信不知被谁买走了。我告诉他，是我买走了。王老听了之后，很是惊讶，说：“你可是做了一件功德无量的事情！”他非常详细地询问了梦家先生往来书信的写作时间和内容。当他听说陈梦家的通讯簿记有“文革”以前他家里和单位的电话时，他很激动。由此，直到离开老人的家，我们的话题就再也没有离开过“陈梦家”。

我和王老马兄合影

接着我的话头，王世襄老人向我们说起了他和陈梦家的交往。言语中对陈梦家先生的学问、人品、收藏极为赞赏，对梦家先生的遭遇深表同情，对梦家先生英年早逝深表惋惜。

当我问及梦家先生写给夫人信中所及明式家具的名字为何与他所著《明式家具珍赏》不一样时，他笑着告诉我，家具和人一样，有俗名和学名之分。

时间过得真快，不知不觉地一个小时过去了，我们不忍心让已经93岁高龄的老人太累，就提出告辞。王老似乎意犹未尽，继续和我谈论他和陈梦家先生一起探讨明清家具的往事。当我告诉他拟编著《陈梦家和他的朋友们》一书，并提出请他题写书名时，王老痛快地答应了，并让我留下地址和电话，说写好了就通知我来取。真的该走了，我居然忘记了王老家门上贴的提示：不要请王老合影；不要请王老题字的“约法三章”，提出与王老合影，老人愉快地答应了。

二

说实在话，那天去王老家里拜访，随口说出请老人为我拟编著《陈梦家和他的朋友们》一书题写书名之事，我并没有放在心上，一是我的工作太忙，一时半会儿的也顾不上去整理和撰写；二是我见到王老后的第一感觉，是他老人家的身体状况和生活质量都不是很好，一时半会儿的也不一定就能题写。谁曾想，一周后，5月23日的上午，我接到马思猛兄的电话，他告诉我王老已经题好了《陈梦家和他的朋友们》的书名，让我到他家去取，还告诉我，老人病了，卧床不起。当即从家里出发，直奔王老的寓所。这次王老病得不重，头脑清楚，题字放在了一个信封里，取了题字，不便久留，便匆匆离去。离开老人的家，我的心里很是茫然。

回到家里，我小心翼翼地把老人为《陈梦家和他的朋友们》一书题写的书名，装在了一个镜框里，摆放在我的写字台上。看得出来，王老是很重视这个题字的，每个字都写得很认真，也很有力，是饱含真情的。

当天晚上，给王老家打电话，再次问候并感谢，王老告诉我说，他已经不做给人题字的事情了，但这次是非写不可。不过，这次一病，恐怕以后想写也写不了了。当我告诉他，我已经把题字放进一个老红木镜框里暂时存放时，他说本来应该用宣纸来写，因很长一段时间没动笔墨了，家里又没有现成的宣纸，只好用洋纸凑合了。我问他的病情，他跟我说，其实这次的病并不重，只是年龄大了，恢复得慢，至今也没有好利落。我说，凭您的底子，很快就会恢复的。他笑了。我告诉他，前几天翻出一封陈梦家先生早年写给赵萝蕤的信，里边提到养鸽子的事，王老很是兴奋，告诉我，有一个时期陈梦家养过鸽子。

三

因怕打扰老人的生活规律，尽管时常挂念着老人，可我从来不轻易地打电话给老人。有时，打个电话也只是简短地问候，最长的一次是王老打过来的。

那天是2007年12月23日（星期天）的上午，王老的身体已经恢复得很好，说话声音洪亮，底气很足。他先是问我《陈梦家和他的朋友们》的进展情况，我告诉他，涉及的人和事很多，一时半会儿恐怕完不成。他说，不用急，慢慢写。我告诉他：好在《碎锦零笺》一书马上要出版了，书里有一章《陈梦家往事》专门写了您和梦家先生的交往故事，您题写的《陈梦家和他的朋友们》也收录进去了。老人很高兴。我还告诉老人：最近我在西单图书大厦，买到了您的《自珍集》，在三联书店买到了《奇人王世襄》

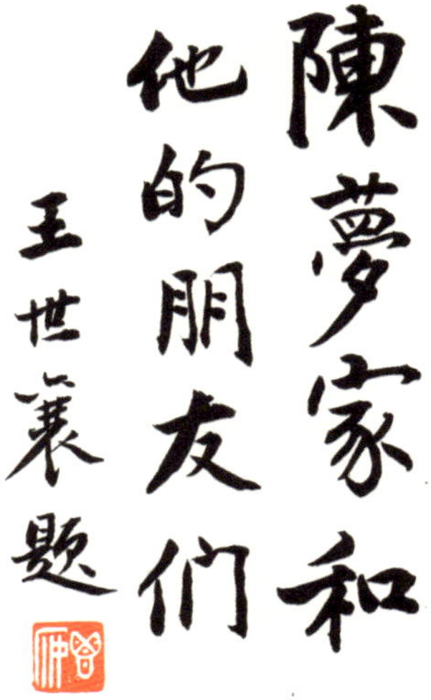

王世襄先生为我拟写作的书题签

一书。他听了笑得很开心。他说：本来书名不叫这个，是三联书店说叫《奇人王世襄》有卖点，我也就同意了。

王老那天谈兴很浓，我们由《自珍集》谈到《明式家具珍赏》一书。王老告诉我，书里面有许多件是从梦家先生的夫人萝蕤大姐那儿借的。当时萝蕤大姐那儿就这么多件了，原来很多，都被她的弟弟陆续卖掉了，最后那些件也被卖掉了。说到这里，老人长叹一下，先是说起了他几次到赵萝蕤先生的家里拍照仅存的明清家具时，所看到的赵先生晚年生活的状况。他告诉我说，赵萝蕤先生晚年和他的弟弟、弟媳妇同住，但却不同吃，一日三餐，各做各的。

在赵先生家拍照时，王老曾亲自下厨为他的萝蕤大姐做饭，他看到，赵先生和她的弟弟、弟媳合用的厨房里，不仅米面连油盐酱醋也是各备一份。面对如此情景，王老甚是不解，他说，萝蕤大姐受过刺激，精神不好，身体也不很好，照顾自己是有困难的，可不知为什么，他的弟弟和弟媳却还让她自己另立炉灶。

话锋一转，王老和我谈起了当年他之所以卖掉自己珍藏的明清家具的苦衷。他说："原来我家的平房防火不好，有隐患，特别是有一个打铁的铺子，总是冒火星子，一天到晚地提心吊胆。后来一个香港的朋友说可以帮忙找个单位收藏（上海博物馆），我答应了，条件是，给多少钱都行，就是都要捐给上海博物馆一家，不能失了群儿。人家答应了，还有什么说的？"

这次我和王老的交谈总共有三十多分钟，基本上是王老说，我听着。

自打这以后，隔些日子，我总会打个电话问候一下，只是没能去老人的家里探望。再后来，听说老人家病了，住进了北京医院，本来一听说王老住院，我就约马思猛兄同去看望，但几次联系都没获得王老家人的同意，我们俩很无奈，只好约定，一俟老人出院，定去家里探望。遗憾的是，老人最终没能出院归家，就仙逝了。当马思猛兄打电话告知王老仙逝的消息时，我和他说，我会马上离开昆明返京，参加老人的追悼会，为老人送行。思猛兄沉痛地说，老人去世后，遗体已经火化了，遵照老人的遗嘱，不开追悼会。

王老住院期间，没能去探望，仙逝后又没能送行，心里觉得很是对不住他老人家。缅怀之余，写下以上文字，算是作为晚辈对老人家的悼念吧。

2009 年 12 月 3 日晚初稿

于北京城南双序斋

2009 年 12 月 17 日午修改

于北京复外大街 10 号

一次不等价的藏品交换

——江绍原“文革”时期“手稿”还家记

江绍原先生的女儿江小蕙，退休前是北京鲁迅博物馆的研究员。我和小蕙大姐相识于2002年年初。那时我正在与人合编一本有关书札鉴赏知识的小册子，因书中的图录部分缺少鲁迅先生的手迹，本想和鲁博借用一件，但手续太繁杂。这时，鲁博的朋友向我提供了小蕙大姐的电话，她非常豁达，拿出了家藏的鲁迅先生写给她的父亲江绍原先生的一封带有实寄封的书札，让我们使用。从实寄封的邮戳日期，知这封信的书写时间为1927年8月17日，由上海寄往杭州。鲁迅先生在信中提到了他曾抄录过一段关于种胡麻的民俗资料，寄给江绍原先生……也是在这封信中，鲁迅先生还将中山大学副校长朱家骅（字骝先）的最近行踪，讲给江绍原，并向其表达了对中山大学前景的担忧。

我们的那本小册子出版后，江小蕙大姐决定将家藏江绍原先生保存下来的鲁迅先生和周作人、钱玄同等文化名人的书札捐赠给鲁迅博物馆，并影印出版《江绍原藏近代名人手札》，小蕙大姐借给我们的鲁迅先生致江绍原先生书札，连同鲁迅写给江绍原的另外的11封信，均收录其中。小蕙大姐编著的《江绍原藏近代名人手札》出版后，我得到了她的签赠本。

之后，很长一段时间，没有和小蕙大姐联系。听鲁博的朋友说，她已届耄耋之年，身体也一直不好，最近还摔了一跤，住了好长时间的医院。多年以来，我遵循的原则是不轻易打扰与我相熟的老人，这次也只是给小蕙大姐打了个电话，问候一下，没去登门看望。

就在我打电话给小蕙大姐表示问候的几天之后，我发现了一些江绍原先生“文革”时期所写的手稿，我在研读了这些手稿后，感到分量很重，有必要告诉小蕙大姐，于是我再次拨通了她家里的电话，并详细介绍了江绍原先生在“文革”时期写的诸如“自白书”“交代”“思想汇报”“学习心得”等手稿中所谈及的内容。总之，这些“手稿”的发现，对于研究江绍原先生的生平、学术、思想及其交往和“文革”时期所经历的各种磨难等，均有帮助。

小蕙大姐听罢我的介绍，当即约我面谈。于是就有了以下我要讲述的与小蕙大姐交换“藏品”的故事。

在讲述这个故事之前，我要先把发现、购买江绍原先生手稿的经过，以及手稿中涉及的有关史实作详细叙述。

说起发现江先生的手稿，纯属偶然。我是在一家贩卖旧书的网站发现的。我不怎么上网，却在偶尔的一次上网时，发现了一件已经被人买走的江绍原先生“文革”时写的一页“交代”手稿。经查询，卖稿的人是我前几年认识的一个书贩，他姓何，河北白洋淀人。翻找到他的电话，通话后他立马想起了我。我问他：怎么会有江绍原的东西呢？他说是前两年在一个废品收购站论斤买的，原来根本不知道这个人是干什么的，买回来就扔在床底的破纸箱子里了。最近等钱用，才找出来，上网了一件，碰碰运气，没想到那么一页就卖了730元（人民币）。这不，正准备再上几件呢。我简要问了问他手里的那些江先生手稿的内容，他边翻阅，边在电话里告诉我是什么内容，当他说到一份江先生谈与周氏兄弟交往的材料时，多年集藏的经验告诉我，江先生的这些手稿“含金量”一定很高。我当即告诉他一件也不要上了，我全要了，并让他速来我处面谈。在藏界这么多年的摸爬滚打，自认为总体口碑不错，也有信誉，果然，他答应马上带上全部江先生的手稿来见我。

大概也就个把小时，他就来到了我们约好的地方。这次见面，我还真吃惊不小。原来这个小伙子在北京西郊一个旧书市上倒腾旧书字画，几年不见，人变得干净了，穿戴整齐时尚。我问，怎么这么快就到了。回答，开车来的。看来，这些昔日卖旧书字画的“小朋友”，还真的都发财了。闲言少叙，说我们的正经事儿。

他把带来的江绍原先生手稿从一个棕色的大皮包里取出，摆放在桌面上。我一页一页地翻看。总共有20多件，80多页，书写时间是1968年7月至1968年12月，是按照当时的一个“红卫兵专政小组”的要求写出的。这些材料的前面有一页《江绍原材料目录》：

1. 清理阶级队伍表 1页
2. 关于汪季琦的材料 3页
3. 自白 15页
4. 外调介绍信和登记表 4页
5. 无产阶级文化大革命中个人的主要思想情况 2页
6.《新俄大学生日记》 书一本

目录上记有的，在摆放在我面前的材料中却没有，如“关于汪季琦的材料（3页），没有；无产阶级文化大革命中个人的主要思想情况（2页），没有；《新俄大学生日记》，没有。而江氏那个时期写的所谓“学习心得”、“交代”、总结却有70多页之多。

东西看完了，谈实质问题。他开口：一万（人民币）。我说：值！

当天晚上，我对江先生在那个特殊年代写的文稿，认真拜读。虽然以前对江绍原先生的生活经历和著述、社会交往等方面知道一些，但通过这些资料，知道得更加详细了。更重要的是，江先生有骨气，面对“红卫兵”的怒目相向，不胡言乱语。即使谈到在抗战时期参加南京汪精卫伪政权的异母长兄江亢虎和抗战时任过伪职的周作人的关系也不回避。

我们先来看江绍原先生于公元1968年7月29日奉“东方红出版社”的命令填写的“清理阶级队伍登记表”：

姓名：江绍原。曾用名：号诚甫，实际上很少使用。性别：男。年龄：70。家庭出身：前清官僚地主。本人成份：教员、研究员。政治面目：群众、无党派。来本社工作年月：1963. 9。职别：编审（第一室）。级别：编三。籍贯：安徽省旌德县江村。现住址：新街口八道湾十一号。属何派出所：福绥境前（？）帽胡同

本人简历：1898（年）生于北京，父亲是清工部员外郎四品京官。幼年在家塾读书。辛亥革命前两年，父改外官，我随他迁居南京。辛亥革命（1911）爆发后读书上海，从教会学校沪江大学预科毕业。受异母长兄亢虎之命，出售自己名下的田产用为留美川资和费用。两年半即因病回国，入北京大学当旁听生。五四运动（1919）次年，得上海资本家穆藕初捐给北大的奖学金并继续变卖

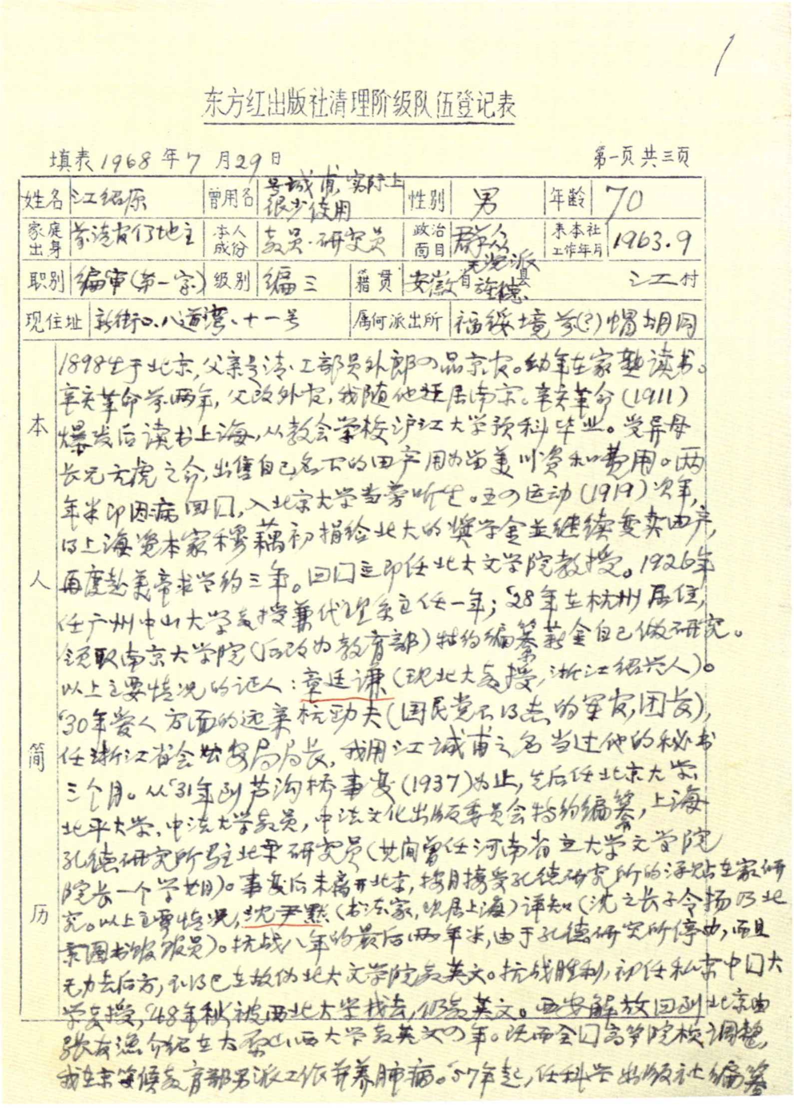
1

东方红出版社清理阶级队伍登记表

填表1968年7月29日　　　　第一页共三页

姓名	江绍原	曾用名	江诚甫，实际上很少使用	性别	男	年龄	70
家庭出身	前清官僚地主	本人成份	教员、研究员	政治面目	群众、无党派	来本社工作年月	1963.9
职别	编审（第一室）	级别	编三	籍贯	安徽省旌德县江村		
现住址	新街口八道湾十一号			属何派出所	福绥境（?）帽胡同		

本人简历：

1898生于北京，父亲当清工部员外郎四品京官。幼年在家塾读书。辛亥革命前两年，父改外官，我随他迁居南京。辛亥革命（1911）爆发后读书上海，从教会学校沪江大学预科毕业。受异母长兄元虎之命，出售自己名下的田产用为留美川资和费用。两年半即因病回国，入北京大学当旁听生。五四运动（1919）次年，得上海资本家穆藕初捐给北大的奖学金并继续变卖田产，再度赴美求学约三年。回国后即任北大文学院教授。1926年任广州中山大学教授兼代理系主任一年；28年在杭州居住，领取南京大学院（后改为教育部）特约编纂薪金自己做研究。以上主要情况的证人：章廷谦（现北大教授，浙江绍兴人）。30年受人方面的远亲杭勋夫（国民党不得志的军官，团长），任浙江省会公安局局长，我用江诚甫之名当过他的秘书三个月。从31年到芦沟桥事变（1937）为止，先后任北京大学、北平大学、中法大学教员，中法文化出版委员会特约编纂，上海孔德研究所驻北平研究员（其间曾任河南省立大学文学院院长一个学期）。事变后未离开北京，按月接受孔德研究所的津贴在家研究。以上主要情况，沈尹默（书法家，现居上海）详知（沈之长子令扬乃北京图书馆馆员）。抗战八年的最后两年半，由于孔德研究所停办，而且无力去后方，不得已在敌伪北大文学院教英文。抗战胜利，初任私立中国大学教授，48年秋被西北大学找去，仍教英文。西安解放回到北京由张友渔介绍在太原山西大学教英文四年。院系全国高等院校调整，我在京等候教育部另派工作并养肺病。57年起，任科学出版社编纂

江绍原简历

田产，再度赴美帝求学约三年。回国立即任北大文学院教授。1926年任广州中山大学教授兼代理系主任一年；1928年在杭州居住，领取南京大学院（后改为教育部）特约编纂薪金自己做研究。以上主要情况的证人：章廷谦（现北大教授，浙江绍兴人）。1930年爱人方面的远亲杭劲夫（国民党不得志的军官，团长），任浙江省会公安局局长，我用江诚甫之名当过他的秘书三个月。从1931年到卢沟桥事变（1937）为止，先后任北京大学、北平大学、中法大学教员，中法文化出版委员会特约编纂，上海孔德研究所驻北平研究员（其间曾任河南省立大学文学院院长一个学期）。事变后未离开北京，按月接受孔德研究所的津贴在家研究。以上主要情况，沈尹默（书法家，现居上海）详知（沈之长子令扬乃北京图书馆馆员）。抗战八年的最后两年半，由于孔德研究所停办，而且无力去后方，不得已在敌伪北大文学院教英文。抗战胜利，初任私立中国大学教授，1948年秋被西北大学找去，仍教英文。西安解放回到北京由张友渔介绍在太原山西大学教英文四年。既而全国高等院校调整，我在京等候教育部另派工作并养肺病。1957年起，任科学出版社编纂五年。1963年9月入本社工作，介绍人胡愈之。

本人在何时、何地参加过什么反动组织？担任过哪些反动职务：

除1930年当过浙江省会公安局秘书数月（其后任过河南省立大学文学院院长一学期）外，始终以教书和搞“研究”为生。未参加过其他反动组织。

本人的历史过去是否作过交代？有无审查结论？文化大革命中有无新的交代？

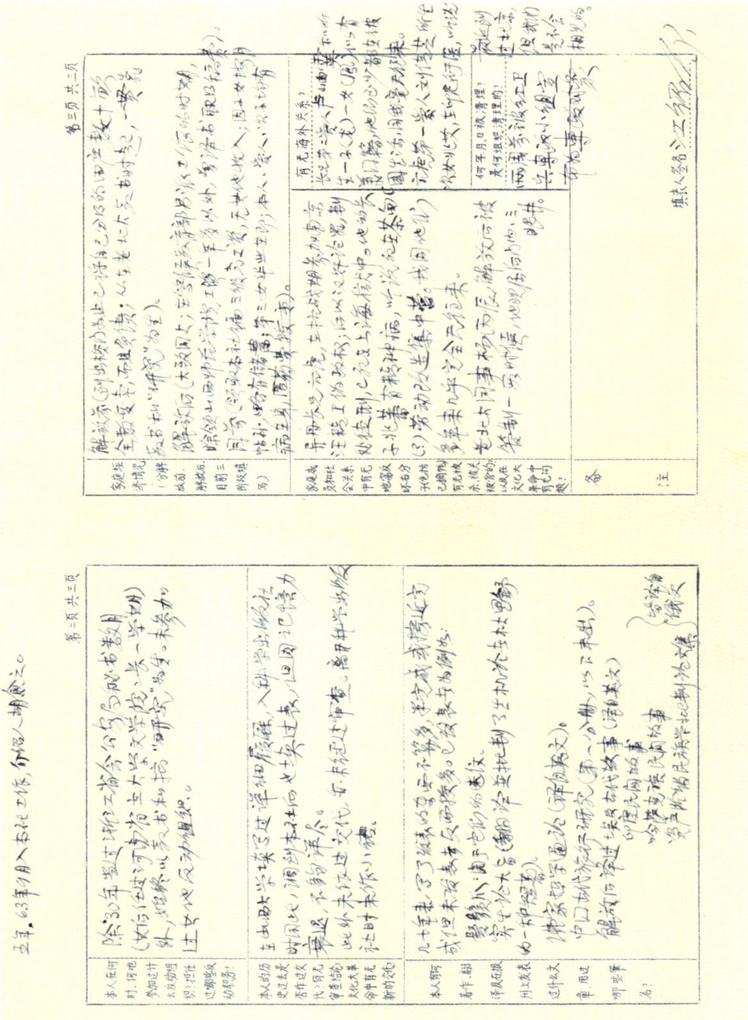

江绍原简历

在山西大学填写过详细履历，入科学出版社时同此，调到本社后也填过表，但因记忆力衰退，不够详尽。此外未作过交代，亦未经过审查。离开科学出版社时未作小结。

本人有何著作、翻译及在报刊上发表过什么文章，用过哪些笔名？

几十年来，写了发表的东西不算多，半完成或接近完成但未发表者反而较多。已发表者为例如：

《发须爪：关于它们的迷信》。《实生论大旨》（翻译并批判了生机论者杜思舒的一种短著）。《佛家哲学通论》（译自英文）。《中国古代旅行研究》（第一分册，以下未出）。解放后译过《埃及古代故事》（译自英文），《印度民间故事》、《哈萨克族民间故事》、《资产阶级民族学批判论文集》（皆译自俄文）。

家庭经济情况（分解放前、解放后、目前三阶段填写）：

解放前（到出校门为止已将自己分得的田产数十亩全数变卖，而且负债；从在老北大教书时起，一贯靠教书和"研究"为生）。解放后（大致同上；在等候教育部另派工作的时期，除领山西师范学院工资一年多以外，曾译书取得稿费）。目前（领取本社编三级高工资，无其他收入；因子女按月贴补，略有储蓄；第三女毕业在即；本人、爱人、次子均有病在身，医药费较重）。

家庭成员和社会关系中有无地富反坏右分子（包括已摘帽），有无被杀、被关、被管的以及在文化大革命中有无问题？

异母长兄亢虎，在抗战期参加南京汪精卫伪政权；后以汉奸论罪，判处徒刑，已死在上海狱中。他的长子兆蕃有精神病，听说死在茶甸（？）劳动改造集中营。我同他们多年来几乎完全无往来。

老北大同事杨丙辰解放后被管制一段时候，他现居后门内三眼井。

有无海外关系？

长兄第二爱人卢岫霙和所生一子（龙）一女（凤）似有美国籍，他们至少都在彼国生活，同我毫无往来。亢虎第一爱人刘倩芝所生次女兆艾，在印尼行医，听说最近到过北京，但我们是不会相见的。

何年何月被清理？是何组织清理的？

两周前被红卫兵专政小组宣布为专政对象。

登记表中还有江绍原先生的附言一纸：

本月廿九日，本人在总部调查表倒二栏中，所填仅一语，全文如下：

“两周前被红卫兵专政小组宣布为专政对象”。末栏“备考”一字未填，无话可说故也。

江绍原

1968.7.31

通读完这份登记表，在江绍原先生的笔下，他走过的70年的人生旅程是那么的平淡。

其实不然，青年时期江绍原也是个热血青年。他在“入北京大学当旁听生”时参与创办进步文化团体新潮社，为该社成员之一。五四运动爆发后，他积极投入，在参加火烧赵家楼的时候，当场被军警逮捕。作家章衣萍在《窗下随笔》中曾描写过他的壮举：五四运动之役，北京学生捣碎曹汝霖、章宗祥宅。有一青年当时撞进曹汝霖的卧室（一说，是曹小姐的卧室），把卧床上的锦被一撕，大呼而出，即被警察捉去了。此公即江绍原先生是也。

关于江氏五四运动时的表现以及抗战胜利后，他出席过北京中山公园反对选举国民大会代表的大会等几件可圈可点的壮举，在他写的“自白书”中却说那“几件行事，其实也都是我一时的、偶然的、破格的、例外的举动而已。在政治问题上，我是个十足的庸人，既不会全心全意为革命服务，也不会耍两面派、骑墙投机、为自己捞一把。……”

在学术上，江绍原先生是我国现代著名的文学家和翻译家，同时更是中国现代学术史上最早开始比较宗教学与民俗学研究的知名学者之一，也是中国现代民俗学的奠基人之一。

关于写作和研究，江先生在1968年9月1日按照红卫兵的要求所写的《自白书》中，倒是给了较长篇幅的叙述：

> 从在上海读中学的时期起，就喜欢写东西乱投稿。那时登载过我的长短文稿的为国民党的《民立报》、《民权报》、沪江大学学生办的刊物《天籁》、江亢虎的小报《人道》、卡德路河南人（？）程（？）某编印的白话《演说报》。国内外大学生时期的我，所写的这个那个，被以下刊物接受过：孙中山的大型《建设》杂志（谈的却不是政治问题而是用考据方式“研究”佛教诸宗的《涅槃经》的），五四运动前后北大某派的杂志《新潮》、《北京大学学报》、上海商务印书馆刊物《东方杂志》和《小说月报》、留美中国学生会的英文月刊、美国芝加哥《公庭》杂志……甚至自费印行过一个小册子（提倡用史学眼光研究佛教思想）和由上海亚东书局

发行过一种翻译。成为旧社会中教员、研究员之数十年中，发表和未发表的大小“作品”也积成了堆，主要为我国古今民俗研究资料数百则、《礼俗迷信研究讲义》若干章（因北大取消这门课程，未能编完）、礼俗迷信专题论文若干篇和小书一种（名《发须爪：关于它们的迷信》。此外，还译过英国《现代民俗》和《宗教发展史》各一种。抗战前为中法文化出版委员会所编《古代旅行研究》第一分册已在上海印出，并且有法文译本；利用北京国民党报纸《华北日报》篇幅发表过驳斥胡适《说儒》的长文好几篇以及注解《易经》（把它当作占卜书来注解的）杂文若干整版（那时金灿然在该报编辑部任职，地址是旧日的印铸局，即现在《人民日报》新建大厦所在之地）。为孔德研究院编写的稿子均未出版，较重要的为《石鼓文再研究》（提出的见解，异于郭沫若为这个研究所撰写的《石鼓文研究》），《楚辞·九歌·东君篇新解》（研究中国古代的太阳神话），以及其他。

解放后（1949年后）为人民文学出版社译过一册《埃及古代故事》（译自英文，用笔名发表），为三联编译过一册《资产阶级民族学批判论文集》（取材于苏联科学院民族学研究所诸刊物），为天津一家公营出版社译过《外国民间故事集》两种；为中央民族学院翻译了一篇反对资产阶级“种族主义”的论文；为中国民间文学研究会从德文译了恩格斯青年时代欣赏过的德国民间故事之一；此会出版过一小册《马克思恩格斯论民间文学》，我读后把其中袭用的错误译文指出并加以修改，他们便把我这份笔记油印成册，供内部参考。此外还同科学出版社几位编辑合译了一小本《共产主义与科学》（名称很有吸引力，实际是苏联科学院各研究所多年来研

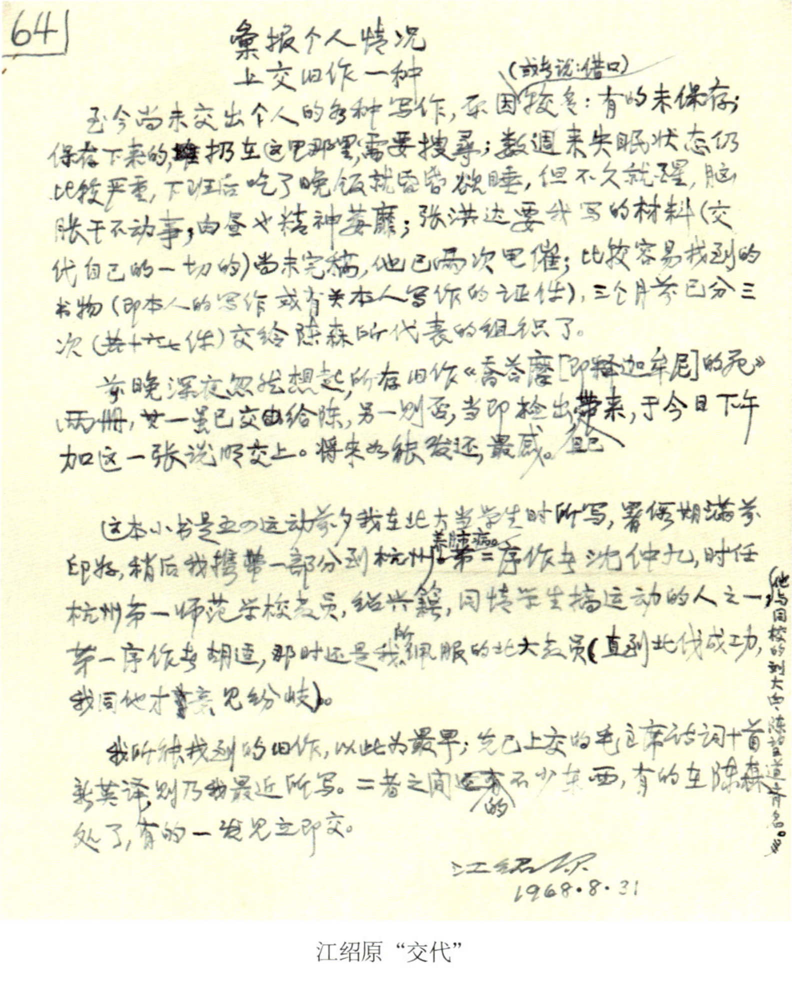

64

汇报个人情况
上交旧作一种

至今尚未交出个人的各种写作，原因较多（或者说：借口）：有的未保存；保存下来的，仍放在这里那里，需要搜寻；数週来失眠状态仍比较严重，下班后吃了晚饭就困倦欲睡，但不久就醒，脑胀无力动笔；白昼也精神萎靡；张洪达要我写的材料（交代自己的一切的）尚未完稿，他已两次催；比较容易找到的书物（即本人的写作或有关本人写作的证件），三个月前已分三次（共十六七件）交给陈森所代表的组织了。

前晚深夜忽然想起，所存旧作《香谷摩[即释迦牟尼]的死》两册，其一业已交给陈，另一册否，当即检出带来，于今日下午加这一张说明交上。将来如能发还，最感。

这本小书是五四运动前夕我在北大当学生时所写，暑假期满前印好，稍后我携带一部分到杭州养病。第二序作者沈仲九，时任杭州第一师范学校教员，绍兴籍，同情学生搞运动的人之一（他与同校的刘大白、陈望道齐名）。第一序作者胡适，那时还是我所佩服的北大教员（直到北伐成功，我同他才意见分歧）。

我所能找到的旧作，以此为最早；先已上交的毛主席诗词十首新英译，则乃我最近所写。二者之间还有不少东西，有的在陈森处了，有的一俟见立即交。

江绍原
1968·8·31

江绍原“交代”

究成果的综述，听说译本重印了不止一次）。在消极方面，我也有所表现：解放后商务印书馆设在北京琉璃厂的编辑报函询是否同意再版我的《古代旅行研究》一书，入商务前沈凤威奉命向我约译一本外文书（文艺复兴时期意大利作家某的著作），中华书局编辑何乐天约我为“知识丛书”写《中国节风俗概要》，民间文学研究会刘锡诚嘱译英国某作家的作品和美国风俗学刊物中的单篇论文，同会另一编辑要我写篇东西反对“宗教是人民的鸦片”之说，科学出版社编辑刘莘田（后改为辛田）约我译印度总统拉达克利希南的大书《印度哲学》和印共丹吉的《从奴隶制到封建制》（即印度上古史），人民文学出版社编辑部某室主任朱某送给我译本俄文的《古希腊神话》让我任译……以上这些以及其他几个对我的要求，我幸而一概拒绝了，虽则在旧社会里我译过资本主义英国人讲佛教宇宙观，讲英国当今民间风俗，以及美国人某讲宗教出生和成长等等资产阶级学术著作。这就是说，我未尝不想，让解放后的新我有别于解放前的故我。故我当过资本主义国家“学术”上的应声虫，新我却无意再干这一行了。为科学出版社以及其后为商务印书馆审查的稿子，诚然大都出不了“封、资、修”的范围，但这既然是国家出版社交下而不是我自动要从事的活动，那我就只能尽力而为，不可以规避。

江先生一生的著述，虽不能以著作等身来评价，但著作、文章、译著、论文真的不算少，而江先生在奉命填写的“清理阶级队伍登记表”关于“本人有何著作、翻译及在报刊上发表过什么文章，用过哪些笔名？”一栏时，却轻描淡写地说：“几十年来，写了发表的东西不算多，半完成和接近完成但未发表者反而较多。”

关于他的著述情况，江绍原先生在同年8月31日《汇报个人情况》和同年10月29日的“交代”中尚有“补说”：

《汇报个人情况·上交旧作一种》

……前晚深夜忽然想起，所存旧作《乔答摩【即释迦牟尼】的死》两册……这本小书是五四运动前夕我在北大当学生时所写，暑假期满前印好，稍后我携带一部分到杭州养肺病。（该书）第二序作者沈仲九，时任杭州第一师范学校教员，绍兴籍，同情学生搞运动的人之一，他与同校的刘大白、陈望道齐名。第一序作者胡适，那时还是我佩服的北大教员（直到北伐成功，我同他才意见分歧）。

我所能找到的旧作，以此为最早；先以上交的《毛主席诗词十首》新英译，则乃我最近所写。……

江绍原

1968.8.21

交代

解放前一直与我不相识的周扬约过我任译莎士比亚全集，而我未照办，我早向各方面报告了（注：他精通英语，除翻译有关英文学术著作外，还用英语讲授英国文学课程；还从俄文本翻译出版了《印度民间故事》（1957年天津人民出版社）。晚年致力于《周易》和文物考古的研究）。本星期忽然想起还有事可以补说。

五三年，我从太原回京，周作人曾介绍据说懂古希腊文的罗念生同我通信和谈话。他表示：古希腊的悲喜剧决定由他和周作人分译；古罗马的剧本亦有全部译出的计划，而苦于找不到适当的译者，故此希望我勉为其难。我一再坚辞而罢。至于罗奉谁之命前来接洽，当时不曾问他。他这是为人民文学出版社或科学院文学研究所工作均可能：前者负责出版那种剧本，后者是其时罗所属的机构。

江绍原

1968.10.29

在这份“交代”中，江绍原提到了周作人“曾介绍据说懂古希腊文的罗念生同我通信和谈话”的事情。江绍原与周作人的关系密切，在文人圈内是人所共知的。江绍原自己也从不回避他和周作人的关系。及至“文革”开始，江绍原在向“专政小组”汇报思想时也不遮掩这一事实。他在1968年8月6日的汇报中有一段谈到与周氏兄弟的关系说：

周作人可说是毛主席所目为“不齿于人类的狗屎堆”，鲁迅先生则是他老人家誉为今之圣人的；然而我虽然一度同鲁迅先生很亲近，自从他留在上海而我回北京长期居住下来以后，却不幸同他逐渐疏远，反而同周作人来往较多，因而在思想上、生活上受了周作人许多影响……

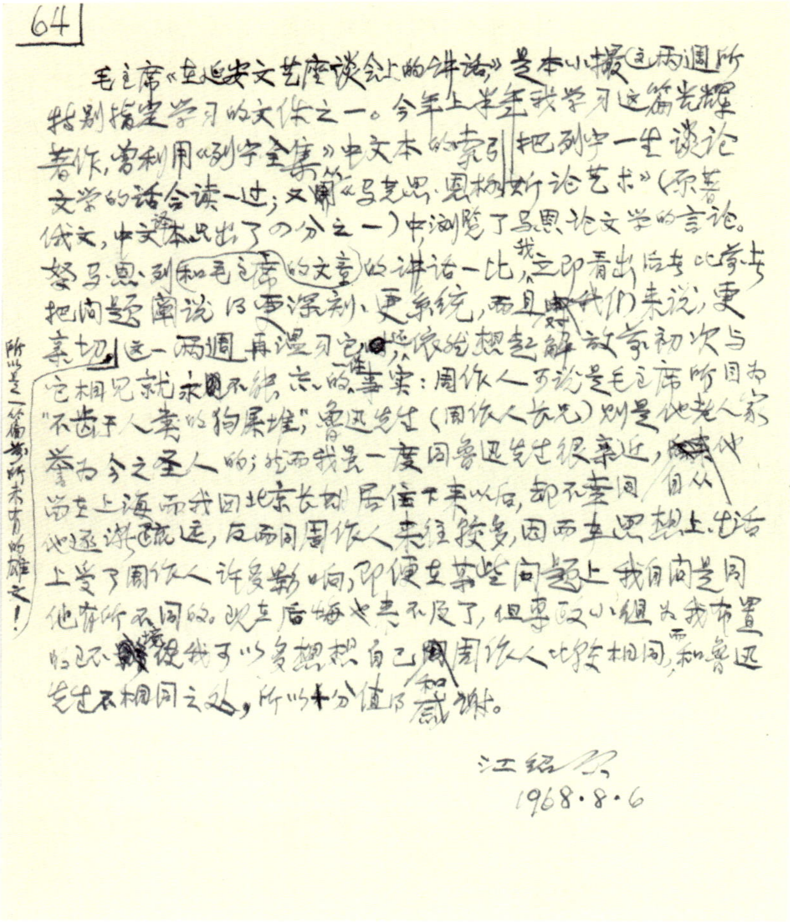

64

毛主席《在延安文艺座谈会上的讲话》是本小组这两週所特别指定学习的文件之一。今年上半年我学习这篇光辉著作，曾利用《列宁全集》中文本的索引把列宁一生谈论文学的话全读一过；又用《马克思、恩格斯论艺术》（原著俄文，中文译本只出了四分之一）中浏览了马恩论文学的言论。把马恩、列和毛主席的文章比，我立即看出后者比前者把问题阐说得更深刻、更系统，而且对我们来说，更亲切。这一两週再温习它，还使我想起解放前初次与它相见就永远不能忘记的一件事实：周作人可说是毛主席所目为“不齿于人类的狗屎堆”，鲁迅先生（周作人长兄）则是他老人家誉为今之圣人的；然而我虽一度同鲁迅先生很亲近，但自从他去上海而我回北京长期居住下来以后，却不幸同他逐渐疏远，反而同周作人来往较多，因而在思想上、生活上受了周作人许多影响，即使在某些问题上我自问是同他有所不同的。现在后悔也来不及了，但专政小组为我布置的环境使我可以多想想自己同周作人比较相同而和鲁迅先生不相同之处，所以十分值得感谢。

所以是一篇前所未有的雄文！

江绍原
1968·8·6

江绍原“检讨”

江绍原先生与鲁迅、周作人兄弟的关系都很好，尤与周作人私交甚笃。江绍原与鲁迅等发起了《语丝》杂志，《鲁迅全集》中常可以见到江绍原的名字。鲁迅曾为江绍原的民俗研究提供过古诗中的材料，也曾劝过江绍原多搞一点翻译。抗战时，江绍原不忍离国他去，为了养家糊口，“在天主教的辅仁大学教书和甚至在敌伪的北大任课（又在师大研究所任导师一学年）”。这时的周作人已经“落水”，虽然他和周作人仍有来往，但江绍原坚持自己的生活信条，不参与任何“伪事”，不任伪职，不做对不起中华民族的事情，过着清贫的生活。

如果说，通过江绍原填写的登记表，我们对江老的人生轨迹有了些初步了解。而那份于1968年12月5—7日写下的六页“总结”则真实地记录下了中国知识分子在“文革”时期的遭遇：

最高指示

我们应当相信群众，我们应当相信党，这是两条根本的原理。如果怀疑这两条原理，那就什么事情也做不成了。

领导与群众相结合是党的领导方法的一个根本原则。在无产阶级文化大革命中，也必须坚持这个原则。

现在的文化大革命，仅仅是第一次，以后必须要进行多次。

总结

一九六八年九月十四日下午，来社时，红卫兵专政小组专政对象第二小组组长吴永泉向我传达了组领导王涌泉对我下的指示。从同月十六日星期一起，我遵照规定，每周与专政对象全体一同按时到社，按时回家。9月30日到10月30日，我也同他们一样，在社里集中食宿学习。既而大多数人下乡劳动了许多天，小组照顾我年老体弱，许我和极少数有类似情况的人留在社里照常学习，并从事很轻微的体力劳动（十月九日起，同月廿日止）。其后我仍同全体一道早晨来，晚间退。最近增加了午后学习时政，小组因为有三个老年人夜间行走困难，特许他们在午后提前半小时回去，我就是其中之一。

这几个月，我请过一天假（上午赴西城羊肉胡同北大医院附属医院结核病治疗所透视，下午往宣武医院取药治失眠头昏）；早晨迟到过两回（一回因38路汽车让路给游行队伍，不能快行，一回因雾重车子误点）；此外无迟来早退情事，亦从未在规定时内私自外出，或违反专政小组任何禁令。星期日有限几次出过门，去理发洗澡，买刊物、买应用东西或食物（午饭由我自做）。一直不曾访问亲友以及和他们通信。间或服用中西药，但皆自费购买（“文化大革命”以来，我本人和家属的医药费一概自理）。

不曾接见任何方面来的外调人员；过去接见过的四次，则一再报告在案。为本社张洪达……所属的组织填过二表（一、本人详细履历；二、被揪出的时日），写过两份材料（一、自传性质；二、最近思想情况）。每周应上交专政小组的材料三份，均按时交给小撮长（按：对被专政对象中的组长），虽迟交过两或三次，但旋即补交。

第二小撮第二和第三两期学习，我从始至终参加；最早一期开始时，本人还没有被定为专政对象，故无从从头加入。每天学习，有时即兴发言，有时发表事先准备腹稿，有时甚至把发言扩充一番，写成上交的材料。属于交代、揭发、学习心得这三种性质的都有。小撮指定的学习文件，尽可能备齐阅读，也时常参考自己想到、找到的资料。

对学习自问很认真，每天回家和星期日在家总有所阅读或思考，至于过去从事的研究（例如毛主席诗词）则一律暂停。精力集中在毛主席著作上。多少年来偶尔单独读这篇那篇而已，这几个月里却比较有系统地按照诸篇的年月顺序、贯通地读。虽尚未在用字上多下功夫，但已时常想一想：伟大的毛主席写这篇那篇之时他在做什么事，我自己在那时却如何，因而较深刻地认识到他一贯多么伟大崇高，自己却如何渺小庸俗，他有哪些丰功伟绩，自己却犯了哪些罪过。多少年来，对于自己的一切，总是估计得过高，对于自己的缺点和过错总是不认识或妄图自我原谅；如今用伟大的毛主席作为一面明镜，把自己移到其前照一照，这才看出自己多么不成东西，多么虚度了几十年的光阴，糟蹋了人民辛勤创造而被我巧取到手的一切：衣、食、用具、工具和种种其他物资器材。尤其痛心的是：在他老人家身旁居住多年了，怎么会迟至今岁才置身于他的明镜前！毛主席，他的岳父杨昌济和区区我，都同时进出过北京东城区汉花园（即沙滩）北京大学那座红楼（旧政权借比利时某公司的钱建筑的）。然而毛主席是一轮红日，万古长明；我呢，连个萤火虫也比不上，要比只好比作一条吸血虫，它同其他的吸血虫即我所属的阶级的人们，害得我国到处是“千村霹雳人遗矢，万户萧疏鬼唱歌。”老北大同学中的张国焘，后来变为“不齿于人类的狗屎堆”了，教员中的鲁迅、李大钊和陈独秀、胡适之流也相去有如天壤了；而我呢，岂非虽不足与陈独秀与胡适、张国焘……比臭，却是矢、鬼、血吸虫之类的东西，尽管今天的整个中国形势大好，而且早已是“春风杨柳万千条，六亿人民尽舜尧”的光景气派！假使不是戴着牛鬼蛇神的帽子一壁勤读毛主席的书，一壁检查交代自己的过去，假使不是在这场触及人们灵魂的无产阶级文化大革命中和红卫兵专政的条件下，日以继夜，由春到冬，不停地学习，思考，那就很少能再过五年十年，自己依然不了解像我这样的资产阶级知识分子必然是社会主义社会中党内走资当权派所培育的一条吸血虫、害人虫。毛主席和毛泽东思想的万丈光辉，使得我看明白一则最顽固、最凶狠的卖国贼蒋中正和大叛徒、大内奸、大工贼刘少奇固然都是万恶不赦的魔王；再则像我这样出身于剥削阶级的分子，历来一贯不为本国和世界民族和人民的利益而奋斗、而献身的自私自利之辈，在解放前便不可避免地只是个多少有利于蒋魔王生存和存在的小零件，解放后便也不可避免地只是个有利于刘魔王存在和发展的螺丝钉。对蒋刘无害之物当然是对党对人民有害之物。一个小石头子儿，不绊人民的脚；这种小石子如果现在还不让路、不变质，那就该被粉碎、被扫除。

毛主席向来非常重视旧知识分子的改造，尤其重视担任某种教育人民工作的知识分子必须先改造即先改造自己。党内走资派对资本家、地富分子和知识分子等，却总是多放任、多巴结、多依靠，少干涉、少教育、少改造；觉悟不高的旧知识分子因此也就放松甚至完全忽视了自己的改造，我即其中之一无疑。要改造就得至少从学用毛主席著作和经常劳动这两方面着手。但不幸得很，解放后十几年来，这两件事我一桩也没有抓紧。今年诚心接受本单位红卫兵的专政，对学习毛主席著作自问虽有了寸进，可惜的是年老体弱，对劳动改造未能认真进行。国庆节前后仅仅在社内从事过短期的极其轻微的体力劳动：拔草、刷除墙上贴的标语等，搬砖，劈柴、砸石灰块；今天（11月17日）准备迎接工人宣传队到来，本人也只干了一点点扫地、铺草、搬木床零件等这种微不足道的小活。我出身于清末官僚地主家庭而未能随众下乡劳动和体会农民的生活状况，尤其是个遗憾。一生过过一些养尊处优的年月，到老不曾尝着劳动的有苦必也有甜的味道，将带着无茧的手足和无伤疤的身体“见上帝”，可羞啊！

明知党的政策是对于必须改造而肯接受改造、又改造得好或相当好的罪人，将给予出路、给予工作。但目前我还深深觉得我之类未改造好的旧社会渣滓，还值得党和人民给予什么出路么？“来日苦短”，烛已见跋的糟老头子，向来以小小智叟自居，其实愚不可及的一条曲鳝，还至我党和人民能给什么工作，往何处安插呢？然而我还无须乎为此事操心，而应努力争取红卫兵专政小组和即将开来的工人解放军毛泽东思想宣传队的援救，加紧学用毛泽东思想如实地交代检查自己罪行和错误，取得党和群众的宽大处理，以便将来只要一息尚存，就为人民做一点力所能及的小事儿，赎去罪愆的亿万分之一。

每周必写的三份材料之外，上交过自己一生经历、言行的总结交代；专政小组命令人人要交的照相，我也交了若干张。解放前后本人著译的东西，交给专政小组备审查的较少，先已拿给造反大队看，他们至今未发还的反而较多。作过续交的书面诺言，因懒竟未履行，这是对不起专政小组的一件不算小的事，但其实是由于懒，不是想有所隐瞒。自己和爱人的银行存款单和公债券，则十月中已分两次照交。

最后，我要诚恳地向专政小组表示感谢：你们对我的种种措施，已经帮助我打下了彻底改造自己的初步较坚强的基础。希望你们今后依然对我做工作。

江绍原

1968.12.5、7日写

一个已经70岁的老人，而且身患多种疾病，因被列入本单位红卫兵的专政对象，除接受劳动改造，还要每周必写的三份材料。对于一个风烛残年的老人来说，可谓苦不堪言。

“当代历史上性格大概不属于沉郁的那一种，他常有幽默的言谈，即使是谈学问，也时有戏言”（周作人先生语）。正如周先生所说，江绍原先生不单单在顺境时幽默风趣，就是在已被专政的情况下，依然保持着他那固有的诙谐。他的这种诙谐在1968年10月24日的《学习一得》中得到了充分的体现：

专政对象们要不要学习《红旗》杂志今年第四期社论《吸收无产阶级的新鲜血液——整党工作中的一个主要问题》？

我个人认为：他们（当然包括我在内）也应该学习，从其中吸取教训，吸取他们特别该吸取的教训。

专政对象有两类：党内走资派、非党即党外的牛鬼蛇神。

走资派学习这篇社论，似乎首先应该考虑这一类问题：你们的王（中国的赫鲁晓夫）和你们自己，事实上已经被夺权，被当作废料（充满了二氧化碳的气、血之比）清除掉了，你们心服口服吗？你们从来就是这种气、血之比的废料，还是本来不是但后来变成的

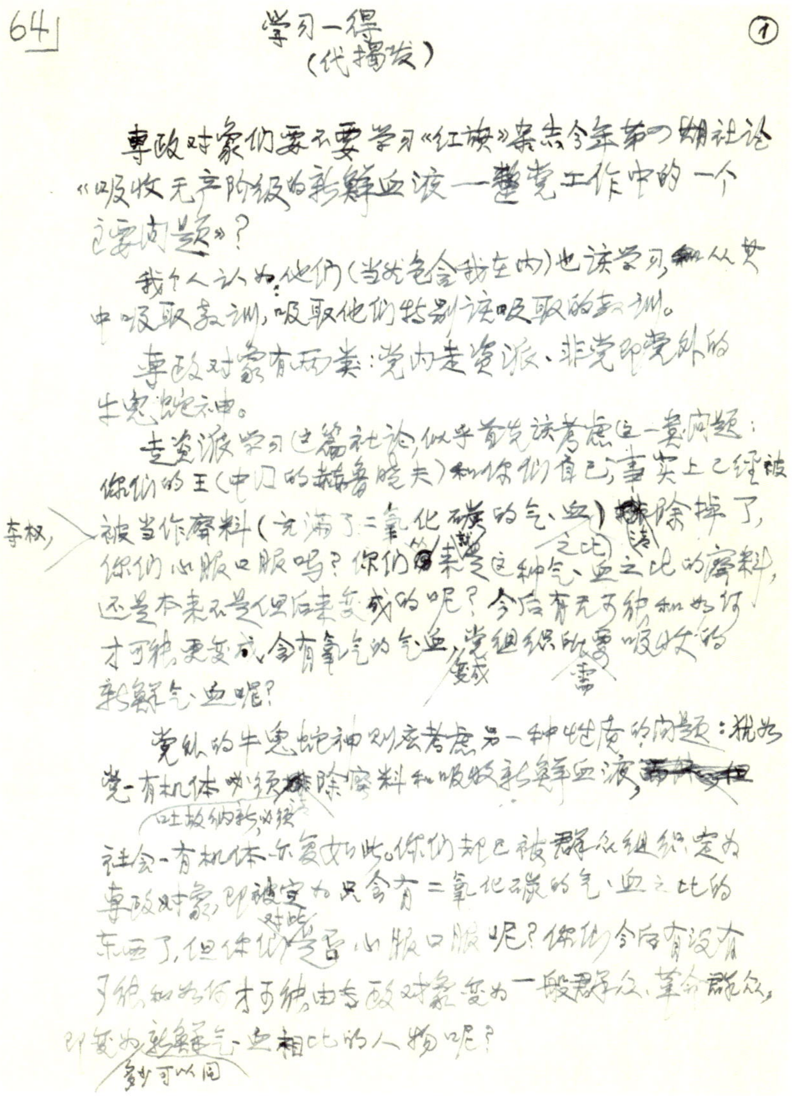
64

学习一得
（代揭发）
①

专政对象们要不要学习《红旗》杂志今年第一期社论《吸收无产阶级的新鲜血液——整党工作中的一个重要问题》？

我个人认为：他们（当然包含我在内）也该学习，从中吸取教训，吸取他们特别该吸取的教训。

专政对象有两类：党内走资派、非党即党外的牛鬼蛇神。

走资派学习这篇社论，似乎首先该考虑这一类问题：你们的王（中国的赫鲁晓夫）和你们自己，事实上已经被当作废料（充满了二氧化碳的气、血之比）清除掉了，你们心服口服吗？你们原来是这种气、血之比的废料，还是本来不是但后来变成的呢？今后有无可能和如何才可能变成含有氧气的气血，党组织所需吸收的新鲜气血呢？

李权，

党外的牛鬼蛇神则该考虑另一种性质的问题：犹如党一有机体必须清除废料和吸收新鲜血液（吐故纳新必须），社会一有机体亦复如此。你们都已被群众组织定为专政对象，即被定为只含有二氧化碳的气、血之比的东西了，但你们对此是否心服口服呢？你们今后有没有可能和如何才可能由专政对象变为一般群众、革命群众，即变为新鲜气、血相比的人物呢？

多少可以同

江绍原“学习一得”

呢？今后有无可能和如何才可能更变成含有氧气的气、血，变成党组织所需要吸收的新鲜气、血呢？

党外的牛鬼蛇神则应考虑另一种性质的问题：犹如党一有机体必须吐故纳新，必须清除废料和吸收新鲜血液，社会一有机体亦复如此。你们都已被群众组织定为专政对象，即被定为只含有二氧化碳的气、血之比的东西了，但你们对此是否心服口服呢？你们今后有没有可能和如何才可能由专政对象变为一般群众、革命群众，即变为多少可以同新鲜气、血相比的人物呢？

总之，党内外的牛鬼蛇神似乎都可以从这篇社论中吸取营养，吸取对症的良药，尽管社论不是为他们而写的。

今天有人指出，文章是用人体生理打比方，我们却不幸不是人而是牛鬼蛇神，所以……

按：毛主席确实说："一个人有动脉、静脉，通过心脏进行血液循环，还要通过肺部进行呼吸，呼出二氧化碳，吸进新鲜氧气，这就是吐故纳新。"但是，不可忘记，犹为人有动脉、静脉、毛细血管等血管，以及心脏、左右心房，通过它们进行血液循环，此外还有鼻、气管、肺血管、肺脏、肺叶，通过它们进行呼吸，但牛也有这一切来吐故纳新，来清除废料、吸取新鲜血液，甚至一切脊椎动物似乎也都有之。因此，真人也罢，人而牛者也罢，都可以从这篇社论里学到宝贵的东西。人而牛者可以从一切真人应该学习的东西中吸取他们所需，否则的话，人而牛者就只能与一切人隔离，只能学习专为人而牛者所准备的特殊文件，只能同真牛一样，天天吃草，晚上回牛棚，而不是天天吃米面或粗粮，晚上回自己家了。我很理解，人而牛者有时是免不了牢骚的（巧得很：牢字下半是牛，骚字左旁是马，牛马皆非人。）

在五四运动以后的旧文人中江绍原先生的文章是很有才气的，连周作人先生也非常看重江绍原的才气，他曾夸奖江绍原的文章“不知怎地能够把谨严与游戏混合得那样好，另有一种独特的风致，拿来讨论学术上的问题，不觉得一点儿沉闷”。另有人评价说，江绍原的幽默，多含文化意蕴，幽默之中又略带一点微讽的辣味，不同于一般的滑稽和低俗的插科打诨，盖因江绍原满腹学识、气质高雅也。读江绍原先生的这篇《学习一得》虽然能体会到江氏文笔特有的风格，不过，与他在顺境得意之时的行文，多了些苦涩，这也是明摆着的。

以上只是做了些简要的叙述，就已经有了一万多字，限于篇幅，就此打住。

以下讲述我把江绍原先生“文革”时期手稿送还小蕙大姐的故事。

为了保持故事的“原汁原味”，我把与小蕙大姐会面前后的几则日记照录于兹：

2008年2月17日（周日）：傍晚给江小蕙打电话，告之我购得乃父“文革”所写自白书等资料事。她详细询问都是哪些内容。详告后，她提出一观，并告钱没有可还有父亲及父亲故交的书信可作为交换品。据她说，鲁迅的都捐给鲁博了，还有乃父写给周作人的信，后来周先生还给了乃父江绍原；还有一件钱玄同先生写给乃父江绍原的明信片。另有些照片资料，可供我选。我告诉她，无所谓，您觉着没用的就给我，有用的您留着。她很高兴，大夸我为人厚道，并说，早就从孙郁和张杰那里听说过我的为人。她一再叮嘱我尽快到她的家里做客。

2月20日（周三）：下午4点，江小蕙大姐再次来电，询我去她家的具体时间。我说，定下来我会通知她的。她和我再次谈起乃父江绍原的往事，对《鲁迅选集》再版仍注江绍原为讲师不满。她今年已经82岁，但精力尚可，谈话声音清脆，根本听不出是老人。

2月21日（周四）：下午4点，给江小蕙打电话，告诉她我明天上午9点半左右到她家。

2月22日（周五）：上午9点，安排好单位的工作，打出租车赴亚运村江小蕙家。9点半到达。江大姐已在电梯口等候。到了室内，房子还算大，很干净敞亮。闲谈了一会儿，见大姐吃了许多药片，知其身体欠佳，马上切入正题。老人把我从客厅引领到一间也就十几平方的卧室里，屋里陈设简单，一个单人床，一个书柜，还有一个很旧的三屉桌和一把老式的木椅子。她告诉我这是她的书房，原来有些父亲留下的书，不久前连同一个书架都卖给了一个旧书网的老板了，没卖几个钱。她让我坐在紧挨她的三屉桌的单人床上。我把带来的那些江绍原先生的手稿摆放在她的面前。她很仔细地看了很久才抬起头，对我说，我真的不知道，他（指江绍原）“文革”时写了这么多的东西，那时他的身体很不好，经常咳嗽、失眠。他写的东西里面说得好多事情，也从来没有听他和熟悉他的人讲过。有些事情，还真的不能扩散呢。

东西看完了，她变得严肃起来。与我商议，让我痛快地告诉她，究竟有什么条件，才可以把这些东西留在她那里。我说，希望得到一件鲁迅先生手迹，即使是个信封、便条都行。她说，鲁迅的书信全捐给鲁博了。我说，那就给我那枚钱玄同写给江绍原先生的明信片吧。她说，好吧。她掏出了钥匙，打开了三屉桌中间的抽屉，小心地从一个旧信封里取出了那张明信片。递给我的动作略显犹豫。明信片写得密密麻麻的，我看她不是特别的情愿，也就没细看。问她：您是不是舍不得呀？她笑了，说，我是见过钱伯伯的，印象很好，真的想继续保存在我这里留作纪念。我递给她，说，就按您的意思吧。她接了过去马上又放回那个抽屉里。然后问我：你对周作人的信感兴趣吗？我说感兴趣。她告诉我，周作人的信也都捐了，只留下了一封，没写几个字。不过，这是周作人任伪职时写的，时间是民国廿七年（1938）七月十二日所书。说完，她再次打开了抽屉，取出了一个日记本，日记本里边夹了三封信和一枚“新潮社”会员聚餐同席名单，大姐说都送给我。一封是周作人写给江绍原的，另外两封是江绍原写给周作人，后来周作人又还给了江绍原。我认真地看了周作人的信，信很短，总共30来个字。这封信的实寄封保存很好，邮票完整、两枚邮戳清晰可辨。独特的地方是落款处钤有一枚“十药草堂”的印，用的是蓝色。回到单位问鲁博振鸣兄，说查周作人日记后告诉我。两封江绍原写给周作人的信，写于同一天：1931年1月2日下午、1931年1月2日灯下，是装在一个信封里发出的。

最后，大姐又从靠床的抽屉里取出了一沓子手稿和书信，都已经泛黄了。她说，这是当年乃父写作《发须爪：关于它们的迷信》的部分手稿和读者的来信，如我喜欢可以送给我。我翻了翻，觉得捐给鲁博更好些，就建议她还是捐给鲁博吧。她似乎觉得给我的东西不足以抵我带来的那些乃父的手稿，又从抽屉里取出一本很小的相册，说如果你有用，你拿去吧。我翻看了一过儿，里边有江绍原同新潮社同人及其旧日同校同事的照片，还有他和夫人的照片。我对大姐说，还是您留着吧，如果我需要再找您借用。

时间过得真快，已经11点了，我告辞。大姐又把我送到电梯口。

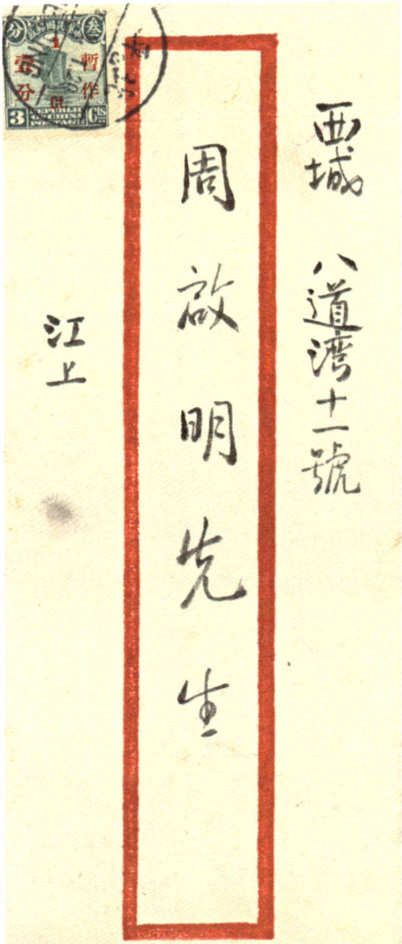

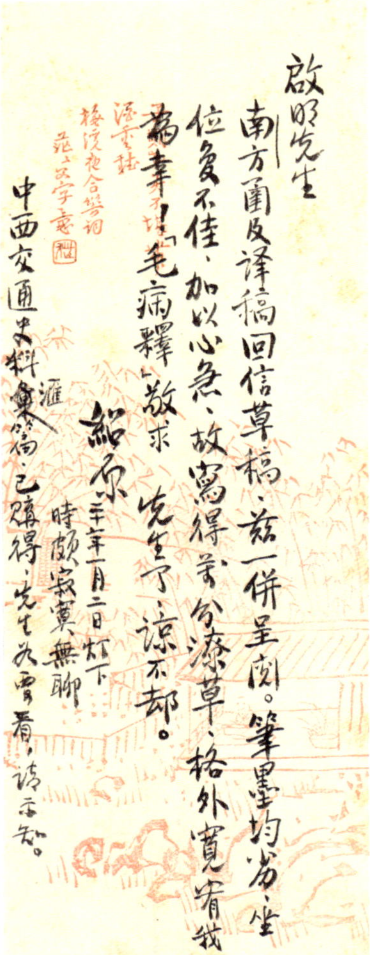
啟明先生

南方園及譯稿回信草稿，茲一併呈閱。筆墨均劣，坐位多不佳，加以心急，故寫得萬分潦草，格外寬宥我為幸！「毛病釋」敬求 先生了諒不却。

紹原 二十年一月二日燈下

時頗寂寞無聊

中西交通史料匯篇，已購得，先生如要看，請示知。

江绍原写给周作人的信

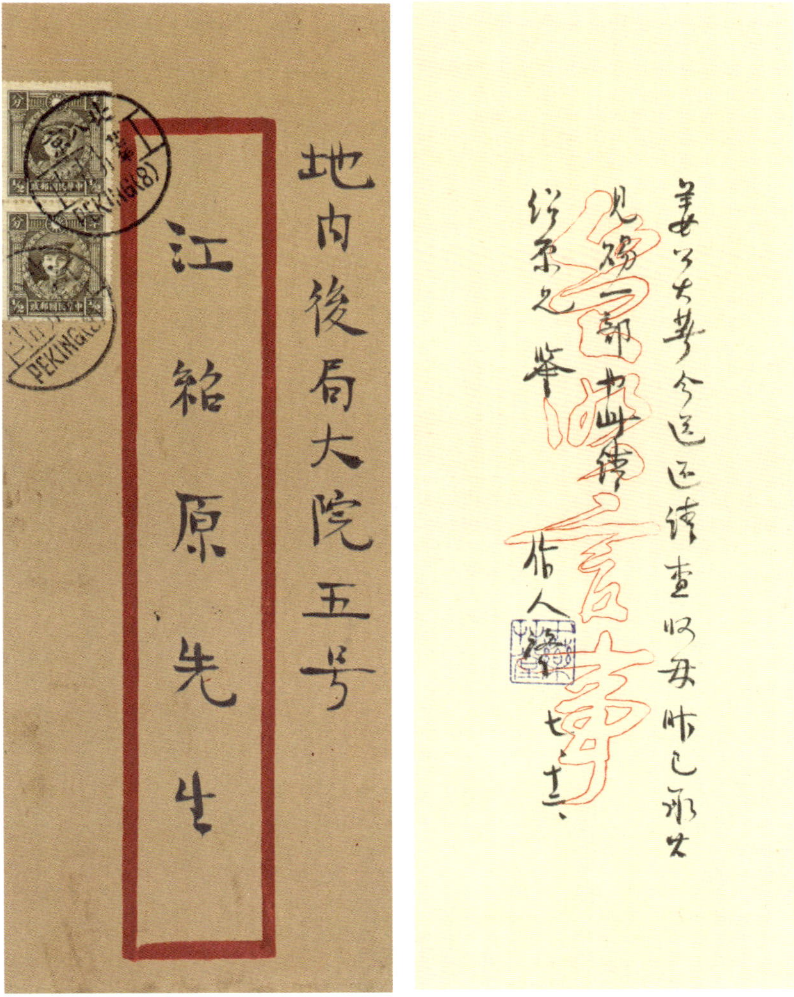

周作人写给江绍原的信

江绍原先生“文革”时期写下的手稿，送交他的后人来处理，也算是最好的归宿了。如果从以物易物的角度去考虑，这次的“交换”是不等价的，但其意义却是特殊的。

2010 年 3 月 26 日上午初稿

附记：江小蕙大姐已经离世几年了，谨以此文志念。

离奇的书画失“窃”案

书画收藏家汪锡桂先生和我交往了十几年，他是江西永新人，退休前在商业部工作。据说他所在的部门，计划经济时期很吃香。那个时候，物资紧缺，特别是缝纫机、自行车、家具等，凭票供应，娶媳妇、聘闺女，没这几样，是很没面子的。所以，亲朋好友托汪先生找这个票那个票的很多，大多如愿以偿。汪先生自幼酷爱中国书画，且喜欢收藏字画和文房四宝，20世纪70年代初，有幸与李可染、蒋兆和、王雪涛、董寿平、刘继卣、田世光、黄胄、俞致贞、刘力上、宋文治、启功、白雪石、沈鹏、刘勃舒等当代著名书画家相识，有的交情很深，多有佳作相赠。当年王雪涛、白雪石、李苦禅等，现今已经动辄几百万、几千万，甚至上亿元人民币的书画家们，那个年代他们的作品并不是很值钱，再者有钱也买不到缝纫机、自行车、手表等凭票供应的“俏货”。因此，许多书画家娶媳妇、聘闺女，亲友相托，总免不了去请神通广大的汪先生帮忙。帮成了忙，酬谢自然是送自己的书画了。我在汪先生家看到的有其上款的书画，现在市场价位都极高的几位如黄胄、王雪涛先生的较多。启功先生的墨宝汪家收存最多，这是因为汪先生与启功先生亦师亦友的缘故。

我和汪先生结识于20世纪90年代初。那个时候，名家书画值钱了，可自行车、缝纫机一类的物品却不紧俏了，汪先生与书画界友人的交往也就少了。可他和启功先生的交往依旧，经常听他说，他们夫妇陪启功先生今天去哪儿了，明天要陪启功先生去哪儿办什么事儿。他是启功先生家的常客，启功先生有时也到他家里来，或在他家里吃饭，或者到街面上的饭馆去吃。汪先生喜欢文房四宝，还担任过所谓的中国文房四宝研究会之类的理事（副会长）等职务。在他离世的前几年，与这个研究会的某人还打过官司。汪先生曾给过我关于此案的一份诉讼资料，可惜不知道放在哪里了。启功先生是书画大家，自然也喜欢文房一类的东西，有了这类的活动，汪先生总会陪启功先生去参观。凡是汪先生组织的此类活动，启功先生一定会以嘉宾身份出现。现存我这里的几张他和夫人陪同启功先生出席活动的照片，是汪先生去世之后，我找出来的。刊登在这里，是为了纪念汪先生。

汪先生为人坦诚，凡有人请他写个条幅、对联，他从不拒绝。也有些小商、小贩请他帮忙推销一些纸墨笔砚一类的物品，他也肯帮忙。他的家就在国华商场南面商业部宿舍，很顺路，我有时路过他家总要到他家小坐。汪先生爱好广泛，书画为主，兼以文房、木雕，有时也买些小型古家具，因爱好多，交往也杂。到他家经常碰到一些南腔北调，看起来不起眼的人。有时遇见了，汪先生会把这些人介绍给我，自然免不了也把我介绍给他们。有时在汪先生家碰过面的那些“杂七杂八”的人，也会来电话，说要来我家拜访云云，都被我婉拒了。就是因为交往太杂，最后汪先生珍藏的许多名家字画丢失了，据汪先生说就是一个常到他家里做客的“朋友”“顺”走的。结果打了官司，因证据不足，没赢。这害得他元气大伤，以至郁郁寡欢，憋屈致死。此是后话。

和汪先生交往了多年，成了好朋友。他收藏了好的玩意儿，总会打电话，叫我过来看看，有时一块儿喝个小酒，聊聊天，听他讲了不少书画名家的趣闻逸事。有几次朋友举办书画展览，我都要他帮忙请几位德高望重的老一辈书画家撑个面子。收藏到书画家的作品，我一般都要拿给他长长眼，把把关。

大概是2007年我的一位朋友求人办事要送礼，托我买张有点儿名气的画。我和汪先生联络，他让我去他家，说找找看有无合适的，转让给我。转天儿我去汪宅，落座后，汪先生和我聊起了和启功先生交往的事，然后取出启功先生为他题写的砚名和启功生前所用的红木大笔筒，里边有几支毛笔，也是启功先生用过的。说时，汪先生还找出了两张启功先生在自家书房写字时的照片，汪先生指着照片上写字台右上角一个黑乎乎的东西说，就是这个，我看了半天也看不太清。我问他怎么会落在他的手里了。他回答说，启功先生离世前，早就不用毛笔写字了，有时非写不成，用的是日本产的“书法笔”。老人家住院前，他去看望，老人家送他一些杂七杂八的文房旧物，就有这只笔筒和这几支毛笔。

聊了会儿有关启功先生的旧事。汪先生取出早已准备好的十几幅现代当红画家早年送给他的画作让我挑选。挑来挑去，最终选了一幅杨姓中年画家的早年作品。汪先生开的价是1.8万元人民币，我当即付款取走了画。谁曾想，没过几天，那位委托我买画的朋友，找到了那幅画的作者，愣说这不是他的作品，退给了我。我硬着头皮，到了汪宅，说明原委。汪先生此时诉讼在身，心不在焉。对我说，这幅画是我帮助杨某的女儿安排工作，送给我的，怎会不是呢，这家伙，现在长本事了，画得更好了，不认原来的账了。好吧，你退还给我，抽空儿我去他家让他补个款。我说，那就把款退还给我的朋友吧。汪先生不乐意，说补了款还是你的。没办法，我自行退了朋友款。

大概过了一个来月，我再次登门，汪先生精神上显得疲惫不堪，见我来了，还是蛮高兴的。仍像往常来他家一样，先给我沏上水。然后对我说，老方啊，我遭了灾了。我一惊，问：怎么了？他便把他藏在门上顶柜里的书画丢失的事情讲给了我听。时间久了，我记不太准了，大概是2008年10月汪先生收到西安一家拍卖公司寄来的图录，发现里边的何海霞《赤松读书图》、王子武《芦鸭图》、《母子图》三幅画是汪家藏品。他很奇怪。当即打开藏画的房门上的顶柜，才发现积数十年之心血、60多幅名家书画（大师级的20余人）和文房珍玩被盗，当时的估价在四百多万元以上。他当即报案，在公安部门取证时，让他回忆这些画给哪些人看过，藏画的地方有哪些人知道。经他回忆说，常上他家来的一个人，有一次汪先生携夫人去天津办事，曾托付他看过家。而且，从来家里没有过被盗的痕迹。后经公安局传讯那个人，那人承认了拍卖会预展的汪先生上款的书画，的确是他送的，但他说，是汪先生几年前卖给他的。最后起诉打起了官司，好像也没赢。他问我有没有什么关系，帮帮他。我说司法部门没有直接的关系，可以帮助打听打听。我看他情绪异常低落，不忍心再打扰，提出要走。汪先生起身从他的书案上拿起启功先生送给他的红木大笔筒，哗啦一下把里面的毛笔倒出来，然后把笔筒递给我说，我欠你的买画款，一时没有现金，就把这个笔筒送给你吧，又取出一个小一些的笔筒说，这个也给你吧。我当时不知所措，机械地接了过来，并解释说我来只是来看看他，没有别的意思。他说，那个大笔筒底儿没了，还是启功先生让我去帮他配的呢。说着，又从书柜取出从前让我看过的那几张他和启功先生的合影照片，说：你拿走吧，或许有用。看他那神情，我只好从命了。从此以后，我和汪先生就再也没有联系。直到2012年，接到首都博物馆魏三纲兄的电话，他告诉我说，汪先生去世了。追悼会那天，魏兄约我同去送送汪先生，我正在外地。

今天，东一榔头西一棒子地写了这么多，也可以说是一篇回忆、怀念启功先生和汪锡桂先生的文章吧。

2013 年 10 月 22 日下午 5 时完成初稿

附：汪先生丢失的书画等清单

一、55厘米×37.5厘米的大册页：有李可染水牛，启功朱砂竹及题签，白雪石、亚明、宋文治、黎雄才、魏紫熙的山水，关山月、董寿平、田世光的梅花，朱屺瞻的兰石，谢稚柳、刘力上的竹子，于致贞荷花，程十发、叶浅予的人物，唐云的菊花，方济众的羊等。

二、清邓石如篆书四条屏

三、单幅书画作品：

1.何海霞《赤松读书图》，

2.王子武《芦鸭图》，

3.王子武《母子图》（鸡），

4.郑乃珖、黄胄合作的《梅雀图》，

5.白雪石《桂林山水》（已装裱），

6.黄胄《驴》《人物》（1963年作），

7.蒋兆和《东坡行吟图》，

8.刘勃舒《双马图》（73厘米×67厘米），

9.程十发《仕女》（83厘米×46厘米），

10.宋文治《太湖山水》（64厘米×45厘米），

11.黄永玉《耳语图》（51厘米×50.5厘米），

12.亚明《鱼荷图》（68厘米×45厘米），

13.娄师白《三蛙图》（66厘米×44厘米），

14.刘懋善《江南水乡》（46厘米×44厘米），

15.张尔宾《云山万里图》（136厘米×35厘米），

16.李凌《云牡丹》（68厘米×64厘米），

17.陈佳麟《荷花》（70厘米×35厘米），

18.赵绪成《京剧人物》，

19.李滨声《京剧人物》，

20.马伯乐《山水》，

21.肖翰《德国风景》，

22.王森然《虾》，

23.方济众《双羊》，

24.吴迪墨《牡丹》，

25.郭西河《梅花》，

26.王大山《梅花》，

27.金默如《花鸟》，

28.李涵《花鸟》，

29.石齐《人物》，

30.孙君良《丝瓜》，

31.宋玉麟《山水》，

32.徐源绍《花鸟》，

33.徐纯源《花鸟》，

34.冯大中《竹子》，

35.韦品高《江南山水》，

36.沈鹏书法，

37.程十发书法，

38.瓦翁书法，

39.冯大中书法。

四、清·乾隆圆形御制墨一块、清旧墨3—5方、旧竹笔搁6—7块、竹刻扇骨若干把。

商衍鎏书札“遗失”之谜

商衍鎏六十五岁像

我是从广州谭树正那里听说商志醰先生去世的消息的。他告诉我说，商先生患的是脑溢血，突然离世的。

商志醰先生，1933年12月生，祖上八旗出身，祖父商衍鎏是末代探花，父亲商承祚精通古文字。商志醰先生一生从事教学研究，曾任中山大学人类学系副主任，人类学博物馆主任、广东史学会理事、深圳市博物馆顾问。编著有《我国南方地区的青铜文化》和《商周青铜器分期通论图录》等教材，发表了《说商亳及其他》等10多篇学术论文。退休后，一直致力于整理祖父商衍鎏和父亲商承祚的遗作。

我与商先生的结识，缘于拙著《旧墨二记》中的一篇《商衍鎏与清代科举考试述录》的文章。文章首次披露，商衍鎏先生因所著《清代科举考试述录》一书有关问题致出版单位三联书店的一封长达481字的信。

2007年4月23日，我因病在家休息，接到商先生的电话，他先自我介绍，然后告诉我说，他知道我这个人，是在王贵忱先生家里，看到了我在《旧墨二记》里收录了他祖父衍鎏公的书札，并从贵老那里知道了我的一些情况。找到我的联系方式，还真的费了不少劲儿，他先是通过国家文物局打听到了我的工作单位，然后再通过中国文物协会的彭先生打电话给鲁迅博物馆的孙郁先生，从孙先生那里得到我的电话，这才和我联系上的。这次他从广州来京办事，想到我家看看他的祖父写给三联书店的亲笔信。我答应了他，并详细告诉了我家的地址。

第二天一早，我接到商先生电话，说他已经到了距我家不远的公交车站。我问他怎么来的，他说坐公交车。他住宿的华侨大厦，在东城区，而我家住在宣武区与丰台区接壤的地方。商先生到我家，要从中国美术馆上公交车，中途还要换车，商先生已届古稀，真的很了不起。还没见面，我已起敬意。

我赶到了车站，一眼就认出了商先生，稍作寒暄，即引领商先生来到寒舍。给商先生沏上茶，我把家存的那一档案袋《清代科举考试述录》资料取出，请商先生寓目。

为便于读者了解整个故事的来龙去脉，插空儿

商衍鎏为《清代科举考试述录》题写的书名

衍鎏公晚年像

把商衍鎏先生及其著述《清代科举考试述录》略作介绍。

商衍鎏，字藻亭，晚号康乐老人。他是清代最后一届科举考试（1904）的钦点探花（一甲第三名）。商老先生是著名的学者和爱国人士。日军占东三省时，他在《感愤》一诗中写道："惊看砧肉供刀俎，忍撤藩篱逼冀燕。"并有"长蛇封豕欲难填"之句，痛斥帝国主义的贪婪本性及反动派的卖国政策。抗战期间，又愤怒声讨日军滥炸和平城市的暴行，每闻捷报，则咏诗庆贺。1937年全面抗战爆发后，由南京辗转入川，初居成都，后移眉山、夹江等地，以卖文鬻字为生。抗战胜利后，于1946年回南京。

新中国成立后，政府对商衍鎏先生给予了极好的待遇，使他感到温暖。1956年11月，中央新闻记录电影制片厂，为这位年近八十岁的耄耋老人，拍了《探花晚年》的影片，将他的写作和日常生活以及部分字画摄入镜头，令他深受鼓舞。他老当益壮，自1956年开始，经过三年的努力撰写出一部23万字的《清代科举考试述录》，以亲身经历，讲述了清代科举考试的各个层次（县试、府试、院试、乡试、会试、殿试）、各个方面、阅卷方法、八股文的格式、试帖诗的做法，以及会试引起的大案、对付科考移民的招数、自己中探花的经过等。《清代科举考试述录》一书，于1958年由三联书店出版。

我请商先生看的那些三联书店所弃《清代科举考试述录》出版过程中有关资料，计有：衍鎏公致三联书店编辑部信札一通、亲题书名一件；衍鎏公八十三岁小影及亲题书签各一，以及《清代科举考试述录》

中“所插照片”等。这套资料极完整，照片后均有衍鎏公用毛笔书写的注释。对于研究商衍鎏先生晚年的著述情况，是极其珍贵的。尤其商衍鎏先生致三联书店长达481字的信札，不仅文献价值高，书法艺术品位亦高，为衍鎏公晚年书法之佳作。

大概用了两个小时的时间，商先生看完了全部资料。我们开始闲聊，他非常健谈，也很风趣。他告诉我，这次来京要办两件事，第一件是和我联系看看衍鎏公的书札；另一件是要到天津某出版社联系再次出版《清代科举考试述录》事宜。他提出，如果我同意，他想把这一袋子资料借用一个时期，一是进行研究，二是有的要补充到新版的《清代科举考试述录》中。我答应了他。

商先生早就从友人那里听说过我收藏了许多陈梦家先生旧存友人书札，提出看一看，我取出了一部分给他看，特别将商承祚先生写给陈梦家先生的信拿给他看。他看完后说，他家里还保存着一封陈梦家先生写给他父亲的一封信，可以送给我，并答应回到广州家里，找出后寄给我。

已经到了吃饭的时候了，我请他吃完饭再回宾馆。他说，晚上还约了朋友，要回去做些准备。离开我家的时候，商先生邀我周四一定参加他安排的朋友见面会。

4月26日晚，应商先生邀请，我到了华侨大厦的牡丹厅参加商先生安排的晚宴。我到达的时候，商先生请的其他朋友已经来了。他们是：原国家文物局副局长，中国文物学会会长彭卿云先生，也就是把我介绍给商先生的那位彭先生；中国文物保护基金会理事长马自树先生；著名文物专家谢辰生先生；上海中国科举博物馆邵辉副馆长；中央电视台海外节目中心“国宝档案”栏目组的翁艺先生。

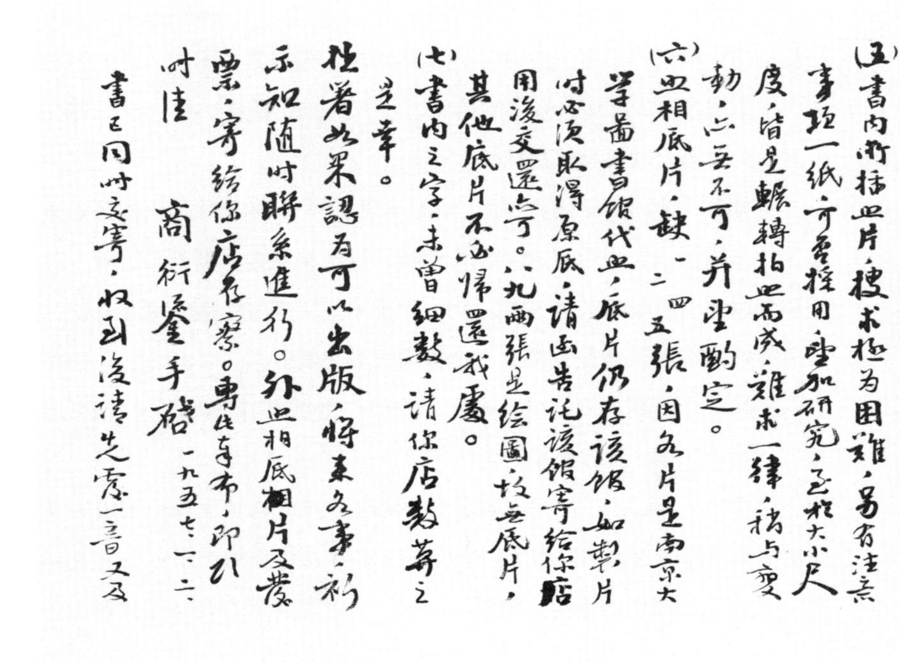

(五)書内所插照片，搜求極為困難，另有注意事項一紙，可否採用，並加研究，至於大小尺度，皆是縮轉拍照而成，難求一律，稍與變動，亦無不可，并望酌定。

(六)照相底片，缺一、二、四、五張，因各片是南京大學圖書館代照，底片仍存該館，如製片時必須取得原底，請函告託該館寄給你店，用後交還亦可。八、九兩張是繪圖，故無底片，其他底片不必歸還我處。

(七)書內之字，未曾細數，請你店數算之是幸。

拙著如果認為可以出版，將來各事，祈示知，隨時聯系進行。外照相底相片及發票，寄給你店存察。專此奉布，即頌

時佳

商衍鎏手啓 一九五七、一、二

書已同時交寄，收到後請先覆一音又及

商衍鎏致三联书店函

席间，商先生提出建立“商衍鎏先生基金会”，以激励青年学子研究中国古代科举制度，商先生拿出10万元（人民币），基金捐赠仪式拟定于6月举行；上海中国科举博物馆提出成立“中国科举制度研究中心”一事，未果，待议。客人中年龄最大的是谢辰生先生，已经80多岁了，但精神矍铄，谈笑风生。这顿饭吃了差不多三个小时，商先生提议可以散了。他让服务员把给谢老准备的一套华侨大厦制作的点心，拿给谢老；上海中国科举博物馆送给每位来宾一件精致薄意竹刻孔子像。我

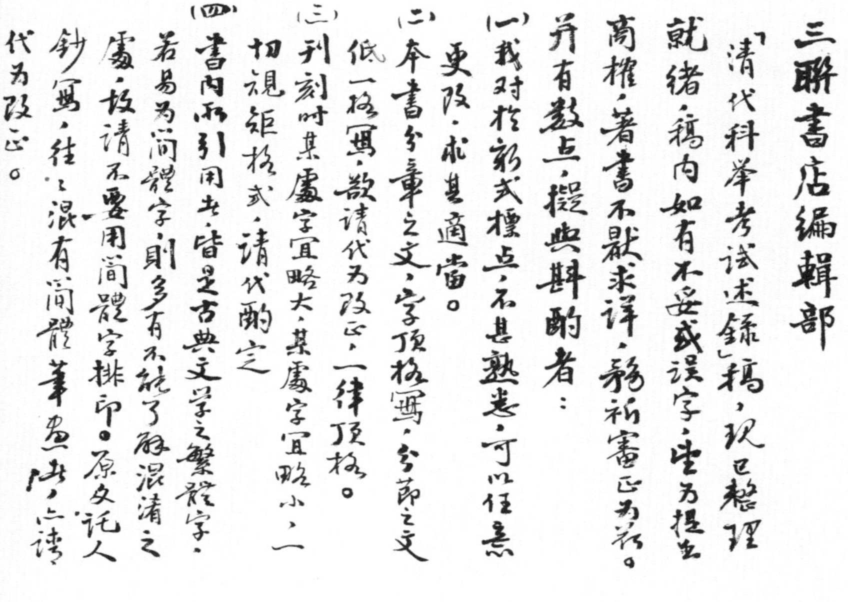

三聯書店編輯部

「清代科举考试述録」稿，现已整理就绪，稿内如有不妥或误字，望为提出商榷，著書不厭求详，務祈審正为荷。并有数点，擬与斟酌者：

(一)我对於新式標点，不甚熟悉，可以任意更改，求其適當。

(二)本書分章之文，字顶格寫，分節之文低一格寫，敬请代为改正，一律顶格。

(三)刊刻时某處字宜略大，某處字宜略小，一切視矩格式，请代酌定

(四)書内所引用者，皆是古典文学之繁體字，若易为簡體字，則多有不能了解混淆之處，故請不要用簡體字排印。原文託人鈔寫，往往混有簡體筆畫者，亦請代为改正。

和谢老没有车，需要打车回家，我问谢老：您这么大岁数，怎么也不叫家人陪呢？老人说，腿脚利索，头脑清楚，不用。我和老人家一起出大厦，我居然没有谢老走得快。到了马路边，正巧有出租车，我先把老人送上车，再自己等下一辆，到家时已经九点半了。

两周后，我收到了商先生的来信，随信寄来陈梦家写给商承祚先生的信和商承祚写给柯谥斋的一个实寄封。商先生在写给我的信中介绍了梦家先生写给商承祚先生信的背景和内容：

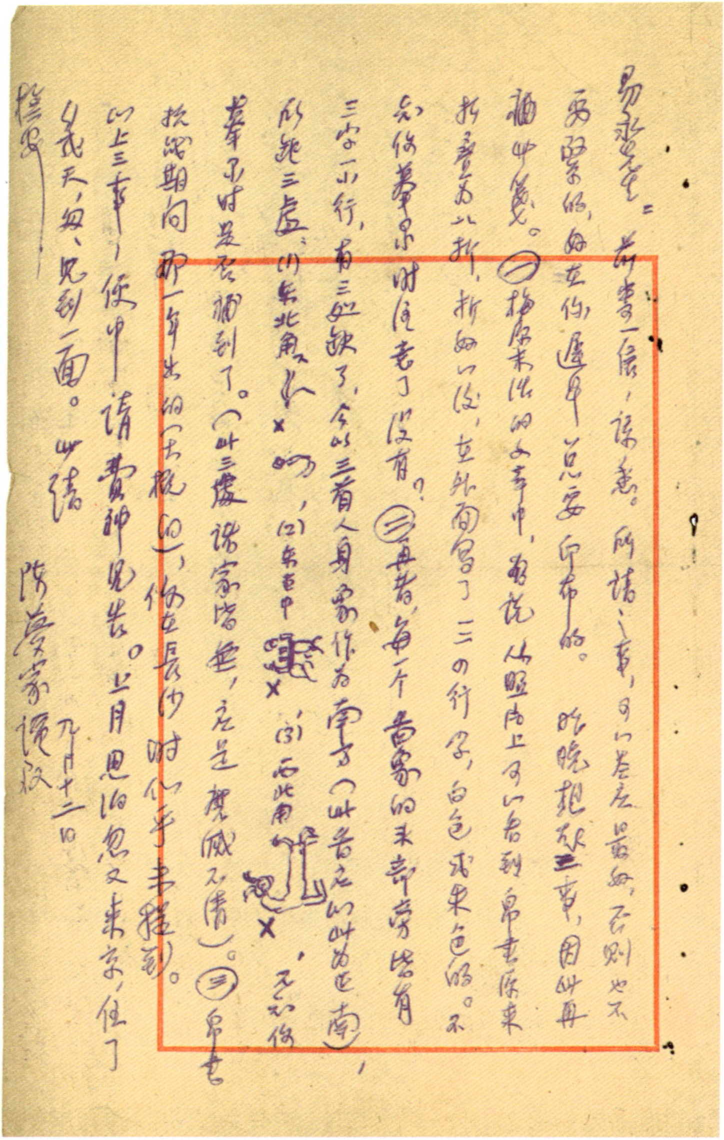

易安兄：前寄一信，谅达。所请之事，可以寫在最好，否则也不要緊的，好在你遵守总要印布的。昨晚想起三事，因此再補此箋。㈠據原来帛的文章中，我說从照片上可以看到帛书原来折叠成八折，折好以後，在外面写了三四行字，白色或朱色的。不知你摹本时候看了沒有？㈡再者，每一个黄家的朱书帝寫皆有三字一小行，有三处缺了，今以三首人身家作为帝方（此音之以此为正南），所能三處：⑴东北角 ✕ ⑵东南中 ✕ ⑶西北角 ✕ 不知你摹本时是否補到了。（此三處諸家皆無，應是模糊不清）。㈢帛书拔照期间那一年出的（去秋的），你在长沙时似乎未提到。以上三事，便中請費神见告。上月思治忽又来京，住了几天，與兄到一面。此請
撰安
陈梦家 謹啟 九月十二日

商志𩡝赠：陈梦家致商承祚书札

方先生：

今将陈梦家给家父函一件送呈。

陈先生此信大约写于1960年左右。家父于1959年从英国郑德坤先生处寄来长沙出土“帛书”原寸照片，郑先生来信再三嘱言：此照片乃从美国某友人得到再转寄家父。因原物现藏私人收藏家手中，从不外摄，故交代家父：（一）此帛书仅供家父研究，请勿外传；（二）请勿谈及何人寄来，又何人转来。为保证个人隐私，为守信用，在此文（即家父著《战国楚帛书述略》载《文物》1964年第9期）发表前，于省吾先生亦曾来信索取帛书照片，梦家先生此信乃请家父将照片寄他研究之事。

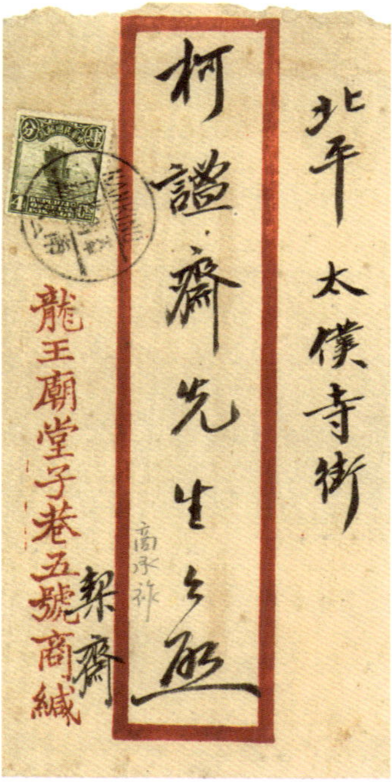

商承祚致柯谧斋信封

（二）翰文斋书店历史，可查孙殿起撰《琉璃厂小志》第142页，第172—174页及第205—206页。此书列入北京古籍丛书，北京古籍出版社（或北京出版社），于1962年及1982年曾多次出版，不难寻得，故不复印与您，请谅。

所借家祖父《科举述录》之照片、手迹，用后当归还。谢谢！祝

夏安！

商志譚

07.5.8

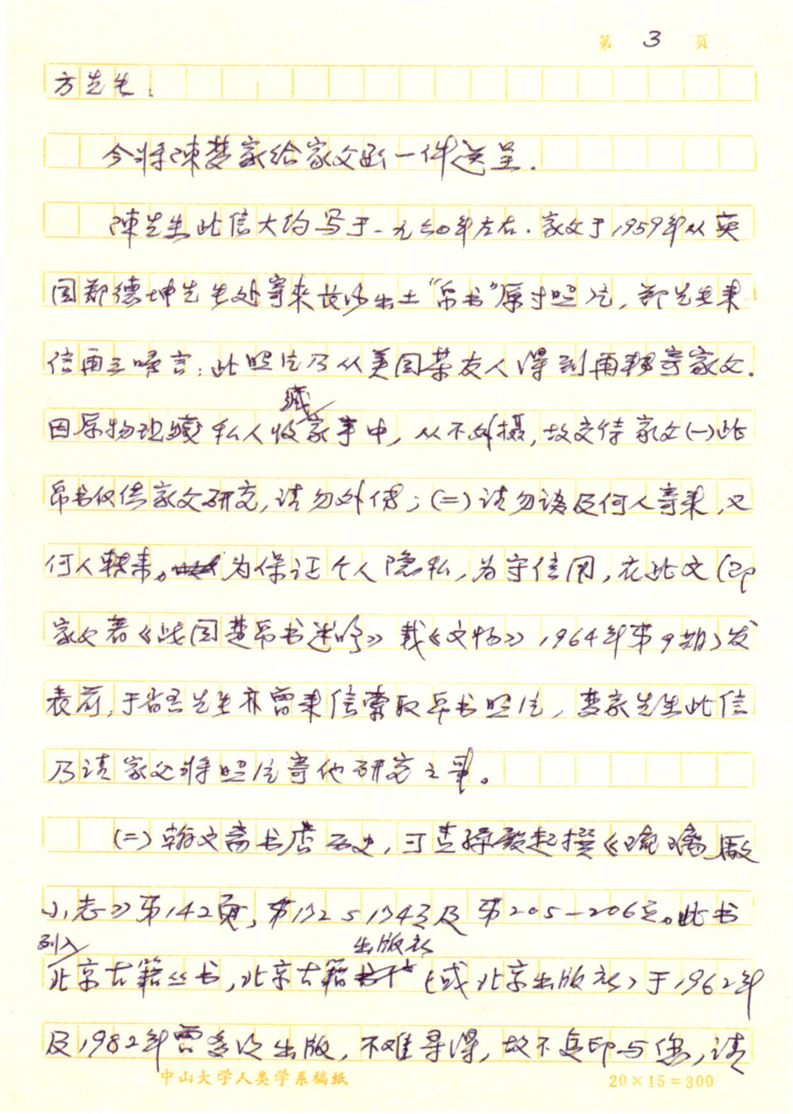

第 3 页

方先生：

今将陈梦家给家父函一件送呈。

陈先生此信大约写于一九六〇年左右。家父于1959年从英国郑德坤先生处寄来长沙出土"帛书"原寸照片，郑先生来信函主嘱言：此照片乃从美国某友人得到再转寄家父。因原物现藏私人收藏家手中，从不外摄，故交待家父(一)此帛书仅供家父研究，请勿外传；(二)请勿谈及何人寄来，又何人藏有。为保证个人隐私，为守信用，在此文(即家父著《战国楚帛书述略》载《文物》1964年第9期)发表前，于省吾先生亦曾来信索取帛书照片，梦家先生此信乃请家父将照片寄他研究之事。

(二) 翰文斋书店云之，可查孙殿起撰《琉璃厂小志》第142页，第132，134页及第205—206页。此书列入北京古籍丛书，北京古籍出版社（或北京出版社）于1962年及1982年曾先后出版，不难寻得，故不复印与您，请

中山大学人类学系稿纸 20×15＝300

商志䃅致作者信第1页

当天晚上，我给商先生回了个电话，一是表示感谢，二是询问再版《清代科举考试述录》进展情况和所借照片、手迹等资料何时能够用完。他告诉我，别的资料好办，出版社扫描制版后即可归还，只是商衍鎏致三联书店编辑部信札欲复制留存，恐怕要耽搁些日子。我说，您尽管用，就怕复制过程中损坏或丢失。他说，正规知名出版社不会出现此类情况的。最后，他告诉我说，全部用完，他会到北京来当面还给我。

转眼就进入了2008年，再次接到商先生电话。他说，最近他曾来京，事情太多，没顾上安排时间与我见面，正巧他的一个在故宫博物院工作的表弟罗随祖来看他，已委托他把借我的资料带去，替他还我。我问他这位罗先生和他怎么“表”的。他告诉我说，这个表弟是罗振玉先生的嫡孙、罗福颐之子，罗振玉和其伯祖商衍瀛是儿女亲家。

2008年2月14日下午四时，罗随祖先生来我的单位，我在会客室接待他。他不是健谈的人，可谈起他的家世，尤其谈他的祖父罗振玉和姥爷商衍瀛，话还是很多的。罗随祖说他在《旧墨记》中见到了家祖罗振玉和外祖商衍瀛书札。他对我说，罗振玉和商衍鎏两位的手迹流传相对多一点，他的姥爷商衍瀛的手迹很是少见，我同意他的说法。我告诉他，商衍瀛先生的手迹我也只藏了一件。罗随祖还提到说，他曾听中国书店的彭震尧先生提起过，我藏有溥仪《我的前半生》的几种稿本，尤其是藏有1958年的油印本，他很想看看。我说，以后有空闲，可到我家来看。天已经黑下来了，告辞前，罗随祖先生取出了商先生委托他带给我的资料，一个自制的大牛皮纸口袋，是封住的。随祖先生让我打开清点一下，我说既然是封好的，就不要看了。

回到家，我打开资料袋，仔细看了一遍，所有东西都在，而且还多

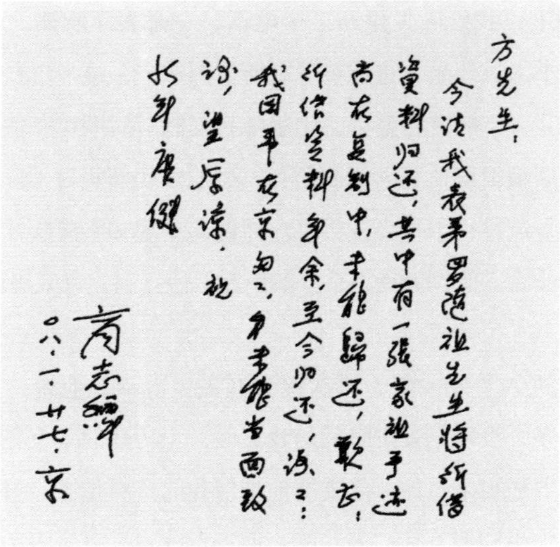

方先生：
今请我表弟罗随祖先生将所借
资料归还，其中有一张家祖手迹
尚在复制中，未能歸还，歉甚！
所借资料年余，至今归还，谢谢！
我因事在京匆匆，未能当面致
谢，望原谅。祝
新年康健
商志譚
〇八、一、廿七、京

商志譚致作者信

了一些照片，只是没有那件商衍鎏致三联书店编辑部信札。我又翻了一遍，找到了一个白色信封，上面写着：衍瀛公《发悔过愿文》。打开信封，里面除有衍瀛公手迹，尚有商先生的一封信：

方先生：

今请我表弟罗随祖先生将所借资料归还，其中有一张家祖手迹尚在复制中，未能归还，歉甚！所借资料年余，至今归还，谢谢！

我因事在京匆匆，未能当面致谢，望原谅。祝

新年康健

商志譚

〇八、一、廿七、京

商衍鎏、商承祚父子合影

看完信，我当即给商先生回电，告诉他罗随祖先生今天才把东西送来，检看一番，发现了他的信才明白，并问他，里面多了几张乃祖、乃父等珍贵照片（有的是原照，极其珍贵）和一件乃伯祖的手迹，是为什么呢？他说：那些照片和我的资料原本是相关联的，现在聚合在一块儿了，不容易，还是放在你那里安全。那件伯祖衍瀛公的手迹，是送给你的，“因为我看过你在《收藏与拍卖》上发表的有关商家的文章，特别是你提到了伯祖写的关于《珍妃其人》的文章（该文曾假商衍鎏名以《珍妃事实轶闻》为题在香港《大公报》1960年5月8—10日三日连载）。实际上，为了澄清历史真相，伯祖衍瀛公曾写信给祖父衍鎏公讲述，并言自己已撰文，因曾追随溥仪，恐怕不易发表，欲假祖父之名发表。祖父同意了，最终选定在香港发表。衍瀛公就此事，写给祖父的几封信，在我家里，只是那天去北京匆忙，没有找出来，找出后，一并送给你作为研究资料”。我表示感谢，但仍强调希望商衍鎏先生的信札复制完后，尽快还给我。

既然提到了衍瀛公，不妨絮叨几句。

衍瀛公弟兄三个，衍瀛公是老大，二弟衍桑、三弟衍鎏。1890年广东贡试，商氏三兄弟都参加了考试，一举占了全省前十名之三，老大衍瀛考的是第一名，而老二衍桑（21岁早逝）取第四名，老三衍鎏第十名。13年后（1903），商衍瀛与商衍鎏上京应会试，兄衍瀛中进士，而弟弟衍鎏三甲未入，回家苦读，家人都认为衍鎏无望中第，谁料慈禧太后七十寿辰增开一科，衍鎏先生如有神助，中一甲第三名探花。

商衍瀛虽为商衍鎏之兄，也许是因为衍鎏先生是中国最后一个探花

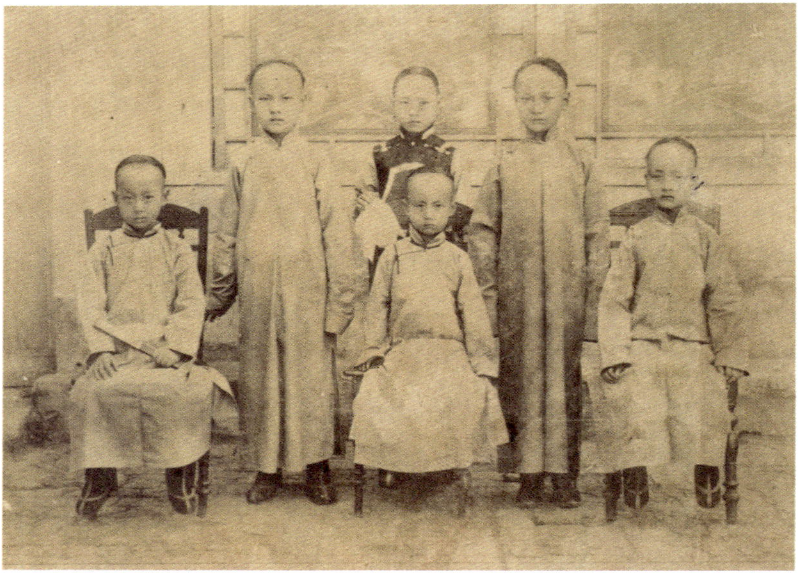

商衍瀛、商衍鎏等早年照片。1906年摄于北京：
由右向左：前排坐者：承祖（行三）、承祚（行五）、承慈（行四）。
后排立者：承恩（行大）、孟容（长姐）、承谦（行二）。

的缘故，弟弟的名气反而比哥哥大得多。不过商衍瀛并非等闲之辈。光绪三十二年（1906）曾任京师大学堂监学官，次年由监学官升任斋务提调（斋务提调每科一人，共八人，以曾充教员又有学望者充之，管理该科整饬斋舍，监察起居一切事务。下属有监学官、检察官、卫生官等。类今官行政后勤主任），饬宣统元年（1909）任京师大学堂高等科（即预科）监督，并兼任教务提调至1911年。（教务提调亦每科一人，共八人。以曾充正教员又有学望者充之，受总监督节制，总管该科功课及师生一切事务。类今系主任。）在民国初和伪满时期，商衍瀛也算得上

1906年商衍鎏全家合影照片

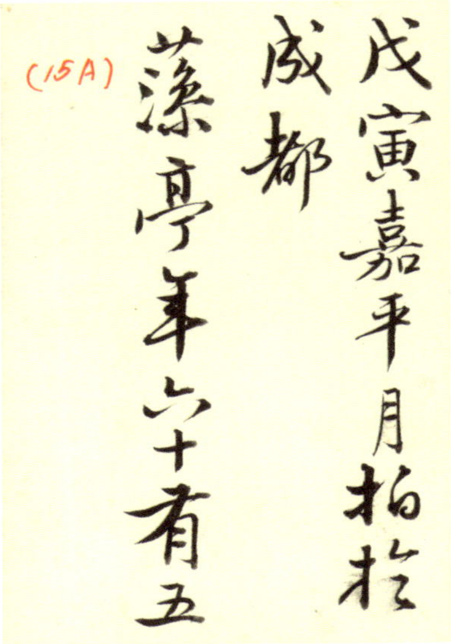

商衍鎏六十五像自题字

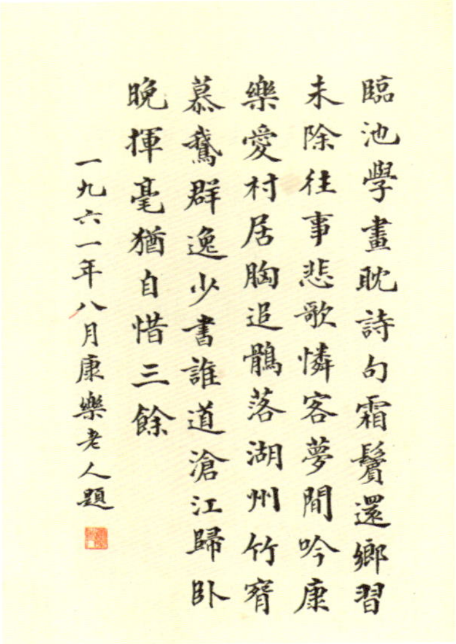

商衍鎏诗

是个风云人物，他曾给张勋当过文案（类今秘书）。张勋和张作霖是儿女亲家，后经张勋把他介绍给张作霖。伪满时期，商衍瀛与郑孝胥、罗振玉、王季烈等同为溥仪的座上宾，溥仪在《我的前半生》中多次提到他。论及书法，商家兄弟和衍鎏之子承祚均为近代书法名家。京城拍卖会时有他们的书法作品出现，且价格不菲。衍瀛公的书法作品较其弟衍鎏、侄承祚少得多，信札更是鲜见，敝藏信札多年，至今只见衍瀛公致金梁先生信札一件（见《旧墨记》），和其书法作品相比，行草笔力遒劲，用墨浓润，形态苍健，超凡脱俗。

衍瀛公一生著述很少，可他写的一篇叫作《珍妃其人》的文章，倒是经常被人转载和引用。家藏有全套《文史资料选辑》合订本，第三十一册的最后一篇文章即是《珍妃其人》一文。关于其文其事余曾在《旧墨记》中有专文，不再赘述。

自打这次与商先生通电后，一来我事儿多，没空儿；二来也不好意思再催。事隔一年后，2009年5月6日中午，接到商志譚先生的电话，他说已来京，仍住在华侨大厦，约我下午五时到大厦找他。

关于我们的会晤，当天我记了日记，现抄录于下：

下午三点，由单位乘650路公交车到鲁博后，转乘103路电车至美术馆下车。先去三联书店看了会儿书，买了一册北京十月文艺出

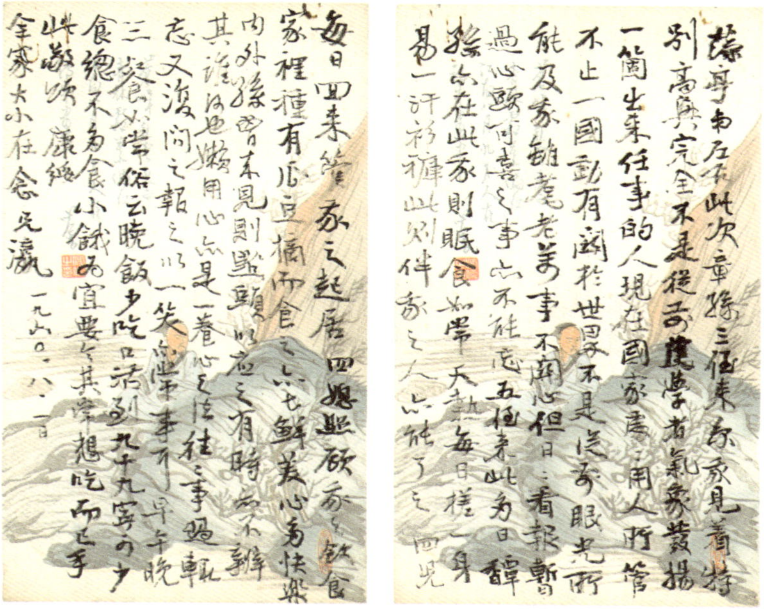
蕴亭来函此次章孫三姪來家見着特別高興完全不是從前度學者氣象發揚一個出來任事的人現在國家處處用人所管不止一國動有關於世界不是從前眼光所能及家雖耄老萬事不聞心但日日看報曹過心頭可喜之事亦不能忘五姪來此多日孫亦在此家則眠食如常天熱每日撐一身易一汗衫雖此則伴家之人亦能了之 四兄

每日四季管家之起居四媳照顧家之飲食家裡種有瓜豆摘而食之亦甚鮮美心多快樂[illegible]其[illegible]也懶用心亦是一養心之法往之事過輒忘又[illegible]之報之以一笑[illegible]世事[illegible]早午晚三餐食必常俗云晚飯少吃口活到九十九[illegible]少食總不多食小餓爲宜要之其常想吃而已[illegible]此敬頌康綏 全家大小在念 兄衍瀛 一九六〇.八.一日

商衍瀛致商衍鎏书札

版社出版的张爱玲著《小团圆》（28元人民币），谢其章答应说帮我买一本香港文化出版有限公司出版的繁体中文版的，至今也没给我，先买一本看看，是不是像他们说的那么玄乎。从三联出来到华侨大厦，没有几步路，到大厦正好是五点。商先生住551房间。到了商先生房间，他正与清华同方《中国学术期刊》（光盘版）电子杂志社的刁天愉小姐谈出版乃父商承祚《战国楚帛书述略》一书电子版之事。

等他们谈完了，商先生从箱子里拿出了衍瀛公写给其祖父衍鎏公关于发表《珍妃事实轶闻》一事的几封毛笔书札送给我。总共八页，一通四页的和一通二页的所用笺纸为溥儒画笺；另一通为一大页，普通宣纸书写。这三通七页都是衍瀛公1960年前后所写，内容主要是衍瀛公欲假托其弟衍鎏公名，发表《珍妃事实轶闻》一文之事，也谈家事。另一通为小彩笺，衍瀛公在致弟衍鎏公的信中，批评一出歌颂珍妃扶植光绪变法的戏“多不实”。衍瀛公的信虽属一家言，毋庸置疑，史料价值亦很高的。

商先生见我收下了衍瀛公的书信，接着说起了商衍鎏先生写给三联长信的复制情况。他又打开箱子取出了按一比一比例复制的衍鎏公致三联长信复制品，如果没有见过真迹，还真很难区别。商志䜩先生在复制品上加盖了两枚衍鎏公印章，一枚是“藻亭所印”，一枚是“国封第三”。复制品一共是三件，他给了我两件，我问：原件呢？他面带窘色地说：“让编辑给丢了。”我说：“怎么会丢呢，您一定有事瞒着我。”他连声否认。我告诉他，如果您想用衍瀛公的信做交换，我不和您换，请您收回这几封信，把那件衍鎏公的手札退还给我。他说：

“就是丢了，如果你真的不要衍瀛公的信，我就收回，但衍鎏公致三联的信真的是找不到了，你看着办吧。”我看今天不会有结果了，识时务者为俊杰，我还是先拿上这几封衍瀛公的书札吧。说实在话，如果从史料价值方面来讲，衍瀛公与弟弟衍鎏公谈珍妃的几封信比衍鎏公致三联的信要强得多，何况衍鎏公的信，我已经在《旧墨二记》中发表过了。再者，看今儿的阵势，即使我不要衍瀛公的信，也不会讨回衍鎏公的信。想到这里，我说，那好吧，不过，假如将来知道了下落，我还是要追回的。他听了我的话说，不要再找了，我给你一件祖父临的帖，就算彻底了结了。说着，他又从箱子里取出了衍鎏公临的帖，有十来份。我从中挑了一份，刚要放到包里，商志醰先生却伸手索回，我不解其意，说：“您不是答应给了吗？”他说：“我明天要到天津一家出版社，谈影印出版爷爷书法墨迹的事情，待影印之后，我给你盖上祖父的印章一定寄给你。”我只能同意。

商志醰先生在商衍鎏探花商承祚教授纪念室前

也就这样了。看得出来，今天商先生很是满意，坚决留饭，我坚辞，不准。商先生把我和清华同方的刁小姐带到一楼大厅吃自助餐。就餐时，才看出，经过近一个小时的“谈判”，他已经很疲劳了。

吃完饭，上楼到商先生房间，聊了几句，取上包直接打车回家。

现在回想起来，当初商氏借我乃祖致三联手札时，就十分看重这件东西。当初我曾有过一闪念，唯恐借给他很难索回。果不出所料。我的直觉告诉我，这件东西没有丢，而是另有隐情。不过，假如真的没丢，已被商先生捐赠给某个博物馆了，有了更好的归宿，也很好。何况，商先生已经答应给我一件衍鎏公亲临的书法册页了呢?

郁闷的是，假如确被商先生捐赠了，究竟捐给哪家了呢？尚须关注。

日月如梭，现在的日子快得很，一晃与商先生自京一别，有两个月了。一直也没给他打个电话，怕的是商先生以为我催要他答应给我的衍鎏公书帖。

2009年7月9日，时任广州《收藏与拍卖》杂志社编辑谭树正来电话，问我知不知道商先生去世的消息，我惊愕之极，简直不敢相信自己的耳朵，忙答："不知道！什么时候走的？得的什么病？"树正告诉我，商先生是这两天因患脑溢血突然病故的。

确认商公西去，顿生一种悲戚之感。回想与商先生的交往，他给我留下的印象很好，很深刻。作为世家子弟的他，勤勉、豁达，待人真诚，虽然他没能归还我借给他的衍鎏公手札，但我始终认为他或许真的弄丢了，也许他已经把它捐赠给了哪一家博物馆，反正是他认为应该留在那里的地方。

近几年来，不时有熟人和亲友病故，生老病死原本是平常事，可商先生已经走了快一年了，我时常会想起他。

2010 年 3 月 14 日（星期日）

下午四时完稿，时窗外仍在大雪纷飞。

一份无法退回的“清样”

朱自清、陈竹隐夫妇和子女

我正在郑州出差时，接到单位同事的电话。他告诉我说，有一份中共中央党校朱乔森同志治丧委员会发给我的讣告。听到这个消息，我感到十分突然，因为不久前我还曾与朱乔森先生在电话里聊过天，怎么会这么快就离世了呢？遗憾的是，会议还没有完，我又是会议的主办人，不能赶回北京送朱乔森先生一程。

朱乔森先生是著名文学家朱自清先生之子，生前在中共中央党校工作，是著名中共党史专家。他出生于1933年8月。1947年春，还是他在燕京大学附中读书时，就积极参加学生爱国活动，带头组织进步文体活动，在学生中产生了积极的影响。1948年，国民党政府内外交困，以朱自清为代表的中国知识分子奋起反抗，毛泽东同志在他的《别了，司徒雷登》一文中对朱自清不为“五斗米折腰”的精神作了高度评价。同年，刚满15岁的朱乔森加入了中国共产党。入党后他负责育英中学团的工作，积极组织进步学生学习政治常识和革命理论，组织学生参加清华大学欢迎解放军入城宣传队。新中国成立后，朱乔森先生一直在党的理论战线工作，成为中共党史界的权威。

我与朱乔森先生相识，缘于我收藏了一批著名学者陈梦家先生旧存的友人书札。这批书札里面有朱自清先生于抗战时期，写给正在美国讲学的陈梦家先生的六封信。陈梦家先生在燕京大学做了两年研究生后，先是留在燕大当了助教。1937年，卢沟桥事变后，经闻一多介绍，他到清华大学当了国文教员（那时清华已在长沙）。1938年春，临时大学迁到昆明，成立西南联合大学，陈梦家随即成为西南联大的教员。1944年秋，由美国哈佛大学费正清教授和清华大学哲学系金岳霖教授介绍，陈梦家到美国芝加哥大学教授古文字学。在美国的三年中，陈梦家游历了英、法、丹麦、荷兰、瑞典等国，收集中国青铜器资料。他为此出入贵族之家，走遍藏有青铜器的博物馆，在汉学家高本汉的陪同下见到了酷好中国文物的瑞典国王。根据搜集到的资料，他编写了庞大的流美铜器图录，还用英文撰写并发表了许多文章：《中国铜器的艺术风格》《周代的伟大》《商代的文化》等。1946年，他还和芝加哥艺术馆的凯莱合编了《白金汉所藏中国铜器图录》。

1947年春，陈梦家决意回国。也就是在这个时期，陈梦家与时任清华大学国文系主任的朱自清先生多次通信，了解学校的现状、清华何时能够返回北京；自己回国后，清华如何安排他的教学任务以及住宿、职别等情况。朱自清先生对他提出或询问的问题一一回复。1949年秋，陈梦家回到清华大学任教授。

朱自清先生写给陈梦家的六封信，我曾在一些报刊上发表，后来把其中的一封收录到与人合编的《中国近现代文化名人手迹》（北京出版社）中。

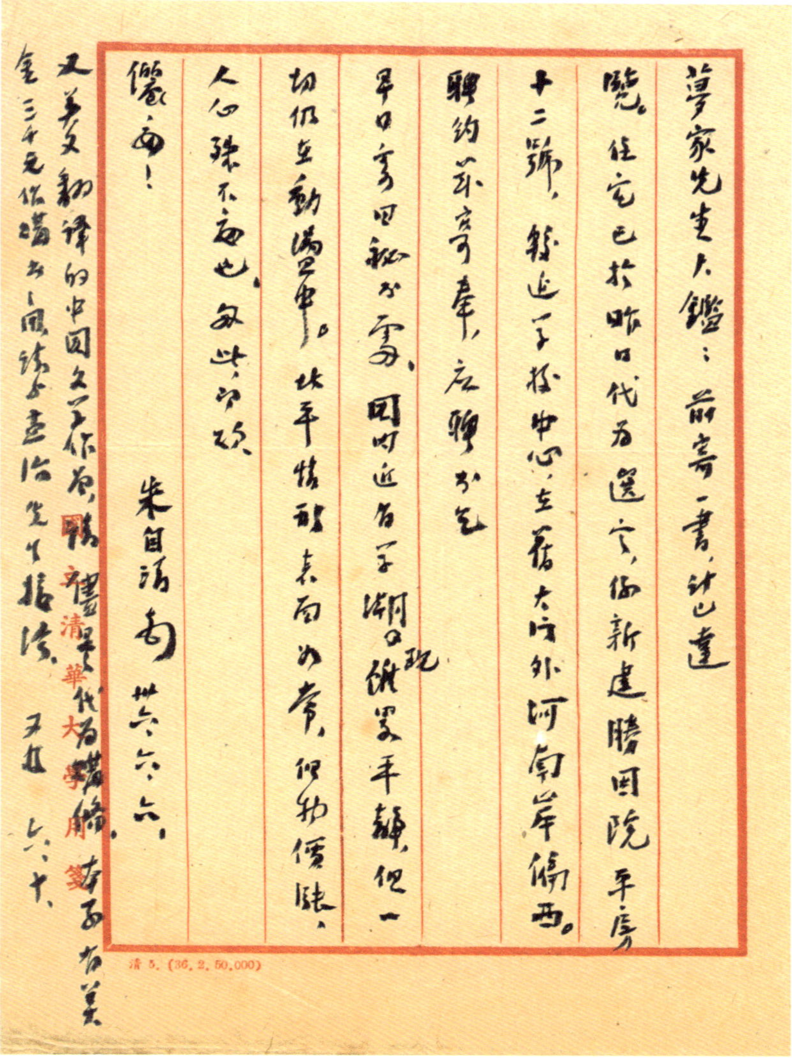

夢家先生大鑒：前寄一書，計已達
覽。住宅已於昨日代為選定，係新建勝因院平房
十二號，距近學校中心，在舊大門外河南岸偏西。
聘約業寄奉，應聘書乞
早日寄回秘書處。國內近日學潮現似已平靜，但一
切仍在動盪中。北平情形表面如常，但物價騰，
人心殊不安也。匆此，即頌
儷安！
朱自清啟 卅六、六、六。
又英文翻譯的中國文學作品，請在美代為購備，本系有美
金三千元作購書之用，請逕與該書店洽，先生接洽。 又啟 六、十。
國立清華大學用箋
清 5. (36. 2. 50,000)

朱自清致陈梦家书札

作为朱自清先生的儿子，朱乔森非常关注他父亲的遗文、遗稿和手迹。还是在我首次披露朱自清先生写给陈梦家的书札时，正在整理出版《朱自清全集》的朱乔森先生和我取得了联系。

这是我和朱乔森先生第一次通电话。他提出能否允许把我发表过的朱自清先生的书札，收录到《朱自清全集》中。我慨然应允，并告诉他，现在我家里所存朱自清写给陈梦家的信总共是六封，可以都提供出来。这时，我感觉出朱乔森很激动，连续说了几遍谢谢，并表示如果身体状况允许，他一定到我家拜访。几天后，他收到了我寄给他的朱自清写给陈梦家的六封信的复印件，再次来电感谢，并说寄一本他参与编辑的《朱自清散文精品选》给我。几天后，我收到了他寄来的书，同时从朋友那里知道了朱乔森先生患有癌症，并且做过几次手术。

又过了些日子，我收到了某家出版社寄来的几百元稿费，我没有在这家出版社出过书，也没有提供过稿件，我以为一定是出版社寄错了。就在此时，朱乔森先生打来了电话问我，他请出版《朱自清全集》的出版社寄来的资料费收到没有，我恍然大悟。这是我预料之外的。在这以前，我没少为一些书札作者的后人提供书札资料，但从来没有人给过报酬，甚至连一本书也没有赠送。更有甚者，有的人还把我发表的名家手迹，作为插图用在他所编辑的书籍或发表的报刊上。前两年，一次浏览一个书法类的网页，居然有一个家伙把我与人合编的《字字珍藏》上边所有名家书信全部扫描贴到他自己的博客里，致使许多网友以为这些书札为其所藏。屡见不鲜，我已经很适应了，以至于收到了应得的资料费，反而有些不知所措了。

自此以后，我和朱乔森先生有了较多的联系。只要我发现了朱自清先生的手迹，总会打个电话告诉他，并提供给他复印件。一次，朋友送给我一册名字叫《水木清华·二三十年代清华校园文化》的书，正文的前面有26页为清华大学历任校长和著名教授的手迹，其中第15页影印了朱自清先生的三件手迹，一件是朱自清先生所题写的“荷塘夜色”横幅；另一件是朱先生于1936年为《国立清华大学年刊》题写的刊名；还有一件是写给“岂明师”的信（按：周作人有笔名岂明）。因我对朱自清先生的手迹做过一些研究，前两件我认为是朱自清先生的亲笔，而对那件朱自清先生写给“岂明师”的信，自以为不对。我当即打电话给朱乔森先生，问他看过此书没有，知道不知道乃父的这三份手迹，并谈了我对那件“致岂明师”的信存疑的看法。朱乔森先生告诉我，还真没看过该书，更不知父亲写过这三件东西，并嘱我把书上的这一页复印给他，一是留个资料，二是对真伪做个判断。我把复印件寄给他后，没过几日，朱乔森即回电，他首先肯定了我的判断，那件所谓的朱自清写给“岂明师”的信，绝对不是朱自清的亲笔，不仅字迹不对，而且称谓也不对，朱自清尊重周作人，但从未称其为师。也是在这次通话中，他告诉我由他编辑的《朱自清爱情书信手迹》即将出版了，他已经收到了书的清样，并说把清样寄给我。

清样收到后，我急速地拆开，再次见到了非常熟悉的朱自清先生的墨迹，而且多达75封。这份清样包括封面图稿、彩色插页和75封信的影印件。据清样中朱乔森先生写的前言，得知《朱自清爱情书信手迹》（朱乔森编，江苏教育出版社，2001年第1版）所收录的朱自清先生的75封信，是朱自清先生写给陈竹隐的情书。关于这些信的写作背景、发现，朱乔森先生在前言中有所说明：

父亲写给母亲陈竹隐的七十五通爱情书信，是不久前编者搬家

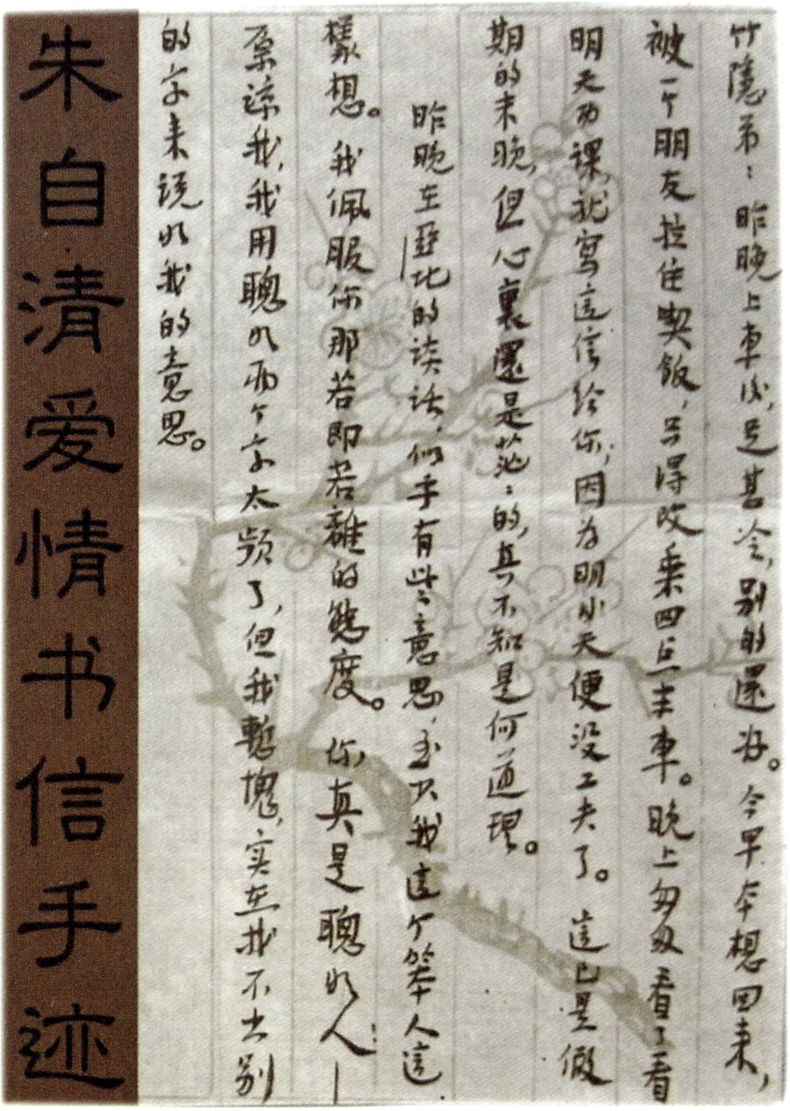

《朱自清爱情书信手迹》封面图样

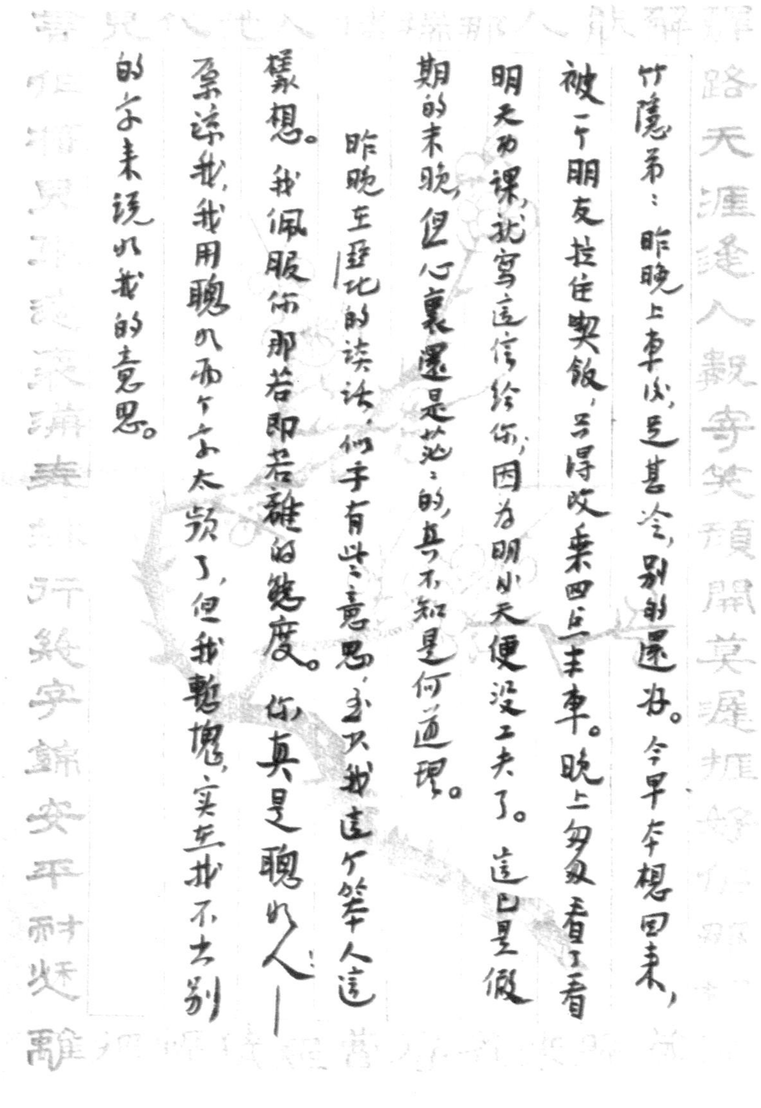

竹隱弟：昨晚上車以後甚冷，別後還好。今早本想回來，被一个朋友拉住吃飯，只得改乘四点一来車。晚上匆匆看了看明天的課，就寫這信給你，因為明後天便没工夫了。這也是假期的末晚，但心裏還是茫茫的，真不知是何道理。

昨晚在車上的談話，似乎有些意思，就只我這个笨人這樣想。我佩服你那若即若離的態度。你真是聰明人！——原諒我，我用聰明兩个字太頻了，但我慚愧，实在找不出别的字來說明我的意思。

朱自清写给陈竹隐的信

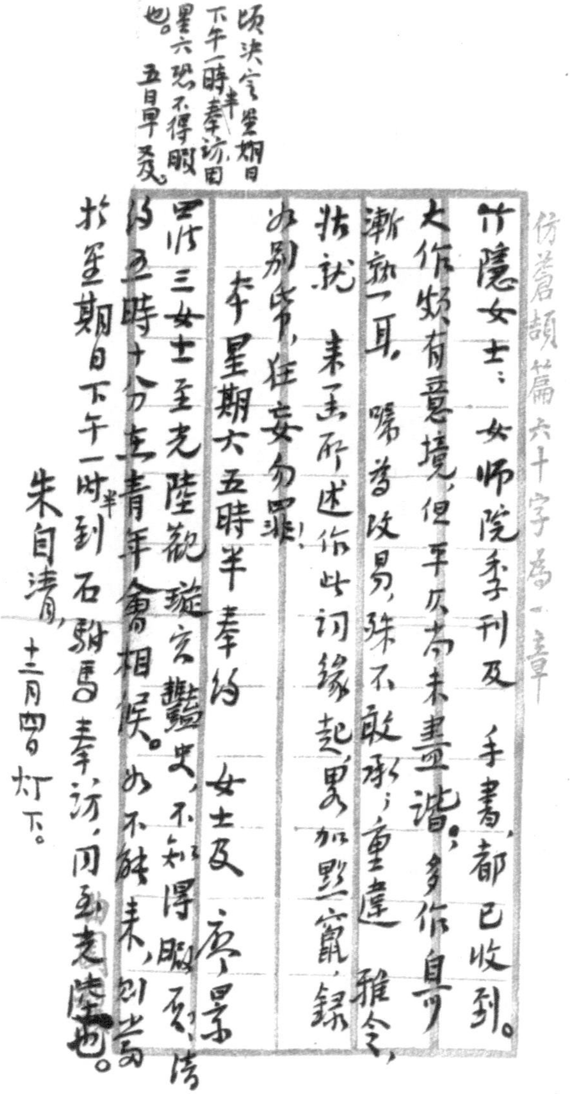

仿蒼頡篇六十字為一章

竹隱女士：女師院季刊及手書，都已收到。大作頗有意境，但平仄尚未盡諧；多作自漸熟耳。囑為改易，殊不敢承；重違雅令，姑就來函所述作此詞緣起，略加點竄，錄以別紙，幸勿罪！

本星期六五時半奉約女士及廖、景、田作三女士至老陸館璇宮藝史，不知得暇否？請於五時十分在青年會相候。如不能來，則當於星期日下午一時半到石駙馬奉訪，同到老陸處也。

朱自清，十二月四日灯下。

頃決定星期日下午一時半奉訪，因星期六恐不得暇也。五日早發。

朱自清写给陈竹隐的信

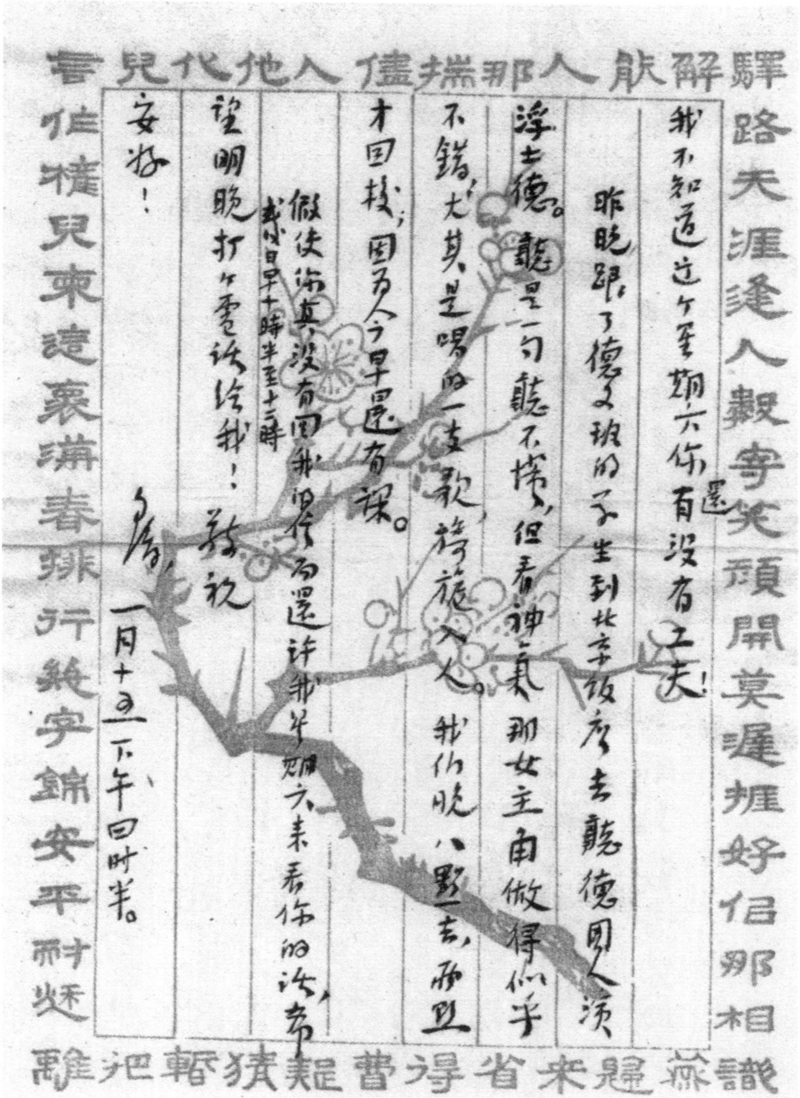
我不知道这个星期六你有没有还工夫！
昨晚跟了德文班的学生到北京饭店去听德国人演浮士德。听是一句听不懂，但看神气，那女主角做得似乎不错，尤其是唱的一支歌，特能动人。我们晚八点去，两点才回校；因为今早还有课。
假使你真没有因我的话而还许我星期六来看你的话，望明晚打个电话给我！我明日早十时半至十二时
敬祝
安好！
自清
一月十五下午四时半。

朱自清写给陈竹隐的信

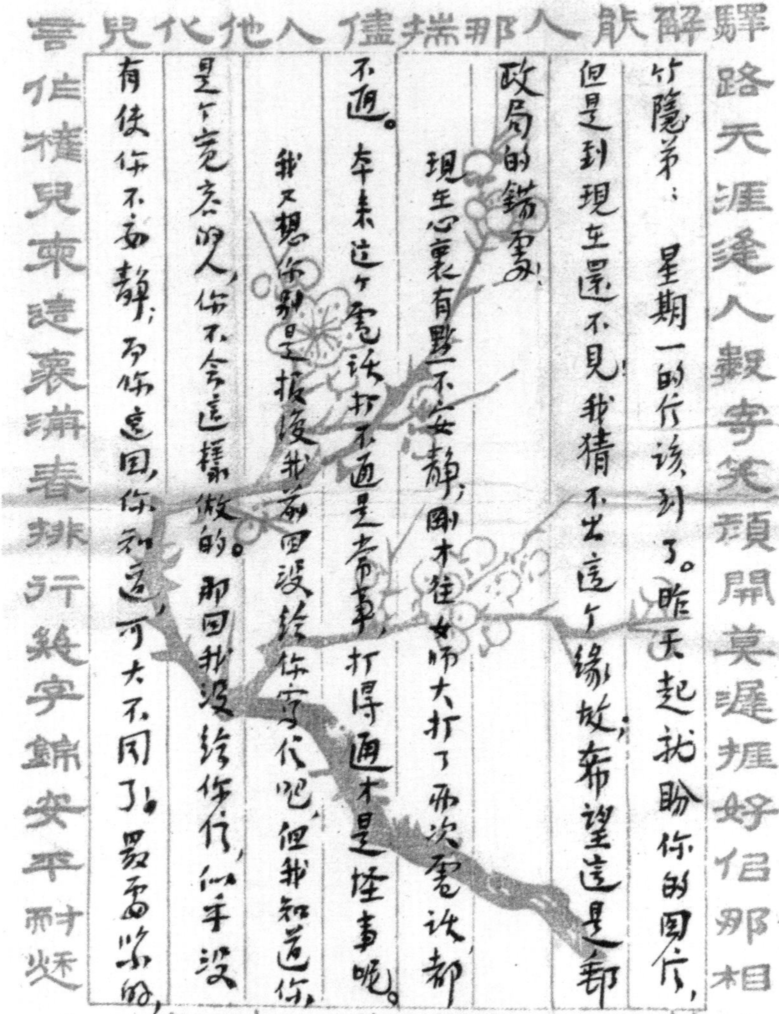
竹隱弟：

星期一的信該到了。昨天起就盼你的回信，但是到現在還不見，我猜不出這個緣故，希望這是郵政局的錯處。

現在心裏有些不安靜；剛才往女師大打了兩次電話，都不通。本來這個電話打不通是常事，打得通才是怪事呢。

我又想你別是報復我前回沒給你寫信吧，但我知道你是個寬容的人，你不會這樣做的。那回我沒給你信，似乎沒有使你不安靜；而你這回，你知道，可大不同了。我最需要的，

朱自清写给陈竹隐的信

时才发现的。原信都有信封，母亲生前把它们精心地保存在一个小箱子里。其中的七十一封，是父亲婚前恋爱期间写给母亲的；婚后的四封，也是爱的书信。在五四以来我国的现代作家中，保存如此完整的恋爱书信，除鲁迅先生的《两地书》外，似乎尚不多见。编者细读之后，当即决定照原件收入《朱自清全集》第十一卷。一则以保存六十多年前的历史原貌；二则虽是恋爱书信，其中却无不可示人之处，反倒不难看出作者的坦荡，感情的诚挚和率真。

关于影印出版《朱自清爱情书信手迹》，朱乔森亦有阐述：

这些信收入《朱自清全集》后，又有关心父亲作品的朋友建议，将他的手迹影印出版。编者试着征询江苏教育出版社的意见，因为这种影印本印数不可能多，照相制版等成本却很高，出版社是很可能要赔钱的。然而，赵所生社长却慨然允诺。感谢他从保护文化遗产出发，从社会效益出发，这本书才得以出版。

读过了清样，继而又查阅了一些有关的资料，我始知朱自清和陈竹隐是朱自清先生1932年去英国访学回国的那年8月4日，在上海举行的婚礼。婚后，朱自清担任了清华大学中国文学系主任，他将全身心投入了工作。婚后第二年，陈竹隐生了一个男孩，朱乔森。

自打这份《朱自清爱情书信手迹》的清样寄给我后，好长一段时间，没有接到朱乔森先生的电话。直到2004年的3月，两会召开期间，才又接到了他的电话，他告诉我说，他正在参加政协会，住地在离我单位很近的中土大厦。他说会在会议没安排集体活动的时候约我聊聊，我也答应他把我的新书送给他，并把那份《朱自清爱情书信手迹》的清样还给他。

谁曾想，就在他有空闲约我到中土大厦会面时，我已经离开北京到南方出差了。

也许是我和朱乔森先生缘分没到，我们俩从第一次电话始，直到接到他离世的消息，大概有五六年的时间，我竟然没能与朱乔森先生见上一面。现在回想起来，都怨我一拖再拖。

朱乔森先生走了，那份没能还给他的《朱自清爱情书信手迹》的清样，至今依然存放在我这里。睹物思人，不胜感慨。谨以此文，以志纪念。

2010 年 3 月 10 日

于北京复外大街 10 号

让人费解的收藏家许川

个性使然，我在和朋友交往的时候，总会以诚相待。我的个性体现在集藏古旧书籍、书札、古董文玩时，只要东西对我的路子，“仨瓜俩枣”的小钱，我是不计较的。而且买东西，从不赊账、欠账，即使买的东西不对，只要当时付了钱的，一般来讲，我不会去退货。由此，我赢得了众多书商摊贩的好感，一旦他们手里有了书信资料、古董文玩一类的东西，总是先给我发来信息，在很长的一段时间里，大宗的货物，我一定是第一个知道，并最先看到的人。这样的情况，从20世纪90年代初一直持续到2006年，我得了一场大病，基本退出了“藏”界。

回忆起长达16年的集藏日子，我时常想起的是我的藏友许川先生和与他有着密切关系的事儿。

我和他是20世纪90年代初，在潘家园旧货市场认识的。说起我和许先生的第一次见面，颇富戏剧性。那天，我正在一个摊位上看一些资料，忽然觉得背后有一股汗臭味儿扑面而来。回头一看，原来有一个“蓬头垢面”的中年人，伏着身子在我的背后，在看我翻阅的东西。我有个习惯，看东西的时候，不喜欢有人参与。我放下东西起身就走，让位于他。那个摊贩叫住了我说：“您不想认识认识这位许先生吗？”我一打愣，“许先生”，这位就是摊贩们敬若“神灵”的、我的唯一竞争对手老许吗？于是我停住了脚步，老许也迎了上来说，“久仰了，久仰”。

总算认识了我一直不曾谋面的对手。中午应老许之约，在潘家园附近的简易大棚里吃饭。老许还约了几位在潘家园旧货市场知名的贩卖旧书杂志、字画杂项的摊贩。老许约来的这几位，经过数年来的摸爬滚打，现如今在北京有房、有车，有自己的店铺。也算揭老底儿吧，那会儿，这几位都租住南城凉水河附近的破旧平房里。他们那时的家我都去过，不是大杂院，就是废弃的库房，一般是家族聚居，都有亲戚或老乡关系。这些摊贩（现在要称他们为老板了）每年都需要办暂住证，求到我的时候，我会积极地帮助他们都能拿到北京的暂住证，有的家族一办就是十几个。我每次去这些摊贩的住地，他们都会从各自的小屋里拿来一些旧书杂志等物，让我看，每次都不会空手而归。他们到潘家园的交通工具，“残摩”是最高级的，一般是破旧的三轮车，或者是不知哪儿来的破自行车，还有的拉着自制的木架子车。有“残摩”的两位，现在已成为京城的著名书商，和我仍然保持友谊和联系。

自打老许做东聚餐以后，我、老许和那几位经营旧书的摊贩，成为了好朋友，经常互相请饭。慢慢地我对老许有了了解。他是回民，结过婚，后来一直单身。大概是没有家眷的原因，每次见到他，总是邋邋遢遢的，都像没洗脸的样子。印象里，春夏秋冬四季的衣服总是那么几件交替着穿，几乎没有换过样。他对于自己的经历从来不谈，我也没有问过他，只是听到一些支离破碎的关于他的故事。据说他有自己的包工队，承揽北京几家大型企业和院校的锅炉维修业务，还有个规模不大的饭馆。他挣来的钱都用在了买旧书、文稿、信札等方面，衣食住行很不讲究。

就是这么一个极端不修边幅的人，学问很好——古今中外的历史，还有外语，他都有一定的造诣。他买东西很杂，古今中外书籍，国画、版画、西洋画，书札杂志都是他的钟爱之物。他在潘家园旧货市场附近租了一个半地下室，买来的东西都存放在那里。

我和老许既是有着共同爱好的知音好友，也是双方都极为戒备的竞争对手。那个时候，京城以名人书信为收藏专项的藏家没有几个，我和老许是购买名人书信最舍得花钱的两个。那些年，市场上出现的许

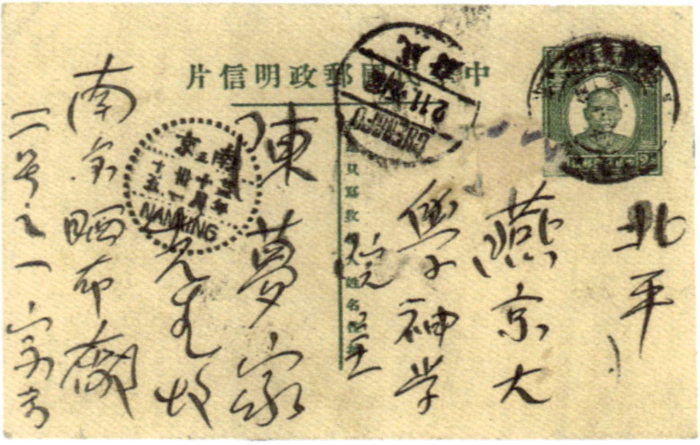

宗白华致陈梦家明信片

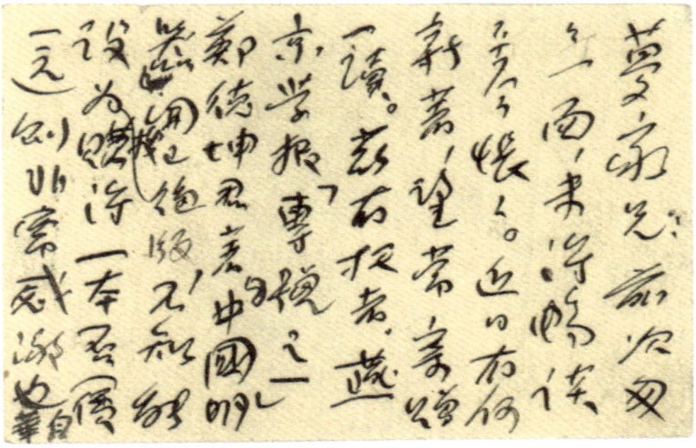

宗白华明信片正面

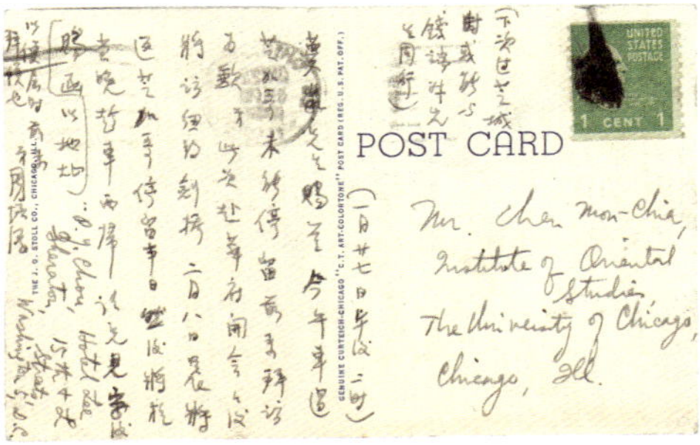

1945年周培源致陈梦家明信片

1945年周培源致陈梦家明信片背面

多大名头的书信大都被我们两个买走了。我们两个竞争最为激烈的一次是潘家园旧货市场出现的一批陈梦家、赵萝蕤夫妇旧藏的来往书信。

我是最先发现这批书信的。一次，我到住在离亚运村不远的村落北洼村一个书贩家里看东西的时候，发现屋里的一个破旧三屉桌上，扔着一些旧明信片，随便翻了翻，发现是民国时期陈梦家先生的清华大学同事和朋友写给他的。名气大的有历史学家杨树达先生、著名美学家宗白华先生，还有周培源、张星烺、罗福颐等先生。随便问价，书贩告诉我，这是样品，还有几口袋呢，他和几个亲戚正在凑钱买呢。这几个如果想要，五十元（人民币）一个。其余的细节，他不愿意和我多说，我也不想多问，于是我就掏钱买下了这几个明信片。那天，还从那个书贩的家里买了田汉先生的“检讨”和写给赵寻的信。

没过几天，这个书贩打来电话，说他们买来一批陈梦家先生旧存的手稿书信，我打车到了他北洼村的住所。这批东西赵萝蕤先生的文稿资料居多，书信也就二十多封，多为陈梦家先生在学术界的朋友，如商承祚、容庚、于省吾、袁同礼、王重民等诸位先生的信件。好在这几个合伙人都和我很熟，也有交情，最重要的是他们几个并不太清楚这些信的作者是何许人也，更不知道这些书信的文献价值，尽管几个人嘀咕了半天，也拿不出个索要高价的理由来。最终以极其低廉的价格卖给了我。

几天后，老许知道了此事。后来听说，老许因他们几个把陈梦家先生旧存的书信文稿等文献资料卖给了我，把他们几个臭骂了一顿，然后请他们几个在一个较高档的饭馆吃了一顿，并让他们几个不惜代价，想办法找到那个买货人，把所有的那些陈梦家先生旧存的书信资料买回来。

果真，在我出差的日子里，老许终于如愿以偿。也是后来听那几个书贩说，为了买到这批书信资料，老许在北洼村住了好几天，而且每天晚上请这几个家伙喝酒、吃饭。

也许是老许见什么买什么，资金也有周转不开的时候，他欠了许多书贩的钱，以致有的书贩不再卖给他东西，有时约会也不再叫他参加了。有很长一段时间，我几乎再没有见到过他。圈里人传说，老许得了“扁桃体肿瘤”，手术不成功，失语了。我很想去看望他，可是与他熟悉的人中，竟然没有一个知道他究竟住在哪里。

一年以后，老许因他得的那个至今熟悉他的人也说不清的什么病，医治无效，竟撇下了用几卡车才装得下的，几乎投入了他所有的资金而积攒下的各类书籍、字画、名人的信札、手稿……悄然逝去了。

许先生的逝去，使许多的藏友失去了一个好朋友，而经营古旧书籍的商贾失去了一位固执的而又非常守信誉的忠实买家。不久，许氏的藏品就不断又流入了市场。其中最多的一次被那几个曾经把陈梦家先生旧存书信资料卖给老许的书贩买到了。他们把这些老许多年收购的旧物，从潘家园的半地下室仓库，运到了现在已成为奥运场馆的一处民房里，装满了两间很大的屋子。当时我听到的传言中说，老许的旧物中，有许

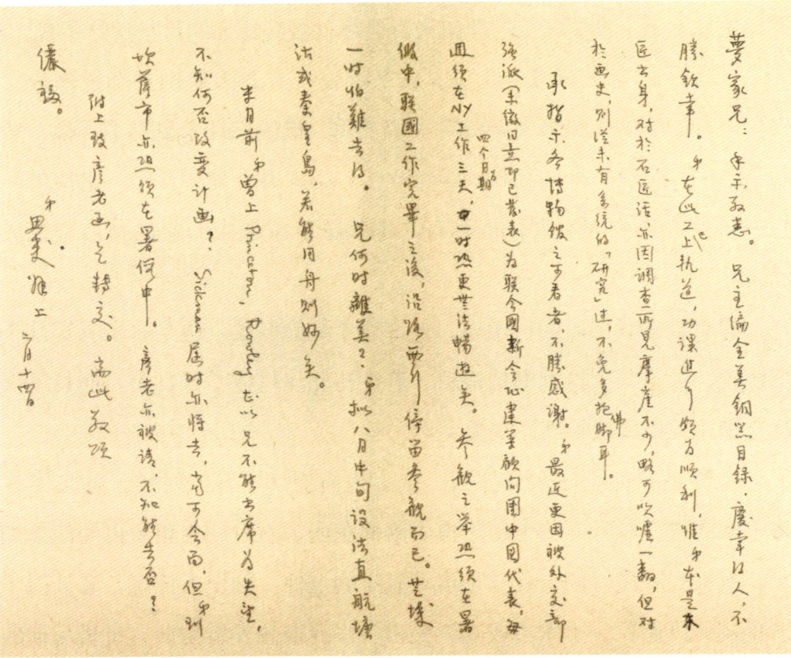
梦家兄：手示敬悉。兄主编金文铜器目录，庆幸得人，不胜钦羡。弟在此工作已上轨道，功课进行颇为顺利，惟弟本是木匠出身，对于石匠活亦因调查所见摩崖不少，略可吹嘘一番，但对于画史，则从未有系统的"研究"过，不免多抱佛脚耳。

承指示各博物馆之可看者，不胜感谢。弟最近更因被外交部强派（未徵同意即已发表）为联合国新会址建筑顾问团中国代表，每周须在NY工作三天（四个月为期），一时恐更无法畅游矣。参观之举恐须在暑假中，联国工作完毕之后，沿途两行停留参观而已。芝城一时怕难去得。兄何时离美？弟拟八月中旬设法直航塘沽或秦皇岛，若能同舟则好矣。

本月前弟曾上Princeton，Rowley 言以兄不能出席为失望，不知何否改变计画？Sickman 届时亦将去，当可会面。但弟则坎萨市亦恐须在暑假中。彦老亦被请，不知能去否？附上致彦老函，乞转交。端此敬颂

俪绥。

弟 思成 拜上 六月十四

20世纪40年代梁思成致陈梦家书札

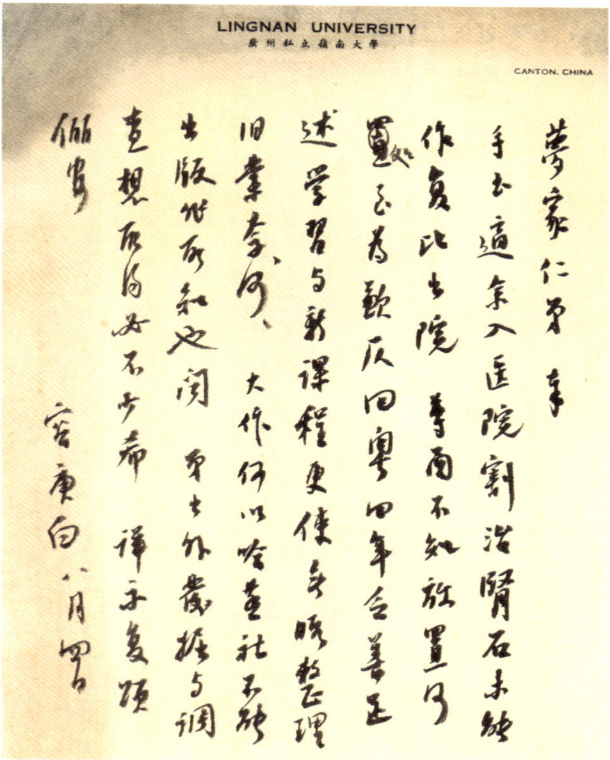
LINGNAN UNIVERSITY
廣州私立嶺南大學
CANTON, CHINA

夢家仁弟

容庚白 八月四日

20世纪30年代容庚致陈梦家书札

多的线装书，不仅有明版的，还有宋版的；还有许多书画等。为卖出个好价钱，书估给他们熟悉的卖家，都打了电话。我本无心购买老许的遗物，但经不住他们电话里说的，老许的那批旧物中，有胡适、朱自清等众多名家学者的写给陈梦家先生的书信，我还是来到了他们存放物品的村落，怀着强烈的好奇心，辗转找到了这家民宅。

来看老许遗存旧物的人，有十几个，都是京城收藏名家，经过几个回合的价格竞争，最终我以那几个书贩都满意的价格，买走了这批搬家公司用了两个带棚运输车才装下的旧书古籍等物。

在整理的过程中，我发现有许多当初曾经与老许竞争过的东西居然原样未动，比如很珍罕的善本书，或名头很大的文人墨迹，他花了很多的钱买下后，就会随手放在卖旧书的小贩提供给他的一个破纸袋子里。而我整理这些旧物时，那些“宝贝”居然还被装在那个破纸袋子里，我至今不解他当初买那些个好东西究竟为了什么。后来听曾经卖给过他许

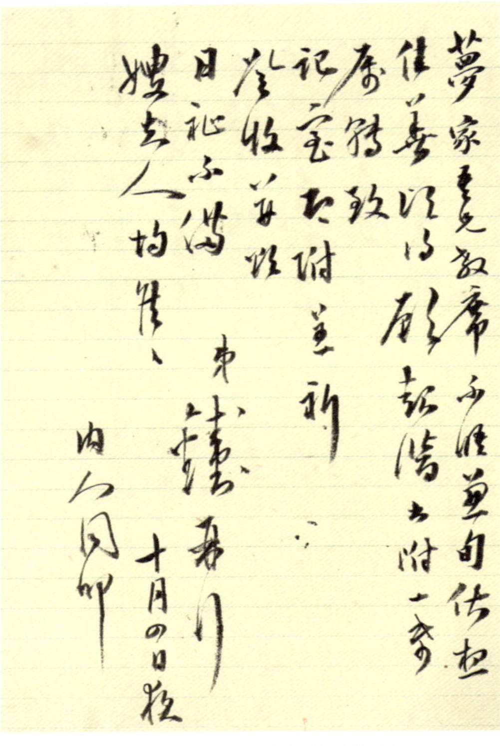

钱锺书的手札原藏者就是许川

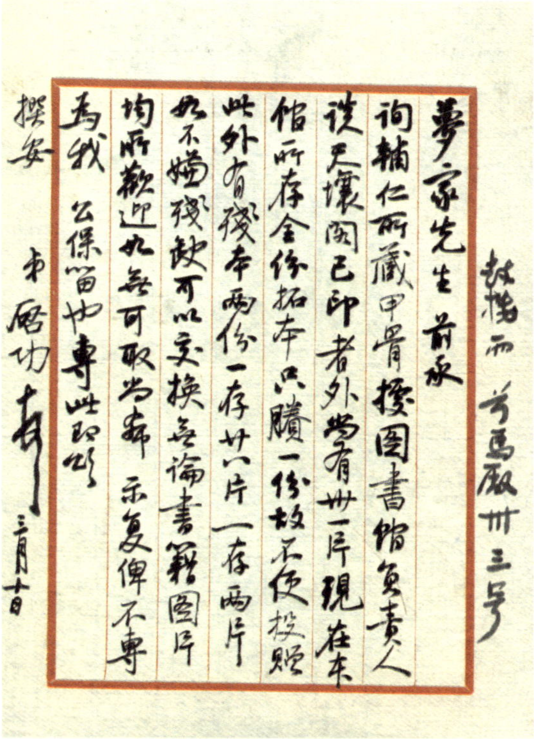

梦家先生 前承
询辅仁所藏甲骨據图书馆负责人
谈天壤阁已印者外尚有卅一片现在本
馆所存全份拓本只赠一份故不便投赠
此外有残本两份一存廿八片一存两片
如不嫌残缺可以交换无论书籍图片
均所欢迎如无可取为希 示复俾不专
为我 公保留也专此即颂
撰安 弟启功 顿首
三月十日
前马厂卅三号

20世纪40年代启功致陈梦家书札

多好东西的小贩说，他就是这样，不管花多少钱买的，到了他存放物品的地下室，总是随便一“丢”，就再也不去管了。

当年被许氏买走的一部分著名学者陈梦家先生旧藏的文稿、信札等珍贵资料的命运也是如此。当我发现它们的时候，那几百封信和许多的文稿资料仍原封不动地在当初买时的麻袋里睡大觉呢！

遗憾的是，我没有找到传说中的“宋版书”和传说中的新中国一版人民币，以及传说中的胡适、冯友兰、梅贻琦等先生的亲笔信。再后来，传说胡适等人的信，被那几个人卖给一个外地藏家了。“宋版书”有人说有，被人在我决定买之前，“偷”去了；还有一说，是被那几个家伙提前卖掉了。我无法印证真假，只是发现我见到过的欧阳中石先生写给许川先生的书法，已经被其中的一个书贩窃走卖掉了。还有那套新中国一版人民币，据说后来有人亲眼见到过，在当初卖我老许旧物的其中一个书贩的手里，后来送到一家拍卖公司，卖了上百万元人民币。

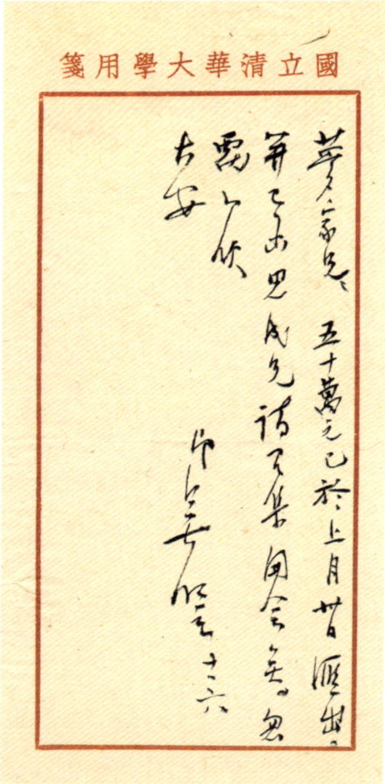
國立清華大學用箋

1949年吴晗致陈梦家书札

我只喜欢名家书信，当我把那些包括陈梦家先生旧存书信找出来后，我把所有的书刊资料包括至今令许多藏家表示惋惜的线装书、民国版的新文学书（还有毛边本、签名本）、民国时期的各种杂志、老照片、旧书画以及民国前的外文书等都以极低廉的价格统统转给他人了。之后有人估计，被我卖掉的那些东西，假如放到今天怎么也值几百万元。可我一点儿也没有后悔我当初的决策。

2013 年 6 月初伏

写于北京南城双序斋

失而复得的陈金镛著《中华布道史》

陈金镛六十岁像

说起得到陈金镛所著《中华布道史》书稿，颇有些传奇色彩。

陈金镛先生，1887年毕业于杭州育英教育学校（学校名有改变，进校时为杭州育英义塾，毕业时称之江学堂），毕业后留校任教，之后到南京金陵神学院担任讲师。并长期担任上海广学会编辑，曾为司徒雷登译《圣教布道近史》。陈老先生一生著述很多，且大多发表。

《中华布道史》是他用了三年时间写成的，约十万余字。成书时间是1925年至1928年。书稿的主要内容包括传教士初到中国在各地建教会、学校、医院的起始、困难、厄运，及在太平天国时期的传教情况。令人不解的是，这部书稿并未汇总发表。陈老先生离世后，由他的三子陈梦家保存。“文革”初期，陈梦家的家被抄，这部书稿也被抄走。

陈金镛先生有五个儿子和五个女儿，他们都受过良好的教育。五个儿子，老大陈梦杰和老二陈梦士，经商；老三陈梦家，青少年时期是著名的诗人，曾系统地学习过法律，并取得律师执照，但最终成为一位享誉中外的古史学家、古文字学家、青铜器鉴赏家和明代家具鉴藏家；老四陈梦熊是著名的地质学家和中科院院士；老五陈梦罴，早逝。五个女儿，老大陈秋光，曾担任过苏州景海学校（苏州景海师范学校）教务长；老二陈调盐，终身未嫁，以钢琴为伴；老三陈郇磐，终身从事中学教育，她的丈夫金树章，是著名的农学家；老四陈冕珠，长期在苏州景海学校任音乐教师，后来成为陈梦家夫人的著名英美文学家赵萝蕤幼年曾跟随她学钢琴；老五陈智灯，终身从事幼教事业，并卓有成就。据陈

陈金镛先生夫人蔡灵恩和她的五个儿子。前排坐者：中蔡灵恩，右陈梦杰，左陈梦士；后排立者：右陈梦熊，中陈梦家，左陈梦罴

家后人说 ，陈金镛先生还有一个女儿，被司徒雷登留下的一条大狗咬了之后，致狂犬病夭折了。陈老先生与司徒雷登是很好的朋友，司徒雷登回美（到燕京大学任校长）前，将自己一条心爱的大狗送给了陈老先生，结果造成了如此沉痛的悲剧。

20世纪90年代，前文提到“文革”中陈梦家先生家被抄，后来退还了一些书信、文稿，但这些资料中并没有陈金镛先生的《中华布道史》书稿。此前和以后很长一段时间里，我都不知道这部书稿的存在。

知道这部书稿的存在，缘于我依据陈梦家先生旧存的书信、文稿写成的文章《陈梦家往事》，后来我把这篇文章收进我的《碎锦零笺》一书。恰好，一位曾经与陈梦家先生共过事的王世民先生看到了此书，并仔细读了《陈梦家往事》一文，鉴于文中有些不准确之处，王先生特意来信指出，是信由北京鲁迅博物馆转给了我。就是在这封信的最后，王世民先生询问我是否藏有陈梦家父亲陈金镛先生的手稿，我才知道原来陈金镛先生还有这样一部重要的书稿。

王世民先生的这封信主要谈的是《碎锦零笺》中《陈梦家往事》的几处与实际情况不符的问题，有的问题也有读者提出过疑问，王先生曾与陈梦家先生有过十几年的一起工作的经历，我想他的纠正是较准确的，借此机会把他的信照录于兹，算是对《陈梦家往事》的错讹进行勘正吧。

方继孝同志：

本人是中国社会科学院考古所退休多年的研究员，最近在我们图书馆看到您写作的《碎锦零笺》一书。获知陈梦家先生的一批书信，由于他的内弟赵景心未能精心保管，竟然在夫人赵萝蕤先生去世后，使其流入社会，幸而相当一部分得到您的抢救和保存，感到十分的欣慰。对此我倍感亲切。这是因为：我虽自1956年到考古所工作以后，经双向选择曾确定以陈梦家先生为导师，后来虽因陈先生被错划为“右派”，实际接触有限，仍先后有十年交往，略知一些事情。而“文革”以后，陈先生遗留的藏书和书信等资料，由北京市“查抄办公室”退至考古所时，我曾经手将书信等资料面交赵萝蕤先生，深知其重要的学术价值，关切日后的保存情况。

您所撰写的《陈梦家往事》，是一篇很好的文章。由于您对某些往事并不十分清楚，文中难免有若干不同程度的出入，现特指出如下：

（一）39页“在被划成‘右派’后，他的‘右派’帽子就一直没有摘下来过。”

实际情况并非如此，而是摘过“右派”帽子。1963年1月16日，在考古所的全所大会上，曾有行政副所长牛兆勋同志当众宣布，为陈梦家先生摘掉“右派”帽子。

在此以前，除《考古》杂志因需要刊登过两篇他化名写的文章：《郭沫若著：〈两周金文辞大系图录考释〉》（署名“余孚山”，1958年5期），《美帝国主义盗劫的我国铜器》（署名“张仲平”，1960年4期），此外未再发表过陈先生署名的论文。《考古学报》连载他的名著《西周铜器断代》，被迫中断。他所编撰的《中国铜器综录》第二集（流散美国部分），拖延六年至1962年方才内部发行（科学出版社1962年公开出版），并且将书名改为不伦不类的《美帝国主义劫掠的我国殷周铜器集录》。

在此以后，陈梦家先生的论文接连不断地发表。特别是1963年

6月，考古所决定启动《殷周金文集成》的编纂工作，由陈梦家先生主持，本人和其他同志具体从事。

（二）33页“陈梦家被定为“右派”后，曾一度下放到河南农村劳动。”

陈梦家与考古所劳动锻炼干部一道下放（包括陈梦家共计14人），地点是洛阳东部白马寺附近的植棉场。时间是1958年12月22日离开北京，1959年末返回，为期整整一年。

（三）34页“陈梦家在兰州待了两年后，”

实际情况也非如此，陈梦家先生没有在兰州待过两年。他是根据夏鼐先生的提议，于1960年6月10日经考古所领导小组讨论决定，由周永珍同志陪同前往兰州，协助甘肃省博物馆整理武威汉简，在兰工作历时一个多月。返程途中，曾在地处大雁塔北侧的考古所西安研究所停留一段时间，于8月10日回到北京后，向夏鼐先生汇报此行情况。

（四）38页“8月24日傍晚，在被斗争了一整天后……”

所说时间稍有出入。1966年8月10日前后，考古所的造反派勒令“三反分子”“右派分子”等，每天上午在所内参加建房劳动，下午和晚上学习文件和写检查，并在晚间清扫厕所。当时本人因“保皇派”罪名，也曾被驱入牛棚，与陈梦家朝夕相处，深知他的表态甚好，劳动和打扫厕所不怕脏、不怕累。

8月23日下午，考古所的造反派成立红卫兵，各类“牛鬼蛇神”26人戴高帽子在所内游园。24日上午下班时，陈梦家劳动结束清洗后，经由考古所相通的近代史所大门，去往胡同东口路南的蔡姓妇女家，所内的工勤人员和红卫兵尾随将其揪回，在考古所、科学院图书馆两单位相邻食堂的路口，进行罚跪和辱骂。当天下午，陈梦家仍在牛棚参加学习，但情绪与往常不同，时而走来走去，傍晚向牛棚的学习组长牛兆勋请假，以其夫人病为由不来参加晚间的学习。同时，留下一封敞口的信，请牛兆勋转交“文革”小组，说明蔡姓妇女与自己并无谣传的不正当关系，只是不时请她帮助料理家务，当天中午去她家，是因为爱人癔病复发，急需有人前去照顾。当晚陈梦家吃安眠药第一次自杀。

以上四件事，在考古所的老同志中尽人皆知，《夏鼐日记》（即将由华东师大出版社近期出版）都有明确的记载。曾入围美国国家图书奖非文学作品的彼得·海斯勒（中文名何伟）《甲骨文》一书（中译本曾在台湾出版），提到过陈梦家第二次自杀情况。

另外，我想打听一下，在我经手面交赵萝蕤先生的资料中，有一包陈梦家父亲陈金镛先生的手稿，用毛笔写在16开白报纸上，内容好像是《中国基督教传教史》，应该具有较高的学术价值。您收存的资料中，倘有这包手稿，希注意珍视。

专此，并祝

近好！

王世民

2010年2月25日

接到王先生的信后，我们通了电话。在电话中，王先生再次提到陈金镛先生书稿。我告诉他，我这里不仅没有这部书稿，如果不是他在信中提起，我压根儿就不知道有这部书稿的存在。他很遗憾地说，或许已经散失掉了。我安慰他说，也许仍在赵家保存，也许赵萝蕤先生生前还给陈家后人了。他说但愿如此吧。

在这次电话中，我特意问了陈梦家自杀前的情况，他说所了解的，就是信上说的那些。我问他：现在坊间流传，也有一些好事者总是揣测陈梦家先生与“蔡寡妇”的事，那您听说的是怎样的经过呢？说红卫兵在蔡家把陈先生“揪回”所内，进行羞辱、批判，难道他们（红卫兵）真的是“捉奸在床”了吗？要么，为什么陈先生被“揪回”所内压力如此之大，而且留下的“绝命书”中，强调说明自己与蔡氏并无“不正当关系”呢？王老说，据他所知，当时红卫兵尾随陈先生至蔡氏家，是在窗外偷听。陈、蔡当时只是正常的说话聊天，现在广泛流传的陈先生自杀前曾说“不能让人当猴耍了”就是那次红卫兵偷听到的，大概红卫兵们听到陈先生如此说，恼怒至此。我又问“陈梦家先生在这之前曾有过一次吃安眠药的经历”。王先生说，是的。他“在经手退给赵萝蕤陈梦家遗物时，有陈梦家的日记，其中一本是他自杀前的日记，也是他的最后一本日记，我曾把这本日记扣下，没有给赵萝蕤先生，但最后我还是送还给她了。我记得陈先生的最后一个日记是他第一次自杀前写的：‘今天是最后一天了。’陈先生的日记写得很简单，一般只有几句，而且不连续”。说到此，王先生问我：这本日记在您这里吗？我告诉他没有见过陈先生的日记。王先生很失望地说：“不知这本日记还在不在赵家，如果丢掉了就太可惜了。”

就陈梦家先生与蔡氏的关系，王老还告诉我一个重要的信息，蔡氏的丈夫也姓陈，是人民文学出版社的翻译，与陈梦家、赵萝蕤夫妇熟识。60年代初蔡氏丈夫陈先生去世，临终前托孤陈梦家照顾，因此蔡氏常去陈宅，特别是赵萝蕤得了精神病之后，蔡氏常去陈宅照顾赵萝蕤，蔡家生活困难，陈梦家、赵萝蕤夫妇经常会给蔡家一些经济上的援助。说陈梦家先生与蔡氏有“私情”没有任何根据。最后王先生告诉我，他编辑的《夏鼐日记》有陈梦家先生自杀前情况的日记，可以发给我。过了些天，我收到了电子版的《夏鼐日记》在1966年8月24日和8月25日，记录了陈梦家先生被揪斗和从“蔡姓寡妇家”被“所中左派群众揪出示众”的情况：

8月24日　星期三

今天起，让出原有办公室，7人集中学习。晨间5时起床，参加宿舍中劳动。7时赴所，将家中情况汇报，得请假半天。返家劝说秀君送往北大医院，挂号后等候至11时始诊治，说是癔病，刻下这里只有神经科而没有精神病科，不能住院，只得返家。车未抵家，又昏厥过去，抱入房中，1时半始苏醒，尚不清楚。下午赴所参加学习及写检查，暄儿在家照顾。中午陈梦家被揪斗，戴“流氓诗人”纸帽，回来写检查。

8月25日　星期四

上午赴所，见通告牌上有红卫兵通告，谓我所右派分子陈梦家自杀未遂。听说：昨天中午下班后，他到东厂胡同的一蔡姓寡妇家（其丈夫死于1963年，据云曾于死前托孤于陈），被所中左派群众揪出示众，他自杀以抵抗运动，犯现行反革命的罪，还在遗书中诬蔑群众污辱了他，所以自杀。所中开全所大会，“文革”小组报告此事，并对犯错误的三反分子、右派分子等警告。下午仍是学习与写检查。晚间返家，见楷儿亦由校来家过宿。

自接到王世民先生的来信，并通电话交流以后，因忙于冗务，就没有再联系。再次与王世民先生联系，已是来年的6月初了。

文章开头，我说“说起得到陈金镛所著《中华布道史》书稿，颇有些传奇色彩”。这次联系王先生，就是因为我发现了这部书稿，并以重金购回了。遗憾的是，我把王先生的电话号码遗失了。为了尽快把这重大消息告诉王老，我便写信，详细报告了收藏这部书稿的经过以及当前的整理、联系出版单位的情况。信发出前，我复印留底。这种做法，也是鬼使神差，因为从前我从来没有这么做过，这次倒是真的派上了用场。以下是信的全文：

王先生：

您好！

去年2月接到您的来信后，和您通了电话。由于出差太多没有再和您联系，这次想和您通电话，竟然找不到您的家里电话和手机号码了。只好写信了。

今天写信给您，主要是问候，然后向您汇报一件您所关心的事情。

一是关于您曾询问我，在我收存的陈梦家夫妇的书信资料中，是否“有一包陈梦家父亲陈金镛先生的手稿”。我的答复是没有，甚至都没听说过这部书稿。谁曾想，就在与您联系后没有多久，我居然接到了陈梦家的弟弟陈梦熊先生儿子的电话，他也是看了我的《碎锦零笺》之后，通过编辑知道我的电话的。他在电话里说他的父亲陈梦熊先生已经快90岁了，看了《碎锦零笺》中的《陈梦家往事》很激动，非常想见我聊聊家里的事情。也是在这次电话中，他还告诉了一件惊人的消息，他曾经在天津劝业场的一个旧书店发现了他祖父陈金镛的《中华布道史》的手稿。他本想买下来，但店主开价3万美金，回家与父亲商量，父亲表示要是3万人民币就买下来，3万美金，实在难以筹措，只能放弃。今天他把这个消息传递给我，我想他们家一定是商量过的，一定认为我是“大款”，因我曾经花了很多钱买下了陈梦家先生的很多东西。

我听了陈家后人提供的信息，还是很有兴趣的，便请他提供那个店主的电话。第二天，我便与店主取得了联系。店主是天津人，曾在北京亮马河古旧市场练摊儿，十多年前无意中收到了这部陈金镛先生手稿。起初，他并不知道其价值。恰好有一亲戚在天津某大学任教，有个同事是专门研究中国基督教的学者，于是这个店主就委托他的这个亲戚请那位学者来店里看书稿。这位学者看过后，很感兴趣，提出购买，但因店主并不因为是亲戚的同事而降低价格，学者无力购下，便找到学校，劝说学校重金买下。但学校经过评估，也是认为价格太高，放弃了。之后，这个店主又通过关系找到了南京某基督教会，据店主后来和我讲，南京方面很有兴趣，但依然因价格问题，拖了下来。就在这个时候，我出现了。当我赶到天津，见到店主，他居然做了功课，店里还摆放着我的几本书，其中就有《碎锦零笺》，他说这些书他都读了，这次是专门拿来请我签名的。

在这个店里，我整整待了一个下午，把这部厚厚的，十几万字的书稿，大致看了一过儿。正如您所说“具有较高的学术价值”。不仅史料价值高，而且语言通顺，可读性很强，是研究近代中国基督教布道史不可多得的第一手资料。

店主对这部书稿的价格，期望值很高，经过几轮的谈判，最终还是没有达到一个双方都还能接受的价格。我很扫兴地离开了这家店，赶回北京。

又过了许多日子，我正在北京国际机场候机，接到了店主打来的电话，说经与家人商量，同意按前次去他店里协商的价格，并说过些日子他送孩子到北京清华大学报到时把书稿带给我，真是喜出望外。

过了些天，学校即将开学了，一天上午店主带着孩子和这部书稿来到我的单位，把这部书稿交给了我，我也把准备好的现金付给了他。中午请他们爷儿俩吃饭时，我才听出来，这部书稿款是用来孩子读大学以及做交换生到国外的费用。

得到了这部书稿，我把消息转告了陈梦熊先生，他老人家很是高兴，表示假如能够出版，他要写序。然后我就开始了对书稿的整理工作。通过半年来的释文、打字，完成了近16万字的整理工作。

为了使这部书稿出版，以补我国近代基督教布道史的空白，我联系了国家图书馆出版社，他们很感兴趣，决定明年出版；我还联系了中华书局的顾青先生和李世文先生，他们来我家看过这部书稿后，也表示愿意出版。他们还都没有给我确定的消息，有了消息，我会马上向您报告的。

二是我在与您的谈话中，知道您对陈梦家先生很了解，我在整理陈梦家先生的文稿、书信等资料时。对许多的人和事弄不明白，非常想请您来寒舍坐一坐，聊一聊，以解我的困惑。我曾在拜访王世襄老人的时候，多次提到陈梦家先生，但谈到的多是陈先生购买明清家具的往事，涉及陈先生在学术上的情况，王老知道得并不多。

我的好朋友孟宪钧先生，和我说他是您的学生。并代问您好。

祝您健康！

晚：方继孝顿首

2011年6月6日端午节

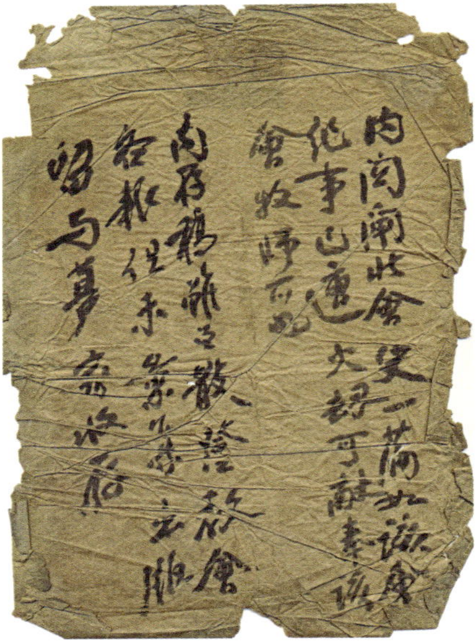

陈梦家在包裹陈金镛《中华布道史》的牛皮纸上手写“留与梦家收存”字迹

关于《中华布道史》的出版，最终确定了一家出版社，并马上签订了出版合同。因此前我已经开始了整理、打字工作，不久我就把电子版交给了这家出版社。与此同时，把电子版也给了陈梦熊先生。没多久，陈梦熊先生便把他精心整理的《陈金镛年表》《陈金镛家属生辰纪略》《陈金镛家族直系亲属简表》等有关资料及为父亲的《中华布道史》写的序言一并交给了我。这是一篇年近九十高龄的老人怀着对父亲的深切怀念和对父亲呕心沥血写成的十多万字的手稿失而复得的欣慰写成的。遗憾的是，书至今未出版，陈梦熊先生在序言写就之后不久因病离世了。

陈梦熊先生在这篇序言中，对赵家把父亲的遗著当“垃圾”处理掉，是很气愤的，也是让人们理解的。我们可以推算，这部书稿，自陈金镛先生离世，三子梦家保存近27年；1966年被“造反派”抄走至“文革”结束退还，经历了十几年；后经赵萝蕤先生保存至离世。这部饱经历史沧桑的手稿，居然被作为“垃圾”扔掉了，实在难以让亲人们接受。从我掌握的资料看，陈、赵两家不仅父辈交好，而且子女们也有着良好的关系。按理说，赵萝蕤先生离世后，她的弟弟可以采取捐赠给有关部门或退给陈家的方式，将陈梦家夫妇保存了近半个世纪的重要资料扔掉，显然于情于理都有过错。好在历经磨难的书稿，即将出版，也可告慰陈金镛及其为此曾付出辛劳的后人们了。

2013年10月20日星期日初稿于双序斋

江津陈独秀旧居拜谒记

还是在2005年，我开始编校《陈独秀先生遗稿》的时候，我就有了一定要去江津拜谒陈独秀先生旧居的念头。2006年11月，北京图书馆出版社责编王燕来先生送来了《陈独秀先生遗稿》样书。我极虔诚地把这函样书，摆放在我的书房里供奉的陈独秀先生的像前，并许愿：一定把这函样书赠送给江津市陈独秀先生旧居。

这个愿望，两年之后才得以实现。2008年仲秋，在重庆参加一个专题调研会之余，在重庆友人的陪同下，我来到距城区百余里之外的江津区（原江津市），拜谒陈独秀先生旧居。

江津，在行政区划上为重庆市江津区，是一个历史文化悠久的城市，以地处长江要津而得名。江津建县已有1500多年历史，过去曾名江州和江阳。大江西来，在江津城区受阻于鼎山转而向北，复受阻于马骏岭东巡，再受阻于高家坪南巡南回，最后转向东北，环鼎山绕了一个几字形的大弯，故江津又名几江。1951年，江津地区行署设治几江，辖八县；1960年行署迁永川，但仍保留江津地区行署名称至1981年：1983年地、市合并，江津归入重庆建制；1992年10月江津撤县设市。2006年10

月22日，经国务院批准，撤销江津市，设立重庆市江津区。江津不仅是中国共产党主要创始人之一的陈独秀的客死地，也是共和国元帅聂荣臻的诞生地。

《陈独秀先生遗稿》封面

和我一样，朋友们也是第一次来江津的陈独秀旧居。车到白沙镇，经当地人指路，我们才找到去往陈独秀旧居的马路。从白沙镇到陈独秀旧居大约有七八公里的路程，路上弯多，但路况很好，柏油路面。大约又行驶了二三公里，将近11点钟，我们到达了江津鹤山坪石墙院的陈独秀旧居。

石墙院在一个已记不得名字的半山坡上，是一幢四周绿草青藤，青竹环抱的三进平房，占地约三四亩，围墙由一块块巨大的条石砌成，故被称为“石墙院”。

我们把车停放在旧居的大门前，这里没有众多的园林景区、故居陵园那样的喧嚷景象，“门可罗雀”用在这里是很恰当的。

听说我是从北京专程来这里的，管理旧居的负责人王晓蓉女士，显得格外热情。

王女士是当年收留了陈独秀先生一家的杨家后人的媳妇。她告诉我们，自20世纪90年代，江津政府出资把居住在这里的几十户居民陆续搬迁出去，整修并将其辟为“陈独秀旧居”以后，她就在这里工作了。原来她的女儿也在这里工作，但因待遇太低，到重庆市里工作去了，现在旧居里的管理、讲解都是她一个人。

在王女士的导引下，我们开始了旧居的参观。边参观，边听王女士介绍所知道的当年“陈老先生”在这里的一些情况：

抗日战争时期的1938年8月，在南京老虎桥监狱蹲了国民党五年大狱的陈独秀出狱后，辗转来到重庆避难。他的世交好友邓仲纯（“两弹元勋”邓稼先的伯父）在江津开了一家诊所叫延年医院，力邀陈独秀夫妇来他家居住，但时隔不久，因邓仲纯的妻子担心受陈独秀牵连，时常大骂邓仲纯，搞得陈独秀很是难堪，便应江津前清进士杨鲁丞之孙杨宾淑的盛情邀请，来到地处鹤山坪的杨家祖屋石墙院居住，他担心陈独秀无功不受禄，就以修订杨氏家谱、整理先人遗稿之名相邀。

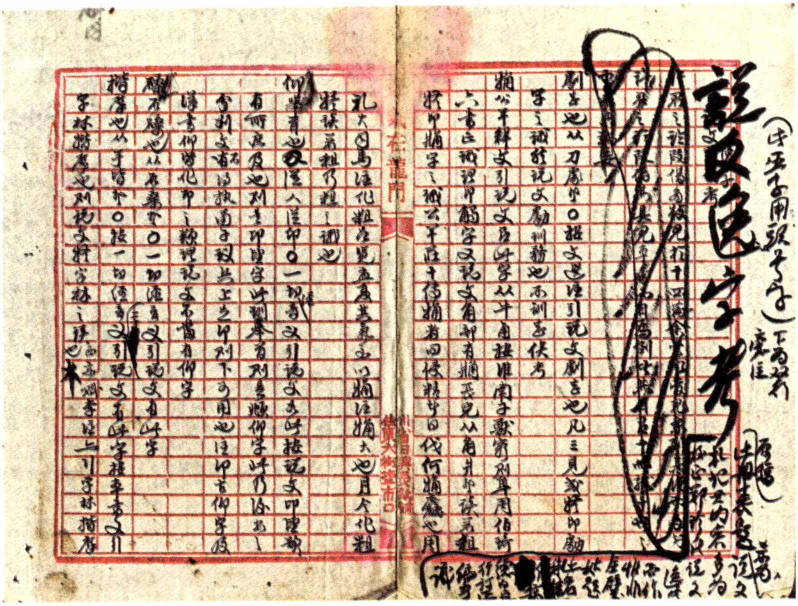

陈独秀在江津为杨鲁丞修订的文稿首页

鹤山坪离江津县城大约15公里，属江津五举乡辖区。这里到处高山丛林，地广人稀，远看似仙鹤挺立，故而得名，民间流传有“鹤山名不著，地僻人罕寻”的说法。杨鲁丞的旧居“杨氏山庄”石墙院坐落在鹤山坪的最高处。它背山面水而立，青瓦石头高墙，石砌的八字门楼高大，院内正房、客厅、厨房20余间。

陈独秀先生住到鹤山坪的石墙院里后，致力于文字学的研究。在这个院落里，陈独秀抱病写下《小学识字课本》（小学指文字学）这部近代史上的文字学的经典之作，它是用科学的方法将中国文字重新分类。陈独秀在这个偏僻的山村走完了他人生最后四年的时光。已是风烛残年的他，在这里清贫度日，以至当地的村民只是把他当作逃难的落魄文人。在他生命的最后四年，也是他一生中最为苦闷、孤独、痛苦、绝望的四年。他本无心政治，杜门著述，但仍被特务监视，而且国民党还派出要员时时想拉拢他，欲使他成为反共工具或为反共服务。陈独秀先生面对威逼利诱，从不妥协，对携礼来见的戴笠和胡宗南说：“蒋介石杀了我的同志和我的两个儿子，我和他不共戴天。现在国共合作，我不反对他就是了。”足见其高风亮节。

这位中国共产党一至五届的领导人，在这里清苦自持四载，最终在穷困和孤寂中客死在这块异乡的土地上，享年64岁。1947年由其子陈松年将遗骸迁回故乡安徽安庆下葬。

因为我对陈独秀先生晚年的生活经历做过研究，在听王女士的介绍时，不时地做些纠正。她转而问我说：“您研究陈独秀先生晚年的生活及学术情况，依您的了解，陈老先生在这个院子里，究竟整理过先祖杨鲁丞的遗著没有？有的专家说，陈先生从来就没有做过这件事情，他们家住在这里是交房租的。我们家里的人，对此说法，颇不满意，可又拿不出有说服力的证据来。”我告诉他，陈独秀先生不仅在这个院子里确实整理过杨鲁丞先生的文字学遗稿，你们杨家还自费出版了经陈独秀先生整理编定的《杨鲁丞遗著六种》。这部著作，我已经把它收录到国家图书馆出版社出版的《陈独秀先生遗稿》中。王女士听了我的话，急切地问我，书在哪里。随我来的朋友，当即取出递给了她。这时，我们已经来到了陈独秀先生住过的房间里。

陈独秀先生旧居并不大，只占整个杨家大院很小的一部分，在偏房的一隅。旧居的卧室不足10平方米，几个简单的木柜家具临墙而立，油漆已经斑斑驳驳，木柜上放着竹编的箱子，算是这间房子里最好的家什。临窗是一张不大的书桌，抽屉已经无法合严，扭捏地探出头来。床自然是老式的木板床，粗布蚊帐白底蓝花。紧邻的房舍是先生生平的陈列室，墙上挂满了图表，还有部分手稿和朋友间来往的信件。

说是陈的旧居，其实是清朝乾隆年间进士、当地人氏杨鲁丞的宅院，陈晚年在此寄居而已。在陈独秀奔波跌宕的一生中，这是他住过的现今世上保存最完整的旧地。

院子有大约2000多平方米，坐南朝北，对着长江是正房。从院正门进入，进入四合院，直奔正堂。堂屋陈列有陈独秀半身塑像。主建筑正堂七间，沿正门三个台阶进到正堂东西走廊，向东，有一间房门对着走廊，这就是当年陈独秀和夫人潘兰珍的居室，是一间正房。门边钉有牌子，用隶书横写“陈独秀旧居”。这块标牌是我国最早挂起的“陈独秀旧居”的文物标牌。这间旧居，原是杨二奶奶（杨鲁承二孙媳）彭氏的女用人居住，陈独秀来后才让出来的。所以看起来很小，除了陈独秀用过的床、桌、椅，潘兰珍的花衣服也在。陈独秀就是在这间房的床上

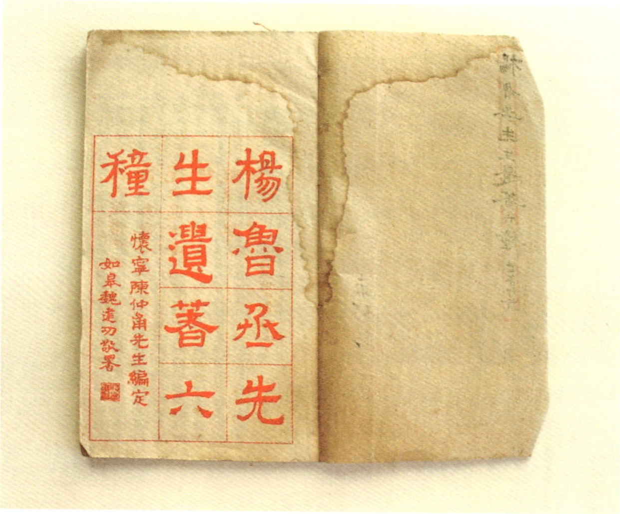

陈独秀先生在江津为杨鲁丞修订的遗稿石印本

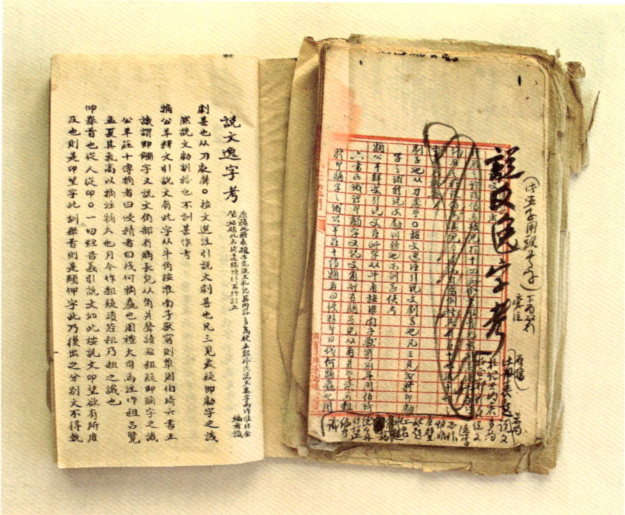

陈独秀修订的杨鲁丞遗稿首页和石印本首页

作者参观陈独秀旧居时在石墙院内塑像前留影

作者在陈独秀居住过的卧室内将签了名的《陈独秀先生遗稿》赠送给杨鲁丞的后人

痛苦地结束了他狂傲不羁的生命。不知是有意还是巧合，现在左面的墙上多了幅陈独秀签署中共的第一个反腐文件的展示图片，似乎要印证他晚年的清贫。

再往东走，是两间厢房，是陈独秀的会客室及其里面套间书房。灶房也在东边，上面也挂个简单的木牌，写着“陈独秀当年的厨房”。其他部分现已辟为业绩展厅，分别介绍了陈独秀在五四运动、中共建党等期间狂暴而热烈的事迹以及毛泽东、邓小平等党的领导人对陈独秀的评价。从展室的布局规模看，粗糙简单，令人难以想象，这里展示的是与一代伟人相关的图片资料。

我久久伫立在陈独秀生前居住的两间偏厢房里，室内光线昏暗，泥地面潮湿阴冷，只有一床、一桌、一椅，简陋之极。王女士把《陈独秀先生遗稿》摆放在曾经是陈独秀先生读书写字位置的一张简陋的书桌上。我捧起这部沉甸甸的巨著，向墙壁上陈独秀先生的遗像三鞠躬，然后翻开陈独秀先生在石墙院编订的《杨鲁丞遗稿》部分，请王女士看，并告诉他当初陈独秀先生编订《杨鲁丞遗稿》的始末过程，她唏嘘不已。在《陈独秀先生遗稿》的扉页上郑重地签上了我的名字之后，把书赠送给了承担着管理陈独秀先生旧居的杨宅后人——王晓蓉女士。

据王女士说，现在陈设的这些家具都是后来按亲朋和乡邻的回忆复原的。我问她：难道旧居里陈独秀先生的遗物一件都没有吗？王女士指着一只提箱说，这个是当年陈独秀先生来这个院落时带过来的，一共两只，另一只被他的后人要走作纪念了。说到这里，她带我到了另一个房间，指着一个低矮的木柜说，陈独秀先生当年用的大皮包一直锁在这个柜子里，因为钥匙丢了，很多年了，就在里边放着。我告诉她，这么重要的文物，不取出展示，太可惜了，况且江津这么潮湿，不常通风保养，会损坏的。我说，如果可以的话，我们可以帮助打开它。她同意了。我仔细看了看，实际上只是一根粗铁丝穿在了柜门上，用一只小锁锁住了。让她找来一把老虎钳子，只是一扭，生锈的铁丝就断了，柜门打开，一只长满了霉毛的密码皮包展现在我们的面前。我小心地把包取出来，放在了柜顶上。

这是一只带有密码的公文包，虽然已经陈旧，没有了昔日的光彩，但在我的眼里，它是如此的亲切，我的脑海里顿时显现出当年叱咤风云的陈独秀先生手提公文包出现在重要场合的影像。我用手轻轻地拂去了皮包上的霉尘，打开了皮包，里边居然有散落的一册已经粘连的线装书。我把皮包交给了王女士。她也很激动，连连表示，一定保管好。

朋友们已到院子里了，而我却久久不舍离去。穿过灶房到了后院，两棵银杏树长得正好，据说是陈独秀先生当年亲手种下的。后门外的竹林是陈独秀经常散步的地方，穿过竹林，可以看到长江。

院落里，一尊陈独秀先生半身塑像，挺拔大气。我伫立在独秀先生的塑像前沉思、怀想。此时，院内只有我、王女士以及陪我来的四位朋友，寂静、冷清是我对陈独秀先生旧居的全部感受。

2009 年 9 月 18 日初稿

2010 年 1 月 4 日修改

巴金赴朝归来的宴会

1952年3月7日，以巴金为团长的“中国文联朝鲜战地访问团”创作组一行17人离京启程。这个创作组由文学、美术、音乐工作者组成，巴金任组长，副组长是作家葛洛和美术家古元，组员有辛莽（画家）、白朗（女作家）、菡子（女作家）、逯斐（女作家）、王莘（音乐家）、黄谷柳（作家）、西野（画家）、高虹（画家）、李蕤（作家）、寒风（作家）、罗工柳（画家）、西虹（作家）、王希坚（作家）、伊明（电影编剧、导演）。

3月20日，他们换上了志愿军军装，伴着“雄赳赳，气昂昂，跨过鸭绿江”的嘹亮歌声，踏上了满目疮痍的朝鲜土地。3月22日会见彭德怀司令员。4月1日和其他20位作家联名发表控诉书，向全世界人民揭露美帝使用细菌武器的罪行。4日受到金日成接见，随后去了19兵团开城前线。在朝鲜战场上，巴金和创作组成员与志愿军在战火中共处的日日夜夜里，一直被许多英雄事迹感动着。

巴金一行在朝鲜与战士们摸爬滚打了8个月，同许多战士结下了深厚友谊，于1952年10月从朝鲜回国。

为了欢迎赴朝作家巴金等同志的安全归来，中华全国文学工作者协会举办了简朴而热烈的欢迎宴会。

关于这次宴会，巴金先生以及和他同去的16位作家在后来的回忆文章中都没有详细叙述。

一次偶然的机会，我在中国文联废掉的报销凭证中，发现了1952年10月19日中华全国文学工作者协会为“欢迎赴朝作家巴金同志等归来宴会用菜、酒”的一份完整的报销单。不仅填补了一个小小的空白，而且对于研究新中国初期的物价和高层招待会的标准等都有很重要的史料文献价值。

报销单含封面共计十八纸。第一纸是中华全国文学工作者协会自制的报销单。第一项报销理由写的是：

欢迎赴朝作家巴金同志等归来宴会用菜酒等。

第二项人民币：六十二万四千九百元（每10000元旧币折合现人民币1元，相当于现在的人民币六十二元四角九分）。

第三项核准人：殷向阳

第四项经手人：邹起

日期：一九五二年十月廿一日。

报销单后附购物发货票十六张，发票的最上方统一印有：

买货须取得发票，卖货须开发票；这是抗美援朝爱国行动的具体体现。

发货票分“北京市摊贩统一发货票”“北京市座商统一发货票”两种。

第一张：鸡蛋2斤半，单价4600，金额：11500元。

第二张：料酒1斤，单价8000，金额：8000元。

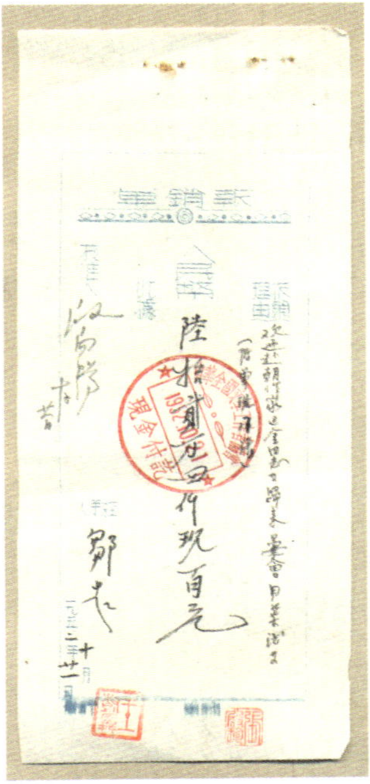

文协1952年11月13日报销赴朝活动费单据封面皮

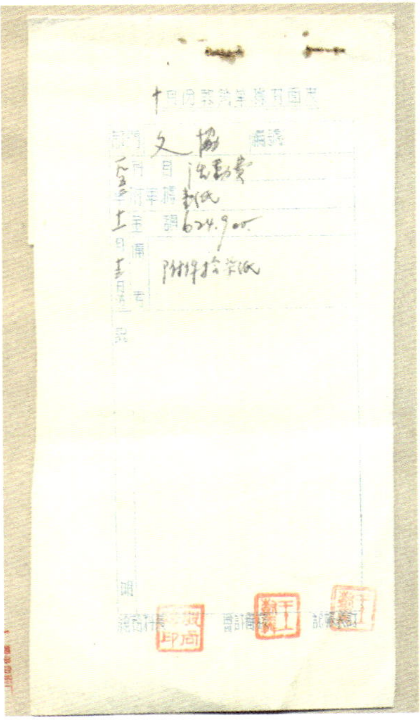

文协欢迎巴金等宴会报销单

第三张：油菜3斤，单价300，金额：900；黄瓜2斤，单价1000，金额：2000；生菜1把，金额：500；西红柿2斤，单价900，金额：1800；香菜1把，金额：500。总计金额：5700元。

第四张：味精1盒，单价25000，金额：25000；老干2斤，单价3000，金额：6000；香菇4两，单价2800，金额：11200；干粉面1斤，单价3200，金额：3200元。总计金额：45400元。

第五张：江米1斤半，单价1850，金额：2775元。

第五张：面包2块，单价900，金额：1800元。

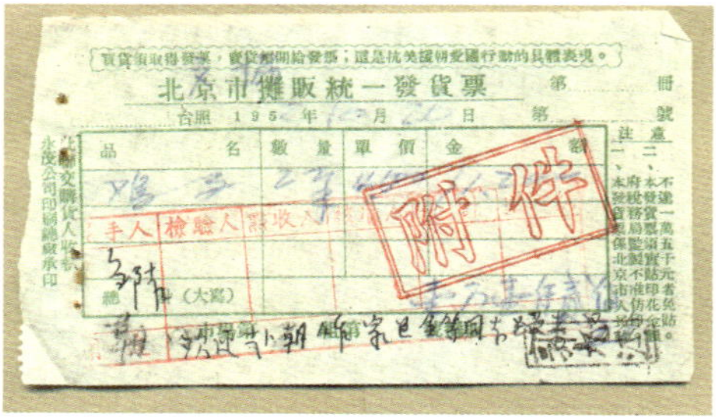

文协购鸡蛋发货票

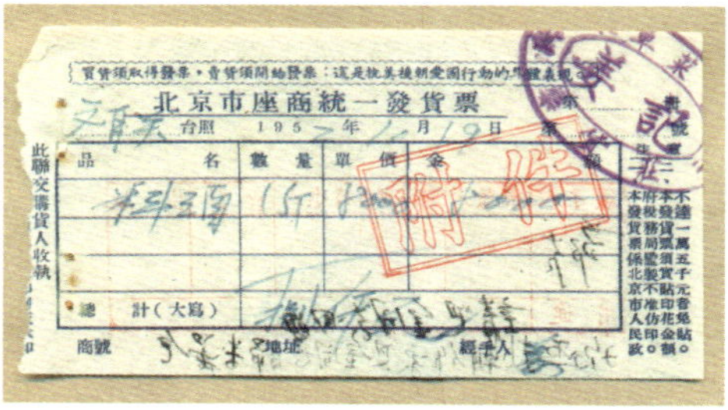

文协宴请巴金等购料酒发货票

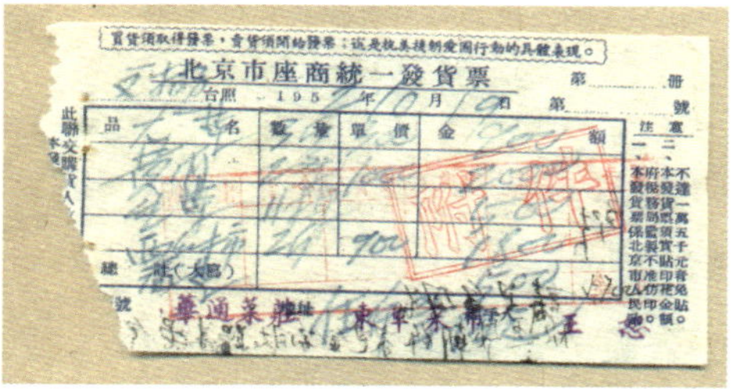

文协欢迎巴金宴会购西红柿、生菜等发货票

第六张：酱油3两，单价（模糊不清），金额：5100元。

第七张：果料，金额：7000元。

第八张：海参3斤半，单价15000，金额：52500；巾子半斤，

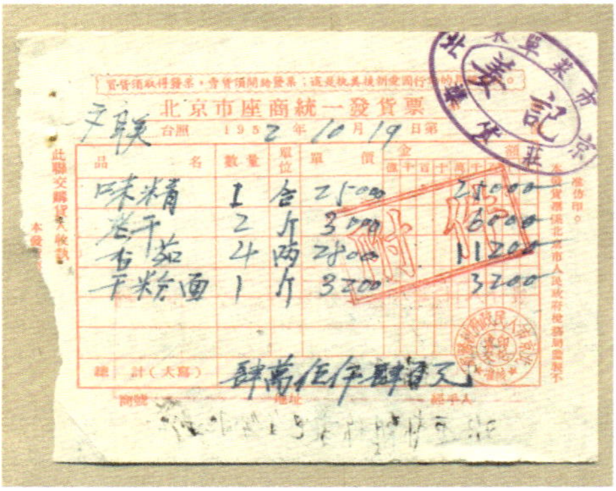

文联欢迎巴金宴会购味精、老干、香菇、干粉面发货票

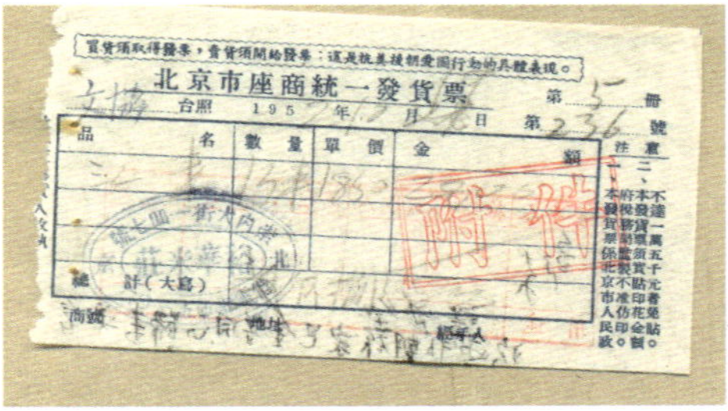

文联宴请巴金等购江米发货票

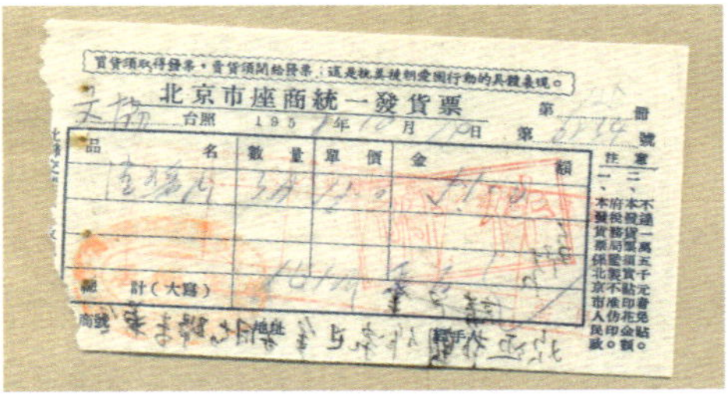

文联宴请巴金购酱肉发货票

单价4800，金额：2400；兰片1斤，单价4500，金额：4500；白糖2斤，单价8000，金额：16000；川冬菜3两，单价500，金额：1500；五香面，金额1000。总计金额：77900元。

第九张：猪肉11斤，单价5810，金额：63800（应为63910）；大油2斤，单价7000，金额：14000；腰2个，金额：3500元。总计金额：81300元。

第十张：瘦肉2斤半，单价7000，金额：17500；里脊3斤，单价5500，金额：16500。总计金额：34000元。

第十一张：鸭子2只，9斤半，单价8000，金额：76000；母鸡4只，10斤6两，单价7500，金额：79500。总计金额155500元。

第十二张：素口1个半，单价11200，金额：16800元。

第十三张：熏鱼1.8斤，单价19200，金额：34560元。

第十四张：葡萄酒4瓶，单价29500，金额：118000；竹叶青1瓶，金额：21200。总计金额：139200元。

第十五张：停放自行车费300元。

第十六张：车费报销单：拉菜，由东单菜市场至本会。金额：1000元。

以上的花销都是旧币的金额，换算成今天人民币的金额，是很低的。比如20世纪50年代停放自行车费是旧币300元，合现在的人民币3分；雇车拉菜从东单菜市场到单位旧币1000元，合现在的人民币1角；葡萄酒一瓶旧币29500元，合现在的人民币2.95元；竹叶青1瓶，金额：21200，合现在的人民币2.12元；母鸡4只总共旧币153800元，合现在的人民币15.38元，每只鸡的价格合现在的人民币3块多……

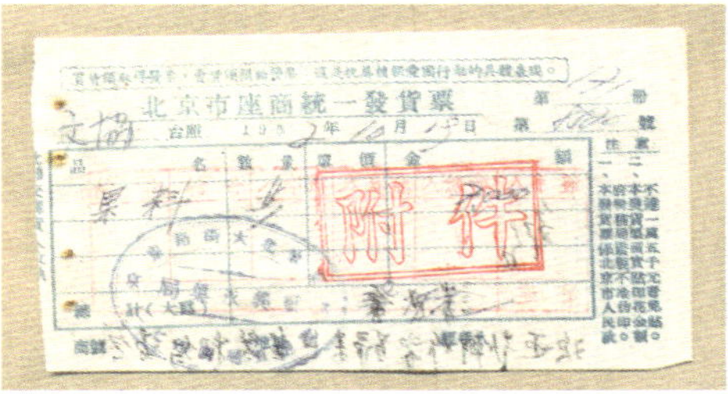

文联宴请巴金购果料发货票

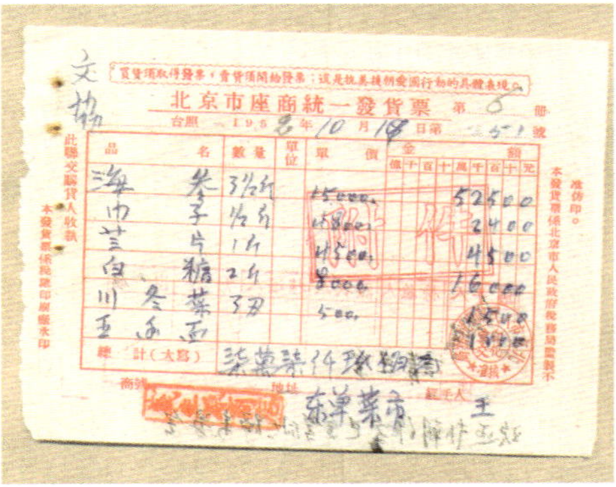

文联宴请巴金购海参、巾子、芝片、白糖、川冬菜、五香面等发货票

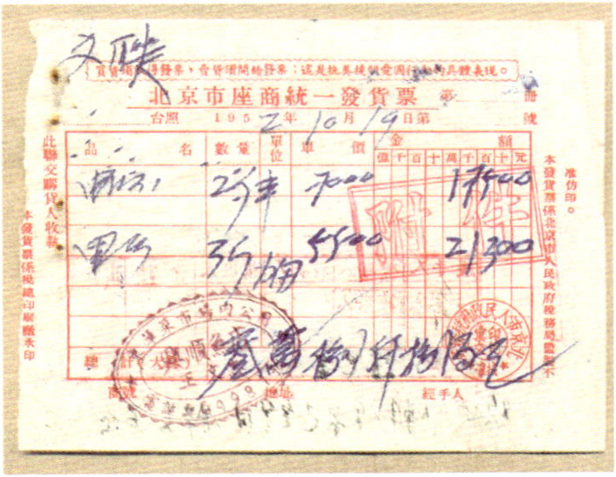

文联宴请巴金购田螺等发货票

買貨須取得發票，賣貨須開給發票：這是抗美援朝愛國行動的具體表現。

北京市座商統一發貨票

文联宴请巴金购鸭子等发货票

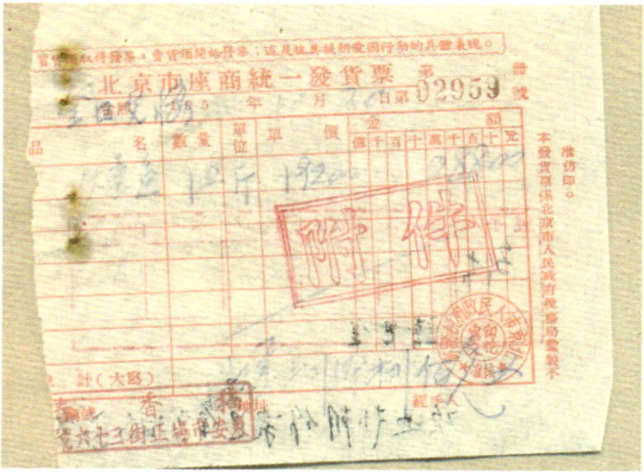
買貨須取得發票，賣貨須開給發票：這是抗美援朝愛國行動的具體表現。

北京市座商統一發貨票 第02959號

文联宴请巴金购熏鱼发货票

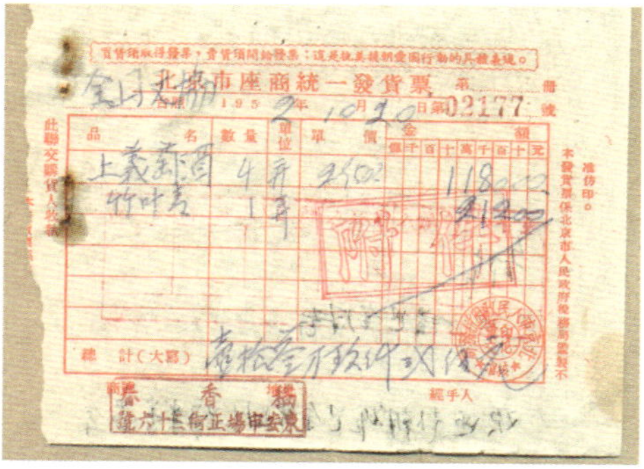
買貨須取得發票，賣貨須開給發票：這是抗美援朝愛國行動的具體表現。

北京市座商統一發貨票 第02177號

文联宴请巴金购葡萄酒、竹叶青发货票

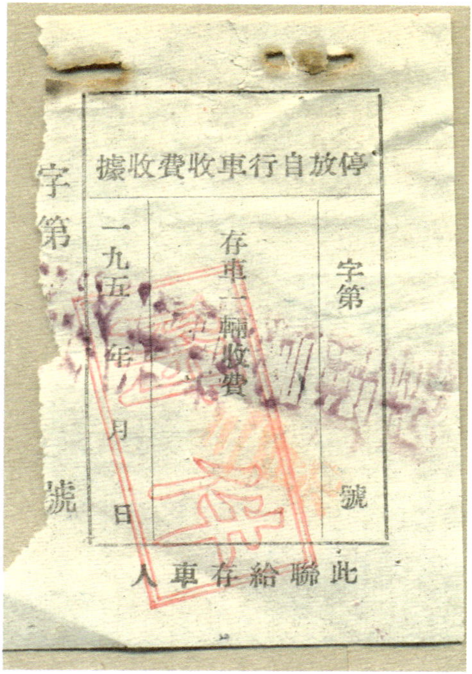
停放自行車收費收據

字第　　號

一九五　年　月　日

存車一輛收費

此聯給存車人

文联宴请接送巴金停车发票

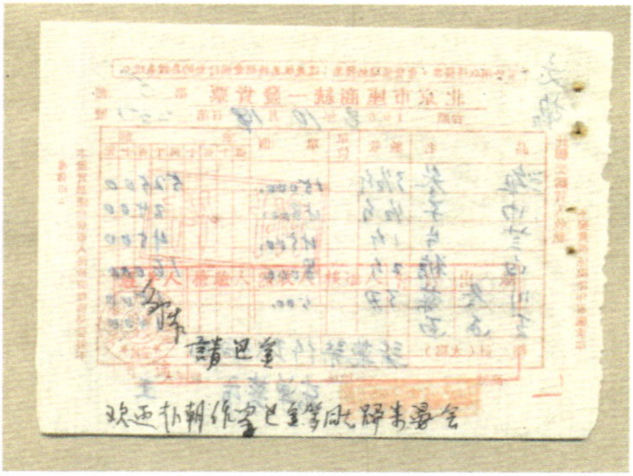
請巴金

欢迎赴朝作家巴金等同志归来宴会

文联宴请巴金购物发货票背后有：
“请巴金。欢迎赴朝作家巴金等同志归来宴会”钢笔字

在打印这份采购单据时，我的脑子里闪现出两个令我好奇的问题：一个是这些个原料，究竟可以做出什么样的席面来呢？另一个是在新中国成立初期，百废待兴；抗美援朝，支援前线，物质的缺乏，是可想而知的。文协能够采购到这么多好吃的东西，是不是有关部门特批的呢？

这两个问题的第一个问题，我解决了。我拿着这份采购单，请一家四星级的高级厨师按照这些原料配置出了一份菜单：

凉菜：蓑衣黄瓜、白糖西红柿、五香酥肉、瘦肉蛋卷、什锦拌菜、五香熏鱼、酱鸡（母鸡2只）。

热菜：三鲜汤（海参、玉兰片、香菇、川冬菜）、母鸡炖巾子、家常海参、红烧肉炖、香酥鸭、黄瓜片炒腰花、香菇炒油菜、西红柿炒鸡蛋、四喜丸子。

主食：什锦江米饭、煎面包。

据这位厨师说，这只是他面对这些材料，下的菜单。不同风味的厨师，面对这些材料，会有不同的菜单。

据有关资料，巴金先生率领的中国文联朝鲜战地访问团创作组一行17人，回国后并没有都到达北京。除了巴金，团内还有谁参加了这次宴会，没有查到相关的资料。宴会肯定有文联领导和有关部委的领导参加，有几位领导出席了这次欢迎宴会，他们都是谁？我没有深入了解。据我的厨师朋友估计，采购的东西不算少，怎么也可以开两桌，每桌10人，要有20人左右。采购费共计人民币六十二万四千九百元（旧币），折合现在的人民币是六十二元四角九分，按两桌算，每桌含酒水的成本是31.25元。如果摊到每个人的身上，每人3.13元。那么，这一餐在当时是个什么档次呢？

还是我的那位厨师朋友，回答了这个问题。他告诉我说，单从采购成本和成席后的菜单而言，这一餐只能用实惠来形容。在当时的新中国成立初期，能举办这样丰盛的宴会已经是不简单了。

宴会结束后，巴金和他的赴朝战友们，各自回到自己的工作岗位，开始了他们的创作活动。不久他们都发表了上乘的作品。

巴金先生1953年8月再度入朝访问。之后，他写出了《生活在英雄中间》、《我们会见了彭德怀司令员》和中篇小说《团圆》等。中篇小说《团圆》发表在1961年8月号的《上海文学》上。时任文化部副部长夏衍读了《团圆》后，责成长春电影制片厂将它改编成电影，这就是我们后来看到的电影《英雄儿女》。

黄谷柳是广东著名作家，代表作为长篇小说《虾球传》。朝鲜战争爆发后，1951年2月中央组织中国人民赴朝慰问团，他奉派随团工作，入朝三月，走遍战区，记录下“1951年战地日记”。1952年年初，全国文联组织以巴金为首的文学、美术、音乐等工作者的朝鲜战地访问团，他被指定参加并一直跟随38军，朝鲜停战协定签字后才随该军回国，荣立三等功。最近在《黄谷柳朝鲜战地写真》里首次面世的一批抗美援朝历史珍贵照片是黄谷柳拍摄的，文字则由他的1951年至1953年间的战地日记整理而成。

作家李蕤作为1952年参加赴朝创作组成员，在开城前线生活将近一年，连续写了10多篇反映志愿军英雄事迹的报告文学，在《人民日报》发表，集为《在朝鲜战场上》（重版时，更名为《难忘的会见》）。1953年，奉调到武汉，任中南文联、中南作协第一副主席，《长江文艺》副主编。1956年还与作家西虹二次访朝，参加朝鲜作家代表大会。

女作家菡子于1952年年初随巴金率领的创作团赴朝，在朝鲜战场体验生活八个月，亲身经历了举世闻名的上甘岭战役。作为新中国第一代女作家，菡子给人印象最深刻的是她从硝烟弥漫的朝鲜战场发回的《从上甘岭来》《在胜利的前沿阵地上》《和黄继光通讯班相处的日子》《前方》《和平博物馆》《观察员的位置上》等战地通讯，将这场保家卫国的战争报道得绘声绘色，感人至深。后来辑成《和平博物馆》（新文艺出版社，1954）和《前线的颂歌》（人民文学出版社，1959）。

白朗是三次赴朝的女作家。朝鲜战争爆发后，白朗便往返于中国—朝鲜的卫生列车上接送伤员，那些难忘的日日夜夜，那些可歌可泣的故事，不断激动着她，于是创作了描写卫生工作者在抗美援朝医疗战线上斗争的长篇小说《在轨道上前进》。书中生动、细腻地描写了那些来自全国各地的年轻医务工作者、乘务员的忘我牺牲和救死扶伤的革命人道主义及高度的爱国主义、国际主义精神。1951年，白朗以国际妇联调查成员的身份赴朝鲜战场，参加了调查美国和李承晚暴行的活动，参加起草《告世界人民书》，揭发、控诉反动派的滔天罪行；同年秋，奉命代表蔡畅、邓颖超两位领导到索非亚参加国际妇联执委会。

1952年年初，白朗再次出征，随巴金率领的创作组到朝鲜战地访问；之后，奉周恩来总理委派，陪同英国朋友、作家、工党议员费尔顿夫人再次赴朝鲜访问；12月，出席维也纳世界和平大会。1953年又应费尔顿夫人的邀请、奉周总理之命出访英国并参加在伦敦举行的“三八”妇女节，因保守党政府拖延签证而未能成行；同年出席哥本哈根世界和平大会，会后去赫尔辛基参加芬兰妇女大会；7月回国，翌日即换上志愿军军装参加以罗烽为组长的访问组奔赴朝鲜开城，同时参加了在板门店举行的朝鲜停战签字仪式。

军旅作家西虹的57万字的《抗美援朝战地日记》，是他参加全国文联赴朝创作组，在临津江第一线阵地，访问志愿军39军等英雄部队和战线后方的真实记录。我们在阅读这些在硝烟炮火中写下的文字时，仿佛置身于空前激烈的战斗，能闻到呛人的硝烟味。

音乐家王莘在1951年国庆节前夕，中央人民政府、中央文化部向全国人民推荐两首歌曲，其中之一就是《歌唱祖国》。1951年10月29日，在全国政协会议上，毛主席得知列席会议的王莘就是《歌唱祖国》的作者时说：这首歌好。还特地将刚刚出版的《毛泽东选集》送给王莘，并为他亲笔签名。不久他作为赴朝创作组成员奔赴朝鲜战场，为指战员们创作了《防空哨之歌》《英雄的阵地马良山》《只因为立功喜报到了家》等歌曲，颇受指战员的欢迎。

古元、罗工柳、西野、邵宇等赴朝画家出版了《抗美援朝速写》……

巴金先生率领的中国文联朝鲜战地访问团创作组一行17人在朝鲜战场生活了200多天，他们的采访上至司令下至士兵，他们是看着刚刚笑脸盈盈的战士转眼便血肉横飞的战争惨状并毫无惧色而奋不顾身的战士，他们又是真正与祖国、与战士们同呼吸、共命运的艺术家，他们饱含着深情挚谊和强烈的艺术感染力，分别从不同的侧面、不同的角度真实而又生动地描写了“最可爱的人”无限宽广的胸怀，无比坚强的意志，讴歌了他们美的行为与心灵。

被找了“后账”的电影名家签名录

按古董行的规矩，买古董的人，打眼了，买亏了，不能退；卖古董的商贩，走眼了，卖亏了，不能“拉抽屉”，找后账。同样，买卖旧书字画也遵循这个规矩。多年来，我与书估打交道，就遇到了几档子被书估找了后账的事儿。

至今记忆犹新的是2003年1月初，上午付款接的货，下午就被找上门来，而且不补钱，就不走了。那天真的把我腻歪透了。

话要从头说起。京城里的几个有点名气的书估，都和我很熟，有的还有交情，算是朋友。一般来说，市面儿上，出现了我喜欢的书札、文房一类的东西，他们会通个信息给我；他们手里有了此类东西，量大的，会约我上他们的住地看货；量少的容易携带的会送上门来。由此，免去了我去市场上淘货的辛劳。这次，常给我送货的W书估，一大早就送来了一些电影画报和两件与著名华裔美国电影摄影师黄宗霑先生有关的签名录。

这两张签名录，都是整张宣纸，上方分别是郭沫若先生和廖承志先生题签，以下密密麻麻签满了名字。郭老题签的没有装裱，另一张裱装好了。

郭老的题签是：“为国争光”；上款：宗霑先生惠存；下款署：中国电影工作者敬赠　郭沫若（钤郭老名章）。以下为电影界非常著名的人士签名，计有：蔡楚生、魏鹤龄、应云卫、孙瑜、顾而已、史东山、罗明佑、罗静予、袁牧之、马彦祥、王剑寒、黎锦晖、周伯勋、郑伯璋、林默予、舒绣文、司徒慧敏、白杨、林楚楚、黎莉莉、张瑞芳、华黛妮、陶金等总计143人。

廖承志题签是：“振兴中华”；日期为一九八二年五月；签名者均为电影界翘楚。

最底部署：黄宗霑生平创作图片展　一九八二年六月二日。

W书估对这两张整纸签名录心气儿不高，郭沫若先生题签的开价6000元，我觉得价位太高，决定放弃。廖先生题签的开价3000元，我留下了。W书估见我真心放弃郭老题签的那一张，又往回拉，说：“这是我和别人合伙买的，您如果要可开个价。”我说：“那就和廖先生题签的那张一样好了。”他居然同意了。

这两张签名录一张比另一张略小一些。我把它们摆放在地板上，边抄录，边查阅。忙了一个多小时，才完成了初步的考证。第二张一目了然，关键是第一张的时间没有搞清楚。

就在我刚把这两张签名录卷起放好的时候，接到了W书估的电话，说他已在楼下等我，有事要谈。我以为他又拿来了什么好东西，立马下楼。

楼下除了W书估，还有另一个与我亦很熟悉的D书估。我问他们，有什么贵干。他们俩吭吭哧哧，谁也不想先开口。我说，有什么大不了的，尽管说。W书估开了口，说：“您买的那两张签名录，小D说，卖得太低了。刚才有个画商说，郭沫若题签的那一张，就可以给一万块呢。”我一听就火了，对他俩只说了一句话：“你们懂规矩吗？”说完扭头就走。

回到房间，越想越不对头，难道卖给我之前，他们真的没有商量好，没有给别人看过吗？因为以后还要打交道，决定退一步，与他们再谈谈。打W书估手机，他说他们俩压根儿就没想走。

我再次下楼，听他们的口气，想退款，把东西拿回去。我也退了一步，经过协商我加了款，问题才算圆满解决了。这是我遇到的第一起卖家反悔，找“后账”的事情。

周一上班，遇到了在一个大楼里上班的好友，著名导演成荫先生的公子成果先生。我告诉他昨天发生的故事，他很感兴趣。他告诉我说，他母亲和黎莉莉有来往，可以问问她，郭老题签的那张签名录，是哪一年的事儿，并让我拍个照片给他。

一周后，他到办公室找我，说黎莉莉快九十岁了，有些糊涂，记不清有这个事了。又过了日子，报纸上登出了黎莉莉逝世的消息。线索也就中断了。

我不甘心，非要搞清楚，这件签名录的来历。于是我先是查阅了有关中国电影工作者协会的由来。

“中国电影工作者协会”是中国电影家协会的前身，是具有副高以上职称或在国内外重要电影评奖中获奖的编剧、导演、演员、制片人、摄影师、美术师、录音师、作曲家、评论家、事业家和教育家，以及电影发行放映、科研等方面的专家，自愿组成的专业性人民团体。它始建于1949年，曾使用过“中国电影工作者联谊会”“中国电影工作者协会”等名称，1949年在新中国成立前夕，中国电影家协会成立。那年7月25日，继中华全国文学艺术工作者第一次代表大会召开之后，中华

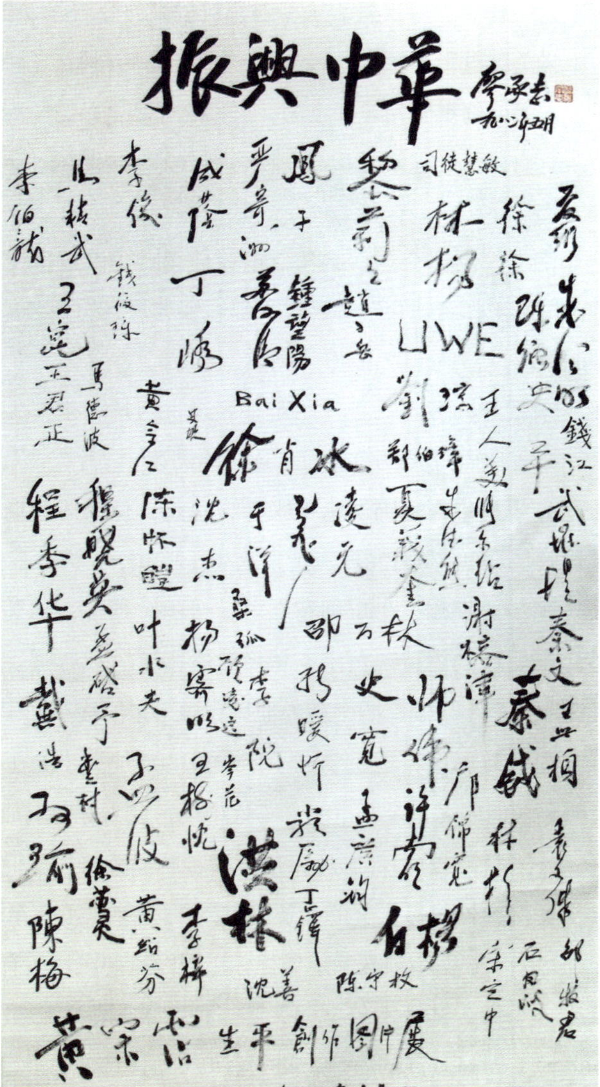

签名录

全国电影艺术工作者第一次代表大会在当时的北平市开幕。第二天即7月26日，中华全国电影艺术工作者协会宣告成立，并通过了会章，选出全国委员会委员，选举阳翰笙任主席，袁牧之任副主席，阳翰笙、袁牧之、蔡楚生、史东山、陈波儿、黄佐临、陈白尘、吴印咸、苏怡为常务委员。

既然中国电影家协会在1949年之前曾使用“中国电影工作者联谊会”“中国电影工作者协会”等名称，那么郭老题签的签名录的时间应在新中国成立前。

这样一来就好办多了。我开始对签名录上包括黄宗霑先生在内的140多位艺术家们的生平经历，进行了逐个的阅读。

黄宗霑先生是华裔美国电影摄影师，也是首位荣膺奥斯卡金像奖的华人摄影师。1899年8月28日，黄宗霑生于广州，5岁时（一说7岁）随父移民美国华盛顿州，生母则留在老家台山。据说，到美国后，幼年的他曾饱受后母的虐待。黄宗霑曾做过拳击手、飞行师、酒店跑堂等，尤其对照相产生了浓厚的兴趣，他用积攒下来的钱买回了一台盒式照相机，自己反复琢磨，逐步掌握了照相机的性能，学会了摄影。他以拍摄女明星像而闻名，至20世纪30年代中期，成为好莱坞最有名的摄影师之一。一生共拍摄124部影片，还导演过两部故事片。他先后11次被提名参加奥斯卡最佳摄影奖的角逐 ，其中《玫瑰纹身》和《赫德》在1955年和1963年获得该项殊荣。他担任摄影的重要影片还有《北方之星》、《老人与海》和《滑稽女郎》等。他曾被国际电影摄影师协会（International Cinematographers Guild）会员投票评选为史上最具影响力的十大电影摄影师之一。一生只回了两次祖国。

1929年春，黄宗霑受上海明星电影公司的邀请首次返回祖国。这次中国之行时间长达半年之久。黄宗霑到达上海时，受到电影界人士的热烈欢迎。他还参观了明星电影公司的摄影棚，和同行交换摄影技术与设备方面的意见，介绍了美国新出品的许多摄影机械，促成中国的电影公司后来向美国订购了一批新式机械，补充片场设备。当时，上海的电影公司不太重视化装师的作用，许多演员都是自己化装，效果不理想。黄宗霑针对这些现象，多次与胡蝶等影星座谈，讨论演员化装及表演艺术，帮助他们分析了化装与摄影的关系，终于引起了电影界对化装师的重视。黄宗霑还介绍了美国电影的成就与不足，这些对于中国电影事业的发展都起过积极的影响。这次回国，黄宗霑还回老家台山探望老母，拿起摄影机，想用镜头留住一些风土民情、文化片段，并筹拍一部关于中国农民的纪录片，因种种原因，这部他原本打算亲自执导的电影未能开拍。

黄宗霑第二次回到故土，是1948年。他渴望实现自己多年的夙愿——亲自导演和拍摄《骆驼祥子》，将老舍的这部闻名中外的名著推上银幕。为此，他亲自物色演员，请人编写了电影剧本，做了许多准备工作，甚至邀请当时著名女影星黎莉莉（罗静予的妻子）饰演虎妞的角色，并在他的私人摄影室里试拍照片。黄宗霑到达北平后，还拍摄过一些黄包车车夫的素材。他到北京的胡同里，专门实地观察洋车夫的动作，注意北京当时的古城风情，无奈当时中国的内战正烈，其拍片愿望最终无法实现。

遍查与黄先生两次回国有关的文献资料，都没有留下他与祖国电影同行们欢聚一堂的蛛丝马迹。我决定从这张签名录的第一个名字开始查阅。有众多的艺术家会聚一起，不会一点信息都不留下的。

我刚查阅到第八个签名者罗静予的时候，答案就出现了。原来这张

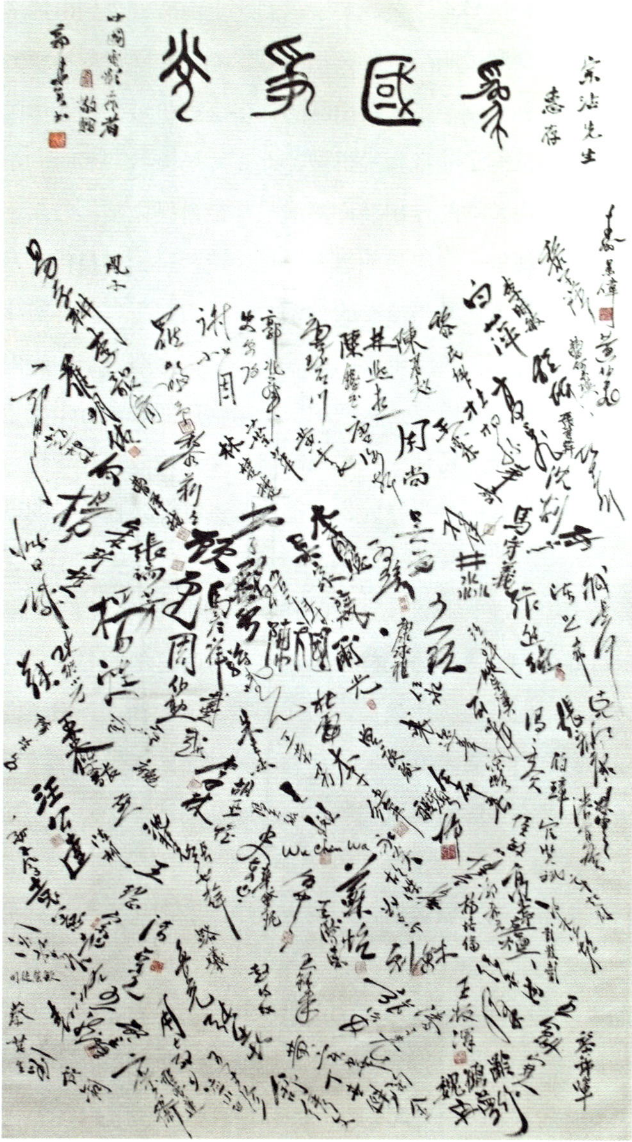

签名录

签名录的产生，与我国早期电影专家、原北影总工罗静予先生的一次出访美国有关。

罗静予（1911—1970）是电影表演艺术家黎莉莉的第一任丈夫。黎莉莉是原中央军委情报局副局长钱壮飞和张振华之女，黎锦晖的养女，著名电影明星。罗静予和黎莉莉的相识相爱是在上海发生八一三惨案后，黎莉莉辗转到达成为抗战中心的武汉，加入了中国电影制片厂，与高占非合演《热血忠魂》的时候。那时罗静予是中国电影制片厂技术副厂长。1938年3月16日黎莉莉和罗静予举行了婚礼，证婚人是郭沫若 。中国电影制片厂后来撤退到重庆。1941年，时任中国电影制片厂副厂长的罗静予到美国参加美国电影工程技术协会年会，重庆文艺界为她饯行时，郭沫若先生代表中国电影工作者协会题写了一幅“为国争光”的书法，让罗静予转赠给黄宗霑先生，当时重庆文艺界的人士都在上面签名，表达了中国文艺界对这位华人摄影大师的赞许和敬仰之情。

真是踏破铁鞋无觅处，得来全不费工夫。

郭沫若先生题签“为国争光”的签名录的来龙去脉弄明白了。那么，这件珍贵的文物，又是如何回到祖国，而后流落到坊间被“出卖了”的呢？自然与1982年“黄宗霑生平创作图片展”有关。

据中国电影年鉴和有关资料，1982年，为纪念黄宗霑先生逝世六周年，以电影《玫瑰梦》的导演丹尼尔·曼夫妇和黄的学生、制片人、演员郭邓如骞女士为成员的美国电影代表团，专程到北京和上海参加《黄宗霑电影作品展》和《黄宗霑生平创作图片展》。在上海期间，著名导演桑弧、谢晋、鲁韧、强明、宋崇，演员秦怡、向梅、赵静，摄影师马林发、邱以仁、张元民以及黄宗霑生前好友颜鹤鸣、万超尘都参加了这一系列纪念活动，盛况空前。在廖承志先生题签的《黄宗霑生平创作图片展》签名录上，确有桑弧等人的签名。

自1941年，罗静予先生携带这件寄托着祖国同胞深情厚谊的签名录，转交给黄宗霑先生，到黄先生1976年因癌症逝于美国加利福尼亚州好莱坞，黄先生保存了整整35年。直到1982年，黄宗霑先生逝世六周年的时候，才由黄宗霑的学生郭邓如鸯把它带回祖国。1941—1982年，恰好是41个年头。

1941年到2009年，68年过去了，这件饱经沧桑的珍贵签名录仍完好地保存着，应该说是幸运的。遗憾的是，最终我也没有查证到这两件珍贵的签名录是如何沦落到坊间的。

2009 年 11 月 9 日

后记

这本《笺墨记缘》讲述的是我亲历的收藏故事和在收藏的过程中遇到的人和事。起先的书名叫“工馀拾穗”，很恰如其分地表述了我那时所处的状况。上班族，工余有了兴致，随手记下某些事项、心得、体会。如同农民劳作收工后，顺手拾些散落在地里的稻谷、麦穗。可有的朋友们说不好，既然书中各篇谈到的人和事都与集藏有关，还不如起个俗名，一目了然，于是我又取了个名字“藏事记缘”。就在要联系出版社的时候，友人来访，谈到本稿的书名，朋友说太直白也太俗。当晚冥思苦想，便有了现在这个似乎很雅致的书名。

2018年10月8日下午5时于双序斋